Rends-moi fière

Collection *Regards croisés*

Ouvrage édité par Manon Viard

L'éditeur remercie le Centre national du livre
pour son soutien à cette publication

Titre original : *Here Comes The Sun*

www.editionsdelaube.com

ISBN 978-2-8159-4344-4

Nicole Dennis-Benn

Rends-moi fière

roman traduit de l'anglais (Jamaïque)
par Benoîte Dauvergne

éditions de l'aube

À Addy et à la Jamaïque

Première partie

Dyé, il aime pas les vilains

1

Les heures supplémentaires que fait Margot à l'hôtel ne sont jamais déclarées. Son vrai travail ne consiste pas à répondre aux appels téléphoniques incessants, ni à rédiger des rapports sur les femmes de chambre fainéantes qui piquent un somme sur les lits et regardent la télé au lieu de faire le ménage. Il commence véritablement en fin de journée, après que les autres employés lui ont dit au revoir et se sont entassés dans les Corolla blanches – des robots-taxis[1] – les attendant à l'immense portail de l'hôtel afin de les ramener dans leurs quartiers misérables, loin du fantasme qu'ils contribuent à entretenir sur ce pays qui leur accorde aussi peu d'importance qu'aux algues rejetées par la mer.

Margot conserve le titre d'employée modèle depuis plusieurs mois car elle est toujours la première arrivée et la dernière partie. Et pour cause ! Les demandes lui parviennent par téléphone, non sur le ton de la conversation, mais dans un langage codé qu'elle est la seule à connaître, au cas où quelqu'un l'écouterait sur la ligne. « *Akée*[2] » signifie

1. Nom donné aux taxis sans licence en Jamaïque. (*Toutes les notes sont de la Traductrice*).

2. Fruit « national » de la Jamaïque, proche du litchi. C'est également le nom de l'arbre qui le produit.

que le client veut goûter à ses parties intimes. Les hommes étrangers adorent ça. « *Banane* », qu'il s'attend à une fellation. « *Sundae* », qu'il a l'intention de s'adonner à des jeux pervers, lors desquels tout est permis. Ces hommes savent évidemment à qui ils s'adressent puisque Margot s'est arrangée pour leur lancer un clin d'œil le jour de leur arrivée. Flattés, ils engagent aussitôt la conversation. Margot flirte, interprète les regards qui traînent, se posent et s'attardent presque inévitablement sur le creux de son décolleté, signe incontestable d'une invitation osée. Elle se rend dans la salle de pause des employés pour se refaire une beauté, vaporiser du parfum entre ses seins et se poudrer le visage, avant de rejoindre le client dans sa chambre d'un pas nonchalant. Puis elle se déshabille devant l'homme dont le principal objectif est généralement d'assouvir une profonde curiosité qu'il n'a jamais eu le cran de satisfaire auprès des femmes de son pays. Celle qu'il éprouve pour les seins d'une Noire, par exemple. Nombre de ses clients veulent connaître leur forme ; savoir si leurs mamelons sont ou non de la même couleur que le goudron des trottoirs européens ou américains qu'écrasent les talons de leurs chaussures en cuir ; ou si les mamelons noirs ont le parfum riche de la terre mouillée par une forte averse. Ils veulent toucher. Et Margot les laisse faire. Ils écarquillent les yeux, l'air d'un enfant qui voit un bébé grenouille pour la première fois, et tiennent ses seins avec précaution comme s'ils craignaient qu'ils ne s'échappent. Margot ne considère pas ces activités comme dégradantes. À ses yeux, il s'agit simplement de satisfaire la curiosité de ces étrangers ; des hommes qui la paient une fortune pour leur servir de guide personnelle sur l'île de son corps. Quand elle a terminé, Margot dissimule l'argent dans son sac à main et s'empresse de rentrer chez elle. À cette heure-là, les robots-taxis sont rares ; elle marche donc jusqu'en ville puis, arrivée là-bas, hèle un chauffeur. Il y a longtemps que ce qu'elle fait ne la dégoûte plus. Autrefois, elle se douchait dans la salle de bains du client avant de partir et frottait chaque partie de son corps jusqu'à s'irriter la peau. Mais ces temps-ci, Margot rentre directement chez elle et s'endort, les pores imprégnés d'une odeur de sperme. Ce n'est plus un sentiment de répugnance, mais un vif espoir qui gonfle dans sa poitrine et la remplit de détermination. Margot se retourne dans le lit qu'elle partage avec sa sœur en se répétant qu'un jour, elle n'aura plus besoin de s'imposer ces choses. Qu'un jour, Thandi arrangera tout.

Mais en attendant, il faut travailler.

Ce soir, Margot vérifie de chaque côté du hall d'entrée si la voie est libre. Toutes les femmes de chambre de l'hôtel sont parties, ainsi que la direction et la majorité du personnel. Le concierge, Paul, est le seul à son poste. Comme il est presque minuit, les réceptionnistes du soir, Abby et Joseph, se reposent chacun leur tour sur le canapé du bureau. Margot évite de passer devant la réception quand elle quitte l'hôtel. Tandis qu'elle sort du côté de la piscine, elle est surprise de trouver Paul dehors en train de fumer une cigarette.

« Bonne nuit, Margot », dit-il en s'inclinant légèrement.

Cet homme est toujours si poli qu'elle se demande ce qu'il sait. Ce calme ne cacherait-il pas un certain mépris ? Raconte-t-il en douce aux autres concierges qu'il la voit quitter l'hôtel tard le soir ? Qu'il l'a surprise à plus d'une occasion rajustant son chemisier et sa jupe alors qu'elle sortait de la chambre d'un client ? Cela a peut-être permis à l'homme de tirer les bonnes conclusions, mais il n'est pas très futé, heureusement.

Dehors, la nuit est fraîche. La voûte céleste est saupoudrée de grains scintillants. Les stridulations des criquets dans les bougainvillées la suivent comme une rumeur : leur chant sifflant est assourdissant. Margot atteint la rue, soulagée de retrouver l'anonymat de la nuit. En ville, les chauffeurs de taxi habituels sont là : Maxi, Dexter, Potty, Alistair. Maxi fait tinter ses clés le premier, signe pour les autres chauffeurs que c'est lui qui prend la course.

« Quoi de neuf, ma douce ? »

Margot lui envoie un baiser. Maxi et elle ont grandi ensemble et fréquenté les mêmes écoles, de la maternelle au collège. Maxi a finalement laissé tomber les cours, est devenu adepte du rastafarisme et a commencé à employer l'expression « *Jah, mes frères et moi* ». Il fume de l'herbe toute la journée, et le soir, il sert à la fois de chauffeur de taxi et de dealer aux touristes suffisamment téméraires pour partir chercher de la ganja en ville.

« Comment va, Maxi ? »

Margot s'installe sur le siège avant du taxi, accueillie par une odeur de fumée et de pelures d'orange. Elle se demande aussitôt si elle imprègnera ses vêtements. Quoique, ils sont déjà chargés d'autres effluves.

« On fait aller. »

Maxi met le moteur en marche. Ses dreadlocks forment une épaisse masse emmêlée sur le sommet de sa tête. Il lui parle de ses deux enfants dont Margot prend toujours des nouvelles afin d'éviter que la conversation ne tourne au flirt. L'un d'eux commence l'école primaire tandis que l'autre vient d'entrer en maternelle. Ces enfants sont issus de mères différentes, deux femmes qui ont également grandi avec Margot. Deux femmes qu'elle ne fréquente plus en raison de leur étroitesse d'esprit et de leur promptitude à juger autrui. *Comme elle se prend pour une madame depuis qu'elle travaille à l'hôtel ! Mais regardez-la : trente ans et pas de mari ni de marmailles. Elle doit être toute sèche, sa chouchoune. Même pas capable de descendre de son trône pour coucher comme y faut. Madame est trop bien pou ça.*

« Quand tu vas acheter ta propre voiture, Margot ? demande Maxi. L'hôtel paye bien bien, y paraît. »

Margot s'enfonce dans le siège en cuir et inspire les puissantes odeurs qui l'entourent.

« Bientôt. »

Elle regarde par la fenêtre. Bien qu'il fasse nuit noire, elle devine la proximité de la mer. L'espace d'un instant, elle aimerait donner à ses pensées la liberté de vagabonder dans cette obscurité, cette incertitude.

« Comment ça ? demande Maxi.

— Quoi ? T'es si pressé de faire faillite ? »

Margot lui adresse un sourire – lent, décontracté ; son premier vrai sourire de la journée. Son travail exige un mouvement conscient de la mâchoire, une courbure de la bouche permettant de dévoiler ses dents, *toutes* ses dents – cela afin de détourner l'attention de ses yeux fatigués, de maintenir un contact visuel avec les clients. *Quelle magnifique journée au Palm Star Resort, que puis-je faire pour vous ? Bonjour, monsieur. Bien, madame, je vais tout de suite vous le chercher. Non, monsieur, nous ne proposons pas de navette directe jusqu'à Kingston, mais il y en a une pour Ocho Rios. Puis-je vous être utile en quoi que ce soit d'autre, madame ? Votre navette vous attend à l'extérieur, monsieur. Passez une excellente journée. Contactez-moi si nécessaire. Je vous en prie.*

« Faut juste qu'on arrête de se voir dans ces conditions. C'est tout », dit Maxi.

Margot porte de nouveau son attention sur l'extérieur.

« Dès que Thandi aura fini l'école. Tu sais comment ça se passe. »

Maxi lâche un petit rire. Quand elle se tourne vers lui, Margot aperçoit ses dents blanches qui paraissent lumineuses dans l'obscurité.

« *Tu sais comment ça se passe*, l'imite-t-il.

— Quoi ?

— Rien.

— Qu'est-ce qui te prend, Maxi ? »

D'une main, son ami lisse sa moustache au-dessus de sa large bouche. À l'école, toutes les amies de Margot avaient un faible pour lui. Elles lui trouvaient un air de Bob Marley à cause de ses boucles crépues de plus en plus longues, de sa peau brun arachide et de son attitude rebelle. Un jour, il avait traité une professeure d'ignorante parce qu'elle croyait que Christophe Colomb avait découvert la Jamaïque. « *Et le peuple indigène qui était là avant, alors ?* » Cultivé, Maxi employait des mots que personne n'avait jamais entendus dans une conversation ordinaire : *indigène, inégalité, soulèvement, révolution, esclavage mental.* Il sautait les cours afin de lire des ouvrages sur Marcus Garvey[1] et racontait à qui voulait l'entendre que la véritable histoire se trouvait dans ces livres. Son insoumission avait fini par inquiéter le principal, monsieur Rhone, un grand homme à la peau brun clair originaire de la paroisse de Saint-Elizabeth. Craignant que Maxi n'influençât les autres élèves, il l'avait renvoyé. Maxi n'était jamais retourné à l'école depuis. S'il ne s'était pas bourré le crâne d'âneries sur la liberté et l'Afrique, il serait médecin, avocat, homme politique ou magnat de ceci ou cela aujourd'hui, car c'était sans conteste le garçon le plus intelligent de l'école. Margot veut à tout prix éviter qu'il arrive la même chose à sa sœur. Comme Maxi, Thandi est cultivée. Elle a le potentiel qu'il faut pour devenir quelqu'un. Margot doit faire en sorte qu'elle ne le gâche pas.

« Tu lui mets trop de pression, à cette pauv' gosse. Pourquoi tu te concentres pas sur tes rêves à toi ?

— Mon rêve, c'est que ma sœur réussisse.

— Et c'est quoi son rêve à elle ?

— Le même.

---

1. Né en Jamaïque en 1887 et mort à Londres en 1940, Marcus Mosiah Garvey est un militant noir considéré comme un prophète par les adeptes du mouvement rastafari.

— Tu lui as déjà demandé ?

— Où tu veux en venir, Maxi ?

— Je veux juste savoir si t'as déjà demandé à ta sœur quels sont ses rêves. T'arrêtes pas de la pousser. Un jour, elle risque de craquer.

— Max, arrête de dire n'importe quoi. Contrairement à certaines personnes que je connais, Thandi a de l'ambition.

— *Certaines personnes.* » Maxi grimace et recommence à caresser sa moustache à peine visible. « Je sais ce que je veux depuis longtemps. Et ça n'a rien à voir avec ce qu'y nous apprennent à l'école. Y transforment nos marmailles en robots, Margot. Y leur enseignent que la philosophie de l'homme blanc. Et notre héritage ? Et notre culture alors ? »

Maxi tchipe[1].

« Y bourrent le crâne de nos marmailles avec des idées capitalistes. Ta sœur, Thandi, c'est une genti fi. Elle connaît ses leçons. Mais comme je dis toujours, quand la marmite bout trop longtemps, le fond se dessèche et y craque. »

Margot lève une main devant le visage de Maxi comme pour le faire taire.

« Je pense que le sujet est clos. »

Dans le silence qui s'installe, on n'entend plus que le ronron du moteur. Maxi se met à siffler, concentré sur la route obscure devant eux. Seules ses lignes blanches sont visibles. Margot tente de les compter pour se calmer. Bien sûr qu'elle a des rêves. Elle en a toujours eu. Son but est de partir le plus loin possible d'ici. Peut-être en Amérique, en Angleterre, quelque part où elle pourra se réinventer. Devenir une nouvelle personne, une femme désinhibée ; quelque part où elle pourra satisfaire les désirs auxquels elle résiste depuis si longtemps. En réalité, l'hôtel ne lui

1. Son produit avec les lèvres pour exprimer son mépris ou sa désapprobation.

verse qu'un maigre salaire, mais Margot ne peut le révéler à personne. Elle s'habille élégamment pour aller travailler : son uniforme gris tourterelle est soigneusement repassé, ses plis soigneusement ajustés ; ses cheveux lisses et peignés sont ramassés en un chignon serré dont rien ne dépasse, à l'exception du duvet qu'elle plaque avec du gel autour de son front et sur ses tempes ; maquillé avec un soin minutieux, son visage est suffisamment poudré pour paraître plus clair ; plus clair que celui d'une vulgaire domestique. C'est peut-être ce que voit Alphonso, son patron blanc jamaïcain, quand il la regarde. Une vulgaire domestique. Héritier de l'empire Wellington sur lequel régnait son père – qui comprend des plantations de café, des distilleries de rhum et des biens immobiliers, dont le Palm Star Resort, disséminés sur toute l'île, de la paroisse de Portland à celle de Westmoreland –, Alphonso a eu la gentillesse de la garder dans l'équipe après avoir renvoyé tous les employés de feu Reginald Wellington Senior. Au début, Margot se méprisait de laisser cet homme la toucher, mais également d'avoir la prétention de croire qu'elle avait le choix. Le bénéfice qu'elle tirait (et tire toujours) de ces relations sexuelles était bien supérieur à celui qu'elle aurait engrangé en récurant les sols. Margot ne voulait pas passer à côté de cette occasion. Tout ce qu'elle avait toujours souhaité, c'était d'entrer en contact avec d'autres mondes, avec tous ceux qui pourraient la sortir de sa misère, lui offrir une chance d'échapper à Delores et à ce qu'elle lui avait fait.

Maxi donne un petit coup de coude à Margot.

« Qu'est-ce qui te prend de monter sur tes grands chevaux ? Détends-toi, ma vieille. »

Son sourire en coin oblige Margot à détourner le regard afin de ne pas craquer.

« T'es tellement dévouée à ton devoir de grande sœur ! Je trouve ça très honorable, Jah m'est témoin. »

Maxi tend la main et la pose sur le genou de Margot. Comme il ne la retire pas, elle la soulève et la ramène vers lui. Il y a quinze ans, pendant sa courte histoire avec Maxi à l'époque du collège, ce geste aurait provoqué des frissons dans toute son anatomie. Aujourd'hui, ce n'est plus pareil. Aucun contact ne lui procure plus ces sensations.

Lorsque le taxi approche du pied de la colline, Margot lui demande de s'arrêter.

« Je finis à pied. »

Maxi regarde droit devant lui, les yeux plissés comme s'il essayait de voir à travers l'obscurité.

« T'es sûre ? Pourquoi tu m'arrêtes toujours ici ? Je sais bien où tu habites. Pourquoi tu veux pas que je t'y dépose ?

— Maxi, je peux marcher. »

Margot sort de l'argent et le lui donne. Son ami le prend à contrecœur puis fixe le regard sur l'épaisse obscurité qui couvre la route devant eux. Margot attend que la voiture s'éloigne et que ses phares disparaissent. La nuit l'engloutit, l'entoure de murs noirs qui finissent par s'ouvrir sur un chemin à travers l'obscurité. Elle avance en posant prudemment un pied devant l'autre, consciente de l'étrange sensation qui lui grimpe le long de l'échine, enveloppe son ventre et jaillit dans sa poitrine. Le parfum des bougainvillées qui poussent le long de la barrière lui fait l'effet d'une douce étreinte. L'obscurité devient une aimable complice. Et pourtant, une appréhension familière la saisit par surprise : *Peut-on me voir ?* Margot regarde par-dessus l'épaule et calcule la distance qu'il lui faudrait parcourir pour rentrer chez elle. Un bon kilomètre et demi. Elle se trouve devant la maison rose vif qui émerge de l'ombre et semble rougeoyer dans l'obscurité. Comme si elle l'avait entendue arriver, une femme apparaît sous la varangue dans une chemise de nuit blanche. Celle-ci se gonfle doucement dans la brise légère qui fait bruire les feuilles des plantes et des arbres du jardin et apporte à Margot un léger parfum de patchouli. La femme semble flotter vers elle comme un ange, ses formes féminines moulées par sa chemise de nuit. Margot avance également vers elle sans plus avoir conscience des pas qu'elle fait sur le chemin dallé, ni des peurs qui lui martèlent l'intérieur de la poitrine. Arrivée au pied des marches, elle contemple le visage de la femme ; ce regard qui soutient le sien. Du matin au soir, elle ne pense qu'à ces yeux, car ce sont les seuls qui la voient. Qui la voient *vraiment* – ils ne s'intéressent pas à sa silhouette ni à la nudité qu'elle offre volontiers aux inconnus, mais à ce qu'il y a de fragile, de brut, de vulnérable en elle. C'est cette nudité-là qui fait frissonner Margot sous le regard de la femme. Elle éprouve l'envie irrépressible de le lui confier. Mais pas ici. Pas maintenant. Aucune parole n'est échangée. Pas un mot n'est nécessaire. Verdene Moore la fait entrer chez elle.

Au marché artisanal d'Old Fort, Delores passe le bras dans celui d'hommes au visage rouge, vêtus de chemises à fleurs, trop polis pour la repousser, et dans celui de femmes aux grands chapeaux de paille dont les fines lèvres grimacent un sourire effrayé. Avant que les touristes ne passent devant son stand, elle écoute les autres marchandes donner leurs prix – des offres que les touristes déclinent avec tact avant de s'éloigner. Au moment où ils arrivent à son stand – le dernier de la rangée –, Delores est prête à bondir sur ces proies comme elle le fait au marché de Falmouth le mardi, dès que s'amarre un bateau. Les touristes hésitent toujours, sans doute troublés par le physique de cette grande femme noire aux yeux globuleux et aux narines dilatées. Ses victimes actuelles sont un couple d'âge mûr.

« J'ai tout plein de jolies choses pour vous et votre mari. Venez par là, ma jolie. »

Delores tire doucement la femme par la main. L'homme suit son épouse sans lâcher un instant le gros appareil photo pendu à son cou, comme s'il craignait qu'on le lui arrache.

Afin de les mettre à l'aise, Delores se confie à eux.

« Oh, Dyé du ciel ! s'exclame-t-elle en s'éventant avec un vieil exemplaire du *Jamaica Observer*. Cette affreuse chalè, quel siplis. Imaginez un peu, je me suis pas assise de la matinée. Oh là là, que c'est pénible. »

Delores essuie la sueur qui ruisselle sur son visage en gardant un œil sur le couple. C'est moins la chaleur que la nervosité qui la fait transpirer car les affaires tournent au ralenti aujourd'hui et elle a besoin d'argent. Elle observe la femme tandis que cette dernière examine ses bijoux – les boucles d'oreilles pendantes en bois, les colliers, bracelets et chaînes de cheville en perles –, seuls articles du stand que Delores fabrique elle-même.

« Celui-ci irait joliment avec vot' robe », dit-elle en la voyant choisir un collier.

Mais la femme se contente de répondre par une grimace, repose doucement l'objet puis examine le suivant. Delores continue à s'éventer. Normalement, les Américains sont bavards, crédules. Exagérément tourmentés par le remords, ils ne lui donnent pas autant de difficultés car leurs bonnes manières les obligent à se montrer bienveillants. Mais ce couple-là ne doit pas appartenir à la même espèce. Peut-être vient-il d'ailleurs, tout compte fait. Pourtant seuls les touristes américains sont accoutrés comme s'ils partaient en safari, surtout les hommes avec leurs brodequins, leur pantalon de treillis et leur appareil photo semblable à des jumelles.

« J'ai des bouffées de chalè, et cette canicule n'arrange rien », se lamente Delores, alors que la femme s'approche des paniers tressés.

Cette phrase fait réagir la touriste – elle esquisse un sourire qui semble indiquer qu'elle la comprend et confirmer l'existence d'une condition féminine universelle. La voilà enfin qui tripote ses billets étrangers, comme si elle rechignait à s'en séparer.

« Combien coûtent ces colliers ? demande-t-elle avec un accent américain en désignant un des pendentifs faits de perles de verre rouges, jaunes et vertes minutieusement enfilées par Delores.

— Vingt-cinq dollars.

— Désolée, mais c'est trop cher. »

La femme lance un regard en coin à son mari.

« Vingt-cinq dollars, ce n'est pas un peu exagéré pour ce collier, Harry ? »

Elle lève le bijou comme si c'était juste un bout de ficelle et l'agite sous le nez de l'homme. Celui-ci le manipule d'un geste faussement expert.

« Nous ne vous en donnerons pas plus de cinq dollars, déclare-t-il d'un ton autoritaire qui rappelle à Delores celui du révérend Cleve Grant, dont la voix tonitruante se fait entendre sur Radio Jamaica tous les midis lorsqu'il prononce sa prière pour la nation.

— Mais misyé, j'ai mis du temps à le fabriquer. Je peux descendre à vingt.

— Quinze.

— Va pou quinze ! » lance Delores en dissimulant sa déception.

Alors qu'elle compte sa monnaie, elle surprend sa cliente en train d'admirer ses poupées miniatures aux traits exagérés et songe que l'image des Jamaïcains que conservera la croisiériste pourrait bien se résumer à ces visages, après sa courte escale d'une journée. Son mari, qui ne cesse de prendre des photos, passe en revue les sculptures de rastas au long pénis surdimensionné, de femmes souriantes au visage aussi noir que le goudron, un panier de fruits posé sur la tête, et d'un fermier hilare qui porte des bananes vertes ; puis il s'intéresse aux T-shirts ornés de plants de cannabis, d'un Bob Marley qui fume sous le mot IRIE écrit en caractères gras, et enfin, aux poupées de chiffon vêtues de robes de fête dont le tissu rappelle les nappes de pique-nique.

« Si vous achetez trois articles, je vous fais un prix. Toutes ces afê, c'est de la bonne qualité, s'empresse de préciser Delores. Vous les trouverez pas ailleurs. »

Lorsque l'homme sort son portefeuille, elle sent son cœur lui bondir dans la gorge.

« Donnez-moi deux de ces T-shirts en taille L, et ce débardeur en S. »

Après que son mari a fait son choix, la cliente, comme si elle avait reçu la permission d'acheter autant de souvenirs que possible, se décide pour un panier tressé – « Pour ta mère » –, plusieurs bracelets aux couleurs rasta – « Pour Alan et Miranda » – et quelques poupées de chiffon vêtues de robes de fête – « Pour les filles ».

Finalement, le couple repart avec la moitié du stock de Delores, seule marchande capable de vendre autant d'articles en une seule journée car, contrairement à ses concurrentes, elle doit subvenir aux besoins d'une enfant très prometteuse – une adolescente qui deviendra un jour médecin. Si Delores s'échine au travail, c'est pour Thandi. Tout en fourrant dans son soutien-gorge les dollars étrangers qui rejoindront plus tard ses économies à l'intérieur du vieux matelas qu'elle partage avec sa mère, elle se répète qu'un jour, tous ses sacrifices paieront. Et qu'ils seront récompensés au centuple.

Thandi n'est pas satisfaite. Elle se dirige tout droit chez monsieur Levy, le grossiste, dont le magasin se trouve juste en face du Dino's Bar sur River Bank Road – la seule rue qui traverse River Bank, un ancien village de pêcheurs situé à la périphérie de Montego Bay où Thandi a vécu toute sa vie. Cette boutique et le Dino's Bar sont les deux seuls commerces qui restent après la fermeture des baraques à fruits de mer. Non seulement les promoteurs immobiliers et la sécheresse ont privé les pêcheurs de travail, mais ils les ont également chassés de River Bank. La communauté ne trouve aujourd'hui plus grand-chose pour se nourrir, à part les produits fortement taxés de monsieur Levy chez qui ses membres vont s'approvisionner une fois par mois.

Cette boutique existe semble-t-il depuis la nuit des temps. Elle a nourri des générations de villageois. À l'image de la population en constante évolution qu'elle ravitaille, elle a changé de nombreuses fois de propriétaires, transmise de père en fils en petit-fils en arrière-petit-fils en arrière-arrière-petit-fils. L'actuel monsieur Levy ressemble en tout point à ses ancêtres lorsqu'il pose ses yeux plissés sur les visages noirs qui hurlent leur commande – *Misyé Chin, donne-moi don un quart de livre de riz. Passe-moi une livre de farine. Je pourrais avoir un sac de sucre, misyé Chin ? Je paierai plus tard. Ajoute don un pain de savon à l'huile d'amande douce.* Bien que son nom soit peint sur la devanture du magasin en caractères rouge vif, les clients s'adressent toujours ainsi au propriétaire en raison de ses origines chinoises. L'épouse de monsieur Levy est une femme impassible qui lui apporte les articles sans un mot du fond du magasin. Ses deux fils viennent parfois prendre sa place à la caisse lorsqu'il rejoint sa femme pour le déjeuner ou le dîner derrière la porte grillagée, où les clients les voient engloutir des nouilles ou de grandes cuillerées de riz cuit à la vapeur. Le magasin propose une petite quantité de produits de base : riz, lait, semoule de maïs, Panadol pour les rhumes et la grippe, flocons d'avoine Foska Oats, maquereaux en boîte, épices, pain et beurre. Il arrive que Thandi y repère un ou deux articles exotiques. Le mois dernier, elle a par exemple découvert que monsieur Levy vendait des barres chocolatées à l'emballage violet orné de lettres dorées qu'elle n'avait encore jamais vues. CHOCOLAT DE L'AMOUR. Thandi en a goûté une et a apprécié la riche saveur du chocolat sur sa langue, contre son palais. Constamment brassé par un grand ventilateur posé dans un coin, l'air est toujours chaud et étouffant dans le magasin. Les clients n'y font qu'un saut. S'ils s'y attardaient trop longtemps, ils s'évanouiraient à cause de la chaleur ou de l'odeur d'urine gracieusement répandue par le gros matou brun et blanc qui se lèche les pattes près du comptoir. Thandi rassemble tout son courage pour élever la voix lorsque monsieur Levy dirige ses yeux plissés sur elle.

« Pourrais-je avoir une livre de riz et un paquet de semoule de maïs, s'il vous plaît ? » demande-t-elle dans un anglais parfait qui attire le regard de certains clients.

Mais le vieux Chinois n'est pas impressionné. Il réunit les articles d'un air distrait et crie : « Cinq dollars ! » sans même lancer un regard à Thandi. Ses doigts courts feuillettent *l'Observer* devant lui. Thandi se demande s'il a déjà vu son visage ; s'il trouve qu'elle ressemble à tous les autres. Les yeux à demi fermés, il doit être difficile de différencier tous ces visages noirs. Derrière le comptoir, Thandi reconnaît le pot de crème Queen of Pearl que lui a dit d'acheter mademoiselle Ruby, autre article exotique proposé par monsieur Levy.

Elle s'éclaircit la voix.

« Et pis donne-moi don un pot de Pearl. »

Le patois jamaïcain sonne étrangement dans sa bouche lorsqu'elle porte l'uniforme du lycée Saint-Emmanuel – une jupe plissée blanche qui tombe sous le genou, des chaussettes blanches soigneusement rabattues sur les chevilles et des chaussures impeccablement cirées. Thandi désigne la crème du menton, un geste qu'elle voit souvent faire les clientes du magasin quand elles passent leur commande d'un air assuré, appuyées de tout leur poids sur le comptoir, une jambe passée derrière l'autre. Thandi paye le pot de crème avec la monnaie des courses. Elle expliquera à sa sœur Margot qu'elle s'est acheté un paquet de crayons et un cahier. Thandi a pu constater les effets de cette crème sur la peau des femmes qui l'utilisent, cette blancheur qui pénètre leur épiderme, tandis que la couleur noire recule comme une ombre sinistre jusqu'à la naissance de leurs cheveux. C'est ce qui est arrivé à mademoiselle Ruby par exemple, cette femme qui vit dans une des cases situées à proximité des bateaux de pêche. Tout le monde à River Bank connaît mademoiselle Ruby et son nouveau commerce. Grâce à elle, des femmes et des filles qui partaient de rien ont réussi dans la vie ; leur teint devenu plus clair les a rendues moins invisibles, plus belles et dignes d'exercer des métiers comme réceptionniste, guichetière de banque, mannequin, directrice commerciale adjointe et même, dans certains cas, hôtesse de l'air.

C'est justement vers sa case que se dirige Thandi.

Elle longe la rivière en forme de Y qui coupe à travers le village puis se divise et s'écoule dans des directions opposées – l'un des bras se déverse dans la vaste étendue de la mer, tandis que l'autre file en direction de la colline qui surplombe River Bank et aboutit à une petite crique ombragée par des bambous et des chênes verts. Si on les contemplait depuis le sommet de la colline, les terres qui bordent la rivière sembleraient parsemées de boîtes en carton habitées. Une petite flotte de bateaux de pêche est ancrée à l'endroit où le cours d'eau rejoint la mer. Semblables à des baleines endormies, ils y mouillent depuis le mois de décembre, avant le début de la sécheresse. La zone est interdite d'accès afin que les ouvriers du bâtiment puissent faire leur travail – ces hommes qui sillonnent la rive, coiffés de casques et chaussés de lourdes bottes en caoutchouc, et qui ratissent le sable avec détermination comme s'ils y cherchaient un trésor.

Enfant, Thandi accompagnait sa mère lorsqu'elle allait faire dans ce quartier ses achats chez mademoiselle Ruby. Toutes deux faisaient la queue devant sa case tout en la regardant écailler les poissons et les éventrer à l'aide d'un couteau tranchant qui laissait apparaître la chair rouge de leur abdomen. Mais sa première visite personnelle à mademoiselle Ruby n'a eu lieu que récemment – bien après que cette femme a cessé de vendre du poisson. Thandi voulait prouver à ses professeurs et ses camarades de classe qu'elle avait le sens des responsabilités en se présentant à l'élection de l'élève chargée de la discipline; mais elle a perdu contre Shelly McGregor que les nonnes et les lycéennes ont choisie en dépit de ses notes moyennes et de son impopularité. Thandi est certaine que sa défaite est due à son teint plus foncé, source incontestable de tous les fardeaux qui lui pèsent autant que les manuels rangés dans son cartable – qui ne l'intéressent nullement. Mais l'occasion s'offre de nouveau à elle de briller – la fête des seize ans de Dana Johnson a lieu dans quelques mois. C'est la première soirée à laquelle Thandi est invitée et le dernier événement mondain prévu avant les examens de juin. Elle s'imagine vêtue de la jolie robe fuchsia qu'elle a repérée dans la vitrine de Tiki Boutique, près de son école à Montego Bay. Une telle couleur mettrait en valeur son teint plus clair et lumineux; cette robe lui donnerait certainement l'impression d'être à sa place parmi les jeunes de son âge.

Thandi est assise nue sur un banc dans la vieille case de mademoiselle Ruby, faite de plaques de zinc et de planches dont les clous exposés à l'air marin s'oxydent. Un manguier incliné qui repose sur son toit depuis l'ouragan Gilbert protège son habitante du soleil, et du regard des voyeurs potentiels. Des mangues noires pendent à l'intérieur de la case, certaines pourrissant autour de leur noyau sec.

De temps en temps, la brise marine chuchote sur le zinc du toit ou à travers les fenêtres grandes ouvertes. Thandi sent son souffle salé sur ses lèvres. L'humidité de l'air et la sécheresse de cette mi-février rappellent les mois chauds et secs de l'été. Thandi se tient le dos voûté et les épaules arrondies. De minuscules fourmis arpentent le sol poussiéreux, tandis que d'autres grimpent le long des pieds du banc. Thandi croise et décroise les jambes de crainte qu'elles ne pénètrent dans les plis de son sexe. Face à elle, mademoiselle Ruby mélange quelques crèmes en vidant leurs tubes dans un grand pot blanc qui contenait autrefois un baume lissant pour les cheveux. Elle brasse habilement la préparation avec le manche d'un peigne en métal, la langue glissée entre ses grosses lèvres roses, les sourcils froncés de concentration. Malgré la chaleur étouffante, pas une goutte de sueur ne coule sur son visage, bien qu'elle porte un sweat-shirt à capuche qui lui couvre le front et les bras afin de la protéger du soleil. Quant à ses jambes, elles sont cachées sous un pantalon ample.

« T'as la crème Queen of Pearl ? » demande-t-elle.

Thandi hoche la tête et lui tend le pot.

« Pas maintenant. Tu vas devoir l'utiliser quotidiennement. Elle est pas plus efficace que ma préparation, soit dit en passant. Mais si tu les utilises ensemble, tu vas voir, ça fait des miracles. Tu dois quand même faire attention, cependant. Ça va lékol ?

— Oui », répond Thandi d'une voix aussi minuscule que les fourmis qui se promènent sur le sol.

Elle range le pot de crème dans son cartable.

« T'es prête pou le CXC[1] ? »

Thandi hausse les épaules.

« Je suppose. »

1. Caribbean Examinations Council.

L'adolescente a passé toutes ses années de lycée à étudier les neuf matières de cet examen dont huit ont été choisies à sa place.

« Tu *supposes* ? »

Mademoiselle Ruby pose les mains sur les hanches.

« T'as plutôt intérêt à l'être. C'est dans quatre mois, non ? C'est pas rien. Ma cousine à Kingston, elle a échoué à cinq épreuves l'année dernière et elle doit les repasser. Une autre fi, elle a fini par laisser tomber et elle est partie en apprentissage pou se former à un métier. T'es le seul espoir de ta manman. Tu sais comment elle travaille dur pou te payer ce lékol ? »

Mademoiselle Ruby n'a pas tort. Delores se donne du mal pour vendre aux touristes ses souvenirs bas de gamme trois fois trop cher à Falmouth Market. Quant à Margot, elle fait des heures supplémentaires à l'hôtel. Si toutes deux se démènent autant, c'est pour son avenir.

Thandi déglutit puis baisse les yeux vers son uniforme resté en tas sur le sol, pareil à un drap roulé en boule. Cette tenue la rendait fière autrefois ; mais en la contemplant, elle songe à présent à l'usage bien différent qu'on pourrait faire de ce tissu blanc qui coûte plus cher que toutes les provisions que sa mère achète en un mois. En raison de leur prix, Thandi ne possède que deux uniformes qu'elle lave à la main le soir après l'école puis repasse pour le lendemain.

L'adolescente pose les yeux sur ses cuisses brunes. Leur aspect n'a pas du tout changé depuis sa dernière visite.

« Vous pensez que je peux devenir plus claire en quatre mois ? demande-t-elle à mademoiselle Ruby en pensant à la fête et aux garçons qui y seront invités.

— T'as enlevé le plastique, réplique la femme d'un ton légèrement accusateur.

— Il faisait trop chaud. J'ai cru que j'allais m'évanouir.

— J'étais foncée comme toi avant, et regarde-moi maintenant… »

Mademoiselle Ruby tourne la tête de chaque côté afin de montrer à Thandi sa peau rose saumon dont la texture paraît aussi délicate que la pellicule qui se forme à la surface du lait bouilli.

« Tu vois comment mon teint est devenu lumineux ? Si tu suis bien bien mes instructions, le tien va s'éclaircir plus vite. Ça devrait fonctionner avec la crème Queen of Pearl. Si tu veux un résultat plus rapide, mets-en deux fois par jour. »

Mademoiselle Ruby fait pénétrer sa préparation dans la peau du cou, du dos, des bras et des épaules de Thandi. Elle l'applique partout sauf dans la raie de ses fesses. Ses gestes sont loin d'être tendres. Thandi se demande si elle cherche ainsi à la punir de ne pas avoir suivi ses instructions. Elle imagine sa couleur noire se décollant de sa peau grâce à l'eau oxygénée ajoutée par mademoiselle Ruby à sa préparation qui agit comme un abrasif, un remède à sa nostalgie. Thandi ferme les yeux alors que le mélange tiède se répand sur son épiderme. Les mains de mademoiselle Ruby atteignent sa poitrine. Le mouvement circulaire de ces doigts étrangers sur ses seins fait rougir l'adolescente. Jamais on ne l'a touchée ainsi. Elle ouvre les yeux et cherche un objet, n'importe lequel, qui pourrait la distraire de la sensation de ces mains inconnues. Elle se voit comme un poisson que mademoiselle Ruby frotte avec du sel et du vinaigre avant de le frire. Ses yeux se posent sur le plafond. Si elle pouvait lever le bras, Thandi y dessinerait les images que projette son esprit.

« Une chance que t'aies des beaux cheveux, dit mademoiselle Ruby. Des beaux cheveux de coolie. C'est un Indien, ton papa ?

— Je n'en sais rien, répond Thandi, le regard toujours rivé aux planches du plafond. Je ne l'ai jamais rencontré.

— Eh ben, Dyé t'a joué un tour bien cruel. Pasque, mon enfant, si ta peau était aussi belle que tes cheveux, tu serais une fanm magnifique. »

Thandi n'entend là rien de nouveau. Sa mère répète souvent la même chose en secouant la tête comme lorsque des aliments brûlés finissent à la poubelle. « *Quel dommage que t'aies pas la peau de ton père.* » Thandi n'a ni cette pigmentation brun muscade qui fait de Margot une maîtresse respectable – juste un échelon en dessous d'une épouse au teint lumineux –, ni la couleur noire de Delores qui attire la compassion de ses interlocuteurs. « *Qui don voudrait être noir comme ça dans ce pays ?* » lui a un jour demandé mademoiselle Ruby au sujet de sa mère.

La femme lui remet le pot de sa préparation maison afin qu'elle l'applique au besoin sur sa peau.

« Seulement si nécésè, insiste-t-elle. Ce sont des produits chimiques très forts qui pourraient te tuer. »

Elle prend ensuite un rouleau de film plastique et commence à en envelopper les bras et le torse de Thandi. L'adolescente peu à peu momifiée écoute ses instructions sans bouger :

« Si tu veux que ça vienne plus vite, garde le plastique. Te lave pas. Évite le soleil. Si tu dois marcher au soleil pou une raison ou une autre, y faut que tu sois tout le temps couverte de la tête aux pieds. Si tu sens que tu vas t'évanouir, bois de l'eau. Ça fait transpirer davantage. De toutes les façons, n'enlève pas le plastique. Et souviens-toi de rester à l'ombre ! »

Mademoiselle Ruby répète ces mots sur le ton d'un sinistre avertissement, les yeux plongés dans ceux de Thandi. Celle-ci l'écoute en hochant la tête, bien qu'elle ait envie d'arracher le film et de plonger dans la rivière. Elle imagine sa peau bouillante fondant sous le plastique.

« Il faut vraiment que je porte ça en permanence ?

— La chalè et la transpiration jouent pou toi. Y faut faire avec », répond mademoiselle Ruby en lui adressant un regard implacable.

Thandi regrette de s'être plainte car cela pourrait donner l'impression qu'elle a revu ses ambitions à la baisse. Qu'elle a tiré un trait sur les occasions susceptibles de s'offrir à elle. Sur ses chances d'attirer le type de garçon dont rêvent sa mère et sa sœur pour elle (le type de garçon qui viendra à coup sûr à la fête). Sur ses chances de se faire accepter par ses camarades de classe. Sur ses chances de réussite à l'école – le seul atout sur lequel les filles noires comme elle peuvent miser, puisque leur apparence ne jouera jamais en leur faveur. Comme le répète sa mère : « *Tout ce que t'as pou toi, c'est ton instruction. Ne va pas tout gâcher.* » De leur côté, les sottes du lycée à la peau plus claire décrocheront des contrats de mannequin ou se trouveront des petits copains suffisamment riches pour les gâter. Les moins jolies se verront offrir un travail dans l'entreprise familiale. À quoi Thandi pourra-t-elle se raccrocher si elle échoue aux examens, hormis à ses dessins ? Personne n'en voudra, cependant. Personne ne respecte les artistes. Aussi Thandi s'efforce-t-elle d'ignorer le crissement du plastique sous son uniforme et la nausée qui l'envahit alors qu'elle se rhabille.

Mademoiselle Ruby examine sa peau, le regard pareil à une lame de rasoir lui raclant le corps, comme si elle cherchait des zones oubliées – des taches sombres qui exigent d'être frottées, récurées avec la vigueur que nécessite le fond d'une marmite brûlée. Ou l'écaillage des poissons. Les yeux foncés de mademoiselle Ruby expriment une subtile hostilité qui rappelle à Thandi les regards que lui adressent les filles et les nonnes de l'école. Devine-t-elle que l'adolescente ne parvient pas à s'intégrer ? Flaire-t-elle ses mensonges ? Peut-être que Thandi lui fait subitement penser à quelqu'un qui l'a blessée. Ou bien à elle-même – au physique qui était le sien avant qu'elle ne se blanchisse la peau. La femme change brusquement d'humeur lorsque Thandi la paye.

« Oublie pas de rester à l'ombre comme je te l'ai dit. Pasqu'on le sait bien, toi et moi : Dyé, il aime pas les vilains. »

Dès qu'elle sort de la case de mademoiselle Ruby, Thandi expire par la bouche. Par réflexe, elle retenait son souffle depuis son arrivée, de crainte d'inhaler les produits chimiques qui empestent l'atmosphère de la case, cette odeur ammoniaquée qui a remplacé la puanteur du poisson.

Pour rentrer chez elle, Thandi emprunte le chemin ombragé qui passe devant la maison rose – l'une des plus jolies de tout le village. En fait, c'est l'une des deux seules maisons de River Bank construites avec du ciment, des parpaings et un toit de bardeaux. Elle est même équipée de volets aux fenêtres et d'une plomberie intérieure.

La maison rose appartient à Verdene Moore, une femme surveillée de près par toute la communauté qui sait de quoi elle est capable. On n'ajoute pas de « *mademoiselle* » devant son nom – alors que la plupart des femmes adultes auxquelles s'adresse Thandi y ont droit –, pour la même raison qu'on ne l'appelle pas « *madame* ».

Non que les habitantes de River Bank se marient. Le mariage est réservé aux personnes comme les parents des camarades de classe de Thandi, ces mères bien habillées et excessivement maquillées qu'accompagnent des époux à l'air distingué lors des cérémonies organisées par le lycée. Delores, elle, y vient toujours seule. Le père de Thandi, aux dernières nouvelles, habite dans la paroisse de Westmoreland. On vit surtout en concubinage à River Bank, où il suffit généralement qu'un homme et une femme s'installent ensemble pour sceller leur union. Selon la rumeur que Thandi a entendue toute son enfance, Verdene Moore attire les petites filles avec des quénettes[1] dans sa maison afin de pouvoir les toucher. Des femmes l'ont surprise en train

1. Petit fruit acidulé à noyau semblable à un citron vert.

de leur sourire depuis son jardin alors qu'elles passaient, un glaçon ou un morceau de pastèque entre les lèvres, par une de ces journées de chaleur où jupes et robes collent au corps comme une seconde peau. On raconte depuis longtemps à River Bank que Verdene Moore est l'Antéchrist, le serpent que des mangoustes devraient dévorer vivant afin d'en débarrasser l'île une bonne fois pour toutes ; une sorcière aux pratiques obscènes, trop impies pour que quiconque ose les imaginer.

En août dernier, monsieur Joe, un vagabond bègue que les habitants de River Bank payent pour désherber leur jardin, a découvert, dans celui de Verdene Moore, le cadavre d'un chien dont le flanc sanglant portait des sortes de morsures. Monsieur Joe s'est enfui en braillant dans la rue, la machette en l'air comme s'il pourfendait le vent. Aujourd'hui encore, les habitants sont convaincus que c'est Verdene Moore qui a tué ce chien, un bâtard desséché au corps osseux. Le genre d'animal qu'ils chassent à coups de pied dans la tête ou dans les flancs, le genre d'animal qu'ils nourrissent d'os, de restes de leurs repas et de tous les déchets qui leur tombent sous la main. Le genre d'animal qui attire les puces, renifle et lèche son derrière. Une créature détestable devenue une pauvre bête sans défense depuis que Verdene Moore l'a sacrifiée au cours d'un de ses rituels. Les gens gardent leurs distances avec cette femme à l'existence solitaire. Personne ne sait ce qui se passe exactement dans cette maison rose que sa mère, mademoiselle Ella, lui a léguée à sa mort. C'est assurément une belle demeure avec son toit de bardeaux, son grand jardin, ses portes-fenêtres et ses volets ; mais la noirceur qu'elle renferme est visible depuis la rue par ses fenêtres ouvertes dont les rideaux blancs se gonflent puis retombent, semblables à des fantômes.

Thandi accélère le pas en évitant de regarder le magnifique jardin de Verdene Moore, rempli de fleurs aux couleurs de l'arc-en-ciel. Elle se garde en outre de humer le parfum puissant des bougainvillées qui poussent le long de la barrière et attirent les colibris. Les minuscules oiseaux volent quelques instants sur place puis filent comme l'éclair. La vue de ces fleurs est surprenante car la sécheresse mène la vie dure aux plantes cette année. Même les pétales des hibiscus rouges pendent au bout de leurs tiges comme les langues de chiens assoiffés.

Ce jardin est si vaste que Thandi est obligée de trotter pour arriver le plus vite possible au bout de la barrière. La chaleur la fait abondamment transpirer et son uniforme colle au plastique. Des épines de *macca* s'accrochent dans l'ourlet de sa jupe. Son sac dans lequel sont rangés le riz, la semoule de maïs et le pot de Queen of Pearl, seul achat prometteur, pèse lourd sur ses épaules. Les pierres descellées s'enfoncent dans ses semelles usées qui claquent de plus en plus vite contre ses talons. Thandi accélère encore en repoussant les arbustes et les branches pendantes, tandis que la crainte de se faire attraper lui comprime les poumons.

Lorsqu'elle atteint la case de mademoiselle Gracie, Thandi souffle bruyamment, les mains sur les flancs. Elle se sait en sécurité à présent car, bien qu'elle ait ses propres démons – qui ne sont pas étrangers à sa fréquentation assidue du Dino's Bar –, mademoiselle Gracie est une femme pieuse. Il lui arrive souvent d'être frappée par le Saint-Esprit en public et de déclamer des prêches à tue-tête sur la place, une bible serrée dans les mains.

Assis sur la barrière de mademoiselle Gracie, un groupe d'adolescents se gave de mangues tout juste cueillies dans l'arbre. Les garçons s'arrêtent en voyant Thandi approcher, puis chacun baisse la main de sa bouche. C'est la seule fille du quartier dont la présence en impose autant que celle d'une figure d'autorité – une principale, une professeure, une nonne. Lorsque Thandi passe devant eux, ils sont tous aussi silencieux que les chenilles posées sur les feuilles des arbres. Tous sauf un. Charles. Si l'adolescente marche la tête haute, ce n'est pas à cause des autres, mais de lui.

« Quoi de neuf, Thandi ? » demande-t-il, rompant ce silence qui lui chante la sérénade.

Thandi manque de trébucher. Une bouffée de chaleur se répand de son cou à son visage, bien qu'aucun des garçons ne réagisse à ce qui vient de se passer. Elle adresse un signe de tête à Charles puis passe rapidement devant lui, consciente de son regard qui observe le délicat balancement de ses hanches. Tandis que ses yeux se promènent sur ses formes, ses pensées se sont déjà glissées sous sa jupe. Si seulement Charles n'était pas juste un garçon ordinaire, le genre d'adolescent dont Delores lui conseille de rester éloignée ; le genre d'adolescent que Margot critique parce qu'il n'est pas un de ces riches propriétaires d'Ironshore, que même certaines de ses camarades de Saint-Emmanuel se vantent de fréquenter. De toute façon, Thandi n'est plus obligée de se contenter d'un garçon comme lui maintenant qu'elle s'éclaircit la peau. Elle ressent cependant une sorte de pulsation dans son bas-ventre. Elle accélère le pas en serrant les cuisses comme si elle avait envie de faire pipi.

Thandi arrive enfin à sa case, la seule de la vaste étendue jouxtant le pâturage où monsieur Melon, un paisible fermier, attache sa chèvre à côté d'un poirier qui ne donne plus de fruits. Chaque jour, l'homme mène sa bête à travers champs jusqu'au seul lopin de terre qui n'a pas pris la couleur rouille des arbres voisins. Le bruit court qu'il traite mieux sa chèvre que sa femme. Mademoiselle Francis et mademoiselle Louise suivent Thandi du regard tandis qu'elle grimpe la pente et passe devant la cour que partagent plusieurs familles, dont les cases délabrées s'inclinent les unes contre les autres tels des ivrognes unis dans une sorte d'étreinte.

Les femmes se protègent les yeux du soleil avec les mains. De loin, Thandi les entend parler d'elle.

« C'est pas la fi de Delores, ça ? Regarde comme elle devient jolie. C'est pas souvent que je la vois. Toujours le nez dans ses livres. Mais quel joli brin de fi ! »

Aux fillettes assises entre leurs jambes sous la varangue, dont elles démêlent les cheveux crépus avec des peignes à dents larges et enduisent le cuir chevelu de baume Blue Magic, elles expliquent :

« C'est comme ça que tu dois devenir. Comme Thandi. Elle est bien partie dans la vie grâce à son bon lékol. Tu vois comme son uniforme est élégant ? Y a rien de négligé chez elle. Elle est toujours aimable en plus. Pas comme sa sœur Margot, qui se pavane le nez en l'air comme si on sentait mauvais. »

Elles font bonjour à Thandi lorsqu'elle regarde de leur côté. L'adolescente se sent obligée de les saluer, mais parvient à les dépasser en coupant court à la conversation.

« Bonjour, mademoiselle Louise. Bonjour, mademoiselle Francis. Oui, grand-mère Merle va bien. Delores ? Oh, vous savez, elle travaille, comme d'habitude. »

Thandi marque une pause, une boule logée dans la gorge, quand elles l'interrogent sur ses cours.

« Oui, je prépare le CXC. Je travaille très dur. Merci pour vos prières. »

Bien après s'être éloignée, l'adolescente sent encore leurs regards sur elle.

Lorsqu'elle ouvre le portail, Thandi trouve sa grand-mère Merle assise sous la varangue, le regard levé vers le ciel.

« Bonjour, grand-mère », lance-t-elle tout en sachant qu'elle n'obtiendra aucune réponse. Thandi se demande souvent si la vieille femme est plus consciente de son environnement qu'elle ne le laisse paraître. Toutes deux n'ont pas échangé plus de deux mots depuis sa petite enfance. À quinze ans, Thandi ne garde aucun souvenir du son de sa voix car grand-mère Merle a cessé de parler après que l'oncle Winston est parti en Amérique. Son fils était sa plus grande fierté. Ces jours-ci, la vieille femme fixe le ciel bleu comme si elle espérait l'apercevoir quelque part entre les nuages qui flottent au-dessus de la case, au-dessus des arbres et des collines pentues qui engloutissent le soleil dans la soirée.

De retour de l'école, de jeunes enfants jouent dans le vaste champ où monsieur Melon attache sa chèvre. Certains poursuivent les volailles que la mère de Thandi laisse se promener dans la grande cour hors du poulailler. Les oiseaux s'affolent en caquetant, soulèvent de la poussière et réveillent en sursaut les corniauds endormis qui agitent la queue pour chasser les mouches. Thandi abandonne grand-mère Merle sous la varangue et entre dans la case. Elle range le riz et la semoule de maïs à leur place dans les placards puis sort le pot de crème de son sac. Après s'être assise devant le miroir, elle essuie son visage moite avec le bord de sa jupe. Deux fois par jour après le bain, indique la notice. Mademoiselle Ruby lui a pourtant formellement déconseillé de se laver.

Le pot de crème à la main, Thandi relit chaque mot de la notice. Il faut que ce traitement fonctionne. Voilà un mois qu'elle l'a commencé et sa peau est toujours de la même couleur. Elle suit pourtant à la lettre les conseils de mademoiselle Ruby : au moment de sa toilette, elle se lave les aisselles avec un chiffon humide, puis les parties intimes accroupie au-dessus d'une bassine d'eau savonneuse ; elle porte son sweat-shirt à manches longues toute la journée par-dessus le film plastique afin de retenir l'humidité de sa peau et d'éviter les coups de soleil ; elle applique la préparation de mademoiselle Ruby sur son épiderme un jour sur deux. La crème Queen of Pearl est son dernier recours pour accélérer le processus. Thandi ne peut pas se laver le visage à cette heure de la journée car la pression de l'eau est trop faible, mais il lui semble plutôt propre. Elle le tâte du bout des doigts, suit son contour, caresse sa peau lisse. Alors qu'elle s'examine dans le miroir, Thandi commence à se voir à travers les yeux de sa mère, de sa sœur et de la communauté : lauréate d'une bourse, adolescente sage, source d'espoir pour sa famille, jeune fille destinée à devenir riche et à mener une vie prestigieuse. Lorsqu'elle s'admire ainsi, la case disparaît autour d'elle, de même que la sensation permanente de ce poids sur sa poitrine.

2

Margot tresse les cheveux de Thandi pendant que Delores prépare un mélange de riz et de haricots dans une casserole. Son aînée a rapporté des provisions à la maison – une douzaine d'œufs, du bœuf, du fromage, du maquereau, du lait, de la queue de bœuf et des dos de poulet –, mais toute cette viande risque de s'abîmer car JPS[1] a encore coupé l'électricité. Grâce à Clover, l'homme à tout faire du quartier qui est de retour après des années d'absence, la case est habituellement alimentée en électricité, volée à un proche lampadaire, car elle n'est pas légalement raccordée au réseau. Le peu d'enseignement professionnel qu'a reçu Clover au lycée technique Herbert Morrison suffit à faire de lui l'électricien, le charpentier et le plombier de River Bank. Il a aidé à construire la moitié des cases du village, la plupart sur des terres abandonnées. Mais ce soir, il n'y a rien à faire pour rétablir le courant. D'après les informations diffusées par Radio Jamaica que Delores écoute sur la vieille radio à piles posée près de la cuisinière, des arbres ont pris feu à cause de la sécheresse, et l'incendie a endommagé les principaux fils électriques de JPS. La moitié du pays est plongée dans l'obscurité.

Seule la petite flamme d'une lampe à pétrole éclaire la case. Delores éteint la radio et recommence à mélanger

1. *Jamaica Public Service*, fournisseur d'électricité jamaïcain.

le contenu de la casserole, campée sur ses solides jambes brunes, une main posée sur son épaisse hanche cambrée. Ses larges épaules se redressent, semblables à un mur de rancune qui ne cesse de s'élever – comme son dos raide, elles la protègent de toute tentative de conversation. Margot devine que sa mère est irritable.

« Tout ce manger va s'gâter avec cette fichue chalè, se lamente Delores sans se retourner. En plus, y paraît qu'on va pas avoir l'électricité pendant un moment à cause de la sécheresse. Qu'est-ce que j'dois supporter, Seigneur ! Comment on va s'en sortir ? »

Elle lâche un soupir agacé puis se penche pour goûter le plat. Margot l'imagine fronçant le nez avant de tendre la main pour attraper le sel. L'odeur du maquereau plane dans l'air chaud.

Margot se concentre à nouveau sur les cheveux de Thandi – quand elle tire dessus, ses boucles crépues s'enroulent autour de son doigt comme de la soie noire. Assises près de la fenêtre ouverte, les deux sœurs profitent de la brise fraîche sans craindre les moustiques qui se posent sur leur peau. Un à un, elles écrasent les insectes gavés sur leurs bras et leurs jambes, puis essuient leurs paumes ensanglantées sur du vieux papier journal ou un mouchoir en papier. Il est impossible de connaître l'origine du sang qui tache leurs mains, mais qu'il appartienne à l'une ou à l'autre, c'est pour elles du pareil au même.

Le moment que Margot attend avec le plus d'impatience quand elle est à la maison est celui du tressage des cheveux de sa sœur. C'est l'unique raison pour laquelle elle est rentrée ce soir au lieu de rester à l'hôtel ou de filer chez Verdene, qui possède un générateur. La douceur de sa chevelure lui procure un intense plaisir. Margot ayant quinze ans de plus que Thandi, celle-ci la considère davantage comme une deuxième maman que comme sa sœur aînée. À l'époque où

Thandi était encore un bébé tout frisé, Margot a découvert que le tressage de ses cheveux l'aidait à ne plus penser au déshabillage et au déculottage qu'elle s'imposait devant différents hommes. Leur douce et délicate texture atténuait la brutalité des contacts qui s'ensuivaient. Dès lors, cette activité est devenue un rituel.

« Aïe ! »

Le cri de Thandi ramène Margot au présent.

« Qu'est-ce qu'il y a ?

— Tu tires encore trop fort !

— Désolée, répond Margot qui sent quelque chose de crucial lui glisser entre les doigts lorsque sa sœur éloigne brusquement la tête de ses mains.

— Attention avec ses cheveux ! s'exclame Delores en titubant vers elle, sa cuillère en bois dégoulinante à la main. Tu prends ta sœur pou un jouet ou quoi ? »

Margot tchipe puis retire du peigne fin des touffes de cheveux qu'elle enveloppera ensuite dans un mouchoir en papier afin de les brûler.

« T'es toujours en train de tripoter les cheveux de la p'tite, comme si t'en avais pas.

— Elle a son cours de natation demain », réplique Margot, bien que l'école ait envoyé une lettre signalant l'absentéisme de Thandi à la piscine. Apparemment, sa sœur a manqué huit fois le cours ce semestre sous prétexte qu'elle avait ses règles. Cela finit par poser problème. Margot sait qu'à part pour prendre une douche, Thandi est prête à tout pour éviter l'eau. Mais tenant à ce que sa sœur apprenne à nager, elle a toujours payé les cours malgré ses absences répétées. C'est en outre la seule excuse qu'elle a trouvée pour pouvoir lui tresser les cheveux.

« Alors laisse-moi faire », dit Delores.

Margot brandit le peigne comme une arme.

« Tu crois toujours que je lui fais mal. »

Thandi garde le silence. Delores recule puis se sèche les mains sur sa robe. Elle essuie les gouttes de sueur au-dessus de sa lèvre et recommence à mélanger le contenu de sa casserole.

« Misyé Sterling a augmenté le loyer, déclare-t-elle sans se retourner.

— Encore ? s'écrie Margot qui se remet à peigner la chevelure de Thandi. Mais il l'a déjà fait y a pas plus de deux mois.

— Tu l'connais, répond Delores en remuant le riz et les haricots avec davantage de vigueur. C'est rien qu'un voleur. »

Margot garde les yeux fixés sur les racines des cheveux de sa sœur. Elle brosse ses boucles et les dompte méticuleusement afin d'éviter que le poids de la frustration de sa mère ne retombe sur ses épaules.

« Je vais déposer un acompte pour acheter une maison », s'entend-elle dire. Il lui semble que ce n'est pas elle qui parle, mais une personne tapie dans un coin sombre de la case. « Je veux nous sortir de ce trou à rats. Ça n'a pas de sens de rester ici et de continuer à payer le loyer à ce boug. On n'a même pas l'électricité.

— T'es sûre ? demande Delores qui a cessé de touiller pour la dévisager, le regard dur. Tu travailles dans cet hôtel depuis Dyé sait combien d'années, et tu répètes toujours pareil. Si je te connaissais pas, je croirais que tu dépenses tous tes sous pou toi. »

Son regard semble parcouru par un courant électrique – ce serait bien le seul à être alimenté de toute l'île. Les ombres de Margot et Delores entrent en collision dans la faible lumière lorsque la mère s'approche de sa fille aînée. Si Thandi ne pressait pas la tête contre ses cuisses comme pour l'encourager à continuer, Margot arracherait la cuillère en bois des mains de Delores. Qui sait ce qu'elle est capable de faire avec ? Margot sait que Thandi est mal à l'aise lorsqu'un affrontement se prépare entre leur mère et elle. Anxieuse, vigilante, elle devient aussi agitée qu'une petite souris et fait son possible pour résoudre le conflit. Pour le bien de sa sœur, Margot ravale sa fureur noire.

« Delores, tu sais très bien que tout ce que je gagne sert à payer l'instruction de Thandi. Et le loyer de cette foutue case.

— Tout le monde est au courant qu'on gagne bien sa vie avec un travail à l'hôtel. Mais tous ces sous que tu amasses, on en voit jamais la couleur. On tient à peine le coup ici. Thandi passe son examen en juin, les loyers s'accumulent, y a Clover à payer pou l'électricité…

— On doit rien du tout à Clover, grommelle Margot. Pas un *cent* !

— Évidemment, t'es jamais dans le coin pou voir qu'on allume cette vieille lampe même quand y a du courant. La pauvre Thandi s'use les yeux avec cette flamme de rien du tout… »

Delores désigne la lampe à pétrole dans laquelle danse une petite langue de feu. Margot fixe son regard sur elle. Comme elle semble faible, prise au piège de cette cheminée de verre ! Elle a pourtant le potentiel de détruire la case tout entière. Margot la contemple longuement, tandis que sa propre flamme intérieure grandit. Sa chaleur devient bientôt trop forte pour qu'elle la contienne.

« Je vais trouver une solution », dit-elle, la voix basse, le ton modéré.

Delores reste silencieuse un instant. Le feu siffle sous la casserole.

« Ah bon ? » lâche-t-elle finalement.

La cuillère goutte sur le sol.

« Puisque je te le dis. » Margot lève la tête afin de rencontrer le regard de sa mère. « Je trouverai une solution. Comme d'habitude. »

Delores baisse sa cuillère et ses épaules s'affaissent. Quelque chose d'étrange passe dans son regard – un voile de tristesse, ou un regret peut-être, plus prononcé que jamais. Ce sentiment cherche à atteindre Margot à travers la pièce, par-dessus la tête de Thandi ; l'aveu que, malgré les erreurs que Delores a commises, malgré la souffrance qu'elle a fait endurer à sa fille aînée, toutes deux sont unies en tant que mère et fille. La main qui tient la cuillère se lève à moitié – *un mouvement qui pourrait bien être un premier geste d'excuse*, songe Margot. Alors qu'elle s'arme de bonne volonté pour écouter le repentir de Delores, les paroles que prononce celle-ci sont aussi violentes qu'un coup de badine.

« Quelle solution, Margot ? Si c'est si simple, pourquoi tu ramènes pas plus de sous ? » En riant, Delores balaye la pièce du regard comme si elle cherchait désespérément des témoins dans l'ombre. « Qu'est-ce qu'y faut pas entendre, Seigneur ! Elle dit qu'elle va trouver une solution, comme si les sous tombaient du ciel. Ou qu'y poussaient sur les arbres. Elle est toké pou de bon, cette fi !

— Je vais obtenir une promotion d'un jour à l'autre.

— Une promotion ?

— Oui. Une promotion.

— Et tu vas devenir quoi ? Domestique en chef ? »

Le rire moqueur de Delores contraint Margot à reprendre son tressage bien que sa sœur, par son silence inflexible, semble appuyer l'opinion de leur mère. Margot tourne la tête de Thandi sans ménagement, comme si elle manipulait une poupée de chiffon.

« Aïe ! Aïe ! Margot ! »

Malgré ses cris, Margot ne l'écoute pas. Alors que l'envahit une douleur exquise nourrie par le mépris de sa mère, elle tire pour de bon sur les cheveux de sa sœur. La dernière chose que souhaite Margot, c'est lui faire du mal. Mais la souffrance de Thandi est différente de la sienne – lui succède ce soulagement qu'on éprouve en appliquant une pommade sur une plaie, en extrayant une écharde de sa peau à l'aide d'une aiguille.

La souffrance de Margot, elle, demeure. La voix de Delores l'assaille, l'attaque à coups de pique :

« Quelle solution ? Tu ferais bien mieux de tenir un stand au marché artisanal plutôt que de raconter partout que tu travailles dans un hôtel. »

Les filles la dévisagent lorsqu'elle entre dans l'école vêtue de son sweat-shirt trop grand, les cheveux fraîchement lissés. Thandi ignore leurs regards, pressée de retrouver la sécurité de son bureau caché au fond de la classe. Les têtes se tournent sur son passage tandis qu'elle longe le rang. Les spéculations chuchotées de ses camarades vont bon train.

« Pourquoi est-ce qu'elle porte cet horrible sweat-shirt ? On dirait qu'elle a le sida ou un truc comme ça.

— Ou alors elle cache vous savez quoi !

— Arrête !

— Eh, vous savez ce qu'on dit. Ce sont toujours les plus discrètes à qui ça arrive. Même ses cheveux changent. Il paraît que quand on avale, ça donne des protéines. C'est bon pour les cheveux et la peau.

— Comment tu sais ça ?

— Je l'ai lu quelque part.

— Tu crois sérieusement qu'un homme couche avec elle ?

— Puisque je te le dis : ce sont toujours celles auxquelles on s'attend le moins. »

Rien n'a autant fait parler les filles depuis que Kim Brady a reçu une gifle de sa mère devant toute l'école pour avoir insulté l'une des nonnes. Dans la grande salle, Thandi garde la tête baissée pendant la prière guidée par sœur Shirley, la directrice. Sa voix s'élève au-dessus de celles du groupe d'élèves :

« Je vous salue Marie, pleine de grâce; le Seigneur est avec vous. Vous êtes bénie entre toutes les femmes, et Jésus, le fruit de vos entrailles, est béni. Sainte Marie, mère de Dieu, priez pour nous, pauvres pécheurs, maintenant et à l'heure de notre mort. Amen. »

Thandi se signe puis fixe le regard sur ses chaussures noires soigneusement cirées. Les élèves se dirigent vers la sortie sous la direction des filles plus âgées chargées de la discipline. Avant que chaque classe ne quitte la salle en file d'élèves rangées par ordre de grandeur, la déléguée longe la ligne tel un général, un bloc-notes à la main sur lequel elle inscrit le nom des filles qui enfreignent un interdit vestimentaire capital – absence de combinaison sous la jupe de l'uniforme, port de barrettes qui ne sont ni noires ni discrètes ou de n'importe quel bijou, port de tresses ou de toute autre coiffure ethnique (seuls le chignon et la queue-de-cheval lisse sont acceptés), port d'une cravate mal nouée et dont l'extrémité la plus courte est rentrée dans le chemisier ou attachée à l'aide d'une épingle, port d'une jupe trop courte, de chaussettes trop longues, de talons mesurant plus de cinq centimètres ou d'une jupe dont on ne voit pas la ceinture.

Lorsque Marie Pinta (dont le véritable nom est Marie Wellington, de la célèbre famille jamaïcaine des Wellington, mais qui a reçu ce surnom à cause de sa taille), l'élève responsable de la classe de Thandi, atteint le milieu de la file, elle s'arrête.

« Tu es malade ? demande-t-elle à Thandi.

— Non.

— Dans ce cas, enlève-moi ça. Ce n'est pas autorisé. »

Thandi hésite. Sa professeure principale, sœur Atkins, ne s'est pas plainte de sa tenue avant la prière. Elle a même noté sa présence après l'avoir vue vêtue de ce sweat-shirt. L'ordre de Marie Pinta est suivi d'un profond silence dans le coin de la salle de prière où est alignée la classe de Thandi. Ses camarades étant maintenant tout ouïe, celle-ci se retient de supplier la déléguée et l'implore du regard dans l'espoir de la faire changer d'avis. Thandi songe à toutes les fois où elle a vu Marie Pinta regarder paresseusement par la fenêtre pendant la prière, les yeux fixés sur un objet inconnu.

Mais celle-ci ne cède pas.

« Je t'ai dit de l'enlever. »

Les bras ballants, Thandi garde les yeux fixés sur la bouche de la déléguée.

« Tu es sourde ? »

Thandi tire sur le bas de son sweat-shirt, consciente que ses camarades, les yeux écarquillés, se réjouissent d'assister à un esclandre. Bien que tenaillée par la peur, elle laisse les mains retomber le long de ses flancs, le corps parcouru de tremblements qu'elle espère invisibles.

« Je ne peux pas », répond-elle à mi-voix, et ce murmure résonne comme un cri dans la salle silencieuse.

Les autres élèves ayant regagné leurs classes, il ne reste à présent que son groupe, retenu par sa faute. Thandi sait qu'elle va avoir de gros ennuis. Elle ne s'était encore jamais fait remarquer après la prière à cause d'une infraction aux règles vestimentaires. Delores et Margot font en sorte que sa tenue soit chaque jour irréprochable. Elles veillent à ce qu'elle n'ait pas l'air de vivre dans une case, à mille lieues des belles demeures de ses camarades.

Marie Pinta foudroie Thandi du regard puis note quelque chose dans son bloc-notes.

« Je te donne un blâme. Rends-toi immédiatement au bureau de la principale. Allez ! »

La déléguée pointe la porte du doigt comme s'il était nécessaire de lui montrer le chemin. Les autres filles gloussent, les mains sur la bouche. Thandi sent son visage se réchauffer. Marie Pinta fait brusquement volte-face.

« Taisez-vous ! »

Sa voix trahit une émotion surprenante. Marie Pinta paraît désemparée et son petit corps tremble sous l'uniforme martial – un blazer croisé et une jupe droite – que portent les déléguées.

Thandi soulève son sac et sort de la salle.

« Hi-han ! Hi-haaaan ! »

Il ne s'agit au début que d'un chuchotement, mais ce son grave retentit bientôt en un puissant écho qui pousse Thandi à s'enfuir au plus vite. Elle se met presque à courir pour s'en éloigner. Si seulement elle pouvait rester sourde à ce son, ou mieux encore, le braver ! Répondre à ses camarades de classe qu'elle n'est pas un âne. Qu'il est ignoble de l'assimiler à un animal de ferme à cause de ses origines rurales. Son incapacité à répliquer ne fait qu'alimenter sa colère.

3

Le craquement de ses pas sur le chemin, le gazouillis des oiseaux depuis les branches enchevêtrées et le bourdonnement des guêpes autour des flamboyants apportent à Margot un certain réconfort. Lorsque le gravier crisse, le silence semble retenir son souffle. Un peu comme ses collègues de l'hôtel qui cessent visiblement de respirer et interrompent leur travail dès qu'ils la voient approcher. Plus flagrant encore, le corps tout entier de Delores paraît s'immobiliser au son de la voix de Margot. Depuis qu'elle est née, sa présence occasionne des interruptions et des silences plus oppressants que le soleil incandescent et les stridulations des criquets au plus fort du crépuscule. La voûte azurée du ciel est si lointaine que même elle paraît s'écarter de Margot.

C'est étrange comme on sent toujours sa présence. Avant qu'elle ne les aborde, les gens lèvent les yeux ou regardent par-dessus leur épaule. On dirait presque que l'apparition de son tailleur gris tourterelle trouble la quiétude indolente des chaudes journées de sécheresse. Sa démarche et son uniforme semblent condamner l'oisiveté de la population locale. Peut-être son allure professionnelle rappelle-t-elle aux fermiers et aux pêcheurs la perte de leur gagne-pain. Tandis qu'elle descend River Bank Road, perchée sur ses hauts talons usés par la terre, Margot attire les regards des hommes attablés chez Frenchie's le temps d'avaler un copieux petit déjeuner composé d'igname bouilli, de bananes et de morue sautée aux *akées*[1], avant de partir accomplir leurs diverses tâches d'hommes à tout faire à Montego Bay. Margot attire également l'attention des femmes qui portent un seau d'eau sur la tête, la bouche crispée de méchanceté et la nuque raide de rancœur. On lui adresse des saluts et des signes de tête, mais la plupart des gens se contentent de la dévisager. Certains hommes braillent un « Salut beauté ! ». Margot n'a cependant jamais couché avec un seul des habitants de River Bank. Si, dans le cadre de son métier, elle offre son corps à n'importe quel homme capable de se payer ses services, il lui paraît indigne de sortir avec un de ses semblables. Le simple fait de fantasmer sur elle a perverti le jugement de ces types qu'elle impressionne légèrement moins que les autres. En présence de Margot – surnommée « *la pimbêche* » par leurs conjointes –, ils se montrent aussi candides et généreux que des enfants, voire protecteurs ; à la vue de son haut postérieur ondulant et de ses mollets fermes, ces hommes oublient qu'ils lui en veulent de ne guère répondre à leurs bonjours et de refuser de transmettre leurs demandes alambiquées d'emplois ingrats à ses supérieurs de l'hôtel. Margot sait que les mères la surveillent en attendant de voir si elle s'arrêtera devant leurs enfants, la paume ouverte pleine de friandises. Lorsqu'elle passe son chemin, celles-ci tchipent assez fort pour lui révéler le fond de leur pensée : « *Quelle fanm égoïste. Radine comme un* caïmitier[2]*. Même pas prête à donner du manger aux marmailles. Pas étonnant qu'elle soit stérile.* » Margot n'a pas d'amies. Elle aime penser que c'est peut-être mieux ainsi, pour elle et pour les autres femmes. Au salon de beauté, certaines la saluent

1. Plat traditionnel jamaïcain, le plus souvent consommé au petit déjeuner.
2. Arbre fruitier donnant des caïmites, aussi appelées pommes de lait ou pommes étoiles.

avec une timidité pudique, mais leur esprit chauffé par un casque sèche-cheveux assimile déjà Margot à une menace.

Lasse de voir les regards se baisser sur son passage au moment où elle atteint la place, Margot se dirige d'un pas déterminé vers la station de taxis. Là aussi, chaque chauffeur retient son souffle comme s'il attendait de voir qui elle choisira pour l'emmener à son palais. Ces hommes souhaitent surtout lui donner leurs coordonnées afin qu'elle recommande leurs services aux touristes de l'hôtel. Il arrive même à certains de profiter de la course pour lui demander comment décrocher un poste de commis de cuisine, de chef cuisinier, de serveur, de gardien, de technicien, de concierge. Ils sont prêts à tout pour franchir la porte des hôtels de la région avant les autres candidats. Si Margot choisit toujours Maxi, ce n'est pas tant en raison de son manque d'intérêt pour les postes disponibles à l'hôtel que de sa facilité à l'accepter comme elle est. Elle ne se sent jamais obligée de lui rendre service. Le sourire de Maxi soulage instantanément la tension qui lui raidit le dos.

« Comment ça va aujourd'hui, bébé ? » demande-t-il en faisant démarrer le moteur.

Tandis que *Wanna Be Loved* de Buju Banton s'échappe des haut-parleurs de l'autoradio, le véhicule s'engage sur la rue en marche arrière. Margot joue avec la paire de gants de boxe noir, vert et doré suspendue au rétroviseur.

« Couci-couça. Quelle chaleur infernale. Vivement que j'avale un verre d'eau glacée à l'hôtel.

— T'es toute en beauté, dis-moi. Je crois bien que c'est toi qui fais monter la température. »

Maxi tourne la poignée afin de baisser sa vitre puis sort une main par la fenêtre pour sentir le vent ; l'autre reste posée sur le volant.

« Va pas dire ça à tes cousines. Elles m'en veulent déjà assez de porter cet uniforme. »

Maxi tchipe.

« Laisse tomber. C'est rien que des jalouseries.

— J'ai tellement hâte de quitter ce trou paumé.

— C'est si nul que ça, ici ? On vit au bord de la mer. Y a combien de gens qui peuvent en dire autant ? Tu devrais remercier le ciel.

— Maxi, arrête avec ces conneries. C'est pas le paradis ici. Pas pour nous en tout cas.

— Pasque que je suis pas au courant pétèt ? Tu peux me croire, je vois des gens dans la galère tous les jours. Y regardent les personnes comme toi et se rappellent pourquoi ils ont plus de boulot. Tu peux pas leur en vouloir. Et tu peux pas non plus oublier que tout ça, c'est Jah qui nous le donne.

— Donc River Bank, c'est un cadeau de Dyé ? » Margot laisse échapper un petit rire amer. « Ces terres spoliées ?

— Erreur. C'est nous qui avons été spoliés. Ceci est notre terre provisoire. Jamais Jah nous donnerait ce qui nous est pas avantageux. Y nous enverra bientôt dans un meilleur endroit. Pétèt sur nos terres africaines.

— N'importe quoi. C'est nous qui forgeons notre destin. T'es pas au courant ? Une fois, tu m'as demandé quel était mon rêve.

— T'as dit que tu voulais que ta sœur réussisse.

— Et je veux pouvoir maîtriser mon destin.

— Commence par vivre avec moi alors. Et si on se mariait ? »

Margot sourit.

« Arrête de me faire marcher, Maxi. »

Elle baisse sa vitre afin de sentir la brise puis renverse la tête en fermant les yeux à demi. Un souffle de chuchotements éphémères lui effleure le visage.

« Comment ça se fait qu'aucun homme t'a encore passé la bague au doigt ? » demande Maxi.

Margot se tourne à temps pour surprendre son coup d'œil furtif.

« Je refuse d'appartenir à quelqu'un.

— Tu veux pas de marmailles ?

— Non. River Bank grouille déjà de gamins. Tu crois vraiment qu'y faut en rajouter ?

— Plein de fanm que je connais veulent des gosses. Jésus Marie ! À peine j'ai rompu, voilà l'autre qui me dit qu'elle est enceinte.

— Pasque tu crois en Jésus maintenant ? »

Maxi tchipe et secoue la tête.

« Je crois en un Dyé unique.

— Tu devrais croire aux préservatifs aussi.

— Je te trouve bien effrontée. Enfin bref, ce que j'essayais de dire, c'est que toutes les fanm normales que je connais, elles veulent des marmailles.

— Comment tu le sais ? Pétèt qu'elles les font pas par choix.

— Elles se disent qu'y s'occuperont d'elles quand elles seront âgées et séniles. T'as vraiment envie de vieillir seule et sans marmailles ?

— Je me débrouillerai. »

Margot pense à Verdene et au temps qu'elles passent ensemble. Un soir où elles se détendaient dans le salon de la maison rose, Margot a remarqué les mules qui pendaient aux pieds de Verdene lorsque celle-ci a posé les jambes sur l'accoudoir du canapé. Elle s'est imaginé ces mules rangées à côté des siennes sur un paillasson. Margot chasse ce souvenir d'un clignement d'yeux, éblouie par le rayon de soleil qui frappe le pare-brise dès que le taxi émerge de la végétation bordant la route.

« J'ai jamais rencontré une fanm qu'aimait être seule, dit Maxi presque à lui-même. T'as besoin d'un boug.

— Comment tu peux savoir de quoi j'ai besoin ?

— Tu m'as l'air d'une fanm honnête. J'arrive toujours pas à piger comment tu peux être encore célibataire. C'est tout.

— J'ai juste pas trouvé la bonne personne », explique Margot, tandis que l'image de Verdene persiste dans son esprit, aussi entêtante que le parfum d'un fruit mûri au soleil.

Rien ne paraît malsain quand elles sont ensemble. Mais tard le soir, quand le monde cesse de s'agiter et semble se pencher sur elles comme l'ombre des manguiers et la lune derrière la fenêtre afin de les observer enlacées – l'une somnolente, l'autre haletante, bien réveillée –, la paranoïa empêche Margot de fermer l'œil. La plupart du temps, elle finit par se lever et aller dormir sur le canapé du salon. Il y a deux semaines, la méfiance l'a même obligée à fuir la maison. La nuit, elle écoute les sons extérieurs – les stridulations des criquets, le cri strident des cigales, le hurlement d'un chien. La noirceur de l'inconnu est si oppressante que Margot aspire une bouffée d'air toutes les cinq secondes. Ces crises de panique se déclenchent seulement lorsqu'elle est avec Verdene. Ces temps-ci, Margot sent chaque soir une légère odeur de brûlé, mais celle-ci disparaît dès qu'elle se lève d'un bond pour localiser son origine. Il lui est impossible de l'ignorer après le fait divers survenu il y a quelques mois. Celui-ci ne faisait pas la une du *Star* ; Margot l'a découvert dans un billet à côté de la rubrique *Cher Pasteur*. Deux femmes étaient mortes brûlées vives dans leur maison après avoir été surprises au lit ensemble. Ce genre de meurtre n'est pas pris au sérieux par la communauté ; on se contente de conclure au crime passionnel commis par un amant fou de rage – généralement du même sexe que ses victimes – d'avoir été trompé. Au lieu de pleurer la mort des deux demoiselles, les gens ont applaudi la sagesse du karma. Car à quoi s'attendent donc les femmes qui refusent l'amour des hommes ? Verdene a aussitôt tenté de calmer la nervosité de Margot en l'attirant contre elle, comme si elle était prête à la protéger de son corps en cas de danger.

Le taxi s'arrête devant les hautes portes en fer de l'hôtel. Alan, l'agent de sécurité, sort de sa petite cabane pour leur ouvrir.

« Bonjou, bonjou. »

Dès que le véhicule pénètre dans l'enceinte, le hall d'entrée de l'hôtel apparaît à travers ses parois vitrées. Les concierges sont déjà occupés à pousser des chariots de bagages à travers le vaste vestibule éclairé par de grands lustres suspendus au haut plafond, les mêmes que dans le salon couleur champagne et à la réception. Disparu le charme rustique que Reginald Senior s'est employé à maintenir jusqu'à sa mort – un cadre naturel aux couleurs vives composé de palmiers et d'œuvres d'art jamaïcaines ! Depuis qu'Alphonso dirige l'hôtel, les touristes doivent quitter le hall d'entrée et rouler un demi-kilomètre avant de se rappeler où ils se trouvent. Il a également prêté à l'hôtel quelques peintures abstraites – formes géométriques et tourbillons de couleurs – appartenant à sa collection personnelle. Juste en face de la réception, la boutique de cadeaux, tenue par une jeune femme nommée Portia, vend uniquement des paysages pittoresques de l'île ; les entrées des deux principaux restaurants – l'un italien, l'autre français – sont quant à elles situées d'un côté et de l'autre du hall. Margot remet un billet neuf à Maxi et sort de la voiture.

« Si jamais tu finis par te rendre compte que t'as besoin d'un boug, tu sais qui appeler, lui lance son ami avec un clin d'œil.

— J'aurai jamais besoin de toi, Maxi. »

Margot lui fait au revoir puis s'éloigne de cette démarche fluide qui met en valeur toutes ces formes dont rêve sûrement Maxi la nuit.

« Pas même un soir de pluie ? » demande le chauffeur en se dirigeant lentement vers la sortie.

Margot rit, les mains sur le ventre, et titube joyeusement vers l'entrée de l'hôtel.

« C'est la sécheresse, alors tu peux rêver.

— Tu vois ? Si je te mets en joie comme ça, imagine un peu ce que je peux faire d'autre.

— Oh, bon sang, Maxi, tu lâches pas facilement l'affè. À plus tard. »

Margot envoie un baiser à son ami.

Dès qu'elle pénètre dans l'enceinte de l'hôtel, le silence s'installe. La tête haute, Margot avance tout droit vers la réception. À l'inverse des femmes de chambre et du personnel administratif, essentiellement féminin, les agents de sécurité, les gardiens et les concierges ne sont pas insensibles à son charme. Les visiteurs semblent s'adresser spontanément à elle lorsqu'ils cherchent leur chemin ou ont besoin de recommandations. Margot est en outre capable de discuter avec les touristes plus longtemps que tous les autres réceptionnistes, qui tendent à faire preuve d'une politesse excessive et à sourire sans arrêt, comme s'ils cherchaient à se faire pardonner leur ignorance. En somme, elle est la meilleure employée du Palm Star Resort. C'est le seul travail que Margot ait jamais connu, mais bientôt, sa situation va changer.

« Bonjour, Pearl », lance-t-elle à la femme de ménage qui signe le registre de présence et pince brusquement les lèvres.

Les deux jeunes femmes qui l'accompagnent – sa fille aînée et la benjamine de ses nièces – adressent un signe de tête à Margot puis détournent le regard, l'air embarrassé. Celle-ci soupçonne Garfield d'avoir raconté à tout le monde qu'il a vu Alphonso la prendre par-derrière dans la salle de conférences. C'est pourtant de l'histoire ancienne – un de ces ragots qu'on pourrait facilement prendre pour un mythe, vu la désinvolture avec laquelle Margot l'ignore. Si Garfield n'avait pas trouvé la mort – *Bien fait pour lui!* – dans des circonstances mystérieuses peu après, cette histoire serait peut-être tombée aux oubliettes. Néanmoins, Margot poursuit imperturbablement son travail. Lorsqu'elle salue les employées à qui elle doit attribuer des chambres libres à nettoyer, elle établit immédiatement un contact visuel qui les force à détourner le regard, honteuses d'avoir visualisé des images obscènes. Margot les défie en outre de riposter en divulguant des informations qu'elles gardent tant bien que mal secrètes dans l'hypothèse où elle rédigerait un rapport sur leur comportement. Mais cela ne s'est encore jamais produit. Ses collègues se contentent de conserver pour elles ces révélations accablantes. Il arrive que certaines rumeurs parviennent aux oreilles des nouvelles employées alors qu'elles étendent le linge, plient les serviettes, lavent les taies d'oreiller ou vident les poubelles. Elles visualisent ainsi le postérieur nu de Margot pendant qu'elles font le tour des chambres, les épaules tressautant, les larmes aux yeux, et répandent dans les couloirs leurs rires mêlés d'envie et de dégoût. Ces empotées sont aussi bruyantes que si elles croyaient travailler sans surveillance. Mais chaque fois qu'elles voient approcher Margot, leurs rires s'éteignent comme une flamme noyée dans la cire.

« Qu'est-ce qui vous amuse comme ça ? » a-t-elle un jour demandé à la fille et à la nièce de Pearl.

Toutes deux venaient de pousser un petit cri en la voyant apparaître de derrière un grand vase en céramique.

« Une plaisanterie, a répondu l'une d'elles, les yeux baissés.

— Quel genre de plaisanterie ?

— Euh… On parlait d'une connaissance.

— Et qu'est-ce qui lui est arrivé ? »

Le visage moite et brillant, les jeunes femmes de ménage ont échangé un regard sous l'œil menaçant de Margot. Il n'était pas difficile de deviner de qui elles se moquaient. Mais Margot ne craint rien. Lorsqu'elle se glisse à pas de loup dans certaines chambres le soir et en ressort aussi fraîche qu'elle y est entrée, ceux qui l'aperçoivent par hasard – qu'il s'agisse d'une femme de ménage solitaire rattrapant le retard pris dans la journée ou de Neville, l'employé du service d'étage, qui frappe à la porte d'un client, un plateau à la main – parviennent sans doute à la conclusion qu'elle rejoint ou quitte une réunion d'affaires sérieuse. Si les employés spéculent sur sa liaison avec Alphonso, la nature de ses activités de fin de soirée leur échappe totalement. Il lui est bien arrivé de tomber une ou deux fois sur un membre du personnel de nuit, mais à sa connaissance, pas un de ses collègues ne soupçonne quoi que ce soit.

Thandi se dirige vers les toilettes les plus proches des classes supérieures et s'enferme dans une cabine. C'est là qu'elle mange son déjeuner, obligée de supporter les fortes odeurs d'urine et de sécrétions féminines. Thandi sort un crayon de son sac puis dessine sur le mur blanchi à la chaux, comme elle le fait sur les meubles poussiéreux chez elle ou dans la boue après la pluie. Elle interrompt son geste en entendant des voix.

« Tu plaisantes ?

— Pas du tout. C'est arrivé après la prière, hier matin.

— Et dire que j'ai raté ça !

— Normal, tu es toujours en retard à l'école.

— Mais qu'est-ce qui lui a pris ?

— Je me suis posé la même question.

— C'est comme si elle vivait dans son monde.

— Elle est barje, c'est tout.

— Tu as remarqué qu'elle ressemble de plus en plus à Casper le fantôme ? »

Les filles sortent des toilettes, suivies de leurs gloussements. Après leur départ, Thandi recule afin de contempler son dessin puis le transforme en gribouillis – l'œil d'un ouragan incontrôlable tourbillonnant à l'infini. Thandi rattache l'épingle de sa jupe qui remplace un bouton perdu (ceux de son chemisier ont aussi commencé à se découdre, leur fil mince cédant à l'intimidation de sa poitrine de plus en plus généreuse) puis sort de la cabine. Elle coupe à travers la pelouse et se dirige vers le bâtiment d'enseignement professionnel où se trouve le bureau de frère Smith, dans la partie moderne du lycée dont les murs sont peints en jaune vif. Frère Smith, vêtu d'une robe de bure qui engloutit presque entièrement son corps fin, est occupé à rassembler du matériel pour son cours. Lorsqu'il voit Thandi entrer, il referme son exemplaire du *Jamaica Gleaner* et le pose sur son bureau.

« Fichus politiciens. Ce pays part à vau-l'eau. Sais-tu que nous devons des milliards de dollars à la Banque mondiale ? »

Thandi se balance d'un pied sur l'autre, son lourd sac à dos sur ses épaules. Comme elle ne répond pas même un *C'est vrai, monsieur ?* ni un *Ça alors !*, Frère Smith devine que quelque chose ne va pas.

« Tu n'as pas l'air en forme, dit-il. Viens, assieds-toi. »

Thandi referme la porte derrière elle puis retire quelques collages d'une chaise à côté du bureau, qui est bien rangé à l'inverse du reste de la pièce. Sur chaque surface traînent des reproductions de tableaux que frère Smith a l'intention d'accrocher aux murs déjà entièrement couverts. Van Gogh, Picasso, Vinci, Botticelli. Des artistes dont il a parlé à ses cours de dessin, avant de remettre aux élèves une liste d'ouvrages à lire sur leur vie et leur œuvre. Des artistes dont il a vu les tableaux en Europe. Thandi aimerait bien voyager là-bas, elle aussi. Exister dans ces lieux, surtout dans ces paysages de la campagne anglaise avec ses vastes champs, plus verts que l'herbe la plus verte de River Bank, et ses fleurs aux doux tons jaune et lavande. Ces images sont si différentes des décors ensoleillés de River Bank, où les mauvaises herbes hautes jusqu'au genou des champs brunis vous grattent les chevilles ; où des garçons noirs en quête de mangues mûres, dont les jambes ballantes à la peau écaillée et couverte de plaies attirent autant de mouches que les fruits pourris, se suspendent aux branches des arbres.

Thandi s'assied et médite un moment la citation encadrée posée sur le bureau de frère Smith : Je suis capable de tout grâce au Christ qui me rend fort. Comme elle a travaillé dur ces derniers temps… Surtout à plaire à ses proches, en réalité. Jésus-Christ pose sur elle un regard compatissant, reflet exact de celui des nonnes et des missionnaires. Thandi est censée vouloir cette vie. Elle est censée se montrer reconnaissante. Une fille *comme elle* doit exceller en tout à l'école car c'est le seul moyen qu'elle a de s'en sortir – le seul moyen de grimper les échelons de la société. *C'est ce que je suis censée vouloir.* Mais Thandi a beau quitter l'école avec des bulletins de notes couverts de A année après année, quelque chose ne cesse de la travailler. C'est comme si elle disputait une course et s'exténuait à essayer d'atteindre une ligne d'arrivée inexistante.

« Que se passe-t-il, Thandi ? Le cours ne commence que dans une demi-heure. »

Bien qu'encore jeune, frère Smith perd ses cheveux. Il tente de couvrir la zone dégarnie de son crâne avec quatre mèches de cheveux bruns bien peignées, mais le sommet de sa tête brille autant dans la lumière naturelle qui entre par les fenêtres que l'assiette en argent qu'il fait passer pendant la messe. Le visage de cet homme blanc de petite taille est quant à lui couvert de taches de rousseur. Son doux regard noisette saisit instantanément l'essence d'une personne, d'un objet ou d'un décor. Frère Smith dévisage Thandi d'un air perplexe puis se penche vers elle et lui frotte le bras avec une tendresse paternelle qui lui est devenue familière au fil des années. Le professeur ne semble pas entendre le léger crissement du plastique sous son sweat-shirt. Il ne lui pose du moins aucune question. C'est ici, dans l'atelier de frère Smith, que Thandi se sent le plus libre.

« Est-il possible d'être doué pour quelque chose même si on n'en a pas envie ?

— C'est plausible. Pourquoi ? »

Thandi hausse les épaules et baisse le regard vers ses mains.

« Je… Je me disais… » Elle marque une pause. « J'ai récemment découvert combien j'aimais le dessin. Plus que toute autre matière. »

Frère Smith retire la main de son bras et crée une distance entre eux ; un éloignement perceptible qui provoque une douleur momentanée en elle. Il se gratte le menton comme s'il prenait soudain conscience que sa barbe a déjà repoussé.

« Si je peux te donner un conseil, c'est d'aimer toutes tes matières. Le CXC approche à grands pas.

— Je sais. Et je suis prête à le passer. C'est juste que…

— Thandi, j'enseigne le dessin en tant qu'enseignement professionnel. »

L'adolescente sent son cœur se serrer douloureusement dans sa poitrine. Elle balaye la pièce du regard. Ses désirs ont autant de fougue que le lierre qui rampe sur le plafond blanc et colore les murs beiges.

« Rien d'autre ne me satisfait.

— Thandi, tu as toute la vie devant toi. Tu es trop jeune pour éprouver ce sentiment. » Frère Smith joint les mains comme s'il s'apprêtait à prier. « Pense à ta famille, à cette école. À tous ces gens qui te soutiennent. Une excellente élève comme toi mérite mieux que de devenir…

— Mais vous m'avez dit que j'étais douée.

— En effet. »

Frère Smith tend la main vers une petite pile de travaux sur son bureau dont il extrait le carnet de croquis de Thandi. Les élèves ont dû lui rendre des esquisses préliminaires pour le projet de fin d'année. Il ouvre son carnet.

« Tu as du talent, c'est évident. Mais j'ai bien peur que… » Il se racle la gorge. « Je ne te vois aucun avenir dans ce domaine. »

Frère Smith prend apparemment conscience de sa déception, car son visage s'adoucit. Il incline la tête comme s'il s'apprêtait à raisonner une enfant de cinq ans.

« Je vais être honnête avec toi, Thandi. Ce que j'aime par-dessus tout, ce sont les paysages, et je dois avouer que le tien est de loin mon préféré parmi tous ceux que vous m'avez rendus. Mais ce projet de fin d'année doit m'aider à mieux cerner l'artiste en toi. Cette esquisse ne me le permet pas. J'aimerais que tu approfondisses ton travail, que tu te dévoiles davantage. Si ton œuvre me plaît, je la sélectionnerai pour la prochaine exposition au Merridian. Tu pourras toujours continuer à dessiner, même si tu n'en fais pas ton métier. »

Frère Smith repousse les dessins qu'elle lui a rendus ces dernières semaines vers le bord de son bureau.

Le Merridian est le Graal des artistes de l'école. Cette salle porte le nom d'une nonne blanche dont le passe-temps favori était de peindre les ouvriers travaillant dans les champs lors de chacune de ses expéditions missionnaires dans les plantations. Elle intitulait ses tableaux : *Nègre cueillant le maïs* ; *Nègre sous un arbre* ; *Nègre au crépuscule.* Grâce à ses peintures, elle jouissait d'une renommée nationale.

« J'en serais ravie, monsieur », répond Thandi qui manque de tomber de sa chaise en se levant en même temps que frère Smith.

Ensemble, ils se dirigent vers la salle de classe. Thandi réfléchit en silence à son projet de fin d'année alors qu'ils dépassent l'atelier de couture où des filles sont sagement assises derrière des machines à coudre Singer ; la cuisine dont s'échappe une odeur de pudding à la semoule de maïs ; la salle de dactylographie dont le cliquètement des claviers lui évoque des oiseaux qui picorent ; et atteignent enfin l'atelier de dessin. Frère Smith lui serre fermement l'épaule avant d'entrer. Arrivée à sa place autour de la grande table qui accueille ses six camarades de classe, Thandi sort son matériel. Frère Smith demande à ses élèves de faire des croquis pendant quelques minutes, de représenter des objets de la pièce. Thandi incline son crayon dans sa main droite, réfléchit profondément et tapote la feuille avec sa mine, le Merridian toujours à l'esprit. Frère Smith pense qu'il n'y a pas d'avenir dans l'art, certes, mais s'il la sélectionne et qu'elle gagne, qui sait ? Cependant, comment se dévoiler davantage alors qu'elle se connaît si mal ? Alors que sa main bouge à peine, d'autres images autour de Thandi se précisent : le vase en céramique ébréché contenant des roses rouges que frère Smith laisse toujours bien en vue afin d'inspirer ses élèves, la statuette de la Vierge Marie sur le rebord de la fenêtre, une paire de mules aux talons usés posée sur une petite table, l'inflexibilité du dossier droit des chaises en bois. Chaque objet a du caractère. De la matière. On apprend en l'observant qui sont les personnes qui l'ont fabriqué, possédé.

Quelque chose dérape dans son esprit. Thandi sent un poids familier peser sur sa poitrine et l'empêcher de bouger, comme le corps de l'homme ce terrible soir ; un sentiment de terreur qui l'oblige à interrompre son geste, le crayon en l'air. Thandi conserve son ignoble secret depuis des années ; le temps passant, elle s'est convaincue que personne ne la croirait. Pareille à un cauchemar, la douleur de cette expérience persiste – tout comme le souvenir de ce goût de réglisse sur sa langue au moment où elle a mordu la main plaquée sur sa bouche ; le souvenir de la rugosité des pierres, des cailloux et des bouts de bois tandis que l'homme traînait son corps vers des buissons, ses talons raclant le chemin poussiéreux ; le souvenir de ce corps lourd sur le sien qui l'aveuglait et la paralysait. De ses cinq sens, il ne lui restait plus que l'ouïe. « *Si t'en parles à qui que ce soit, j'te tue !* » Thandi passa les jours et les nuits suivants à s'efforcer d'oublier ces mots posés comme la lame d'un couteau sur sa gorge. Son imagination commença à dresser des murs derrière lesquels elle se tapit en silence, refoulant ce souvenir douloureux. Dès lors, Thandi ne fut pas obligée de quitter sa cachette, car ses idées la nourrissaient et l'alimentaient en eau et en oxygène. Au bout d'un moment, il lui devint plus difficile de reconstituer cette histoire de façon cohérente. Comment se fait-il qu'elle se rappelle aujourd'hui les arbres qu'elle voyait avant son viol, ainsi que leurs noms, le vert de l'eau de la crique, mais pas la couleur de la chemise de l'homme, ce qu'il tenait à la main, ni à quoi ressemblait son visage ? Portait-il du rouge ou du noir ? Tenait-il un couteau ou un tesson de bouteille ? Avait-il alors de la barbe ? Ou bien juste une moustache ? Thandi se sent succomber sous le poids des détails qu'elle a oubliés. Entre deux coups de crayon, elle tourne la mine pointue vers elle-même, tantôt sciemment, tantôt machinalement.

Lorsqu'elle arrive à la case, Thandi trouve Margot occupée à compter de l'argent. Vêtue de son uniforme, elle est penchée sur quelques piles d'enveloppes posées sur la table, éclairées par la petite flamme de la lampe à pétrole qui est allumée bien qu'il soit encore tôt. Elle est si absorbée par sa tâche qu'elle ne remarque pas Thandi. Les lèvres de Margot remuent tandis qu'elle compte ses billets, le visage caressé par la lueur de la flamme. À en juger par la couleur vert clair des billets, il s'agit de dollars américains, non jamaïcains. *Mais comment gagne-t-elle tout cet argent ? Que fait-elle avec ?* Margot met une petite somme de côté puis roule une liasse et passe un élastique autour. Au lieu de filer la cacher à l'intérieur du vieux matelas taché de sueur et percé par un ressort dans lequel Delores et elle dissimulent habituellement l'argent destiné aux factures, elle la range dans son sac à main. Lorsqu'elle lève les yeux et voit sa sœur, Margot sursaute.

« Pitié, Seigneur ! Ne me fais plus jamais une peur pareille, Thandi ! »

Elle laisse tomber son sac sur une chaise dans l'espoir de le rendre invisible.

« Qu'est-ce que tu fais si tôt à la maison ? T'as pas de cours particuliers ? »

Nerveuse, Margot observe brièvement l'expression de sa sœur avant de se tourner vers la table à présent vide.

Thandi s'assied sur son lit et sort un livre sans cesser de surveiller le furetage de son aînée du coin de l'œil.

« Pas aujourd'hui. Tu as oublié ? » Elle feuillette un livre de maths puis fixe le regard sur une équation. « Comment t'as gagné tout cet argent ? »

Thandi lève les yeux juste à temps pour voir Margot croiser les jambes.

« J'ai fait des heures supplémentaires. »

Thandi jette un coup d'œil au sac avachi sur la chaise, semblable à un oreiller en cuir noir.

« Est-ce qu'il y aura des postes disponibles cet été ? » demande-t-elle, tandis que Margot retire nonchalamment une barrette de ses cheveux lissés afin de les laisser tomber sur ses épaules.

Des deux mains, elle les fait bouffer comme Thandi apprend à le faire avec les siens, mais sans y parvenir à cause de leur texture plus fine.

« Avec ton niveau d'instruction, tu peux trouver meilleur travail que le mien. »

Margot s'adosse à sa chaise et retire doucement les pieds de ses chaussures à talons hauts. Une odeur de transpiration fraîche flotte de ses collants jusqu'aux narines de Thandi qui la trouve réconfortante.

« Concentre ton énergie sur l'école. Ce sont les autres qui travailleront pour toi. Pas le contraire. »

Margot pointe et plie les orteils, son vernis rouge sang visible à travers le voile extrafin.

Lorsque Thandi se lève et la rejoint à la table, sa sœur retire son sac de la chaise pour qu'elle puisse s'asseoir. Une fois que l'adolescente est installée, Margot soulève les jambes puis les pose sur ses genoux.

« Cette coiffure te va bien », dit-elle.

C'est la première fois que Margot commente sa manière de se coiffer. Thandi a opté ce matin pour une tresse haute dont elle a attaché l'extrémité avec un élastique noir. Elle commence à masser les pieds de sa sœur puis la regarde renverser la tête et fermer les yeux. Margot soupire bruyamment lorsque Thandi applique une pression le long de ses mollets. Plus que la texture veloutée des collants, elle apprécie la fermeté de ces mollets qui lui rappelle l'époque où Margot pratiquait la course à pied dans son petit collège. Après sa sélection au championnat féminin, elle aurait pu encore améliorer ses performances en athlétisme. Mais pour une raison que Thandi ignore, Margot a cessé de s'entraîner et son niveau s'est dégradé. Le jour où Thandi lui a demandé pourquoi, elle a haussé les épaules avant de répondre : « *Ça n'en valait pas la peine.* »

Margot entrouvre la bouche et laisse échapper un son guttural semblable au ronronnement d'un chat.

« Si seulement je n'étais pas obligée de retourner tout de suite au travail, murmure-t-elle, les yeux toujours fermés. Je resterais ici rien que pour ça… Tu es habile de tes mains. »

Thandi estime que le moment est bien choisi pour formuler sa demande.

« Je peux avoir de l'argent ?

— Pour quoi faire ? »

Margot se redresse à demi en battant des paupières.

Thandi hausse les épaules sans cesser de lui pétrir les mollets.

« Je voudrais économiser pour certaines choses… »

Elle songe à la fête imminente et à la robe fuchsia qu'elle aimerait y porter. La dernière fois qu'elle a vérifié, son prix n'avait pas baissé. Elle doit également retourner voir mademoiselle Ruby.

« Par exemple ?

— Une robe ? »

Ces mots s'échappent de sa bouche sur un ton interrogateur.

« Pour quelle occasion ? »

Margot se redresse complètement sur sa chaise.

« J'ai été invitée à l'anniversaire d'une camarade de classe qui fête ses seize ans.

— Une fête avant les examens ? Tu ferais mieux de réviser pour réussir tes neuf épreuves. »

Thandi ralentit ses mouvements. Margot la libère en retirant les jambes de ses genoux puis la dévisage. Elle semble fixer le petit grain de beauté au milieu de son front.

« Je viens de payer pour les épreuves que tu vas passer au CXC. Neuf, ça fait une sacrée somme.

— Quoi ? »

Thandi se lève d'un bond qui manque de renverser sa chaise.

« Quand ça ? »

Margot secoue la tête.

« La semaine dernière. Tes études passent en premier, Thandi, tu le sais. Comment pourrais-tu aller à une fête avant les examens, des examens que j'ai payés ? »

L'adolescente ravale la boule solide qui vient de se former dans sa gorge.

« Tant pis, alors, murmure-t-elle. Enfin, toutes les filles de ma classe y seront et je voulais y aller aussi, mais ce n'est pas une obligation. »

Le regard de Margot s'adoucit.

« Donne-moi mon sac », dit-elle finalement.

Thandi obéit. Elle sait que sa sœur ne peut rien lui refuser. C'est comme si Margot craignait qu'elle trouve une autre solution, un autre moyen d'obtenir ce qu'elle lui a demandé. Et Thandi en profite, bien que la voix de sa conscience la réprimande à chaque fois.

« Tu n'es vraiment pas obligée.

— Ma foi, un jour tu me le rendras au centuple. Tiens. » Sa sœur lui tend quelques billets. « Je suis sûre que tu en feras bon usage. »

Margot et Delores ont tout misé sur l'avenir de Thandi, convaincues que c'était celle de la famille qui réussirait. Tel leur vieux matelas, l'adolescente incarne une source fiable de satisfaction. « *C'est toi qui nous sortiras de cet endroit* », lui répètent-elles. Thandi entend Delores raconter la même histoire à ses amies quand elles viennent jouer aux dominos. Personne ne peut imaginer combien la culpabilité la ronge quand sa mère et sa sœur la dispensent de cuisiner, de faire le ménage et même d'aller à l'église en raison de l'importance qu'elles accordent à ses études.

Margot se lève lentement de table puis se rechausse à contrecœur. Thandi la regarde retoucher son maquillage et vaporiser un peu de parfum derrière chacune de ses oreilles. En moins d'une minute, son impeccable chignon est de retour. Margot attrape son sac et sort. Cet étrange parfum d'autorité qu'elle dégage depuis quelque temps comprime l'air jusqu'à le priver d'oxygène.

« Ne dis pas à Delores que je suis passée », lance-t-elle à Thandi avant de disparaître, comme emportée par le vent.

4

Margot se retourne sur le ventre et grimpe à cheval sur Horace. Elle pince sa chair rose entre deux doigts puis la regarde blanchir. Horace gémit et lui sourit, les yeux mi-clos. Si cet homme l'attirait, elle embrasserait ses joues à l'endroit où se posent ses longs cils et poserait la bouche sur ses lèvres tendues. Elle aurait même eu la patience de s'allonger à côté de lui avant de passer à l'acte et de caresser les poils de sa large poitrine, ainsi que de son énorme ventre. Au lieu de jouer les amoureuses, Margot le chevauche en remuant les hanches à un rythme régulier. Les mains d'Horace serrent ses cuisses avant de saisir ses seins. Le sexe lui apporte un calme profond et lui offre un refuge. Elle s'imagine comme un aspirateur capable de tout avaler – paroles, pensées, coups d'œil et larmes disparaissent avant d'être recrachés derrière l'hôtel, dans ces grandes poubelles où les femmes de chambre jettent leurs moutons de poussière tout en fredonnant des airs tristes que Margot entendait sa grand-mère chantonner autrefois. Petite, elle percevait le chagrin qu'exprimaient ces chansons, mais il ne la touchait pas. Elle savait déjà que l'impuissance est synonyme de faiblesse et qu'il est inutile d'avoir foi en Dieu. Ce n'est pas lui qui fait bouillir la marmite et paye la scolarité de sa sœur. Et ce n'est certainement pas grâce à lui que sa famille a un toit au-dessus de la tête.

Perchée sur Horace, Margot se balance tel un palmier dans la brise fraîche, tandis que son client murmure de gratitude et lui lance de temps à autre des insultes auxquelles elle réagit en renversant la tête et en accélérant la cadence. De son point de vue, la tête rapetissée d'Horace est à peine visible. À certains moments lui vient à l'esprit une autre personne dont les lèvres féminines entrouvertes réclament davantage que son corps. Les yeux de cette femme sont fixés sur elle. Margot les connaît bien. Comme ils se font suppliants, elle préfère se concentrer sur le visage quelconque de l'homme qu'elle chevauche. Elle se balance et s'agite, consciente du chaos insidieux, de la sensation qui se répand de son entrejambe aux orteils dressés d'Horace, comme si son orgasme s'emparait également de lui. Quand tout est terminé, Margot redescend brutalement de son nuage et s'effondre à la manière d'un gros arbre abattu par la hache impitoyable de la nature. Allongée à côté d'Horace, elle sent un dégoût post-coïtal et une déception sournoise se coaguler dans son ventre comme du lait caillé. Margot est redevenue humaine. Lorsque Horace tend la main vers elle et lui touche le bras, elle tressaille. Elle déteste être touchée dans cet état. Une semaine sous le soleil jamaïcain et cet homme a déjà la peau rouge. Horace repousse ses cheveux foncés qui pendent devant son visage, mais les mèches rebelles retombent aussitôt. Si elle tenait davantage à lui, Margot écarterait cette longue frange et plongerait le regard dans ses yeux bleus. Mais ce sont ceux d'une autre qu'elle ne cesse de visualiser.

« Il faut que j'y aille », dit-elle.

Margot couvre sa poitrine avec le drap blanc, chose qu'elle ne faisait jamais avant car elle ne déteste pas se pavaner nue. Jadis, elle se délectait du désir qu'exprimait le regard de ses clients quand ils la regardaient se promener dans la suite sans la moindre inhibition. C'est exactement le comportement qu'ils attendent de la part d'une femme des îles.

« Déjà ? demande Horace avec un fort accent allemand. Mais il est encore tôt. »

Margot jette un coup d'œil à l'horloge du magnétoscope. Le Palm Star Resort ne s'est pas encore équipé de lecteurs DVD, contrairement à tous les autres hôtels cinq-étoiles de la côte. 22 heures 45. Comment le temps a-t-il pu passer aussi vite ? Plus tôt dans la soirée, Horace s'est fait livrer un dîner par le service d'étage pendant que Margot se cachait dans la salle de bains. Ils ont mangé et vidé une bouteille de vin à tous les deux. De quoi ont-ils parlé ? Margot ne s'en souvient pas. En tout cas, elle est sûre d'une chose : cette conversation s'est terminée exactement comme les autres.

Margot va et vient dans la chambre spacieuse en ramassant ses collants puis son uniforme sur le sol. Horace est son plus ancien client. Il vient en Jamaïque juste pour la voir et lui promet à chaque fois de la ramener chez lui, en Allemagne. Lorsqu'il sort son portefeuille pour la payer, Margot aperçoit une famille souriante aux cheveux blonds – une femme et deux enfants, un garçon et une fille. Elle se demande bien où il la caserait s'il tenait sa promesse. Que raconterait-il à l'épouse et aux bambins souriants du portrait ? Tous ses clients lui promettent la même chose, comme si la payer ne suffisait pas ; comme si coucher avec elle leur donnait, d'une certaine façon, envie de la « sauver ». Ils ressentent le besoin de justifier leur infidélité par un acte de bonté, une offre généreuse que Margot se retient de décliner en riant. Dès qu'elle l'accepte, ils éprouvent la satisfaction de savoir qu'une femme dépend d'eux, a besoin d'eux. Cela les pousse à revenir continuellement la voir.

« J'ai rendez-vous avec quelqu'un… »

Margot glisse une jambe dans ses collants extrafins puis jure à voix basse en voyant qu'elle les a filés.

« Un autre homme ? demande Horace. Combien il te paye ? Je peux te donner plus.

— Non. Ce n'est pas un homme.
— Qui est donc cette personne qui compte plus que moi ?
— Ma mère, ment-elle. Je dois la rejoindre. »

Margot remonte sa jupe puis boutonne hâtivement son chemisier blanc sur son soutien-gorge. Horace se hisse sur un coude et l'observe. Quand elle est habillée, Margot se dirige vers le lit puis l'embrasse sur le front. Horace pose la main sur l'arrière de sa tête, l'attire vers lui et, sans prévenir, l'embrasse sur la bouche. Margot s'écarte légèrement.

« On dirait que tu crains de ne plus jamais me revoir, trésor, plaisante-t-elle en lui tenant la main.

— Vas-y, lâche-t-il finalement. Il est sur la table. »

Horace désigne le gros portefeuille en cuir posé sur le bureau.

« Prends tout. »

Margot hésite. Elle compte trois cents dollars. Les Allemands ont l'habitude de convertir leurs devises en dollars américains. C'est la seule monnaie acceptée sur la côte Nord, en plus des dollars jamaïcains. Margot le remercie, se dépêche de sortir et referme sans bruit la porte derrière elle.

La vue de sa compagne endormie le pouce dans la bouche réveille une émotion intense dans le cœur de Verdene. Margot change de position en ouvrant à peine les yeux, bien qu'il soit déjà midi. Elle est étendue les bras en croix sur les draps jaunes qui rehaussent la couleur de sa peau, d'un brun cassonade. La cloche de l'église Saint-Theresa sonne sur la colline. Au lieu de se signer comme elle a appris à le faire enfant quand elle allait à la messe, Verdene garde les yeux sur la femme qu'elle aime et observe ce visage ouvert qui jamais ne cache ses émotions, celui d'un être blessé et sensible.

Verdene inspire profondément et ses poumons se gonflent d'amour. De peur de s'enflammer, elle expire, pose le plateau sur lequel est disposé le petit déjeuner qu'elle a préparé pour Margot – beignets frits, morue sautée aux *akées* et poire tranchée –, puis elle jette un coup d'œil à son reflet dans les longs miroirs de la garde-robe. Malgré ses quarante ans, son beau visage aux traits sculptés et ses yeux brillants d'un noir surprenant conservent quelques signes de jeunesse. Dans sa chevelure qui a commencé tôt à grisonner, d'épaisses boucles noires encadrent une mèche argentée. Mais depuis qu'elle est avec Margot, Verdene a retrouvé une nouvelle jeunesse ; elle recommence à sourire, éclate de gaieté, déborde d'une sensualité décontractée et naturelle.

Elle replace correctement le plateau sur la petite table de nuit puis sort la bible qu'elle conserve comme un secret dans un tiroir – juste une petite prière du dimanche, comme Ella le lui a appris. Mais la vue du portrait de sa mère interrompt son geste. Toute beauté, toute vie, toute respiration cessent lorsqu'elle pose les yeux sur Ella. *Oh, ma petite maman.* D'habitude, son portrait est tourné vers le mur quand Margot dort chez elle. Celle-ci n'aime pas l'idée que sa défunte mère les fixe du regard quand elles sont couchées. Très franchement, Verdene n'y voit pas d'inconvénient. Elle a vécu toute sa vie dans le secret. À ce stade, pourquoi avoir honte de ce qu'elle fait sous son propre toit – dans cette maison que sa mère lui a léguée ? Néanmoins, elle s'exécute.

Margot bat des cils, puis ses yeux s'ouvrent sur la vaste étendue de la pièce et se posent sur le drap qui ne lui couvre plus que la taille. Verdene rougit, aussi embarrassée qu'une petite fille qui vient d'entrer dans la chambre où ses parents font l'amour.

« Ce n'est pas grave, lui assure Margot en tirant tout de même sur le drap pour se couvrir la poitrine, soudain gênée.

— Je t'ai apporté un petit quelque chose », dit Verdene avec l'accent britannique saccadé qu'elle a gardé de l'époque où elle vivait à Londres.

Celui-ci valse gaiement avec son accent jamaïcain, ce qui donne à son intonation un côté très comme il faut, une particularité qui rend les habitants de River Bank aussi curieux que craintifs. En tant qu'étrangère, ou plutôt expatriée rentrée au pays, Verdene est intouchable.

Margot sourit lorsqu'elle pose le plateau sur le lit.

« C'est trop, tu n'es pas obligée de me préparer le petit déjeuner ni de me le servir au lit.

— Ça ne te plaît pas ?

— Au contraire ! » rit Margot.

Verdene l'imite et laisse l'agréable picotement qui se manifeste dans son ventre se propager à travers son corps. Elle se lève puis lui tourne le dos avec un découragement feint mais Margot bondit du lit et la force à se rasseoir, sa nudité oubliée l'espace d'un instant. Verdene se laisse tomber sur le matelas, les jambes de Margot entortillées autour des siennes. Elles restent ainsi enlacées, le corps tremblant de rire. Lorsque leurs gloussements se calment, le son de leurs respirations s'élève dans l'agréable silence que retiennent les quatre murs de la chambre. Verdene s'écarte légèrement de sa compagne, soudain consciente de leur proximité – Margot, entièrement nue, Verdene, vêtue d'un T-shirt et de la jupe paréo qu'elle porte toujours chez elle et qui dévoile en s'ouvrant la peau dorée de ses cuisses.

« Je dois retourner à la cuisine, dit-elle avant de se dégager. Tu dois avoir faim. Mange. »

Margot la laisse s'éloigner puis tire à nouveau sur le drap, comme pour se cacher. Verdene sait que la jeune femme a dormi nue en espérant qu'elle la rejoindrait dans la chambre pendant la nuit et se glisserait sous les couvertures. Mais elle n'en a rien fait.

« Est-ce qu'on ne pourrait pas…

— Pas avant que tu ne sois prête, l'interrompt malicieusement Verdene qui sait où risque de mener cette conversation.

— Prête ? Mais je le suis. »

Verdene baisse les yeux vers sa main serrée autour de la poignée. Les jointures de ses doigts brillent comme des billes sous sa peau.

« Je ne veux pas qu'on ait le même problème que la dernière fois, lâche-t-elle dans un chuchotement semblable à un soupir. Je ne peux vraiment pas…

— Je me suis déjà excusée. Que veux-tu d'autre ? »

Margot attrape un oreiller au pied du lit et le coince entre ses jambes. C'est une autre de ses habitudes, aussi tenace que la manie de se ronger les ongles.

« Chérie, dit Verdene d'un ton plus doux. Je ne peux pas t'inciter à faire une chose dont tu n'as pas envie. »

Margot repousse l'oreiller et le drap de son corps puis se lève du lit. Elle se rapproche de Verdene et la pousse contre la porte, qui se referme derrière elle. De près, les yeux de Verdene sont une paire d'onyx aussi brillante que la pierre qu'elle lui a donnée avant son départ pour Londres. Margot prend ses mains dans les siennes.

« Je suis prête. »

Verdene lutte contre l'envie de la suivre jusqu'au lit, consciente, en son for intérieur, que le sexe est pour elle une drogue. Elle est tentée de laisser Margot lui faire tout ce qu'elle veut. Mais que se passera-t-il ensuite ? C'est cet après que Verdene craint par-dessus tout. Et si la volonté qui anime à nouveau Margot d'être séduite n'était rien de plus que de la curiosité ?

Verdene la revoit quitter le lit au beau milieu de leurs premiers ébats puis se mettre à pleurer. Au début de leur relation, Margot refusait d'échanger avec elle davantage que des caresses et des baisers. Elle souhaitait être d'abord courtisée. Verdene a accepté, soulagée que la jeune femme juge important d'apprendre à se connaître et de s'explorer d'autres façons. Mais après six mois d'attente, Verdene en a eu assez.

Elle a fait le premier pas, et Margot a cédé à contrecœur. La pauvre s'est ensuite mise à sangloter, comme accablée par tout le mal qu'on lui avait fait dans le passé. Comme si cette intimité s'était établie contre son gré. Au lieu de partir, elle est restée là à verser toutes les larmes de son corps. Stupéfaite, Verdene lui a demandé si elle se sentait bien. Margot a secoué la tête, le corps tremblant et frissonnant.

« Je n'ai jamais ressenti ça avec personne.

— Ce n'est pas grave, Margot. Tout va bien.

— C'est comme dans ce rêve où je me noie.

— Tu n'es pas en train de te noyer, mon ange.

— Je ne maîtrise plus rien.

— Laisse-toi simplement aller. »

Mais Margot n'était pas prête à se voir sous cet angle, ni à s'attribuer cette étiquette. Elle a confié à Verdene qu'en l'apercevant au marché après toutes ces années d'absence, elle avait peu à peu compris certaines choses sur elle-même. Margot lui a tout décrit en détail : le petit cri de surprise resté bloqué dans sa gorge à l'apparition de Verdene. Sa fascination pour sa peau lisse, au ton beurre d'arachide mis en valeur par sa robe bleu-vert. La vue de sa chevelure indocile marquée d'une tache blanche. Le charme de sa silhouette parfaite qui l'a poussée à poursuivre ses achats au marché : piment de Cayenne, poivre de Jamaïque, corossols… citrons verts, chou-fleur… gingembre, cacao, ignames. À mesure qu'elle ajoutait des produits à son panier déjà plein tout en suivant Verdene dans l'allée, Margot visualisait de mieux en mieux ce dont elle avait vraiment besoin.

Verdene, quant à elle, se rappelle seulement les vendeuses du marché. Leur façon de l'observer, de se retourner sur son passage et de lui lancer des regards profondément hostiles. Une à une, elles fronçaient le nez comme si les odeurs des stands de poisson les atteignaient enfin après trente ans de voisinage. Avec un détachement feint, Verdene remplissait son panier de fruits et tendait ses billets neufs à leurs mains hésitantes. Ce n'est qu'en sortant du marché qu'elle a brusquement tourné la tête à droite et rencontré le regard insistant de Margot.

Quelques mois plus tard, Verdene attirait la jeune femme en larmes dans ses bras afin de la consoler. Mais celle-ci s'était aussitôt levée d'un bond, rhabillée, puis avait filé aussi vite que si Ella était sortie de son cadre pour la chasser de la maison. Dans la nuit noire, elle avait couru jusque chez elle sans s'arrêter.

Verdene se penche pour embrasser la base du cou puis la bouche de Margot.

« Je suis prête », répète celle-ci en caressant son visage du regard. Ses yeux sont d'un brun plus foncé que sa peau, et le soleil brille dans ses iris.

« Non, Margot. Tu confonds désir et amour. Peut-être que pour toi, c'est un…

— Je ne confonds rien du tout. Je sais ce que je veux.

— Tu en es sûre ? »

Margot baisse le regard.

« C'est bien ce que je pensais », dit Verdene avec douceur en s'efforçant de garder son calme. Elle repousse délicatement la jeune femme et lui saisit les poignets. « J'ai quelque chose sur le feu. Il ne faudrait pas que ça brûle. Cette marmite vient de ma mère. »

Par la fenêtre de sa cuisine, Verdene observe les villageois qui passent, vêtus de leurs habits du dimanche – les hommes portent leur plus belle chemise, ainsi qu'un pantalon noir élimé, repassé de trop nombreuses fois, tandis que les femmes sont coiffées de leur chapeau du dimanche et arborent des tenues pastel. Une bible à la main, chacune s'arrête pour se signer quand elle passe devant la maison rose. Verdene serre les poings et enfonce les ongles dans ses paumes jusqu'à ce que se calme le violent tremblement qui l'agite intérieurement. Le dimanche est le seul jour de la semaine où ces gens prennent la liberté de parader devant sa propriété dans leurs costumes de bigots. Enfermée dans le silence de sa cuisine, Verdene ouvre à fond le robinet de l'évier pour éviter de penser à eux. C'est alors qu'elle aperçoit mademoiselle Gracie, sa vieille voisine. Son menton poilu dépasse du large chapeau blanc qui couvre le reste de son visage ; son corps flétri, jadis plus imposant que celui de n'importe quel habitant de River Bank, est affublé d'une robe blanchâtre ornée de dentelle. Un très beau jeune homme que Verdene ne reconnaît pas marche à côté d'elle en la soutenant comme si elle ne pouvait plus se déplacer seule. Elle aussi s'arrête pour se signer devant la maison rose, puis elle ordonne au jeune homme réticent de faire pareil. Si elle tenait un autre objet que sa bible, mademoiselle Gracie le jetterait sûrement contre une fenêtre, à l'instar de cette branche d'arbre enveloppée dans un tissu sanglant qu'elle a lancée dans le jardin de Verdene la semaine passée. « *Que le sang du Christ soit sur toi !* » a-t-elle ensuite crié, les yeux fous. Muette de stupeur, Verdene n'a pas bougé de la varangue. Avant cette branche d'arbre, mademoiselle Gracie avait déjà laissé une volaille décapitée sur les marches de sa maison. Verdene ne l'a pas vue faire, mais elle a deviné que c'était son œuvre. Quatre dimanches plus tôt, c'est le cadavre d'un corniaud qu'elle a découvert sur son terrain. Depuis son retour de Londres, Verdene a trouvé en tout quatre chiens morts dans son jardin, leurs corps bruns en décomposition infestés de mouches. Ces incidents se sont produits par phases, comme si la responsable suivait les étapes d'un plan. Le premier coïncidait avec la première nuit que Margot venait de passer chez elle. À son réveil, le dimanche matin, Verdene a découvert les traînées de sang de l'animal abattu qui se répandaient de l'allée de son jardin à la varangue. Le chambranle de la porte et les colonnes en étaient également barbouillés, tout comme la balustrade de la galerie et le portail. De chaque côté de la maison, une main avait gribouillé : Que le sang du Christ soit sur toi !

Verdene n'a pas eu le courage d'essayer de régler l'incident. Que faire ? Elle a d'abord eu envie d'appeler la police, mais en entendant son accent, les policiers exigeraient une contrepartie avant de se lancer à la recherche du coupable. Verdene a ensuite pris la décision de traverser le luxuriant feuillage des bananiers qui séparent leurs deux maisons afin de se rendre chez sa voisine, mais mademoiselle Gracie risquait de s'emporter et d'attirer davantage l'attention sur Verdene. Certes, cette vieille femme était sénile, mais ce serait tout de même sa parole contre celle de sa voisine. Aussi Verdene a-t-elle nettoyé les salissures elle-même. Elle est allée chercher la pelle et le seau en fer le plus silencieusement possible, de crainte de réveiller Margot. La veille au soir, toutes deux avaient paressé un moment dans le salon en sirotant du thé – Margot, sur le canapé, Verdene, sur l'épais tapis, à bonne distance l'une de l'autre. Alors qu'elle se tenait sous la varangue avec le seau et la pelle, Verdene a brusquement pris conscience que pendant qu'elles discutaient, quelqu'un violait sa propriété. Et que cette personne pouvait les avoir vues.

Ce matin ensanglanté, Verdene est sortie dans son jardin malgré le flot régulier de pratiquants qui passaient devant chez elle. Elle leur a fait bonjour en inclinant respectueusement la tête comme sa mère le lui avait appris. « *Sois toujours aimable et polie…* » lui conseillait autrefois Ella d'un ton malicieux, consciente du regard perçant que posaient les voisins, surtout les femmes, sur sa fille qui portait toutes sortes de robes étrangères à son retour. Verdene leur a donc fait bonjour avec le bras, comme si ce mouvement d'essuie-glace pouvait dérider leurs visages renfrognés, et a affiché son plus beau sourire forcé, mais cela les a seulement encouragés à accélérer le pas. Une fois qu'ils ont disparu, elle a ramassé le cadavre abandonné dans les parterres de fleurs avec sa pelle. Lorsque Margot est apparue à la fenêtre, le visage rond comme la pleine lune, le reste du corps caché derrière les rideaux, Verdene a baissé son outil. Puis, malgré son regard terrifié, elle s'est efforcée de creuser un trou près du corossolier, où elle enterrerait toutes les carcasses suivantes. « S'il te plaît, a murmuré Verdene en repoussant doucement Margot à son retour dans la maison. Laisse-moi un instant. » Puis elle s'est appuyée à l'évier de la cuisine sans la regarder. « Ce sera toujours comme ça. La vie. Avec moi », a-t-elle finalement lâché dans le silence assourdissant qui s'était installé.

En attendant sa réaction, Verdene a fermé les yeux dans l'espoir de retenir les larmes qui lui brûlaient les paupières. Les lèvres serrées entre les dents, elle a cru sentir le goût du baiser qu'elles avaient échangé la veille au soir. Le tout premier. Mais Margot n'a pas répondu. Pas immédiatement. Elle s'est serrée contre son dos. Tandis que son corps réchauffait le sien et que son visage reposait contre sa nuque, Verdene a perçu sa réserve. Puis elle a senti Margot se détacher d'elle. Le bruit de ses pas s'est éloigné, et la porte s'est doucement refermée.

L'ironie veut que Verdene ait immédiatement cherché à exclure Margot de sa vie, la première fois qu'elle l'a rencontrée. Un jour, à son retour des cours, alors qu'elle était en deuxième année à l'université, l'étudiante trouva une fillette assise sur le canapé du salon de sa mère. Âgée d'environ dix ans, la petite balançait dans le vide ses longues jambes maigres à la peau grisâtre et couverte d'égratignures. Ses cheveux n'étaient pas peignés et sa robe de couleur claire était souillée de terre. Verdene se demanda aussitôt si sa mère avait secouru une vagabonde. Ella, qui était institutrice, aimait bien prendre des enfants du quartier sous son aile et leur donner des cours particuliers. Scrutant le petit visage foncé encadré d'une tignasse hirsute qui lui donnait l'air d'un tournesol, Verdene comprit que cette enfant n'était autre que la fille de Delores. Elle ignorait alors son nom mais les avait aperçues plusieurs fois ensemble tandis qu'elles se rendaient en ville à pied, chargées de marchandises. Toutes deux habitaient une petite case à bardeaux non loin de la maison rose. L'oncle de la fillette, Winston, était un ancien camarade de classe de Verdene. Ce garçon passait son temps dans la rue à jouer de l'argent, fumer de l'herbe et courir après les jeunes filles. C'était lui qui avait mis enceinte Rose, la fille de mademoiselle Gracie. Ella, par bonté de cœur, avait proposé de garder Margot chaque fois que sa mère et sa grand-mère devaient s'absenter.

Verdene commença par jalouser la petite Margot. Jadis, quand Ella ne s'échinait pas à gagner les bonnes grâces de son mari, mère et fille étaient liées comme les doigts de la main. À sa mort, elle avait pleuré son époux comme s'il était le meilleur homme de la terre. Parfois, son chagrin se transformait en colère qu'elle déchargeait sur Verdene sous prétexte qu'elle ne respectait pas l'homme qui lui avait permis de venir au monde. Ella, qui se sentait sans doute seule après la mort de son époux et le départ de sa fille à l'université, ne voyait aucun inconvénient à ce que Margot lui tienne compagnie. Verdene trouvait cependant Margot un peu trop à l'aise avec elle. La fillette la suivait dans toute la maison quand elle rentrait (par obligation) de l'université pour le week-end et lui posait toutes les questions qui lui passaient par la tête. Verdene, qui se démenait à l'époque pour réussir ses examens après avoir failli échouer à celui de chimie (sa matière principale), tout en culpabilisant de s'être éloignée de sa mère, ne faisait pas attention à elle. Bien que Margot soit brillante, elle estimait en son for intérieur que cette fillette n'avait rien à faire sous son toit. Pourquoi Ella devrait-elle garder l'enfant de cette Delores ? Elle lui donnait de nombreux cours particuliers, car à dix ans, Margot lisait aussi difficilement que si elle en avait trois de moins. « *Maman, ce n'est pas à toi de corriger les lacunes des enfants des autres*, répétait Verdene à sa mère. *Laisse donc Delores s'occuper de sa fille.* » Mais Ella ne l'écoutait pas. Elle s'était prise d'affection pour cette fillette qu'elle appelait P'tite Margot et lui donnait les vieux vêtements de Verdene. Obligée de reprendre ces jolies robes, elle ajustait les ourlets et ajoutait boutonnières et boutons jusqu'à ce qu'elles soient à la taille de son corps minuscule.

Puis vint le jour où Verdene trouva Margot accroupie en sanglots devant la boutique de monsieur Levy. Elle s'arrêta pour lui demander ce qui n'allait pas, persuadée que l'enfant avait perdu son argent ou s'était fait mal en tombant. « *Qu'est-ce qui se passe ?* » P'tite Margot lui raconta alors en reniflant que des élèves de son école la surnommaient *Margogole*. « *Y disent que j'suis sale et que je sens la friture.* » La fillette lui expliqua ses malheurs en tremblant. Ses épaules osseuses frissonnaient, sa poitrine haletait. Verdene ne savait pas quoi faire. Lorsqu'elle posa la main sur son épaule, P'tite Margot leva les yeux vers son visage, ces grands yeux humides aux pupilles aussi larges qu'un puits dans lequel Verdene ne put s'empêcher de tomber. Une chute qui s'avéra vertigineuse, sans fin ; une chute qui éveilla en elle une possessivité, un besoin farouche de traquer ses jeunes tyrans.

À chaque fois que Verdene devait repartir à l'université, Margot pleurait et Ella devait la consoler à grand renfort de promesses. « *Elle reviendra nous voir la semaine prochaine, mon ange.* » Lorsque Ella levait le regard vers Verdene, celle-ci y lisait toujours les mêmes interrogations : *N'est-ce pas, ma chérie ? Tu reviendras voir ta petite maman la semaine prochaine, pas vrai ?*

Dans la cuisine, Verdene reprend brusquement ses esprits. Elle ferme le robinet en voyant l'eau déborder de l'évier dans lequel est empilée la vaisselle du petit déjeuner qu'elle a préparé pour Margot ce matin – une marmite pleine de boulettes bouillies difformes, l'autre de morue aux tomates et aux oignons émincés. Une heure plus tôt, Verdene chantait en écoutant une chanson de Ken Boothe, encore pleine d'espoir, inconsciente du changement d'humeur qui la guettait. Inconsciente de l'embuscade que lui tendaient ses souvenirs. Le désordre qui règne dans la cuisine lui répugne. Verdene n'a jamais été une cuisinière méticuleuse, ni même une cuisinière tout court. Toute la vaisselle est rangée dans les placards comme sa mère l'a laissée : assiettes empilées, verres et tasses séparés – d'un côté, les plus chics destinés à des visiteurs qui ne viennent jamais, de l'autre, les plus ordinaires pour le quotidien. Depuis qu'elle fréquente Margot, Verdene essaie de cuisiner plus souvent. C'est la première fois de sa vie que quelqu'un lui donne envie de jouer les femmes d'intérieur. Autrefois, quand elle vivait à Londres, Verdene se réchauffait des plats au micro-ondes ou s'aventurait dans un restaurant près de chez elle. Il est possible de se nourrir ainsi à Londres car on trouve partout des plats à emporter. Indiens, chinois, turcs, caribéens, pakistanais…

Cuisiner est devenu un plaisir secret que Verdene s'efforce de faire durer en fouillant dans les vieilles recettes de sa mère cachées dans les tiroirs de la cuisine, au milieu des ustensiles. Ce sont surtout des recettes de gâteaux. Pour le reste, Verdene cuisine de mémoire en repensant à ces soirées passées à regarder Ella verser épices, sucre et farine dans ses marmites sans les mesurer. Sa mère goûtait toujours ses plats avant de les relever, une méthode qu'elle-même a adoptée. À mesure qu'elle expérimente, elle goûte de plus en plus et dose de moins en moins. Ce processus de création adoucit son cœur. Verdene se surprend à fredonner tout en émincant les légumes ou en mélangeant les ingrédients. Qui pourrait croire qu'elle en voulait jadis terriblement à sa mère de choyer ainsi son père quand il rentrait tard le soir, les bottes sales et les vêtements souillés du chantier de la voie ferrée ? « *Pourquoi ne peut-il pas préparer lui-même son repas ni mettre la table ?* » demandait-elle à Ella, tandis que son père s'installait dans son fauteuil préféré, le journal à la main, une cigarette entre les lèvres, puis sifflait un verre de rhum blanc.

Les nuages de fumée et l'alcool qui réchauffait son sang lui servaient de refuge. La plupart du temps, Ella éludait les questions de sa fille ou répondait avec un haussement d'épaules : « *Quand tu en seras là, tu comprendras.* » Celle-ci n'a jamais su ce que voulait dire cette phrase. *Par rébellion* (pense-t-elle), Verdene a toujours refusé de montrer un tel dévouement à ses anciens amoureux, de crainte de devenir la bonne d'un homme ou son assistante personnelle. Son mari avait beau la maltraiter, Ella vénérait la terre que foulaient ses pieds.

Verdene a quant à elle été incapable de sauver son mariage. Ce n'était pas faute d'aimer son époux, un gentil catholique du Guyana que sa tante avait choisi pour elle. La jeune femme était simplement incapable de jouer les épouses modèles. Mais voilà qu'elle comprend enfin, dans la cuisine de sa mère, ce que celle-ci voulait dire.

Lorsqu'elle revient dans la chambre, Margot est déjà habillée, prête à partir.

« Il faut qu'on parle », dit Verdene avant de prendre une inspiration saccadée.

Margot s'assied sur le lit, les mains jointes. Verdene remarque qu'elle n'a pas touché à son petit déjeuner. Elle constate en outre que Margot a pleuré. Ses yeux sont rouges et ses paupières semblent irritées.

« De quoi tu veux parler ? »

Lorsque Margot incline la tête sur le côté, la lumière du jour enveloppe son visage. Verdene est prise au dépourvu par sa beauté. Elle la rejoint, s'assied à côté d'elle puis prend sa main dans la sienne, la porte à ses lèvres et la presse contre sa joue. Margot finit par la retirer.

« Tu as peut-être raison », dit-elle.

Verdene laisse tomber les mains le long de ses flancs.

« À quel sujet ?

— Je ne suis pas prête. »

La tête haute, Margot est figée comme une statue. Seul le lent mouvement de sa poitrine indique qu'elle respire encore. Comme deux boutons de son chemisier sont ouverts, Verdene aperçoit sa peau douce sous le tissu. Margot se tourne pour la regarder puis répète, comme pour s'en convaincre :

« Je ne suis pas prête. »

Verdene lui reprend la main avec autant de délicatesse qu'après leur première nuit ensemble.

« Je pense que nous devrions réessayer. Mais c'est à toi de voir… »

Elle prend une profonde inspiration.

Margot se détend visiblement, comme si elle s'attendait à une autre réaction. Verdene ressent l'envie irrésistible de la prendre dans ses bras mais se retient. Toutes deux restent un moment ainsi, le regard fixé devant elles, les mains sur les genoux. Finalement, des mots douloureux s'échappent de la bouche de Margot, planent entre elles puis se posent au gré de leurs soupirs lourds de sens.

« Je n'ai connu que des hommes, murmure-t-elle sans regarder Verdene. Mais j'ai toujours eu des sentiments pour toi. » Elle secoue la tête comme si elle était perdue, submergée par un flot d'indications qui ne mènent qu'à des rues anonymes. « Cependant, je ne suis pas… Je ne sais pas si… »

Verdene hoche la tête sans rien dire, les yeux rivés aux clous du plancher qui parsèment le bois de petits points noirs. Margot pose la tête sur son épaule, un geste qui semble indiquer qu'elles ont pénétré un espace intime, une zone d'incertitude qu'elles vont pouvoir explorer main dans la main. Après avoir pris une profonde inspiration, Margot déclare :

« J'aimerais que tu m'apprennes à nager. »

5

La matinée est fraîche et humide, comme c'est souvent le cas avant que le soleil ne fasse son apparition et évapore toute perspective de changement. Margot s'est habillée chez Verdene en s'imaginant vivre pour de bon en couple avec elle. Ce n'est pas la première fois que lui vient cette idée – une petite graine s'est installée au creux de sa poitrine et a commencé à germer ces dernières semaines. Quelque chose a déclenché sa croissance. La façon dont Verdene l'a tenue dans ses bras la nuit dernière, peut-être, preuve qu'elles formaient un couple parfaitement harmonieux.

Margot commence à mieux visualiser l'avenir à travers le brouillard qui se dissipe et caresse cette pensée aussi tendrement qu'un nouveau-né. Son esprit s'emballe à l'idée de quitter River Bank pour une jolie villa au bord de la plage dans la calme résidence sécurisée de Lagoons – un endroit suffisamment éloigné de son village natal pour qu'elle puisse se donner librement à Verdene, rassurée par la tranquille indifférence des riches expatriés européens et américains. Ce sera comme vivre dans un autre pays. Depuis la fête organisée il y a des années par Reginald Senior dans une luxueuse villa de ce quartier, Margot a toujours voulu y habiter. Cette soirée lui a permis de découvrir la vie surprenante des riches en Jamaïque ; pour eux, cette île est un vrai paradis – une femme qui s'offre sans malice, le dos épousant les courbes des collines et des montagnes, le ventre tourné vers le soleil. Même par cette sécheresse, ses rivières coulent, longues et profondes, et ses larges plages vous attirent irrésistiblement.

Les habitants de River Bank ont tendance à bouder les emplois de domestiques proposés dans les zones comme Lagoons car ils leur préfèrent les hôtels. *Ces gens sont de vraies fourmis*, songe Margot – *ils se jettent tous sur le même morceau de pain. Ma foi, qu'ils continuent donc à se contenter des miettes.* En ce qui les concerne, Verdene et elle seront ravies de ne pas avoir à se tordre le cou pour jeter sans arrêt des coups d'œil par-dessus l'épaule quand elles vivront là-bas. Margot a tout planifié. Sa promotion au poste de directrice générale est imminente. Elle est certaine de l'obtenir ; certaine des sentiments d'Alphonso pour elle. Margot va enfin pouvoir profiter de son argent et vivre comme une reine dans son propre pays. Rideaux vert citron et verres de limonade glacée dans le solarium. Achats de produits importés et jardin arboré pour compléter le paysage.

Alors qu'elle explore l'étendue de son fantasme en se promenant d'un pas léger sur les carreaux de marbre de la maison de ses rêves, Margot bute contre quelque chose sur le sol. Son regard tombe sur la carcasse éviscérée d'un urubu à tête rouge couverte de mouches. Une odeur de pourriture pénètre dans la bouche ouverte de Margot qui se pince le nez et recule de trois pas. Car il faut en faire trois – un pour le Père, un pour le Fils, un pour le Saint-Esprit. Si elle était là, grand-mère Merle ajouterait qu'elle doit également jeter du sel par-dessus l'épaule pour éloigner la malchance.

« Oh, mon Dyé ! »

Au moment où Margot prononce ces mots, trois autres urubus apparaissent. Ils volent bas en décrivant des cercles et dessinent des ombres devant le soleil fraîchement levé.

Leurs ailes noires semblent assez tranchantes pour couper les arbres en deux. Margot sent ses poils se dresser sur sa nuque lorsqu'ils se posent. Elle les regarde avec horreur plonger le bec dans la carcasse de celui qui pourrait être leur frère, leur époux, leur mère, leur enfant. Margot n'oubliera jamais cette image – ces charognards qui se repaissent d'un des leurs et célèbrent la mort en dansant la *kumina*[1].

De retour à la case, Margot prend le temps d'essuyer le nez de ses chaussures avec un chiffon imbibé d'eau de Javel. Tant pis si elle est en retard au travail aujourd'hui. Elle se déshabille entièrement, met ses vêtements à tremper dans une bassine d'eau puis décide de prendre une douche et de se frotter avec des feuilles de poivrier qui la protégeront de toute malédiction. Peu importent les mouches et la chaleur qui règne dehors. Margot se savonne énergiquement, soulagée que la pression de l'eau soit bonne. D'habitude, elle ne se lave jamais aussi tard le matin après le lever du brouillard. Mais aujourd'hui, elle n'a pas le choix. Elle n'a pas non plus envie de retourner chez Verdene à cette heure-ci, car les blanchisseuses qui empruntent le même chemin pour se rendre à la rivière risquent de la voir.

Qu'il est agréable de se doucher dehors par cette chaleur ! Sans réfléchir, Margot incline la tête pour laisser couler l'eau à travers ses cheveux et se rappelle trop tard qu'on vient de les enduire de crème. Il va falloir repasser chez la coiffeuse plus tard car elle ne peut pas arriver à l'hôtel avec la tête d'une folle. Margot continue à se savonner.

« Tu veux vider le peu d'eau qui reste sur toute l'île ou quoi ? »

Lorsque retentit la voix de sa mère, le sang de Margot se fige.

1. Danse rituelle liée à la religion afro-jamaïcaine du même nom.

« Tu vois don pas que c'est la sécheresse ? s'écrie Delores. Qu'est-ce qui t'arrive ? T'as l'air fine à te frotter comme ça de la tête aux pieds.

— Qu'est-ce que tu fais là ? demande Margot en fermant le robinet de la douche. Je croyais que t'étais au marché. »

Elle attrape maladroitement sa serviette pour se couvrir.

« C'est ça que tu fais quand tu te crois toute seule ? Tu utilises toute l'eau ?

— Je me nettoyais.

— Tu pouvais pas avoir la décence de le faire plus tôt ?

— Je voulais me changer. J'étais en chemin pour le travail quand j'ai… »

Margot agite la main au lieu de finir sa phrase. Elle n'a pas envie de lui raconter en détail sa rencontre avec l'urubu. Delores tchipe. Alors que Margot pensait que sa mère la laisserait tranquille, elle reste plantée là comme si elle attendait davantage d'explications.

« Qu'est-ce que tu veux encore ? » demande Margot.

Delores secoue la tête.

« Tanzantan j'me pose des questions sur toi. Si j'étais pas rentrée, t'aurais passé toute la journée sous la douche. Tu devrais pas être au travail ? À cet hôtel qui te donne l'illusion d'être riche ? Imagine que tu perdes ce travail, mon Dyé ! Tu te nettoyais ? Mon œil ! Quand on a toute sa tête, on se lave pas en plein jour dehors. Tu voulais pétèt que P'tit Richie ou un voyeur te reluque ?

— Qu'est-ce que ça changerait qu'on m'ait vue ?

— Mais qu'est-ce que j'ai fait pour mériter ça ?

— Laisse-moi passer. Je dois aller travailler. Tu l'as dit toi-même. »

Sans bouger, Delores dévisage sa fille comme elle le faisait autrefois – à l'époque où elle lui donnait des bains censés la nettoyer du mal.

« Qu'est-ce qu'il y a ? demande Margot, la voix brisée par le souvenir.

— Tu m'prends pou une imbécile ? »

Bien que ses genoux tremblent, Margot laisse échapper un petit rire.

« J'ai pas le temps pour ça.

— T'as le temps pou d'autres choses, hein. Tu crois que je vois pas que tu dors plus ici ? T'es qu'une sournoise, Dyé finira par te foudroyer. »

Margot renverse la tête et éclate de rire.

« Ma parole, on croirait entendre la vieille mam'zelle Gracie quand elle est soûle. J'ai trente ans, alors je dors où ça me chante. »

Parvenant à se faufiler entre la porte et Delores, elle entre dans la case sans lui révéler que Dieu lui est aussitôt venu à l'esprit ce matin quand elle a croisé la mort en chemin.

« Au bout du compte, tu pourras pas dire que j'ai rien fait pou t'sauver », lui lance sa mère.

Soulagée de ne plus se trouver face à elle, Margot se concentre sur ses gestes de peur de filer ses collants. Le seul moyen de prouver son innocence – puisque sa mère fait chaque jour son procès – est de rester calme, de parvenir à feindre une indifférence totale devant ses paroles. Margot résiste de toutes ses forces à l'envie de se réfugier dans le fantasme auquel elle laissait libre cours un peu plus tôt, celui de sa fuite avec Verdene – une pensée qui tourbillonnait dans son esprit tel un enfant insouciant comme pour y faire de la place. Toutefois, malgré ses efforts, elle ne peut pas l'empêcher de refaire surface. Ni le protéger de Delores. Le plus sûr est de l'éliminer.

Margot regarde Alphonso s'adresser au personnel administratif réuni dans son bureau – les personnes haut placées qui dirigent l'hôtel pendant ses absences. Tandis qu'il fait les cent pas en donnant des ordres, son patron ressemble à un petit garçon qui tente de marcher sur un fil sans faire tomber la couronne posée sur sa tête. À travers les persiennes qui séparent la réception de la salle de conférences, Margot parvient à peu près à suivre la réunion – Dwight, le gérant, serre son stylo dans son poing tandis qu'Alphonso va et vient devant lui ; sont également présents Simon, le coordinateur des activités, qui est responsable des divertissements proposés à l'hôtel ; Boris, ancien sergent de police devenu chef de la sécurité de l'établissement ; Camille, l'assistante de Dwight, qui note péniblement chacune des phrases prononcées par ces quatre messieurs au cours de la réunion ; et Blacka, le comptable et l'homme de confiance d'Alphonso qui les observe en silence, les bras croisés et la poitrine bombée, pareil à un pharaon.

« Vous croyez que je dirige une ferme ou quoi ? Vous croyez que les gens payent des clopinettes pour loger dans mon hôtel ? aboie le patron. Vous n'êtes tous que des incompétents ! »

Dwight s'avance sur son siège et lâche son stylo.

« À qui tu parles comme ça ? Sans nous tous ici présents, cet hôtel ne serait même pas ouvert ! Ton père n'a jamais voulu que tu reprennes son affaire… Ça devait être ton frère. Si Joseph n'était pas mort dans cet accident de voiture, tu ne te prendrais pas pour Dieu tout-puissant aujourd'hui ! Il savait que tu ne valais rien ! Alors ne viens pas nous dire que tu es mécontent. Ce n'est pas de notre faute si cet hôtel perd de l'argent ! »

Alphonso se jette sur Dwight et l'attrape par le col. Boris et Simon se lèvent d'un bond pour les séparer. Libéré, Dwight rajuste sa cravate et le col de sa chemise à fines rayures pendant qu'Alphonso se calme. Les autres hommes, hormis Blacka, adressent à leur patron un regard semblable à celui que lancent ses collègues à Margot tout en chuchotant : « *Pour qui elle se prend, celle-là ? Regardez-la jouer les importantes. Vous l'avez vue se pavaner, comme si l'hôtel lui appartenait ?* »

Mais Margot est bel et bien une personne importante. Elle sait, par exemple, qu'elle serait beaucoup plus efficace que ce bouffon de Dwight. À cause de lui, l'hôtel n'est pas assez rentable. Son beau diplôme, ses costumes coûteux et ses voitures de luxe dissimulent mal son incompétence. S'il occupe ce poste prestigieux, c'est parce qu'il est le cousin d'Alphonso et qu'ils ont fréquenté ensemble l'école privée de Ridley College, au Canada. Margot est convaincue qu'on ne l'aurait jamais embauché s'il ne portait pas le nom de Wellington – cet homme arrive toujours en retard, mais il a la fâcheuse manie de tapoter sa montre en ordonnant aux autres d'être ponctuels ; il néglige les plaintes des clients et tout ce qui se rapporte à leur confort ; il délègue la plus grande partie des tâches à Camille, son assistante, qui de l'avis de Margot passe inutilement ses soirées assise sur ses genoux. La pauvre a misé sur le mauvais Wellington pour sa promotion canapé.

Margot retourne s'asseoir à côté de Kensington, à la réception. Elle parvient difficilement à se concentrer sur l'enregistrement des nouveaux arrivants.

« De quoi tu crois qu'ils parlent ? chuchote Kensington.

— Ce ne sont pas tes affaires.

— Vous êtes pas amis, lui et toi ?

— Qu'est-ce que ça veut dire au juste ? »

Margot se tourne brusquement vers la jeune effrontée, mais celle-ci hausse les épaules.

« Tu sais bien… Vous rigolez ensemble parfois. Alors je croyais que vous étiez amis. »

Kensington baisse les yeux vers son bureau et dessine des cœurs avec le doigt. La grande fille maigre tripote sans arrêt l'élastique de la jupe de son uniforme, qui est trop large mais ne lui atteint même pas le genou. Si elle avait la peau plus foncée, Kensington ne serait pas considérée comme une jolie fille. Et elle n'aurait pas été embauchée à ce poste. Alphonso l'a engagée comme secrétaire à temps partiel l'été passé après qu'elle a obtenu le CXC, et elle a fini par rester. Il n'en fallait pas plus pour qu'elle se croie autorisée à émettre des suppositions sur la relation qu'entretiennent Margot et Alphonso.

« Contente-toi de faire ton travail, Kensington », lui ordonne Margot du ton autoritaire qu'elle emploie pour rappeler aux autres son ancienneté.

La voix minuscule de sa collègue finit par percer le silence inconfortable qui s'est installé.

« Mais comment tu fais ?

— Quoi donc ? »

Derrière la tête de la jeune femme, les palmiers ondulent dans la brise qui répand l'odeur de la mer dans le hall ouvert. Margot sent ce courant d'air rafraîchir son sang bouillant tandis qu'elle regarde Kensington tenter de formuler sa pensée.

« Les gens parlent. Russ, Gretta, et tous les autres. »

Margot la coupe avant qu'elle n'énumère chacun des employés subalternes – les femmes de chambre, les cuisiniers, les gardiens –, toutes ces personnes qui lui en veulent d'envoyer Kensington acheter son pâté à la viande et son pain coco chez Stitch à l'heure du déjeuner, afin de ne pas avoir à passer devant elles, ni à écouter leur bavardage oisif au sujet de la direction.

« Tu veux bien me rendre un petit service, Kensington ? demande-t-elle d'une voix aussi douce-amère que de la mélasse.

— Je t'écoute. »

La jeune fille pose sur elle un regard plein d'espoir qui ne fait qu'attiser la colère de Margot. Celle-ci lutte contre l'envie de la gifler et lui donne un avertissement. Ou plutôt un bon conseil.

« Mêle-toi de tes affaires. Sinon tu peux faire une croix sur ton travail. »

Là-dessus, Margot se tourne vers la fenêtre derrière elles. Alphonso est si imprévisible que les membres du bureau exécutif l'observent aussi attentivement qu'une bombe à retardement. Soudain, la porte s'ouvre à toute volée et le patron fait irruption dans le hall.

« Donnez-moi ce dossier là-bas ! » ordonne-t-il, le doigt pointé sur le classeur à tiroirs caché qui contient plus d'une centaine de dossiers – dont toutes les données seront bientôt saisies dans un logiciel sécurisé, de sorte que la direction conserve une trace de la trésorerie de l'hôtel, ainsi que les coordonnées des clients. Il est prévu que Murphy leur livre les nouveaux ordinateurs demain – cinq Gateway envoyés d'Amérique. Kensington bondit de son siège et s'empresse de chercher le dossier dont parle Alphonso, mais elle hésite en voyant qu'ils sont tous identiques. Si elle lui demande des précisions, son incompétence lui sautera à coup sûr aux yeux.

Alphonso pianote sur le comptoir et jette un coup d'œil à sa Rolex en or. Une alliance en platine brille à son annulaire.

« Est-ce que je vais devoir attendre toute la journée ? »

Margot s'avance discrètement et lui tend le dossier. Elle le gardait sous la main depuis le début de la réunion, certaine qu'il finirait par en avoir besoin. Cette pochette contient toutes les informations budgétaires qu'elle l'a aidé à compiler. Au moment où elle le remet à Alphonso, leurs mains se touchent. Tous deux s'immobilisent, comme deux oiseaux tenant les deux extrémités d'un ver dans leurs becs. Margot se racle la gorge, lâche le dossier et lisse sa jupe sur ses cuisses comme si on l'avait surprise le derrière à l'air. Comme le jour où Alphonso et elle ont été interrompus dans la salle de conférences – l'unique fois où Margot y est entrée.

« Je vous en prie ! » lance-t-elle d'une voix trop forte, bien que son patron ne l'ait pas remerciée. Tandis qu'il retourne à sa réunion, Margot pose le menton dans la paume. Kensington s'éclaircit la gorge.

« Quoi ? demande Margot.

— Rien.

— J'aime mieux ça. »

6

Sur la route du marché, Delores observe les arbres fruitiers stériles, les fleurs fanées, l'herbe brunie et cassante, tous desséchés. Les chiens sont couchés sur le flanc, la langue pendante, les chèvres se reposent contre les palissades et les murs des bâtiments, les vaches aux côtes saillantes n'ont presque plus d'herbe à brouter. Attroupés autour des bouches d'incendie, les enfants s'arrosent ou tentent de boire le peu d'eau qui coule ; les plus jeunes restent chez eux, assis sur des cartons, à sucer de la glace et des quartiers d'orange, tandis que leurs aînés accompagnent leurs mères à la rivière, chargés de grands seaux. Pendant ce temps-là, les hommes sont massés à l'ombre des arbres ou installés au Dino's Bar, une flasque de rhum pressée contre le visage. *Finalement, le règne de Dyé arrive*, songe-t-elle.

Ce matin, tandis que ses pieux concitoyens se résignent à implorer la pitié du Seigneur une fois montés au paradis, Delores se prépare pour une nouvelle journée de travail. Car il faut bien gagner sa vie. Avec le soleil vient la chaleur. On ne les croise jamais l'un sans l'autre, comme John Mare et Belle, sa vieille ânesse. Delores s'évente avec un vieux numéro du *Jamaica Observer*. Son chemisier orange vif est trempé de sueur sous les aisselles et sur le ventre jusqu'aux flancs, comme si on lui avait jeté un seau d'eau. Deux vendeuses qui ne supportaient pas la chaleur ont remballé leur marchandise et sont rentrées chez elles. Delores et les autres grommellent :

« Elles vont vraiment perdre une journée de travail à cause de la chalè ? Elles sont pourtant nées dans ce pays. À quoi elles s'attendent, franchement ? »

Prête à faire des affaires, Delores essuie son visage couvert de sueur avec un chiffon qu'elle glisse dans son soutien-gorge. Mavis, qui occupe le stand voisin, est couverte de la tête aux pieds. En la regardant, Delores songe à ces femmes musulmanes qu'il lui arrive de voir passer sur la place, le visage voilé.

« Elle est bonne pour la peau, cette chalè. Je l'emmagasine », explique Mavis en replaçant son large chapeau sur sa tête.

Mais Delores l'ignore. Depuis qu'elle la connaît, cette femme a testé d'innombrables méthodes pour s'éclaircir la peau. Cela fait longtemps qu'elle ne prête plus attention à sa voisine. Ni à Ruby qui, depuis qu'elle a fermé son commerce de poisson, vend des chimères aux jeunes filles qui rêvent de trouver mieux qu'un emploi de domestique. Ces pauvres petites pensent qu'un léger éclaircissement de la peau leur permettra de se faire remarquer des gens de la haute et leur évitera de se faire piétiner par leurs chaussures en cuir importées.

« Pourquoi t'essaies pas plutôt de boire du poison pendant que t'y es ? » lui demande Delores.

Mavis lève les yeux au ciel.

« Si j'étais aussi foncée que toi, Delores, je mettrais mes sous dans une crème éclaircissante. Quel Noir peut s'en sortir sur cette île ? Et cette rien du tout qui me fait la leçon !

— Va don t'faire voir, toi ! Espèce de toké ! »

Delores jette son vieux journal sur le sol.

À ce moment-là arrive John-John – le jeune rasta que Delores connaît depuis l'époque où il aidait sa mère à vendre sa marchandise –, les bras chargés d'un carton d'oiseaux en bois qu'il a sculptés. Ce garçon a toujours été créatif. N'étant jamais allé à l'école, il fabrique des souvenirs avec des matériaux de récupération pour passer le temps. Delores l'a toujours traité un peu comme un fils car Margot et lui jouaient jadis ensemble. Maintenant qu'il est adulte et doit à son tour subvenir aux besoins de ses enfants, il fabrique des oiseaux que Delores vend pour lui en récupérant la moitié des gains. Voyant les deux femmes se disputer, il n'hésite pas un instant à prendre la défense de son amie.

« Ah, qu'est-ce qu'elle t'a encore fait, cette Mavis, manman Delores ? Attends, laisse-moi régler ça. Arrête, Mavis, laisse don manman Delores tranquille. T'as vraiment rien de mieux à faire ? Compte don les pièces de dix *cents* que te donnent les clients pou tes articles de mauvaise qualité. Si ton fils t'envoie des sous d'Amérique, comment ça se fait que t'es toujours coincée ici ? »

Mavis se tourne brusquement vers lui. On dirait une enfant surprise d'avoir été touchée par le ballon au jeu du *dandy shandy*[1].

« On était en train de parler, elle et moi. Retourne don téter ta mère, méchant gamin coiffé comme une serpillière ! »

John-John pose son carton d'oiseaux, le sourire aux lèvres, comme si cet échange l'amusait.

« Tout le monde sait que tu reçois aucun baril d'Amérique. C'est rien que des menteries. Ceux qui en reçoivent, y se pavanent partout dans leurs habits neufs. » Il parcourt la petite distance qui sépare les deux stands en se déhanchant comme un mannequin sur le podium. « Mais tu t'habilles toujours comme une toké, et tu y ressembles encore plus avec ce masque sur ta figure ! »

1. Jeu de ballon auquel jouent les fillettes en Jamaïque. Il s'agit pour l'enfant désignée de courir d'une lanceuse à l'autre sans se faire toucher.

Sous les arcades, les autres vendeuses éclatent bruyamment de rire, les mains sur la bouche et les yeux humides de larmes. La mine renfrognée, Mavis rajuste son chapeau puis tâte son visage couvert de crème éclaircissante, un masque qui rappelle celui des femmes *obeah*[1].

« En vérité, t'en sais rien du tout, réplique Mavis, la lèvre tremblante. Mon fils, y m'envoie des barils de l'étranger depuis le début. Tout ça, c'est que des jalouseries !

— Personne t'en veut, Mavis, intervient Delores. John-John se demande juste pourquoi les habits que ton fils t'envoie et que tu vends sur ton stand sont rien que des fripes délavées. Les vêtements américains ont pas l'air aussi minable d'habitude. Y a une différence quand même ! »

Les rires des autres vendeuses s'élèvent au-dessus des stands et inondent les allées étroites que les rayons du soleil ratissent tels des soldats pendant un couvre-feu.

« C'est pas comme si t'arrivais à vendre des trucs de toute façon, poursuit-elle. En général, les touristes s'éloignent dès qu'y voient tes T-shirts bas de gamme, usés et délavés. Même ta peau blanchie est pas capable de les retenir !

— Tais-toi ! l'interrompt Mavis. Tu m'embêtes juste pasque tes fi t'aiment pas ! »

Satisfaite de ce coup bas, elle se replie dans son stand avec un petit sourire en coin que Delores rêve de faire disparaître à grand renfort de gifles. Mais elle n'est pas assez rapide ; John-John la retient aussitôt. Delores agite frénétiquement les mains au-dessus de l'épaule du jeune homme dans l'espoir d'atteindre le visage de sa voisine et de le réduire en charpie. Son sourire exprime un profond mépris, un jugement lapidaire. Elle n'aurait jamais dû

1. Ensemble de pratiques occultes héritées des esclaves ouest-africains, l'*obeah* est aujourd'hui considéré comme une religion dans plusieurs pays des Caraïbes.

avouer à Mavis cet autre matin qu'elle n'avait reçu aucune carte pour son anniversaire, ni de Thandi ni de Margot. Non qu'elle se soit attendue à un quelconque geste d'amour de son aînée, mais la petite aurait dû s'en souvenir. Elle lui offre un cadeau d'habitude – l'année dernière, c'était un collier de cauris ; celle d'avant, une carte dont l'intérieur était décoré de pétales de fleurs séchées ; celle d'avant encore, un bracelet de perles de corail. Mais cette fois, rien du tout. Cette semaine, Delores met plus de temps que d'habitude à disposer ses articles sur le stand. En général, elle est prête avant ses voisines à attirer les touristes qui passent, mais ces jours-ci, les tâches les plus simples, par exemple étendre un tissu vert et jaune sur la table en bois, lui donnent du fil à retordre. Au cours de l'installation, l'autre matin, une des figurines est tombée et s'est cassée en deux. Delores se sentait patraque. L'idée de passer toute la journée sur ce stand lui semblait soudain aussi futile que d'essayer de boire un verre vide. Si elle s'en est ouverte à Mavis, c'est parce qu'elle avait besoin de se confier à ce moment-là ; elle ne s'était encore jamais sentie dans cet état au cours de sa longue carrière de marchande. Quant à Margot et Thandi, elles semblaient se moquer totalement qu'elle meure comme une indigente par cette chaleur. Et voilà que, dans le feu de l'action, Mavis ne trouve rien de mieux à faire que de la critiquer. Cette menteuse folle à lier qui se blanchit la peau sait que les filles de Delores la détestent. Cette femme qui n'a rien de bon à vendre et que les clients ignorent ouvertement connaît son point faible. Ce rictus moqueur que Delores rêve de faire disparaître est tout à fait révélateur ; et même si elle réussit à la faire blêmir (plus efficacement que l'eau de Javel), cela n'effacera pas le fait que Mavis a probablement de meilleures relations avec son fils que Delores n'en aura jamais avec ses filles.

John-John la relâche.

« Montre-lui qui c'est qui commande, manman Delores ! Ça sera bien fait pour elle. La laisse pas t'énerver comme ça. »

Delores ignore ses paroles et se laisse lourdement tomber sur son tabouret. Elle recommence à s'éventer avec son *Jamaica Observer* tandis que John-John passe les articles exposés en revue, impatient de vérifier si elle a vendu un de ses animaux sculptés depuis son dernier passage.

« Vraiment aucun ? » s'étonne-t-il quand elle lui répond par la négative.

Il s'assied sur le vieux tabouret rembourré à côté d'elle et passe une main dans ses dreadlocks, visiblement perplexe. Delores est pourtant la meilleure vendeuse du marché.

« T'as vu des touristes passer depuis ce matin ? demande-t-elle pour se justifier. Y fait trop chaud. »

Delores omet de lui avouer qu'elle n'est pas d'humeur à jouer sa petite comédie habituelle – prendre les gens par la main, leur conter fleurette, les complimenter, les enjôler, leur montrer tous ses articles, attendre en retenant son souffle qu'ils tombent sous le charme, espérer qu'ils se décideront sur un coup de tête et mettront la main au portefeuille.

John-John secoue la tête sans la regarder.

« On peut pas laisser la chalè nous mettre le pétrin, manman Delores. Pas de clients, pas d'argent. » Ses yeux jaunâtres se promènent sur le visage de la vendeuse. « Qu'est-ce qu'on va faire, dis-moi ?

— Qu'est-ce que tu veux dire ? Tu crois que j'en sais quelque chose ? »

Delores s'évente si énergiquement qu'elle en déchire presque les pages couvertes de visages souriants d'hommes politiques et de mondains fortunés. Elle aimerait que John-John la laisse seule avec ses pensées et ses sentiments. Mais ce garçon est bavard comme une pie. Si elle ne le chasse pas, il restera assis sur ce tabouret à parler toute la journée. Certains matins, il l'empêche même d'effectuer son travail car les touristes qui le voient sur le stand s'éloignent poliment de crainte d'interrompre une conversation entre mère et fils.

« Ma foi, Jah sait ce qu'il a à faire. Avec un peu de chance, y nous enverra bientôt de la pluie, dit John-John.

— Demain est un autre jour, déclare Delores, tandis que le jeune homme s'accroupit afin de peindre méticuleusement un de ses oiseaux en bois. Tu verras. Je réussirai à vendre chacun de ces fichus articles.

— Oui, manman Delores. Faut garder la foi. Jah subviendra à nos besoins à tous. »

Pinçant le bout de sa langue rose entre ses lèvres, John-John fignole les plumes de l'oiseau. Il travaille sur cet objet depuis déjà une semaine. D'habitude, cette étape ne lui prend que quelques heures. Quand il a terminé, il entreprend d'envelopper un par un les autres oiseaux dans du vieux papier journal avant de les déposer dans son carton. Delores prend sa dernière création entre ses doigts. Cet oiseau, plus travaillé que les autres, a des ailes bleues et vertes au contour habilement dessiné d'un trait noir, le ventre rouge et jaune, et le bec rouge. Grâce à ses petites pupilles noires sur fond blanc, ses yeux semblent perçants. A priori, cet article aura du succès, elle pourra le vendre cher. Delores réfléchit déjà à son prix. À vue de nez, cinquante dollars américains.

Tout en examinant le nouvel oiseau, elle songe au perroquet qu'elle a vu un jour à Devon House – une demeure coloniale au magnifique jardin qui venait d'être ouvert au public. C'était en 1968 ; son premier voyage à Kingston. Delores avait alors dix-huit ans. Elle avait confié Margot, âgée de quatre ans, à maman Merle, et pris toute seule un vieux car pour la ville. À l'origine, le but de ce voyage était de trouver un travail temporaire d'aide à domicile ; mais sur un coup de tête, Delores avait décidé d'aller également visiter ce jardin dont tout le monde parlait dans le but de pouvoir s'en vanter. Aussi déambula-t-elle depuis le quartier de Half Way Tree, où le car venait de la déposer, jusqu'à la très fréquentée Constant Spring Road. Après s'être trompée plusieurs fois de direction et arrêtée pour demander son chemin (il fallut un peu de temps aux gentils Kingstoniens pour comprendre son fort patois), elle localisa enfin la belle demeure. Ce manoir était aussi imposant que sur les photos des journaux – sa peinture blanche brillait au soleil, ses grandes colonnes étaient aussi impressionnantes que son escalier évasé et sa magnifique fontaine. Mais ce qu'il y avait de plus incroyable encore, c'étaient ces perroquets qui semblaient parfaitement adaptés à leur habitat. Comme ils volaient d'arbre en arbre, leurs battements d'ailes coloraient le jardin luxuriant composé d'une grande variété d'espèces végétales. Delores ignorait l'existence de la plupart de ces arbres et fleurs. En suivant les oiseaux, elle arriva dans la cour du manoir où des Kingstoniens distingués profitaient du grand air, assis à l'ombre d'élégantes ombrelles ou coiffés de chapeaux à large bord. Comme si la lumière d'un projecteur était soudain braquée sur elle, Delores ne put s'empêcher de triturer le tissu de sa robe du dimanche avec nervosité – un vêtement jaune vif à manches ballons orné de dentelle. Elle se sentait aussi majestueuse que la reine Elizabeth dans cette tenue. Pas un grain de poussière rouge ne souillait ses chaussettes vertes à volants ni ses chaussures plates vernies parées d'une boucle sur le côté. Il ne lui manquait plus qu'une paire de gants.

Les Kingstoniens devaient être du même avis, car Delores sentit une centaine de paires d'yeux la suivre. L'amusement remplaça peu à peu la surprise qui se peignait sur leurs visages pâles. Chacun se couvrit la bouche comme pour retenir un rire ou un éternuement. Lentement, Delores recula sans remarquer le tas de crottes de chien derrière elle et marcha droit dedans. S'écartant d'un bond, elle tomba nez à nez avec un groupe d'écolières catholiques en sortie scolaire qui traversaient sagement la cour en file indienne, tels de jeunes cygnes escortés par leur mère – une nonne qui marchait avec assurance, la tête inclinée vers le ciel. Les filles poussèrent un petit cri quand Delores surgit devant elle et se pincèrent aussitôt le nez de leurs doigts délicats. Leurs ricanements, ainsi que les regards se promenant sur sa robe, lui donnèrent la désagréable impression que les excréments étaient étalés partout sur le tissu. Delores se mit à détester ce vêtement sur-le-champ. C'étaient pourtant ses chaussures et chaussettes qui provoquaient le plus de rires. Son visage rosâtre rayonnant, la nonne sourit alors niaisement à Delores. « *Tu dois être perdue. Fais-tu partie du groupe de campagnards ? Ils se trouvent près des tables de pique-nique.* » Comment cette femme savait-elle qu'elle venait de la campagne ? La veille, Delores avait soigneusement préparé sa tenue pour cette journée dans la capitale. Mais toutes ces filles ricanaient, les épaules voûtées, le dos balayé par leur jolie queue-de-cheval à ruban blanc. Elle aurait dû écouter sa mère. « *Si j'étais grosse et noire comme toi, j'éviterais de me pavoiser dans cette couleur. Faut espérer que les gens de Kingston rigoleront pas de toi.* » Maman Merle avait raison. Peut-être que les couleurs vives n'étaient pas faites pour elle. Le rire des filles poursuivit Delores jusqu'au portail, comme l'odeur des crottes de chien dont elle n'avait pas pris le temps de se débarrasser, l'humiliation subie étant plus pénible que la nuée de mouches qui la suivait.

Ce matin-là, le voile qui couvrait ses yeux s'était levé. Quand elle les baissait, tout ce qu'elle voyait désormais, c'était cette peau noire qui jurait avec la couleur de sa robe. Avec son environnement. Avec tout. Ce matin-là, sa peau noire s'était heurtée à l'ordre et la bienséance inhérents à la nature de cette demeure coloniale, au statut de ces écolières catholiques au teint pâle. Ce voyage la transforma. Sur le chemin du retour en car, tout lui parut différent : le bleu-vert de la mer était soudain écœurant, le soleil avait l'air de se moquer d'elle dans la vaste étendue du ciel pâle, la rivière en Y qui avait englouti son enfance semblait indécise. Même la boue rouge des mines de bauxite qui encroûtait ses talons usés lui évoquait à présent une plaie béante, une frontière sanglante entre les villages.

Delores regarde l'oiseau que John-John a fabriqué – une créature de la nature qu'il a découverte un jour et aimée. Elle fronce les sourcils. Lorsque le jeune homme lève les yeux, il la voit contempler l'oiseau et lui adresse un de ses sourires comiques. Ses incisives se chevauchent comme les piquets mal alignés de la clôture de la porcherie de mademoiselle Gracie.

« Je vois que t'admires mon travail, manman Delores. Garde don ce zwazo. »

Ce n'est qu'un gamin, songe la vendeuse. *Avec le temps, y finira par voir la laideur de ce monde.*

« T'es pas obligé de faire ça », dit-elle, tandis que son cœur se gonfle dans sa poitrine. Delores s'est toujours demandé si elle reverrait un jour quelque chose d'aussi beau que ces perroquets.

« C'est pou Margot. Dis-lui que c'est un cadeau de ma part. Je l'ai fabriqué spécialement pou elle. C'est le plus beau de toute la boîte. »

La main de Delores se met à trembler. L'oiseau glisse de ses doigts, tombe sur le sol et l'impact lui brise le bec. Delores ne sait pas très bien si elle a fait un geste maladroit ou si elle l'a lâché en entendant le nom de Margot. Le sourire de John-John disparaît. Le jeune homme ne dit plus rien. Assis sur son tabouret, la chemise ouverte, les mains sur les genoux et les jambes écartées, il regarde fixement l'oiseau sans bec sur le sol.

« J'ai jamais voulu le casser », se défend Delores.

Elle se penche pour le ramasser, mais John-John l'arrête d'un geste.

« C'est pas grave, manman Delores. Pas de souci. J'vais en fabriquer un autre. »

Mais son visage reste sombre et son regard semble éviter celui de Delores, qui sait qu'il travaillait sur cet oiseau depuis un moment. Il lui a probablement fallu beaucoup de temps pour choisir ses couleurs.

« Je peux toujours en fabriquer un autre, répète-t-il au bout d'un moment, le regard fixé devant lui. Si je m'y mets maintenant, je pourrai pétèt te le donner demain. »

Delores garde le silence. Si elle acquiesce, cela lui donnera de faux espoirs. Soulevant la langue, elle constate la sécheresse de son palais, prend la tasse en plastique posée sur la table et boit une gorgée d'eau tiède. Une vague d'épuisement la submerge. Comme tout ce qui la ralentit ces temps-ci, Delores pense que cette sensation passera, elle aussi. Aujourd'hui cependant, elle n'est pas certaine de ce qu'elle aimerait voir disparaître en premier – la sécheresse, la fatigue, ou cette sombre fureur qui la ronge depuis cette sortie à Kingston et qui s'empare d'elle peu à peu. Elle couve sa colère depuis toutes ces années, parfaitement consciente de ce qu'elle dirait à ces filles si jamais elle les recroisait.

« Margot a qu'à venir le chercher elle-même, tranche Delores. Je peux pas parler pou elle. C'est une adulte. Elle sait ce qu'elle aime ou pas. Si tu veux mon avis, cette fi vaut pas le coup qu'on lui offre quoi que ce soit de vendable. »

7

En arrivant à la maison plus tard ce soir-là, Margot trouve sa sœur pelotonnée sur le canapé dans sa robe d'intérieur décolorée. Autour d'elle, le sol est jonché de boules de papier. Margot décide de ne pas la réveiller. Elle se demande depuis combien de temps Thandi est ainsi étendue sur le flanc, la robe relevée, les mains entre les cuisses. Et ces satanés dessins ! Il n'est que seize heures ; n'est-elle pas rentrée un peu tôt de ses cours particuliers ? Margot est si souvent absente qu'elle connaît à peine l'emploi du temps de sa sœur. L'instruction de Thandi compte davantage pour elle que son propre bien-être. Pas plus tard que la semaine dernière, Margot s'est rendue au lycée afin de supplier sa directrice, une nonne condescendante, de bien vouloir annuler le blâme de Thandi. Même si sa sœur n'aurait pas dû porter ce sweat-shirt à l'école, Margot a tout de même plaidé en sa faveur, car elle n'a pas oublié comment elle se comportait au même âge – elle se fermait comme une huître, bien que son gagne-pain exigeât le contraire.

Au lycée de Thandi, Margot n'a pas hésité à prononcer le nom de Wellington, sa collaboration avec Alphonso étant son meilleur atout. Puisque cet homme l'estime assez désirable pour coucher avec elle, pourquoi ne pas se servir du poids que leur relation lui donne ? Cette nonne n'avait pas besoin de savoir que Margot était seulement sa maîtresse et son employée. « *Si vous ne supprimez pas ce blâme de son dossier scolaire…* » l'a-t-elle menacée. Cette phrase n'était pas à prendre à la légère car la famille Wellington fait des dons considérables à ce lycée. C'est grâce à sa fortune qu'ont été construits la salle de prière des élèves, le nouveau gymnase – le seul de toute l'île à être équipé d'une piscine couverte –, et même le bâtiment d'enseignement professionnel abritant quantité de machines à écrire, l'atelier de dessin, et plusieurs fours Singer utilisés pendant les cours de cuisine. Lorsque Thandi a été admise dans cette école hors de prix, Margot a dû demander à Alphonso de lui remettre un chèque en guise de bourse. Cette relation qu'elle entretient soigneusement paye les frais de scolarité de sa sœur tous les ans, une aubaine que jamais elle ne laissera filer.

L'innocence du visage de sa sœur la cloue sur place. Margot se demande à quoi elle rêve. Peut-être court-elle dans un champ d'œillets d'Inde sous la voûte du ciel, semblable à un drap bleu gonflé suspendu à un fil à linge qui s'étend du début à la fin des temps. Au lieu de couvrir le corps de Thandi, Margot s'assied et l'observe. Sa petite sœur devient peu à peu une femme. Sa poitrine s'est développée, comme gonflée par l'air qu'elle respire. Et ses hanches qui se sont arrondies remplissent sa robe. Sa peau devient même plus claire ; une légère décoloration apparaît autour de son nez et de sa bouche. Peut-être aura-t-elle un jour le visage café au lait de son père – un Indo-Jamaïcain à la belle chevelure qui avait assez de piécettes dans les poches pour que Delores le ramène à la maison afin de le présenter à Margot. Les gens l'appelaient Jacques. Margot avait quatorze ans quand Delores l'a rencontré. Jacques aimait bien lui offrir des friandises – tartelettes et rochers à la noix de coco, boulettes de tamarin, chaussons à la banane plantain, bonbons à la menthe. Aujourd'hui, l'odeur de ces sucreries lui donne immanquablement des haut-le-cœur.

Sa virginité a été cueillie prématurément, tel un hibiscus à peine épanoui. « *Mais Thandi ne connaîtra pas le même sort* », ne cesse-t-elle de se répéter à voix basse, seule prière qu'elle ait jamais prononcée.

Brusquement, Thandi bat des paupières comme si elle se sentait observée. Elle se soulève sur un coude puis se frotte les yeux.

« Pourquoi me regardes-tu ainsi ? » demande-t-elle à Margot dans ce langage soutenu qui l'agace tant, la voix rauque de sommeil.

Depuis qu'elle fréquente le lycée Saint-Emmanuel, Thandi s'exprime comme si elle venait d'un milieu aisé. Elle emploie un vocabulaire encore plus recherché et un ton plus modulé que Margot quand elle s'entretient avec Alphonso ou les clients de l'hôtel.

« Bonjour quand même, dit celle-ci avant de détourner les yeux, le temps que sa sœur tire sa robe sur ses genoux.

— Quelle heure est-il ? demande Thandi.

— Tu ne te sens pas bien ? »

L'adolescente replie les jambes pour que sa sœur puisse s'asseoir à côté d'elle, puis elle se frotte les paupières et réprime un bâillement.

« Je suis simplement fatiguée. Toutes ces révisions, tu vois… »

Margot baisse les yeux vers les boules de papier qui jonchent le sol autour d'elles.

« En effet. Le CXC va bientôt commencer. J'espère que tu te sens prête à réussir tes neuf épreuves. »

Thandi hoche la tête puis aperçoit le petit sac de voyage aux pieds de sa sœur.

« Tu découches encore ?

— Qu'est-ce que ça peut te faire ?

— Qui est donc l'heureux élu ? lui demande l'adolescente avec un petit sourire narquois. On ne te voit pas beaucoup ces temps-ci.

— Personne en particulier. Ne change pas de sujet, Thandi. J'ai fait supprimer le blâme que tu as reçu pour avoir porté ce stupide sweat-shirt.

— Personne en particulier ? Tu passes pourtant beaucoup de temps dehors », réplique Thandi d'un ton ironique qui surprend Margot.

À River Bank, ce sont habituellement les femmes adultes qui font ce genre de sous-entendu, une lueur malicieuse dans le regard.

« Mêle-toi don de tes oignons, dit-elle en réprimant un rire.

— Ce ne serait pas ce Maxi par hasard ? Il passe régulièrement prendre de tes nouvelles, tu sais.

— Non, ce n'est pas lui. Maxi n'est qu'un chauffeur de taxi. Et rasta par-dessus le marché.

— Qu'est-ce qu'il y a de mal à ça ? »

Jamais les deux sœurs n'avaient encore discuté d'un sujet aussi personnel. Thandi dévoile une facette de sa personnalité que Margot a rarement l'occasion de voir, si tant est que ce soit déjà arrivé. À cause de la sécheresse, les arbres sont stériles cette année mais sa petite sœur, elle, s'épanouit visiblement.

« Si jamais tu nous ramènes un chauffeur de taxi ou un rasta un jour, je te tords le cou », plaisante Margot.

Thandi éclate de rire et renverse la tête si brusquement que Margot craint qu'elle ne se brise la nuque.

« Les gens choisissent-ils vraiment la personne dont ils tombent amoureux ? demande l'adolescente, une fois calmée. C'est une théorie grotesque.

— Grotesque ?

— Ridicule, je veux dire.

— Tu me trouves ridicule ?

— Non, non ! proteste Thandi en agitant les mains. Je dis juste que l'idée qu'on choisisse qui aimer est… Laisse tomber. »

À peine sa sœur a-t-elle prononcé ces mots que Margot sent une lame de rasoir lentement l'éventrer. *Laisse tomber.* De toute évidence, elle s'est laissé distancer par sa jeune sœur. Mais n'est-ce pas ce qu'elle souhaitait ? Sur le moment, son ignorance ressemble à une mouche que Thandi chasse négligemment de la main.

« Rassure-moi, tu ne penses jamais aux garçons ? » lui demande Margot.

Thandi enroule un fil de sa robe autour d'un doigt.

« Non.

— J'espère que tu ne me mens pas.

— Margot !

— Quoi ?

— Je n'ai pas de petit ami, si c'est ce que tu veux savoir.

— Tant mieux. Tes études passent en premier », déclare Margot à la façon de Delores.

Comme si elle entendait également la voix de sa mère, Thandi sc replie sur elle-même, à la manière des mimosas de la crique qui se referment dès qu'on les touche. L'amertume que son visage exprime souvent ces temps-ci se lit à nouveau sur ses traits.

« Ce n'est pas le moment de penser aux garçons ni à l'amour. Tu comprends ?

— Oui.

— Tu me promets de te concentrer sur tes études ? insiste Margot en s'adoucissant un peu.

— Oui.

— Parfait. »

Un fossé s'est creusé entre elles sur le canapé deux-places, le tout premier achat de Margot avec son salaire – un bien que Delores, débordante d'excitation, a aussitôt demandé à son aînée d'envelopper de plastique, sous l'effet de la maniaquerie que déclenche une telle acquisition. Entre les deux sœurs, quelques trous percent l'emballage et laissent apparaître le joli tissu à présent décoloré.

« Je peux savoir à quoi tu penses ? » demande Verdene à Margot.

Cette fois, elles ont mis la table ensemble. Margot l'a aidée à placer les sets, les assiettes et les couverts, puis Verdene a apporté les saladiers et allumé la bougie placée au centre.

« Je me disais juste que j'aime être ici. Avec toi. »

Verdene pose sa fourchette, tend la main au-dessus de la table et la place sur celle de Margot qui se laisse faire et qui revoit aussitôt la fille plus âgée dont elle tomba un jour amoureuse – cette étudiante dont l'expérience la faisait rougir. Une fille aussi mystérieuse que ces forces de la nature qui font la pluie et le beau temps. À dix ans, Margot sentit son estomac frémir la première fois que la jeune femme la complimenta sur sa beauté. Maintenant qu'elle y pense, Verdene Moore a sûrement entendu dire toute sa vie qu'elle était jolie. Plus jeune, elle avait de beaux cheveux qui lui tombaient dans le dos et la peau beurre d'arachide – d'aucuns diraient dorée –, une couleur qui aurait pu lui permettre d'obtenir un emploi de guichetière de banque ou d'hôtesse de l'air, ou même d'être couronnée Miss Jamaïque. Néanmoins, quand Margot la complimenta à son tour sur son physique, Verdene sourit comme si c'était une surprise. Un cadeau généreux.

Si elle avait eu le choix, Margot n'aurait jamais accepté d'être séparée de Verdene. Petite, elle se cramponnait à elle comme une épine de *macca* accroche la peau, et le tissu. Quand Verdene lui lisait un livre, Margot inspirait profondément son haleine sucrée. Elle lui réclamait davantage d'histoires de princesses endormies, d'enfants perdus dans les bois et de reines maudites, afin de pouvoir passer plus de temps blottie contre elle. Margot ne supportait pas d'être loin de Verdene. Le week-end, elle se dépêchait de terminer ses corvées dans l'espoir de la voir dès son retour de l'université. Le jour de son départ pour l'Angleterre, une partie de son cœur s'est envolée avec elle. Verdene mettait de la couleur dans sa vie. Avant de la connaître, Margot menait une existence terne. *Gagne ta vie même si tu dois en mourir. Souffre ou bien ne ressens rien du tout.*

Le dîner terminé, toutes deux débarrassent la table, posent la vaisselle dans l'évier, puis Verdene lave les assiettes tandis que Margot les essuie. Agréablement rassasiées et concentrées sur leurs tâches, elles se plaisent dans la compagnie l'une de l'autre.

« Je m'en occupe », dit Verdene lorsque Margot soulève la petite marmite dans laquelle ont cuit les pommes de terre.

Comme elle continue à essuyer l'intérieur, Verdene lui arrache presque le torchon des mains.

« Laisse. Elle séchera toute seule.

— Qu'est-ce qui te prend ? C'est juste une marmite.

— Pas n'importe laquelle. Je l'ai héritée de ma mère. Margot, s'il te plaît. Fais ce que je te demande.

— Tu préfères donc ta mère à moi ? s'étonne Margot.

— Ce n'est pas une question de préférence. Je te demande simplement d'accepter certains aspects de ma vie. Si tu tiens autant à moi que je tiens à toi, tu dois respecter ma volonté. »

Sans un mot, Margot reprend son torchon et commence à essuyer les ustensiles. Sentant sa rancœur, Verdene l'attire contre elle.

« À mon retour en Jamaïque, je ne savais pas quoi faire. Je me demandais même pourquoi j'avais accepté de rentrer. Pendant toutes ces années à Londres, j'avais à peine parlé à ma mère, de crainte de percevoir sa déception. Je me suis sentie coupable à sa mort. J'ai eu l'impression que je me devais de rester dans sa maison. Et puis je t'ai retrouvée. L'univers essayait de me dire que l'amour existe ici. »

Margot se colle tout contre Verdene, puis chacune se laisse apaiser par les battements du cœur de l'autre. Soudain, Margot ne supporte pas l'idée de passer encore une nuit à résister à ses impulsions. Elle lève le visage et regarde Verdene dans les yeux afin de lui faire comprendre que son corps fiévreux s'impatiente sous sa robe. Toutes deux s'embrassent avec ferveur, comme si elles défiaient le monde de s'opposer à ce baiser. Verdene déboutonne avec précaution la robe de Margot, l'air de craindre qu'un geste brusque ne la fasse changer d'avis et fuir à nouveau. Mais la jeune femme lui prend doucement les mains, les baisse et secoue la tête. Puis, sans un mot, elle déshabille Verdene. Elle défait un à un les nœuds du devant de sa chemise de nuit couleur lilas. Lorsque l'un d'eux résiste, toutes deux sourient car Margot est obligée de se servir de ses ongles pour en venir à bout. Enfin, le vêtement tombe sur les pieds de Verdene. Margot fait ensuite glisser ses sous-vêtements qui rejoignent la chemise de nuit autour de ses chevilles. Quand elles sont toutes les deux nues, Margot sort du petit tas formé par sa robe et recule. Le faible relief de sa poitrine, le léger renflement de son ventre, le triangle soigneusement taillé de son entrejambe… tout est magnifique et désirable chez Verdene qui se tient face à elle, les mains le long des flancs. Pendant toutes ces années où elle a séduit d'autres personnes, Margot n'a jamais été pleinement consciente, ne s'est jamais totalement abandonnée à la délectation de ces instants d'intimité. Avant que Verdene ne détourne les yeux, les joues rouges, comme si elle anticipait son refus, Margot l'attire à elle. Verdene ouvre la bouche plus largement pour accueillir sa langue. Ensemble, elles marchent jusqu'à la chambre, bouches et hanches jointes. Margot jette un coup d'œil au rideau sombre de la nuit qu'elle aperçoit par la fenêtre, puis au portrait retourné de mademoiselle Ella. Dans un moment de panique, Margot tend la main vers l'interrupteur, mais les caresses lentes et calmes de Verdene déclenchent en elle une vague de plaisir si intense qu'elle se laisse entraîner vers le lit. Elle oublie rapidement la fenêtre, la lumière, mademoiselle Ella, et frissonne lorsque Verdene grimpe sur elle et prend un sein après l'autre dans sa bouche. Ses lèvres errent ensuite jusqu'à son bas-ventre. Margot attire sa tête entre ses cuisses impatientes puis se cambre en espérant mieux ressentir l'excitation de Verdene et la sensation de cette union parfaite. Elle laisse échapper un cri joyeux, surprise par cette impression nouvelle, étrangère, dont la force surpasse l'intensité des frissons provoqués par les caresses assurées et mesurées de sa compagne ; une sensation qui la plonge dans les profondeurs en fusion de la passion.

Allongée sur le dos à côté de Margot, la tête tournée vers la fenêtre par laquelle elle voit ondoyer les ombres des branches du manguier, Verdene pense à ses autres premières fois – celle où elle a fait voler un cerf-volant, où elle a plongé dans la rivière, la tête la première ; celle où, enfin libre et décomplexée, elle s'est délectée des gémissements délirants de sa petite amie dans la chambre de leur résidence universitaire où elle lui faisait l'amour. Depuis son histoire avec Akua, jamais elle ne s'est sentie aussi optimiste, aussi investie dans un nouveau départ. À l'université de Kingston où elle étudiait la chimie grâce à une bourse, Verdene vivait loin de sa mère chicanière dont le principal souci était que sa fille sache tenir un livre en équilibre sur la tête, repasser un pli ou un col, mâcher la bouche fermée et s'exprimer sans hausser le ton. Sur le campus, en revanche, on l'encourageait à se forger une opinion, à nouer des relations en dehors du cercle étouffant de sa famille. Les étudiantes de l'université, extrêmement affectueuses, se promenaient main dans la main. Dans les chambres de la résidence, elles peignaient les cheveux de leurs amies, les rejoignaient dans leurs lits, se faisaient des câlins pendant le déjeuner et les interclasses, assises sur les genoux les unes des autres. Plus que des camarades, c'étaient des sœurs. Akua, l'étudiante qui partageait sa chambre, était l'amie la plus proche de Verdene. Elle avait le visage si large que ses traits paraissaient trop petits, et un regard capable de faire pleurer n'importe qui ; il suffisait qu'elle batte de ses lourdes paupières pour qu'on se rappelle combien elle souffrait. Le duvet rougeâtre qui couvrait son crâne dégarni par la chimio empêchait quiconque d'oublier sa maladie. Les cuisiniers lui donnaient toujours un supplément de viande et de purée, tandis que le concierge, monsieur Irving, l'autorisait à marcher sur le sol qu'il venait de laver à la serpillière. « *Pauvre petite !* » répétait-il. Akua portait toujours un bandeau, mais c'était surtout son sourire – d'un blanc éclatant – qui attirait l'attention. On aurait dit qu'une braise couvait au fond d'elle. À chaque fois que Verdene était triste ou en colère, l'attitude positive d'Akua et ses plaisanteries incessantes lui rappelaient qu'aucune bataille n'est perdue d'avance. « *Tu n'es qu'à quatre heures d'ici. Avant, tu avais toujours du temps à me consacrer. J'ai besoin de toi à la maison* », se lamentait Ella quand elle la suppliait de lui rendre davantage visite. Verdene se sentait coupable de préférer mille fois rester à l'université. Akua s'efforçait de renforcer sa détermination. « *Écoute, c'est ta mère. Elle comprendra si tu ne peux pas rentrer ce week-end. — Mais elle a besoin de moi. — Non, elle a besoin de s'habituer à l'idée que tu voles de tes propres ailes maintenant.* » Verdene passait de plus en plus de temps avec Akua. Fille unique, elle n'avait aucune idée de ce qu'était la véritable sororité, mais elle avait observé sa tante et sa mère. Les deux femmes, aussi proches que l'étaient ses amies de fac, bavardaient de tout et de rien au téléphone, n'avaient aucun secret l'une pour l'autre et partageaient jusqu'à l'intonation de leurs voix, l'expression de leurs visages. Verdene découvrit cependant que la frontière était mince entre la camaraderie et cette relation qu'elle était incapable de nommer. Akua et elle finirent par la franchir de nombreuses fois en poussant les choses plus loin que leurs amies. Leurs câlins se transformèrent en baisers, et leurs caresses légères devinrent des contacts plus directs. Et bientôt, leurs disputes n'eurent plus rien d'espiègle. Akua, comme Verdene, avait la langue acérée, capable de blesser l'ego de sa compagne. Chacune savait quoi dire pour exaspérer l'autre. De la même façon, elle savait sur quelle ficelle tirer pour la faire revenir.

Aux yeux de Verdene, leurs ébats étaient un acte naturel, l'expression physique des sentiments qu'elles éprouvaient l'une pour l'autre : un amour torride et une haine rafraîchissante, marqués de hauts vertigineux et de bas abyssaux. Mais pour l'université – et la directrice de la résidence, mademoiselle Raynor, qui les surprit dans leur chambre une fin d'après-midi –, Verdene et Akua ne différaient en rien des sorcières qu'on condamnait à l'exécution publique. Les trouvant tendrement enlacées, mademoiselle Raynor se figea comme si elle avait été frappée par la foudre.

Le déshonneur de Verdene couvrit sa pauvre mère de honte. La nouvelle se répandit comme le feu dans un champ de canne à sucre jusqu'à River Bank. Elle plana comme de la suie noire dans l'air pendant des jours, des mois, des années. Par la suite, Ella ne quitta plus jamais sa maison. Aujourd'hui encore, Verdene pense que son cancer s'est développé à ce moment-là. Causée par un immense chagrin, sa mort a été lente, douloureuse. Mais plus que le chagrin et la honte, c'était un sentiment de culpabilité et de perte qui torturait Ella. Après son renvoi de l'université, elle avait dû envoyer son unique enfant à l'étranger, seul moyen de lui sauver la vie. Si elle était restée à River Bank, Verdene aurait pu être violée ou tuée. Si elle avait été un homme surpris avec son partenaire, on l'aurait arrêtée, massacrée et enterrée. Sa mère l'avait donc envoyée vivre chez sa tante Gertrude à Londres, de sorte qu'elle y termine ses études. Verdene était montée dans l'avion sans le moindre bagage. Elle portait une robe en laine violet foncé, le seul vêtement qu'Ella jugeait adapté aux fraîches températures de l'hiver anglais. Dans une main, Verdene tenait la pierre de rivière noire et lisse que P'tite Margot lui avait donnée. « *Pou que tu penses à moi* », avait-elle expliqué. L'enfant était sortie en douce de sa case et avait couru jusque chez Verdene alors que celle-ci montait dans le taxi pour l'aéroport. Reconnaissante, Verdene ne s'était pas séparée de cette pierre depuis. Elle ne l'a jamais raconté à Margot mais à Londres, il lui arrivait de la prendre dans le creux de la main et de ne plus bouger jusqu'à ce qu'elle se réchauffe dans sa paume. Certains jours, elle éprouvait l'envie irrésistible de la lancer le plus loin possible dans l'eau du lac qui se trouvait près de son immeuble ; car cette pierre conservait en elle le souvenir de l'amertume qui s'était emparée de Verdene, puis solidifiée.

Le jour où Akua rentra à Forrester, une ville située à sept kilomètres de l'université, un groupe d'hommes la battit et la viola. On retrouva son corps dans des buissons, nu et mutilé. Elle respirait à peine. Mais en raison de la honte qui l'accablait, elle supplia le bon samaritain qui voulut lui porter secours de la laisser mourir. L'homme refusa et l'emmena à l'hôpital sur-le-champ. À une lettre qu'elle adressa à Verdene des années plus tard, Akua joignit des photos de ses quatre beaux enfants et du policier qu'elle avait épousé dans l'église où elle était membre honoraire du comité des placeuses. Sa lettre se concluait ainsi : QUE TOUJOURS DIEU T'ACCOMPAGNE. IL FAIT DES MIRACLES. Verdene froissa la feuille de papier dans son poing. Pendant des années, elle ne put se résoudre à rendre visite à sa mère en Jamaïque, trop honteuse pour s'y montrer, jusqu'à ce qu'elle y soit obligée. Lorsqu'elle arriva à River Bank, chargée d'une vie entière de regrets et d'une petite valise, Margot fut la première personne à l'accueillir sur le pas de sa porte.

Verdene résiste à la tentation de l'embrasser et se contente d'écouter sa respiration. Puis elle sort du lit avec précaution. En entrant dans le salon où elle s'assied généralement pour méditer, Verdene comprend pourquoi Margot pense qu'elle lui préfère Ella. Partout où se pose le regard, il y a des photos de sa mère. Les murs de la pièce en sont couverts, tout comme le meuble en bois à étagères sur lesquelles sont posées des statuettes de la Vierge Marie mises en valeur par des napperons en crochet, ainsi qu'une petite télévision que Verdene n'allume jamais. Sur chaque portrait, Ella sourit sans desserrer les lèvres ; jeune mariée timide posant à côté d'une Coccinelle Volkswagen ; jeune maman, un bébé dans les bras, assise avec raideur devant un homme sérieux à la peau foncée ; femme insouciante riant avec sa sœur – seule photo sur laquelle Ella montre les dents –, toutes deux coiffées à la Audrey Hepburn, le teint rayonnant, presque trop clair sur ces portraits en noir et blanc ; et enfin matrone aux traits évoquant ceux de la jeune mariée rougissante, mais au visage plus rond et inexpressif – semblable à une pièce vide et sans couleur.

Verdene se passe les doigts dans les cheveux. Comme il est étrange qu'elle n'ait pas perçu – contrairement à Margot – la présence dominatrice d'Ella dans sa maison ! Ce n'est pas normal. On dirait qu'elle n'existe pas – n'a jamais existé – sans sa mère. Elle vit dans cette maison entourée de ses affaires et sous sa surveillance permanente. Verdene est passée à côté d'une bonne partie de sa jeunesse en agissant selon la volonté d'Ella. Peut-être n'a-t-elle jamais pris conscience de son manque de liberté parce qu'elle était trop occupée à enfouir les souvenirs du passé et à se bâtir un avenir à partir de leur matière friable.

Un par un, Verdene décroche les portraits de sa mère. Elle les pose avec précaution sur le canapé puis les enveloppe dans des feuilles de journal et de plastique qu'elle a gardées à son retour du marché. Ne trouvant aucun carton, elle les cale dans la petite valise qu'elle a rapportée d'Angleterre. La pièce paraît vide sans ces portraits, mais Margot y a maintenant toute sa place.

8

Alphonso a demandé à Margot de le rejoindre pour le déjeuner dans un restaurant éloigné de l'hôtel. Il s'y rend dans sa Mercedes-Benz tandis qu'elle opte pour un taxi et arrive là-bas cinq minutes plus tard. Alphonso ne se lève pas lorsqu'elle s'approche de la table. Des bavardages résonnent autour d'eux. Quelques touristes européens mangent du poisson frit accompagné de *bami*[1], le dos, les épaules et le visage couverts de coups de soleil. Leurs cars sont garés devant le restaurant, où quelques chauffeurs fument des cigarettes et discutent pour passer le temps. La chaîne hifi diffuse une chanson de Third World; les notes de *96 Degrees In The Shade* emplissent la petite salle, tout comme l'odeur du poisson frit à l'escabèche et la brise salée de la mer. Alphonso dévisage Margot alors qu'elle s'assied en face de lui. Avant de quitter l'hôtel, elle a appliqué une nouvelle couche de rouge sur ses lèvres et s'est plaqué les cheveux avec du gel si bien que pas une de ses mèches ne dépasse.

« Tu es plus belle à chaque fois que je te vois », dit-il en lui adressant un regard lubrique.

Margot esquisse un sourire machinal. Elle n'est encore jamais sortie déjeuner avec lui ni un seul de ses clients. Bien

1. Galettes de manioc.

qu'Alphonso soit aussi jamaïcain qu'elle, on risque de voir d'un mauvais œil ce tête-à-tête d'une femme noire avec un homme blanc. Les gens vont penser qu'elle lui fait des avances. Margot croise les jambes et s'adosse à sa chaise afin de s'éloigner de lui. Elle ne parvient pas à faire abstraction des personnes qui les entourent, des serveurs en particulier. Elle surprend le regard du barman qui sert des boissons tout en essayant de deviner ses intentions.

« Pourquoi sommes-nous ici ? demande-t-elle à Alphonso.

— Où voulais-tu qu'on se retrouve ?

— À ta villa.

— Raquel s'y trouve en ce moment. Les jumeaux et elle partent dans la soirée.

— Oh. »

À la mention du nom de sa femme, Margot sent un tic agiter sa paupière, comme si Alphonso venait de lui arracher un cil. Depuis la naissance des jumeaux, il paraît plus distant et déterminé à augmenter le rendement de ses employés. Ces temps-ci, il envoie Blacka, son assistant, faire des rondes à l'hôtel pendant que madame et lui passent leurs vacances dans des endroits exotiques telle que la Grèce. Margot songe à tout le temps qu'elle passe avec lui. Jamais sa femme ne l'appelle pour savoir où il se trouve quand il traîne le soir. Vu la fortune qu'il dépense pour lui faire plaisir, pourquoi se plaindrait-elle, même si elle sait ce qu'il fait ? Alphonso tend la main vers celle de Margot, mais la jeune femme recule le bras.

« Pas ici. »

Alphonso s'adosse à sa chaise, cherche ses cigarettes en se tapotant la poitrine puis en glisse une entre ses lèvres par habitude. Margot le regarde souffler un nuage de fumée qui forme aussitôt un fin voile entre eux. Elle aimerait lui poser la question qui la tourmente depuis quelque temps. Celle que les promesses d'Alphonso ont fait germer dans son esprit et qui s'est développée abondamment, comme le lierre enlaçant un rosier. Il lui faut une confirmation. La dernière fois que tous deux ont couché ensemble, le grand mot s'est échappé de la bouche d'Alphonso tandis qu'il s'agitait sur elle. Il faut à tout prix qu'elle sache ce qu'il ressent pour elle, et quelles conséquences auront ces sentiments sur son avenir à l'hôtel.

« J'aimerais te poser une question », dit-elle.

Alphonso tire longuement sur sa cigarette puis recrache la fumée.

« Si c'est au sujet de la nouvelle recrue, l'affaire est conclue. »

Margot fronce les sourcils.

« Quelle nouvelle recrue ?

— J'ai renvoyé Dwight aujourd'hui et embauché une personne plus compétente à sa place. Mademoiselle Novia Scott-Henry. »

Margot est au bord de la nausée. Elle se sent brusquement prête à jeter le premier objet lui tombant sous la main à la tête d'Alphonso.

« Est-ce qu'elle t'a sucé ? » lâche-t-elle.

Alphonso parcourt le menu devant eux.

« Le poisson-vapeur aux gombos a l'air délicieux », déclare-t-il en ignorant son exaspération. Margot est désormais incapable de se concentrer sur quoi que ce soit.

Âgée de seulement dix-sept ans, elle venait de terminer le lycée quand elle rencontra Reginald Senior, un riche Jamaïcain blanc dont les ancêtres canadiens venus passer des vacances sur l'île étaient tombés amoureux du pays et ne l'avaient plus quitté. Ils avaient aussitôt acheté des centaines d'hectares sur lesquels son père, le grand-père d'Alphonso, avait bâti un hôtel-club. C'est un de ses clients dont elle a oublié le nom depuis longtemps – un homme d'affaires qui aimait se vanter de ses relations – qui la présenta un soir à cet entrepreneur. Fidèle à sa parole, l'homme l'avait emmenée à une réception privée dans la demeure coloniale de Reginald Wellington Senior, située sur la colline. Construite sur une ancienne plantation, cette maison rivalisait de beauté avec la Rose Hall Great House. Margot ne put quitter le vieux Wellington des yeux de toute la soirée, incapable de s'intéresser à son cavalier. Elle tenait à ce que la remarque l'homme qui, bien qu'il n'ait jamais été officiellement élu Premier ministre, gouvernait la Jamaïque. À la fin de la fête, elle l'attendit patiemment au lieu de rentrer chez elle. Lorsqu'il la repéra enfin, Reginald Senior reconnut l'ambition qui la dévorait – cette flamme brûlant dans son regard que les autres hommes prenaient à tort pour du désir. Il l'embaucha dans son hôtel et lui enseigna tout ce qu'elle avait besoin de savoir sur sa gestion. Chaque épreuve qu'elle a endurée depuis, chaque compromis amer, chaque regret refoulé devaient un jour trouver compensation. Ce poste était pour elle.

« C'est bon, Margot, dit Alphonso en reposant la carte. Ton heure viendra.

— Quand ça ? »

Le serveur s'approche de leur table. C'est un jeune homme à la peau aussi lisse que le tableau noir sur lequel le menu du jour est inscrit à la craie. Il dévisage brièvement Margot qui baisse les yeux, porte une main à ses cheveux et lisse les mèches que soulève la légère brise marine. Mais c'est à Alphonso qu'il s'adresse, comme s'il était seul à table.

« Puis-je vous servir une boisson, monsieur ?

— Une Red Stripe pour moi. Qu'est-ce que tu veux, Margot ?

— Une promotion », répond la jeune femme trop fort.

Alphonso fixe sur elle ses yeux brun clair puis chasse le serveur visiblement perplexe.

« Ce sera tout pour le moment. Apportez simplement un verre d'eau à madame. »

Le jeune homme s'incline puis s'éloigne. Alphonso se penche vers Margot, l'air de se retenir de la gifler.

« Je t'ai dit que ton heure viendrait. »

Margot rit.

« Ça fait des années que j'entends cette phrase, Alphonso. J'ai vu mes collègues monter en grade. J'ai vu Dwight parader dans l'hôtel comme un idiot en se faisant passer pour le grand patron. Je suis fatiguée de te souffler au lit des idées que tu exploites sans me remercier. Et de t'écouter te plaindre de tes difficultés à gérer un hôtel que ton père dirige encore depuis sa tombe. »

Le serveur revient avec la bière d'Alphonso puis prend sa commande. Margot, elle, a perdu l'appétit. Elle croise les bras sur la poitrine et fixe le regard sur les vagues bleu foncé au loin. Elle aurait dû se douter que cela arriverait. C'est elle qui porte des œillères. Pourquoi Alphonso lui offrirait-il ce poste de directrice alors qu'elle n'a pas de relations ? Ne s'agit-il donc que de ça ? D'avoir le bras long ? De porter le bon nom de famille ? Cette prise de conscience brasse son estomac qui crie famine, mais il n'est pas question de le satisfaire. Margot se prépare à quitter la table au moment où le serveur apporte le plat d'Alphonso.

« Il faut que j'y aille.

— Tu n'avais pas quelque chose à me demander ?

— J'ai oublié ce que c'était. »

Margot se lève et pousse sa chaise sous la table.

« Très bien. Mais je veux te voir ce soir.

— Alphonso, tu sais que je…

— S'il te plaît. J'ai une proposition à te faire et je te promets qu'elle va te plaire. »

L'homme lui adresse un clin d'œil, enfourne une bouchée de poisson et mastique. Pendant un instant, Margot regarde fixement sa bouche. Si Alphonso et elle étaient véritablement liés, elle s'empresserait d'essuyer le résidu d'huile qui brille aux coins de ses lèvres dans l'espoir qu'on les regarde.

Margot a besoin de se changer les idées. Elle déboule sur la chaussée, aveugle aux voitures qui circulent et sourde à leurs klaxons. Quelques badauds se retournent sur son passage en la voyant zigzaguer sur la route. S'ils y regardaient de plus près, ils verraient le couteau qu'on vient de lui planter dans le dos, dont la lame lui transperce la poitrine. Margot s'arrête sous un arbre pour reprendre son souffle et s'abriter du soleil. À mesure que l'air lui remplit les poumons, la douleur aiguë provoquée par la trahison d'Alphonso l'envahit de nouveau. « *Je t'aime, Margot.* » Elle est certaine de l'avoir bien entendu. Mais comment comprendre ce qui s'est passé ? Qui est cette garce à qui il a offert le poste qui lui était destiné ?

Il y a huit ans, Alphonso s'est autoproclamé maître de l'empire hôtelier de son père. Quand le bruit commença à courir que le fils héritier de Reginald Senior s'apprêtait à visiter l'hôtel, tous les employés filèrent rajuster leurs uniformes, arranger leurs coiffures, ranger leurs bureaux et réparer ce qui n'avait pas besoin de l'être. Les réceptionnistes prirent la pose. Les concierges se mirent au garde-à-vous tels des policiers lors d'un événement à la résidence du Premier ministre. Les femmes de chambre époussetèrent des meubles qui étincelaient de propreté. Et les jardiniers arrosèrent la terre gorgée d'eau des parterres et des haies parfaitement entretenus. Lorsque Alphonso sortit de sa voiture avec chauffeur, Paul, le concierge, esquissa une révérence, mais l'homme ne daigna pas répondre à son bonjour.

Il n'enleva pas non plus ses lunettes de soleil à l'intérieur du bâtiment et passa sans un mot devant les employés de l'hôtel qui l'attendaient en triturant qui un mouchoir, qui un galet porte-bonheur, qui une feuille de papier humide de sueur, davantage pour se calmer que par véritable nécessité. Pour eux, cet homme était Dieu en personne, à l'instar de son père qui leur avait offert un emploi suffisamment bien payé pour qu'ils puissent nourrir leurs familles. Mais aux yeux d'Alphonso, ces gens n'avaient pas plus d'importance que la boue séchée sous ses semelles. Il n'hésiterait pas à se débarrasser d'eux, à les renvoyer de l'entreprise du jour au lendemain.

Tandis que les employés de l'hôtel prenaient peu à peu conscience qu'Alphonso était l'exacte antithèse de leur ancien patron adoré, Margot était fascinée par cet homme qui avait pris la direction de l'hôtel alors que Reginald Senior mourait à petit feu d'un cancer de la prostate. Les membres du personnel étaient furieux. (« *Il aurait pu attendre que son papa soit enterré !* ») Ils craignaient qu'il ne détruise tout ce que son père et son grand-père avaient bâti. Et ils n'avaient pas tort. Sans l'ombre d'un remords, Alphonso renvoya immédiatement les employés les plus âgés. Il remplaça même les cuisiniers jamaïcains par des étrangers. (« *Les touristes veulent consommer ce qu'ils connaissent. Ils n'ont aucune envie de goûter à cette cuisine trop épicée.* ») Il partit chercher des jeunes jusqu'à Portland pour les faire travailler en cuisine sous la direction de chefs venus d'Europe.

Lorsqu'il rencontra Margot ce premier jour, Alphonso souleva ses lunettes de soleil et la regarda de la tête aux pieds. « *Et qui êtes-vous donc ? — Margot. — Margot…* »

Les mains dans les poches, il fit rouler le *r* de son prénom, laissant apparaître un bout de langue rose puis deux rangées parfaites de dents blanches, avant d'arrondir la bouche pour former un *o*. « *Marrrrgot.* » Il lui prit ensuite la main et la serra. « *Enchanté.* » Dans ses yeux, la jeune femme aperçut le reflet de son visage. « *Vous êtes très jolie, Margot.* »

Elle détourna le regard en espérant qu'il baisse le sien. À vingt-deux ans, Margot savait interpréter son expression. Elle connaissait l'odeur du désir qui transpire des pores masculins et colle à la peau comme les effluves musqués de la sueur les jours de chaleur. Elle la reconnaissait sans y penser, comme ces femmes du marché qui devinent à l'odeur la maturité des fruits encore verts. Mais Alphonso appartenait à une autre espèce. Son parfum était différent. À l'inverse des hommes avec qui elle avait déjà couché, y compris le père d'Alphonso, son nouveau patron était jeune, inexpérimenté ; il n'avait que quelques années de plus qu'elle et sentait les privilèges à plein nez – cet homme n'avait visiblement aucune idée de ce que signifient ambition, sacrifice, faim, prostitution. Ses paumes étaient trop douces, ses dents, trop blanches, ses ongles, trop soigneusement limés. Son haleine sentait encore le lait maternel. Il n'avait pas atteint la maturité de ses aînés ridés et pétris d'habitudes qui rendaient leur épiderme aussi coriace que du cuir et émoussaient leurs facultés. La peau d'Alphonso était lisse. N'importe quelle fille de River Bank, des images plein la tête de bébés à la peau claire et aux beaux cheveux, rêvait d'attirer l'attention d'un jeune homme aussi parfait. Pas question de subir le sort de ces femmes opprimées qui n'avaient eu d'autre choix que d'épouser un « *vieux nègre* » qui ne leur refilait rien que des « *marmailles* » difficiles et des yeux au beurre noir. Comme ces hommes en smoking et nœud papillon que Margot voyait dans les films et qui commanditaient des meurtres tout en séduisant des demoiselles sans méfiance, Alphonso était un bon parti. « *Tu devrais t'estimer heureuse qu'un boug comme lui s'intéresse à toi* », lui avait dit Delores des années plus tôt, quand l'inconnu du marché l'avait ramenée à son stand. *Un boug comme lui.* Voilà ce qu'était Alphonso – *un boug comme lui.*

Margot était plongée dans ces pensées lorsque Alphonso lui lança : « *Et si vous passiez me voir plus tard, histoire de me montrer vos talents ?* » C'est ainsi qu'après le coucher du soleil et le départ du personnel, Alphonso l'emmena à la salle de conférences – dans laquelle Margot n'avait encore jamais eu l'occasion d'entrer. Elle s'empressa d'ouvrir le dossier dans lequel elle conservait toutes ses idées pour l'hôtel. Les mains légèrement tremblantes, elle lui montra la petite enquête de satisfaction qu'elle avait conçue de sorte que la direction cerne les goûts de ses clients. Mais son exposé n'intéressait pas Alphonso. Au lieu de l'écouter, il la dévisageait. Margot sentait son regard fixé sur elle. Quand elle trouva finalement le courage de lever les yeux vers lui, Alphonso se pencha et lui chuchota : « *Je ne t'ai pas demandé de me parler de ton travail à l'hôtel, mais de me montrer tes talents.* » Margot faillit bien le gifler et sortir de la salle, mais elle pensa aussitôt à Delores. Ce fut l'image de sa mère qui la cloua sur place, tandis qu'Alphonso promenait les mains sur ses larges hanches et la pressait contre son corps. Soudain, le désir s'empara de lui. Lorsqu'il l'obligea à se pencher en avant, Margot se laissa faire. *C'est dans mon intérêt*, songea-t-elle. « *Maintenant je sais pourquoi il te gardait auprès de lui* », souffla Alphonso dans son cou tout en la pénétrant. Sans répondre, Margot posa les mains de son nouveau patron sur ses seins. Le dossier contenant toutes ses idées glissa du bureau et des documents s'envolèrent de tous côtés. Au bout de quelques minutes, Alphonso jouit, puis il se releva et s'essuya à l'aide du mouchoir rangé dans sa poche de poitrine gauche. Il le jeta ensuite dans la corbeille avec son préservatif. « *Que tout ça reste entre nous* », dit-il. Mais Garfield – le veilleur de nuit qui avait travaillé suffisamment dur pendant quarante ans pour qu'Alphonso s'abstienne de le licencier malgré son grand âge –, sans doute surpris d'entendre du bruit dans la salle de conférences à cette heure tardive, fit irruption dans la salle, une lampe torche et une matraque dans chaque main, tandis qu'Alphonso remontait la braguette de son pantalon.

Margot était quant à elle toujours penchée sur le bureau, les fesses nues. En échange de son silence, son nouveau patron garantit à Garfield la sécurité de son emploi. Un mois plus tard, le veilleur mourut d'une crise cardiaque mais oublia d'emporter son secret dans la tombe.

Avec le temps, Margot a cessé de se méfier des défauts d'Alphonso. De ses explosions volcaniques, par exemple, qui surviennent chaque fois qu'on ose mettre en doute sa parenté avec les Wellington en raison de sa propension à jeter l'argent par les fenêtres – un penchant jamais manifesté par un seul de ses scrupuleux ancêtres. Ayant rapidement dilapidé les recettes de ses plantations de café et distilleries de rhum, il avait dû les vendre. Et comme sa famille menace de reprendre la direction de ses hôtels, il tentait à présent de se servir dans tous les coffres-forts dont son père lui avait soigneusement caché l'existence jusqu'à sa mort.

Revenu bredouille après avoir essayé de récupérer une part supplémentaire de la fortune de Reginald Senior, Alphonso est récemment sorti de ses gonds : « *Ce salaud ne tenait qu'à trois choses : sa richesse, ses putes et son whisky.* » Ivre, il a jeté une bouteille de rhum contre un mur, éclaboussant de liquide brun le luxueux tapis persan de sa villa, puis il a regardé fixement la pierre comme s'il y voyait danser l'ombre de son père – une ombre qui n'était autre que la sienne.

Les réminiscences distraites de Margot la mènent de l'abri de l'arbre au marché artisanal de la ville. Un simple témoignage de gentillesse l'aidera à se remettre de ses émotions. Elle pourra ensuite élaborer son prochain plan. Bien que sa mère se montre rarement compatissante, Margot la cherche du regard sous les arcades. La fraîcheur de la galerie lui offre un léger répit. Cela fait longtemps qu'elle n'est pas venue voir Delores sur son stand. Trouvant John-John plié de rire sur son tabouret, Margot a l'impression de les interrompre en pleine discussion. Lorsque Delores lève la tête et remarque la présence de sa fille, une ombre passe sur son visage. Quand il la voit à son tour, John-John s'arrête lui aussi de parler. L'air intimidé, il baisse la tête puis la regarde à travers ses cils.

« Bonjou, Margot, fait-il d'une voix de petit garçon.

— Quoi de neuf, John-John ?

— Bah, pas grand-chose, tu sais. » John-John semble heureux d'avoir l'occasion de lui parler. « La routine... Et toi ? T'es tout en beauté, dis don.

— Merci », répond machinalement Margot qui est occupée à observer le visage de Delores, masqué par un voile impénétrable.

Sentant probablement qu'il dérange, John-John ramasse son carton d'objets artisanaux et lance d'un air contrit :

« J'vous laisse entre dames. » Puis il s'incline légèrement. « Ovwa, manman Delores.

— Ovwa. »

John-John s'arrête comme s'il avait oublié quelque chose, plonge la main dans son carton et tend à Margot la sculpture d'un colibri à tête noire.

« J'ai fabriqué ça spécialement pou toi.

— Merci, John-John », répond Margot en serrant l'oiseau en bois dans sa main, tandis que le jeune homme s'éloigne en hâte.

Delores rit pour elle-même.

« Y t'a toujours bien aimée. Faut vraiment être toké d'amour pou céder une chose qui peut se vendre cher. » Elle tchipe et s'évente avec un vieux journal jauni. « Mon Dyé, quel bêta, j'te jure.

— Ça, tu l'as dit. » Margot examine le bel oiseau et suit du doigt chacune de ses rainures méticuleusement gravées. « Le pauv' boug.

— Dans le temps, y t'apportait des fleurs qu'y cueillait dans les jardins des autres, tu te rappelles ? »

Ce souvenir fait glousser Margot.

« Vous étiez tout marmaille à l'époque, poursuit Delores, les yeux brillants. Y s'asseyait ici et m'attendait juste pou m'écouter parler de toi. » Sa mine gaie se renfrogne brusquement. « Ah, si y savait.

— Que tu cherchais alors à me caser avec un boug qui tripotait et baisait des gamines ? » lâche Margot d'un ton désinvolte.

Son intention était de se montrer amicale avec sa mère, mais elle a les nerfs à vif ; la trahison d'Alphonso n'a fait que remuer le couteau dans les plaies du passé. Sa douloureuse déception s'est solidifiée, et Margot n'a pu s'empêcher de jeter à sa mère cette pierre devenue trop grosse, trop lourde à porter.

Delores cesse de s'éventer. Après un long silence, elle se redresse sur le tabouret qui grince sous son poids.

« Pourquoi t'es venue au juste ? Pou m'traiter de mauvaise mère ? » Ses postillons atterrissent sur le visage de Margot. « Qu'est-ce que j'aurais dû faire, hein ? Dis-moi ! » Ses yeux semblent sortir de leurs orbites. « Je t'ai pas nourrie, pétèt ? Je t'ai laissée mourir de faim ? Si tu crois que tu vaux mieux que nous, mam'zelle pimbêche, alors va-t'en d'ici ! Je t'en prie ! »

Margot est incapable de bouger.

« J'ai à te parler », murmure-t-elle d'une voix légèrement tremblante.

Les yeux de Delores étincellent comme le tranchant de la lame d'une épée.

« De quoi ? crache-t-elle du coin de la bouche.

— Je sais pas par où commencer.

— Ben décide-toi. J'ai pas tout mon temps. »

Delores recommence à s'éventer. Avant que Margot ne parvienne à formuler sa pensée, trois touristes s'approchent du stand. L'attitude de sa mère change aussitôt. Margot s'éloigne un peu, le temps qu'elle en termine avec eux. La voici devenue une femme agréable, le type de personne avec qui Margot aimerait faire connaissance ou qu'elle souhaiterait avoir pour mère – l'exact opposé de cette furie qui l'a élevée, toujours prompte à s'emporter, et davantage encore à piétiner son amour-propre. Margot n'a jamais compris ce que sa mère haïssait autant chez elle. Elle aurait tant voulu la rendre heureuse comme le font ces touristes ! Comme le fait Thandi.

« Oui, trésor, je peux te faire un rabais », dit Delores à sa jeune cliente américaine.

Dès que les touristes sont partis, Delores redevient elle-même.

« Bon, je t'écoute. D'autres touristes vont arriver et j'ai besoin de vendre.

— Je sors avec quelqu'un », prononce prudemment Margot.

Elle se racle la gorge puis, en réponse à la question prévisible qu'elle lit dans les yeux de sa mère, elle cède au besoin irrépressible de préciser :

« Un homme. »

Ce mot s'échappe de sa bouche avec une telle facilité, un tel naturel ! *Un homme.* L'expression de Delores reste neutre, mais Margot visualise sans mal le sourire suffisant qui se cache derrière ce masque impassible.

« Il travaille dans l'hôtellerie, poursuit-elle. C'est un Wellington.

— Un Wellington ? répète Delores, les yeux écarquillés. Qu'est-ce que tu fais don avec un Wellington ? Depuis quand ces gens se mélangent avec le personnel ? Tu travailles pas pour eux ?

— Il a dit qu'il m'aimait », réplique Margot, sur la défensive. Tout ce qu'elle souhaite, c'est l'approbation de sa mère, même accordée à contrecœur. « Il veut quitter sa femme. C'est du sérieux entre nous.

— Ah bon ? »

Delores se redresse sur son tabouret puis pose le journal enroulé. Une lueur éclaire enfin son regard et remplit Margot d'espoir.

« Alors comme ça, tu t'es trouvé une grosse pointure.

— Oui.

— Mais comment tu peux être aussi stupide, ma fi ? »

Delores se penche en avant et la graisse de ses gros bras se balance au-dessus de ses genoux. Margot comprend que ce n'était pas de la fierté qu'elle lisait dans son regard, mais du mépris. Un sourire dévoile le large espace entre ses dents.

« Dis-moi don, mam'zelle pimbêche, pourquoi un boug comme lui quitterait sa jolie dame pou une toké comme toi ? Tu crois vraiment que ces boug-là veulent parader avec une fi noire à leur bras ? Y t'aime pou coucher. Pas pou t'épouser. Alors tu ferais mieux de rester à ta place. »

Sentant des larmes lui picoter les yeux, Margot plisse les paupières. Et dire qu'elle ne veut même pas d'Alphonso ! Tout ce qu'elle souhaite – maintenant plus que jamais –, c'est prouver à sa mère qu'elle a tort.

Margot fait irruption dans la chambre de Verdene et pose les mains sur ses joues. Ses lèvres se promènent le long de son cou, puis descendent vers ses seins. Verdene retient un petit cri de surprise et saisit les doigts de Margot.

« Du calme, du calme. Et si tu t'asseyais ? »

Margot reprend ses esprits et appuie la tête contre celle de Verdene, avant de se laisser tomber sur le lit.

« Si seulement les circonstances étaient différentes », grogne-t-elle.

Verdene regarde cette tempête d'origine inconnue ravager son visage.

« Tu ne te dis jamais que tout serait plus simple ? lui demande Margot.

— Si, très souvent. »

Toutes deux échangent un regard dans le miroir.

« Je ne pense pas pouvoir continuer à vivre ainsi, dit Margot.

— Qu'est-ce que tu racontes ? »

Verdene s'adosse à la tête de lit. Margot la dévisage dans l'espoir de lire dans son regard la réponse qu'elle attend. L'inquiétude et la confusion plissent sa peau juste au-dessus des sourcils.

« Si tu m'aimes, pourquoi n'essaies-tu pas de vendre ta maison pour que nous prenions un nouveau départ ? Tu sais, dans un endroit où nous pourrions…

— Ce n'est pas si simple, Margot, la coupe Verdene.

— Pourquoi ? Qu'as-tu à perdre en t'en séparant ? Plus rien ne te retient vraiment ici. Nous pourrions construire quelque chose ensemble.

— Cette maison est tout ce qui me reste de ma mère. »

Verdene regarde le portrait d'Ella posé sur la petite table, face au mur – le seul qu'elle n'a pas rangé. Elle tend la main et le retourne.

« Tu préfères donc que notre relation reste secrète ? » demande Margot à mi-voix en évitant de regarder le visage souriant de mademoiselle Ella.

Verdene laisse un instant sa question en suspens avant de répondre :

« Tu te fais des illusions si tu crois que nos vies seront différentes dans un autre quartier. Nous serons toujours en Jamaïque.

— Dans ce cas, pourquoi ne m'emmènes-tu pas à Londres pour que nous puissions commencer une vie loin de tout ça ?

— Parce que je sais bien que tu n'as aucune envie de quitter River Bank. » Verdene se déplace vers le bord du lit. « Tu parles sans arrêt de ta sœur et tu répètes que tu ne dois pas l'abandonner. »

Margot se dirige vers le fauteuil à bascule sur lequel est posé son sac. Verdene n'a pas tort. Thandi a besoin d'elle. Mais ce n'est pas ce qu'elle voulait entendre. Alphonso ne quittera jamais sa femme, et peut-être qu'elle ne pourra jamais vivre avec Verdene. Elle perd son temps à hésiter entre ses vies secrètes. Margot se demande si ce qui la retient auprès de Verdene – depuis le début – n'est rien de plus qu'un envoûtement, un phénomène temporairement débilitant, une vague géante qui menace de l'emporter vers le large. Il faut qu'elle remonte à la surface. Qu'elle nage jusqu'au rivage. Elle ne peut pas se permettre de vivre sous l'emprise de quelqu'un.

« Il faut que j'y aille, dit-elle, avant d'embrasser Verdene sur la bouche.

— Quand est-ce qu'on se revoit ?

— Je ne sais pas. »

9

Thandi sort dans le jardin, son carnet de croquis à la main. L'herbe qui n'a pas été coupée depuis longtemps lui arrive au genou. Le soleil darde à travers les branches d'arbres. Deux coqs qui se sont échappés de la cour voisine avancent à pas prudents vers le côté de la case. Le vieux pneu suspendu à l'arbre dans lequel le petit Richie aime s'asseoir se balance, comme poussé par un fantôme. Thandi tente d'esquisser tout ce qu'elle voit, mais à chaque fois qu'une image apparaît sur la page, elle déchire le papier et le froisse dans son poing. Le résultat n'est jamais satisfaisant. Bientôt, il ne reste plus que la moitié des pages de son carnet ; Thandi voudrait hurler de rage vers le ciel. Sa frustration menace d'éclater, de réduire à néant l'image qu'elle fait tant d'efforts pour soigner. Mais ce jardin est trop petit. L'entrelacs de branches au-dessus de sa tête risque d'étouffer son cri exaspéré. Les chiens endormis sont sûrs de se réveiller et de se mettre à hurler. Les poulets vont s'immobiliser, une patte en l'air, et retenir leur souffle, comme les blanchisseuses passant par là qui, surprises par le vacarme, se dépêcheront de venir voir ce qui lui arrive.

Tout compte fait, l'inconfort qu'elle éprouve est sans doute dû au plastique dont mademoiselle Ruby a méticuleusement recouvert ses membres et son torse. Thandi rentre dans la case, se débarrasse du film puis enfile une robe jaune toute simple par-dessus un débardeur et un short, car elle doit laver sa combinaison. Elle saisit son carnet de croquis, sort de la case, passe devant grand-mère Merle, toujours assise sur sa chaise en bois, le cou tendu; puis devant mademoiselle Francis et mademoiselle Louise qui lui font bonjour. Le murmure de leurs voix lui effleure le dos.

« Où elle va habillée comme ça par cette chalè ? Elle devrait pas être à son lékol ? »

Thandi longe la rivière en hâte et dépasse les baigneurs qui ont étalé leurs vêtements sur les rochers. Elle se dirige vers l'endroit où les bateaux sont amarrés. Les ouvriers et leurs outils ne sont pas sur le chantier aujourd'hui. À l'endroit précis où Thandi jouait enfant sur la plage, et qui faisait autrefois partie de River Bank, un panneau annonce : Défense d'entrer. Des hôtels se construisent tout le long du littoral. Lentement mais sûrement, ils s'étendent comme une mer sombre. Little Bay, qui se trouvait jadis à deux villages de River Bank, a été le premier à disparaître. Il y a cinq ans, ses habitants sont partis en grand nombre. Expulsés de leurs maisons, ils se sont retrouvés à la rue. Tous les journaux en ont parlé car les villageois – furieux – ont rapidement décidé de bloquer les routes avec des planches et des pneus en flammes. Autrefois, les promoteurs attendaient que les glissements de terrain et autres catastrophes naturelles fassent le sale travail. Mais lorsque le tourisme est devenu le fleuron de l'économie jamaïcaine, ces personnes, tout comme le gouvernement, sont devenues voraces, insensibles. En représailles, les expulsés de Little Bay ont volé des parpaings, du ciment et du zinc aux nouveaux chantiers dans l'intention de reconstruire des maisons ailleurs, mais des soldats armés et munis de gaz lacrymogènes sont venus mettre fin à ce chapardage. Les promoteurs ont remporté la bataille et les villageois se sont dispersés comme des cafards. Certains sont venus supplier les habitants de River

Bank de les héberger ; le reste a fui vers d'autres paroisses. Ceux qui trouvaient trop angoissante l'idée de commencer une nouvelle vie ailleurs ont commencé à errer dans les rues en parlant tout seuls. Leur propre pays s'était retourné contre eux – il avait englouti leurs maisons, leur bétail, leurs récoltes pour n'en recracher que des restes. Le jour où les ouvriers sont arrivés à River Bank, le village de Little Bay était oublié depuis longtemps.

Sur la plage, le silence règne. Thandi n'entend que le doux murmure des vagues. Mais les battements de son cœur font brusquement vibrer ses tympans lorsqu'elle aperçoit Charles, assis dans le bateau de son père. Il contemple les eaux calmes de l'embouchure de la rivière. On croirait voir le portrait d'un garçon scrutant le bleu du ciel et de la mer. Au-dessus des deux adolescents, les feuilles des cocotiers bruissent dans le vent. Thandi observe le ciel entre les branches. Le soleil joue à cache-cache à travers la verdure. Elle s'assied sur une caisse abandonnée sous un arbre et esquisse un portrait de Charles, le visage levé vers le soleil. Les doigts serrés autour de son crayon, elle trace chaque trait avec minutie. Le dos de son modèle est un esthétique vallonnement de muscles. Thandi met plus de temps que d'habitude à obtenir un résultat satisfaisant ; elle gomme les ombres et les redessine. Lorsqu'il se retourne, Charles surprend son regard scrutateur.

« Qu'est-ce que tu fais là-bas ? » crie-t-il par-dessus le faible mugissement des vagues.

Embarrassée, Thandi s'empresse de dissimuler son dessin sous ses mains, comme si le garçon risquait de le voir depuis le bateau. Charles se lève puis se dirige vers elle ; ses pieds nus laissent des empreintes dans le sable blanc. Il porte un pantalon de treillis coupé aux genoux et un T-shirt vert décoloré est posé sur son épaule droite. Intimidée, Thandi se rapproche légèrement de l'arbre.

Elle croise et décroise les jambes, puis presse son carnet contre sa poitrine en regardant Charles chercher une caisse sur laquelle s'asseoir. Thandi se redresse sans trop savoir quelle posture adopter. Craignant de paraître trop rigide, trop studieuse, elle courbe finalement le dos. Un tout petit peu. Que ferait Margot dans cette situation ? Delores ne cesse de lui répéter qu'elle n'a rien à voir avec sa sœur aînée. « *Mais alors, rien du tout.* » Thandi se demande si c'est une remarque positive.

Plus jeune, elle observait souvent Margot. Sous le regard insistant des hommes, une force mystérieuse faisait osciller ses larges hanches, portées par de robustes jambes arquées. Quand elle passait devant eux, ils tournaient la tête et fixaient son postérieur en se caressant le menton, comme s'ils salivaient devant une assiette de ragoût de queue de bœuf. « *Quoi de neuf, ma belle ?* » lui lançaient-ils. Contrairement à Thandi, qui fuit ce type d'avances, Margot ne semblait jamais mal à l'aise ; elle touchait souvent les hommes en leur parlant et leur caressait nonchalamment le bras ou le torse. Et chaque fois qu'ils prononçaient une phrase, vraiment n'importe laquelle, Margot renversait la tête et partait d'un doux éclat de rire émoustillant, qui se répandait dans l'air et masquait momentanément la voix de Gregory Isaacs, Beres Hammond ou Dennis Brown diffusée par le gros radiocassette du Dino's Bar. Les hommes s'immobilisaient aussitôt pour observer la peau de son cou, ainsi que la longueur de ses cils qui balayaient ses joues pleines lorsqu'elle plissait les yeux de plaisir ; le désir voilait leur regard comme la fumée d'une cigarette de ganja.

En présence de Margot, il n'était pas rare qu'un homme frappe la table en bois ou pose bruyamment sa bière, avant de crier à ses rivaux par-dessus le tintement des dominos : « *Encore une manche !* » Puis à Margot : « *Ça te dit de me regarder gagner, ma belle ?* » Margot, avec son charme habituel, déclinait sa proposition en lui caressant le bras. « *Pétèt la prochaine fois, doudou.* » Un petit sourire suffisant aux lèvres, l'homme se concentrait alors sur son jeu.

Quand il s'approche de Thandi avec la caisse qu'il a trouvée dans un autre bateau abandonné, Charles sourit jusqu'aux oreilles. Son odeur salée se répand dans l'air au moment où il se laisse tomber devant elle. Leurs genoux se touchent, mais Thandi ne recule pas les siens.

« Comment ça se fait que t'es pas à ton lékol ? » demande Charles, les yeux aussi brillants que l'eau pailletée d'or sous le soleil.

Thandi hausse les épaules. Elle se demande quoi répondre. Quel rôle jouer. Charles aime peut-être les filles vulgaires. Celles qui n'ont pas peur d'élever la voix dans la rue. Celles qui se disputent sur la place avec des hommes adultes puis les laissent soulever leur jupe, glisser les doigts entre leurs cuisses.

« C'est une bonne surprise, poursuit-il sans attendre sa réponse.

— Je ne vois pas ce qu'il y a de surprenant. »

Thandi regrette immédiatement d'avoir oublié de déformer ses mots, de les mâcher et de les recracher en patois. Elle craint de paraître trop comme il faut. Mais son langage ne semble pas déranger Charles.

« J'ai jamais eu l'impression que t'étais une fi qui traîne dehors comme ça, dit-il en la dévisageant à la façon dont frère Smith contemple ses peintures. T'es tout le temps seule.

— Tu ne me connais pas.

— Tu m'as jamais donné l'occasion de faire ta connaissance.

— Dans ce cas, comment peux-tu savoir qui je suis ?

— Je t'observe. Comme j'observe le ciel. »

Thandi rougit.

« Bon, dis-moi, fait Charles en inclinant la tête sur le côté. Y a quoi dans ce livre ? Me dis pas que c'est des portraits de moi. »

Il se penche vers elle, les lèvres entrouvertes, ses épais sourcils haussés. Derrière lui, l'eau semble monter, grimper sur les rochers.

Thandi serre les jambes.

« C'est très prétentieux de ta part de croire que tu me sers de modèle.

— Si je dis ça, c'est pasque je t'ai vu me fixer avec ton carnet ouvert sur les genoux. »

Charles tord la bouche sur le côté, comme s'il délogeait un petit morceau de nourriture coincé entre ses dents ou se retenait de rire.

« Je dessine ce qui me touche. Les choses n'ont pas besoin d'avoir un sens. Mais bon, j'ai du mal à rendre correctement ce que je vois. »

Thandi guette sa réaction sans parvenir à lire sur ses traits. Charles l'écoute avec l'attention d'un vieux sage et observe ses gestes en silence. Thandi se demande quel âge il a en réalité. Peut-être lui en a-t-elle trop dit sur elle, et trop tôt.

« Je ne sais même pas pourquoi ça m'inquiète. C'est stupide, mais je veux juste gagner ce concours de dessin au lycée. »

La nervosité la fait divaguer. Il est rare qu'elle se confie autant sur ses aspirations ; encore plus à un garçon ordinaire qu'elle connaît à peine.

« Si c'est si important pou toi de dessiner, pourquoi tu trouves ça stupide ? »

Thandi hausse les épaules.

Charles lui prend la main aussi naturellement que s'il en avait l'habitude.

« Moi, y m'semble que ça compte plus pou toi que la victoire. »

À l'inverse de celle de Thandi, la paume de Charles est sèche et aussi chaude qu'une pierre chauffée par le soleil. Bien qu'elle ne s'écarte pas de lui, l'adolescente se dit qu'une fille comme elle – une lycéenne de Saint-Emmanuel – devrait lui reprocher son audace. La voix de la raison s'immisce dans ses pensées : *Pour qui se prend donc ce garçon ?* Maintenant que sa peau s'éclaircit, ne devrait-elle pas chercher un petit ami ailleurs – parmi les jeunes hommes d'Ironshore qui possèdent de grandes maisons et de grosses voitures ? Que faire maintenant ? Alors que sa main repose toujours dans celle de Charles, Thandi songe toutefois que cette situation ne la met pas du tout mal à l'aise. Leurs peaux brunes ne sont pas étrangères l'une à l'autre ; lorsqu'elle pense à son pot de crème, un nœud d'incertitude se forme dans son ventre. La chaleur de la main de Charles fait fondre ses inhibitions comme la cire d'une bougie. Voilà donc ce que ressentent les filles qui ont un petit ami. Thandi se penche vers Charles et ferme les yeux. Mais le garçon recule ; ce mouvement brusque fait craquer les brindilles à leurs pieds.

« Ça va ? demande-t-il.

— Désolée. »

Thandi ramasse le carnet de croquis qui a glissé de ses genoux. Charles pose la main sur son épaule, mais elle ne parvient pas à déchiffrer son expression.

« Tu finiras par trouver la réponse », dit-il en s'éloignant d'elle.

Thandi regrette de ne plus être enveloppée dans le film plastique : il aurait peut-être empêché son cœur de se briser. Si cette rencontre était un test, elle y a lamentablement échoué. Thandi se lève et file en direction de la mer.

« Qu'est-ce que tu fais ? demande Charles.

— Je vais me baigner », répond-elle d'un ton désinvolte, bien qu'elle ne sache pas nager.

Thandi enlève ses chaussures puis trempe les orteils dans la mer. Le sable est si chaud que l'eau la rafraîchit à peine. Elle retire sa robe mais garde son short et son débardeur, comme le font les baigneurs locaux. Thandi sait que Charles l'observe, qu'il attend de voir ce qu'elle va faire. Derrière elle se dresse le squelette d'un château majestueux – un de ces hôtels sortis de terre dans son propre jardin. Aujourd'hui, l'endroit est désert mais dans quelques mois, le sable blanc sera couvert de corps pâles brûlés par le soleil. Les passagers des avions qui les survoleront les prendront peut-être pour des phoques vautrés dans le luxe, la tête inclinée vers le soleil, la peau généreusement offerte à ses rayons. À mesure que Thandi s'éloigne du rivage, le château disparaît comme un mirage. Elle se dirige avec détermination vers le large – mais n'est-ce pas un coup de tête plutôt qu'un véritable acte d'audace ?

Charles ne l'a pas suivie. Thandi est si déçue qu'elle en perd le sens de l'orientation, puis rapidement, c'est la peur qui s'empare d'elle. Elle devient plus forte à chaque vague qui s'élève comme un mur bleu géant et roule vers elle, plus grosse que la précédente. Thandi perd pied et coule. Elle remonte, les yeux levés vers le ciel, et tente de rester à la surface le plus longtemps possible, furieuse d'avoir agi aussi imprudemment. Elle agite les mains afin de se protéger du déferlement des vagues et se demande dans quelle direction nager. Le courant sous-marin l'attire avec une force possessive. Thandi se rappelle soudain pourquoi les pêcheurs appellent cette zone « Heidi La Grosse » : les vagues monumentales enflent ici comme le ventre arrondi d'une femme portant un enfant. La légende remonte à l'époque de l'esclavage : une esclave nommée Heidi se serait jetée dans la mer après avoir découvert qu'elle était enceinte de son maître. On raconte que son corps n'a jamais été retrouvé. La nuit, ses contractions soulèvent des vagues qui déferlent sur le sable, tandis que ses cris transportés par la brise font vibrer les fenêtres de toutes les cases. Le jour, Heidi cherche des victimes à noyer. Juste au moment où Thandi sent le courant l'emporter vers le fond de l'océan, des mains l'attrapent par la taille et l'arrachent au sein de l'esclave. Presque aveuglée par l'eau et la peur, l'adolescente aperçoit le visage de celui qui l'entraîne avec une force et une habileté impressionnantes. Peut-être son imagination lui joue-t-elle des tours, mais son sauveur fend les flots avec l'aisance d'un poisson.

« Accroche-toi ! crie-t-il, sa voix surfant sur le roulement des vagues. Tiens bon ! »

Sans se faire prier, Thandi s'agrippe fermement à Charles qui l'entraîne loin des bras de Heidi et la ramène vers le rivage.

À marcher ainsi à côté de ce garçon, le débardeur collé au corps, Thandi se sent nue. Mais elle a beau être trempée jusqu'aux os, l'idée de se laisser guider la réconforte. Tout en suivant Charles, elle observe ses talons couverts de sable. Leurs chaussures dans une main, son carnet dans l'autre, il marche en sifflotant. De temps en temps, il se retourne et la regarde. Thandi baisse timidement la tête. Sans lui, elle se serait noyée.

« Merci », dit-elle, les yeux levés, enhardie par la reconnaissance qu'elle éprouve pour lui.

« On va te trouver une serviette », répond-il.

Charles la fait entrer dans la cour de sa case où deux gros cochons se promènent à l'intérieur d'un enclos. Près de la clôture est installé un poulailler dans lequel la volaille caquetante s'entrepiétine et creuse des trous dans le sol avec le bec. Thandi connaît bien cette cour : ses souvenirs d'enfance comptent tant d'aventures vécues ici avec Jullette, la petite sœur de Charles ! Pendant que mademoiselle Violet et Delores échangeaient des ingrédients (« *Tu me prêterais une tasse de sel? Donne-moi juste une poignée de riz. Remplis-moi don cette tasse de sirop. Oui, oui, ça suffira. Un tout petit peu plus.* »), Thandi et Jullette grimpaient au corossolier qui ombrageait jadis le poulailler et se prenaient pour les cheffes des oiseaux brailleurs. De l'arbre, il ne reste aujourd'hui qu'une souche. À travers le grillage, Thandi voit l'océan dans lequel elle a failli se noyer. La case de mademoiselle Ruby se trouve non loin d'ici. Comme elle, le père de Charles et Jullette gagnait autrefois sa vie en vendant du poisson. Après la pêche, Asafa se promenait dans River Bank le temps d'exhiber ses homards et ses crabes. Il faisait peur aux enfants quand il plongeait la main dans son seau en plastique blanc puis soulevait les créatures aux pinces tranchantes et aux antennes dressées, prêtes à attaquer. Terrifiés, les enfants décampaient à grands cris. Certains trébuchaient sur les pierres et s'ouvraient le genou ou les coudes avant d'avoir atteint les jupes rassurantes de leurs mères. Bien que ce fût un événement effrayant, tous les enfants de River Bank attendaient avec impatience de voir Asafa couper à travers les ruelles avec son seau. Ils se réjouissaient autant de sa venue que du lancement du marché de Noël et du défilé de Junkanoo[1] sur la place. Asafa était le seul pêcheur à s'aventurer au-delà du domaine de Heidi pour lancer sa ligne, ses épaisses dreadlocks nouées sur la tête, le short retroussé sur ses longues jambes maigres. Chaque matin, il était en mer. Tantôt il restait patiemment assis, sa canne à pêche à la main, tantôt il plongeait de son bateau jaune, vert et rouge, ancré dans la zone la plus bleue de l'eau. La dernière fois que Thandi l'a vu, c'était il y a huit ans, avant qu'Asafa ne se lie avec une femme venue lui acheter un homard, qui l'a emmené dans sa villa puis invité à partir avec elle en Amérique. Il n'est jamais revenu.

1. Carnaval traditionnel des îles caribéennes.

Après son départ, Delores a pris l'habitude d'offrir chaque samedi soir à ses enfants une marmite de soupe nourrissante composée de dos de poulet, d'ignames, de bananes et de boulettes de pâte bouillis. Jullette est ensuite partie vivre chez des parents, car mademoiselle Violet n'avait plus les moyens de nourrir sa progéniture ni de l'envoyer à l'école. C'était la solution la plus simple car les garçons, eux, n'avaient pas besoin d'aide pour survivre. Des voisins ont embauché Charles, l'aîné, pour qu'il nettoie leurs palissades, déplace les pierres gênantes, débarrasse leurs jardins des branches tombées, fauche l'herbe, porte leurs sacs de courses et pousse leurs véhicules coincés dans les nids-de-poule de River Bank Road. Mais comme Charles ne parvenait pas à nourrir sa mère et ses trois frères avec le peu d'argent qu'il gagnait, Delores et mademoiselle Gracie ont offert d'aider sa famille. C'était lui qu'on envoyait chercher la nourriture. Il attendait les yeux fixés sur ses pieds nus, ses larges épaules remontées comme pour se protéger des messes basses et des hochements de tête affligés. Toutefois, la plupart de ces réactions échappaient probablement à son regard embué. Après avoir marmonné quelques remerciements, Charles rentrait chez lui en portant la marmite pleine avec la solennité d'un porteur de cercueil, l'air de trouver normal que Delores se montre aussi généreuse et de lui en vouloir en même temps.

Des quatre chiens qui errent dans la cour, deux décident de suivre Charles et Thandi. Le garçon ramasse un bâton dans l'espoir qu'ils les laissent tranquilles.

« Va chercher ! »

Il le lance le plus loin possible. Les corniauds courent aussitôt après en boitillant.

« Ces deux-là s'appellent Caïn et Abel, dit-il.

— Tu as donné un nom à tes chiens ?

— Ouais, pourquoi ? »

Charles les regarde en se grattant le bout du nez.

« Celui qu'a une chaîne autour du cou, c'est Caïn, explique-t-il, le doigt pointé vers le chien blanc tacheté. Et le brun, c'est Abel. »

Il se tourne ensuite vers les cochons enfermés dans l'enclos.

« Celle qui a des tétés, c'est Marie, et le borgne, Joseph. »

Thandi regarde chaque porc puis observe plus longuement la grosse truie aux mamelles gonflées qui se promène en titubant.

« On a vendu ses petits l'été dernier. Mais elle est encore pleine.

— Tu sembles considérer ces bêtes comme ta famille.

— Bien sûr ! » s'exclame Charles. La joie étire un côté de son visage et se répand dans son regard. « Elles sont intelligentes, pétèt même plus que nous. »

La remise se trouve toujours à quelques mètres de la case, qui est montée sur pilotis comme beaucoup d'autres dans le village. Ses murs de planches sont peints des mêmes rouge et bleu qu'autrefois. Sous l'ombre dense des arbres se dresse une case en zinc construite à l'écart de la principale.

« C'est ici que je dors, déclare Charles.

— Tu ne vis pas avec le reste de ta famille ?

— Je suis un bonhomme maintenant. J'ai ma case à moi. »

Il ouvre la porte de la petite cabane qui paraît confortable avec son matelas posé sur un sommier fait de quatre planches clouées. Un drap blanc à fleurs, souillé de ces taches jaune sale que laissent des mois de sueur, le recouvre à moitié. Une lampe à pétrole est posée sur une table en bois à côté du lit. Les yeux de Thandi remontent le long du mur jusqu'à la fenêtre ; dehors, les feuilles du bananier s'agitent dans la douce brise. Elle se demande comment Charles peut dormir sans rideaux. Maintenant qu'elle se trouve à côté de lui dans cette case, Thandi se sent vulnérable. Elle se frotte les bras puis regarde Charles poser leurs paires de chaussures sur la natte aux bords effrangés. Le voilà ensuite qui ouvre et referme les tiroirs de la commode en bois installée près du lit comme s'il cherchait quelque chose. Enfin, il laisse échapper un sifflement.

« Tiens. »

Charles lui tend une grande serviette de bain. Thandi se demande depuis combien de temps elle traînait au fond de ce tiroir, puis se tamponne le visage. Ce linge sent le shampoing.

« Elle appartenait à mon père. »

Charles reprend la serviette et la pose sur les épaules de Thandi. Avec des gestes très doux, il la fait asseoir sur une chaise en bois et s'installe sur son lit de fortune. Ses longues jambes pliées ressemblent aux pattes d'une mante religieuse. Thandi coince une mèche de cheveux derrière son oreille puis baisse les yeux vers le vide entre ses jambes.

« Comment va Jullette ? » demande-t-elle afin de briser le silence devenu gênant.

Elle s'adosse au dossier rigide de la chaise.

« Bien, aux dernières nouvelles.

— Où vit-elle maintenant ?

— Toujours à Montego Bay. Elle fait le ménage dans un de ces grands hôtels. Le Half Moon, je crois.

— Elle ne va pas à l'école ?

— Non, m'dame. »

Charles se gratte l'arrière de la tête.

« Ça fait longtemps qu'elle a laissé tomber.

— Oh.

— Mais elle s'en sort grâce à ce travail. Elle gagne même bien sa vie.

— Avec un emploi de femme de chambre ?

— Y lui permet d'avoir son indépendance. De gérer le quotidien.

— Tant mieux pour elle. Tu lui diras bonjour de ma part. »

Charles incline la tête et la regarde en coin.

« T'as qu'à lui dire toi-même. »

Cette phrase laisse Thandi muette. Peut-être Charles a-t-il l'intention de la tourmenter. Peut-être sait-il qu'elles ne se parlent plus depuis, quoi ? Cinq ans ? Ni Jullette ni Thandi ne seraient cependant prêtes à l'admettre car elles n'ont jamais souhaité parler de la cause de leur brouille. Embarrassée, Thandi sent son cœur cogner avec la force d'un gant de boxe contre ses côtes.

« Il… Il faut que j'y aille, articule-t-elle calmement en s'efforçant de dissimuler sa nervosité. Il se fait tard.

— Je te raccompagne ? propose Charles, avant de poser les pieds sur le sol.

— Non. C'est inutile. »

Thandi se lève d'un bond de sa chaise. Elle préfère ne pas imaginer ce qui arrivera si Delores apprend qu'elle a traîné avec ce garçon jusqu'à une heure aussi tardive. Charles s'appuie sur les coudes puis l'observe à travers ses longs cils épais.

« Tu voulais vraiment aller nager ? » demande-t-il.

Thandi se raidit sous le poids de sa question puis hausse les épaules.

« Non. »

Elle s'éloigne sans proposer de lui rendre la serviette qui est toujours posée sur ses épaules. Charles ne la lui réclame pas non plus.

« Et avant ça, quand t'es arrivée sur la plage ?

— Je cherchais juste l'inspiration.

— T'es plutôt douée.

— Qui t'a autorisé à feuilleter mon carnet ?

— Tu l'avais laissé par terre. C'est la brise qui l'a ouvert. »

Gênée, Thandi baisse les yeux. Elle pose la main sur la base de son cou et sent sa peau fondre sous la caresse chaude du regard de Charles.

« Merci pour le compliment. »

La serviette autour des épaules, elle sort de la case et rentre chez elle, un petit sourire aux lèvres, sous le regard des infâmes commères qui montent la garde en permanence.

« T'as été te baigner ? »

Margot est assise sur le canapé, les jambes croisées. Thandi retire la serviette de Charles de ses épaules puis la plie. Les fragments de son secret seront ainsi bien conservés dans l'éponge qu'elle ne dépliera qu'une fois seule.

« Oui, répond-elle sans se tourner vers sa sœur.

— Mais tu détestes ça.

— J'avais chaud.

— Thandi, regarde-moi quand je te parle. »

La flamme de la lampe à pétrole éclaire le visage de Margot. Thandi croise si rarement sa sœur pendant la journée qu'elle ne sait plus à quoi elle ressemble en plein jour. Ce soir, ses yeux et ses lèvres sont sombres ; le faible éclairage rend son regard féroce, et le trait de charbon qu'elle trace autour de ses yeux lui donne l'air d'un chien enragé.

« Assieds-toi.

— Est-ce que ça va ? » demande Thandi, inquiète.

Margot semble avoir pleuré.

« Ne pose pas de questions. Je t'ai dit de t'asseoir. »

Margot désigne une des chaises rangées autour de la table. Thandi hésite. Ses vêtements sont encore mouillés, il faudrait qu'elle se change. Mais elle obéit. Le regard de sa sœur se pose sur ses mamelons bruns dressés sous le fin tissu de sa robe. Thandi se couvre en croisant les bras.

« Avec qui étais-tu ? demande Margot.

— Personne.

— Thandi, regarde-moi. »

L'adolescente lève les yeux. Margot semble ravaler une petite boule coincée dans sa gorge. La base de son cou palpite.

« Qu'est-ce qui se passe, Thandi ?

— Rien.

— Comment ça, rien ? »

Margot se lève et va chercher plusieurs boules de papier dans la poubelle. Les croquis que Thandi a arrachés à son carnet.

« Tu m'expliques ? demande sa sœur en les tendant vers elle.

— Tu fouilles dans la poubelle maintenant ?

— Peu importe. Réponds-moi. Qu'est-ce que c'est ?

— Un projet artistique.

— Thandi, ça fait des années que je paye ta scolarité, et toi, tu gaspilles ton temps et du papier à cause d'un projet artistique minable ! Et puis tu disparais sans crier gare ! Tu es au courant de tout ce que je sacrifie ? »

Thandi plaque les mains sur les oreilles et secoue la tête.

« Arrête ! Je refuse d'écouter ton sermon. »

Margot tend les bras au-dessus de la table comme pour la gifler. Mais au lieu de la frapper, elle saisit ses poignets et tire dessus si fort que Thandi pousse un petit cri.

« Oh si, tu vas m'écouter. T'as aucune idée de tout ce que je fais pour t'offrir un avenir. Aucune. »

Ces mots sortent de la bouche de Margot entre ses dents serrées. Thandi n'avait encore jamais vu la lueur qui éclaire à présent son regard. Cette image se grave dans son esprit avec plus de force encore que les doigts de sa sœur ne lui serrent les poignets.

« Sais-tu ce que j'ai sacrifié pour que tu ne finisses pas… »

La voix de Margot s'éteint en tremblant. Elle cligne des yeux puis lâche les mains de Thandi.

« Qu'est-ce qui t'a pris, hein ? C'est quoi, tout ça ? »

Elle jette sur la table les croquis froissés qui rebondissent comme des boules sur une table de billard. Certains tombent sur le sol.

« Je croyais que tu avais laissé tomber le dessin le semestre dernier pour te concentrer sur les sciences avant le CXC. C'est pour ces trucs-là que j'ai payé ?

— Ce ne sont pas tes affaires », réplique Thandi en se massant un poignet.

La gifle que lui flanque Margot résonne dans la case. Le son ricoche sur les murs, le plafond puis traverse la varangue sous laquelle est assise grand-mère Merle, déconcertée par le ciel nocturne.

« Si c'était Delores qui avait découvert ça… »

Sans s'excuser de l'avoir frappée, Margot agite une des feuilles.

« Elle t'aurait tuée. T'as pas idée de quoi cette femme est capable. Pas la moindre idée ! Cette gifle, c'est rien à côté de ce qu'elle peut te faire subir. »

La main sur la joue, Thandi sort en courant par la porte de derrière et s'enfonce dans l'obscurité. Elle s'assied sur une marche, les cuisses contre la poitrine, puis pleure doucement, la tête posée sur les genoux. Comment peut-on vivre en quelques heures le moment le plus exaltant de sa vie et la pire des humiliations ? Thandi tente de ranimer l'énergie qui battait tout à l'heure dans ses veines, quand Charles la tenait dans ses bras. Mais celle-ci se dissipe dans l'obscurité familière.

Au bout de quelques minutes, Thandi entend Margot s'approcher d'elle et détourne le regard en sentant la chaleur de son corps à côté du sien, le gras de ses hanches pressées contre ses cuisses osseuses. Margot a apporté la lampe à pétrole. Seuls les reniflements de Thandi brisent le silence.

« Dans le monde réel, le dessin ne te mènera nulle part », murmure finalement Margot.

Elle pose la main sur l'épaule de Thandi puis lui soulève tendrement le menton et pose son regard adouci sur son visage.

« J'ai toujours le cœur que tu m'as donné. Tu t'en souviens ? C'est la seule et unique fois où on m'en a offert un. » Margot rit doucement. « Tu sais que je travaillais déjà à ton âge ? J'ai commencé à quatorze ans. Je n'avais pas le temps de réfléchir à ce qui me plaisait ou pas. Il fallait que je travaille. J'ai appris l'importance d'avoir un gagne-pain. C'est notre seul moyen de survie. Et même si l'argent n'achète pas certaines choses, comme le rang social et le bon sens, il permet de se faire accepter. Quand tu es riche, les gens font attention à toi, ils t'acceptent comme tu es. Tu peux être bête comme un âne ou laide comme un pou, tous les hommes, femmes et enfants de ce monde te témoignent du respect quand tu as un peu de sous dans ton portefeuille. On ne perd rien à travailler dur. »

Les coins de sa bouche tressaillent. Ses lèvres esquissent-elles un sourire ou une grimace ? C'est difficile à dire. Dans la faible lumière de la lampe, Margot lève les yeux vers Thandi et poursuit.

« Mais il faut veiller à ne pas perdre son identité. Sa raison d'être. Le jour où tu m'as offert ce cœur, je l'ai plié pour le garder. Parce qu'il me rappelait pourquoi je travaillais aussi dur. Avant que tu me fasses ce cadeau, je n'imaginais pas qu'on puisse donner sans rien attendre en retour. Je n'avais pas eu à travailler pour le recevoir. »

Margot lisse une des boules de papier qui se défroisse en crépitant comme des étincelles dans l'obscurité. Elle contemple le dessin un moment.

« C'est toi qui as dessiné ça ? demande-t-elle finalement.

— Oui », répond Thandi.

Sur ce croquis, un nuage en forme de femme traverse le ciel à la nuit tombée. La silhouette paraît bondir ou courir tandis que le soleil se couche à l'arrière-plan. Ses mouvements agitent la mer située en dessous ; au loin, des collines et des montagnes disparaissent dans la nuit. Tandis que Margot examine le dessin, toutes sortes d'émotions passent sur son visage. Quand elle regarde à nouveau Thandi, ses yeux la caressent tendrement.

« Tu es vraiment douée. »

Elle plie la feuille et la glisse dans son chemisier.

« Cependant, l'école passe en premier. Oublie le dessin et concentre-toi sur tes études. »

Margot tapote le côté gauche de sa poitrine où se trouve le croquis plié.

« Demain à la première heure, j'irai voir sœur Shirley pour lui rappeler que je n'ai pas payé ces cours de dessin. Tu ne passeras que des épreuves scientifiques à cet examen. Je vais régler ça. Inutile d'en parler à Delores. »

Thandi se détourne de sa sœur, le corps tremblant.

« Regarde-moi », lui ordonne Margot en la forçant à tourner la tête vers elle. Le charbon avec lequel elle se maquille a coulé jusqu'aux coins de ses yeux. « Tu dois te concentrer uniquement sur ton travail scolaire. Fini le dessin. Fini les garçons. »

Thandi garde le silence. Elle entend Charles lui crier de tenir bon tandis qu'il la porte jusqu'au rivage. Elle sent leurs corps humides se toucher lorsqu'il la soulève hors de l'eau.

« Est-ce que c'est vrai ? demande-t-elle en songeant à la confiance qu'il lui accorde désormais, ce précieux cadeau.

— Quoi donc ?

— Que je suis la seule personne à t'avoir jamais offert un cœur ?

— Oui.

— Eh bien, je regrette de l'avoir fait. »

Margot ouvre et referme la bouche comme si elle était soudain incapable de parler. Elle joint les mains, serre les lèvres puis dit très fermement :

« File te changer avant que Delores ne rentre. Tu es aussi sale qu'un chien errant. »

10

Le grand portail noir et or de la villa d'Alphonso s'ouvre afin de laisser entrer Margot. Celle-ci avance d'un pas assuré sur le chemin qui traverse le jardin. Des rires lointains parviennent jusqu'à elle puis s'élèvent en tourbillons vers le ciel noir d'encre. Margot lisse sa robe verte moulante avant d'entrer dans la villa. Sa porte est toujours ouverte lorsque Alphonso s'y trouve. Pendant la journée, il suffit de s'arrêter sur le seuil pour apercevoir le patio arrière, ainsi que la mer turquoise qui s'étend comme un tapis au bout du couloir.

Margot pénètre dans la villa aux murs corail décorés d'œuvres d'art caribéen. Alphonso est un collectionneur. Dans sa maison, les meubles peu nombreux sont disposés de façon à mettre en valeur la spaciosité des cinq pièces, dont les coins sont occupés par des sculptures en acajou (femmes africaines aux traits prononcés portant un enfant ou un panier, couples étrangement contorsionnés, êtres décapités aux seins et aux pénis volumineux). Quelques plantes vertes aux grandes feuilles poussent dans des pots en terre cuite. Le carrelage mat en azulejos est couvert de nattes stratégiquement placées. Quand il n'y donne pas de fête, Alphonso loue sa villa aux touristes – certains préfèrent son atmosphère décontractée à l'ambiance oppressante des séjours tout compris dans les hôtels tels que le Palm Star. Alphonso est gagnant quel que soit leur choix.

Margot se dirige vers la musique – la voix blues jazz d'une femme chante un air qu'elle n'a jamais entendu. Assis dans le patio, quatre hommes fument le cigare face à l'eau scintillante de la piscine sur laquelle flottent de petites bougies. Les rubans de fumée du tabac forment un voile translucide. Chaque homme est assis en compagnie d'une ou deux filles – des adolescentes jamaïcaines à la peau foncée et au cou couvert de talc. Elles portent de grandes boucles d'oreilles en or et des tenues moulantes qui semblent tout droit sorties des barils de vêtements d'occasion qu'on trouve au marché. Leurs coiffures tiennent en place grâce à une importante dose de gel dont quelques traces sont visibles sur leurs tempes. Margot songe qu'elle pourrait rester des heures dans l'entrée à écouter la voix de cette chanteuse, les yeux fermés. Cependant, une des filles l'aperçoit. La surprise déforme aussitôt ses traits. Elle observe longuement Margot, comme si elle tentait de la reconnaître. La pauvre espère sans doute qu'elles n'ont aucune relation en commun. Margot a elle aussi l'impression d'avoir déjà vu cette fille, mais elle a pu la croiser n'importe où. Son visage fait probablement partie des centaines qu'elle aperçoit tous les jours sur la place Sam-Sharpe quand elle se rend au travail. Une fille comme elle vend à coup sûr des cosmétiques ou des vêtements sous les arcades du marché.

« Margot ! »

Alphonso la rejoint sans se presser, l'embrasse sur les deux joues puis avance la bouche vers ses lèvres.

« Je savais que tu ne resterais pas fâchée contre moi bien longtemps. »

Margot s'écarte en devinant à la taille de ses pupilles qu'il est défoncé. Alphonso pose une main dans le creux de son dos.

« Tu es éblouissante, murmure-t-il.

— Merci.

— Joins-toi donc à nous. »

Il la guide vers son groupe d'amis que Margot salue d'un léger signe de tête.

« Bonsoir, messieurs.

— Bonsoir ! » répondent-ils en chœur.

Ces hommes s'expriment avec l'accent des riches Jamaïcains ; leur anglais comporte juste ce qu'il faut de patois pour affiner leurs sous-entendus et plaire aux gens du peuple qu'ils exploitent. Alphonso s'adosse à son fauteuil, une cheville posée sur un genou, un cigare à la bouche, et reprend sa discussion animée avec ses amis. Sans la moindre retenue, il caresse les épaules et le dos de Margot qui se blottit aussitôt contre lui. Lorsque le téléphone sonne, un des invités lance en souriant que c'est sûrement un appel de sa femme. Alphonso s'empresse de répondre puis disparaît dans une des chambres inoccupées afin de discuter avec son interlocuteur en privé. À son retour, tous les hommes éclatent de rire.

« Qu'est-ce que je disais ! » s'esclaffe l'amuseur.

Margot se lève pour se servir un verre, laissant les invités fulminer contre les « singes » du Parlement qui ont laissé P.J. Patterson mener le pays à sa perte depuis sa victoire à l'élection de 1993, de sorte que Seaga est sûr de remporter la prochaine dans trois ans. Disposées autour des invités tels des bouquets de fleurs, les filles font semblant de suivre la conversation, tandis que les hommes caressent distraitement leurs cuisses décharnées. *Pauvres gosses*, songe Margot en les regardant boire leurs verres d'alcool à petites gorgées, comme un médicament. Elle ressent brusquement le besoin de les protéger. La fille qu'elle a remarquée tout à l'heure croise de nouveau son regard. Elle se lève du canapé et la rejoint au bar.

« Margot ?

— Oui ? »

Margot ne parvient toujours pas à la replacer.

« Est-ce qu'on se connaît ?

— Tu ne serais pas la sœur de Thandi ? »

Margot essuie mentalement le fard violet que cette fille porte sur les paupières ; la poudre rouge sur ses hautes pommettes qui s'étend jusqu'à ses tempes ; le fond de teint beige qui ne convient pas vraiment à sa peau moka et lui donne l'air fantomatique.

« Je suis Jullette, dit l'adolescente sans attendre que Margot l'identifie enfin. J'habitais à River Bank avant. Thandi et moi, on allait à l'école primaire ensemble. Je me souviens de toi. »

Margot ne sait pas très bien comment réagir. *Jullette. Jullette ? Jullette !* La Jullette de la fourche de la rivière. La fille de mademoiselle Violet. La dernière fois qu'elle a entendu parler d'elle, on l'avait envoyée vivre ailleurs après que son père avait quitté la famille. Personne ne sait ce qui est arrivé à cet homme, mais depuis son départ, ses enfants vont par monts et par vaux, et mademoiselle Violet ne sort plus de sa case.

« Comment va Thandi ? » demande Jullette.

Margot avale une gorgée de sa boisson. Avant qu'elle ne formule une réponse qui en révélera le moins possible sur sa vie secrète, Alphonso s'approche dans son dos.

« Où étais-tu passée ? Je commençais à croire que tu étais partie chercher du sucre à la plantation. »

Il passe les bras autour de sa taille et l'entraîne. Margot émet un petit rire surpris, soulagée d'échapper aux questions de l'adolescente.

« C'était un plaisir de te revoir, Jullette, lui lance-t-elle.

— Douce. On m'appelle Douce. Ravie de t'avoir revue aussi », répond la jeune fille d'une voix lointaine.

Dans la chambre d'Alphonso, Margot ne peut s'empêcher de penser à elle. Gagne-t-elle sa vie ainsi depuis qu'elle a quitté River Bank? Qui l'a introduite dans ce milieu? Margot songe alors à Thandi et la peur lui serre la gorge. Se ressaisissant, elle se glisse hors de sa robe. Lorsqu'elle se tourne vers Alphonso, celui-ci est déjà occupé à sniffer une ligne blanche, penché sur la table de chevet. Il s'arrête à la deuxième et lui tend sa paille.

« Tu m'as l'air agitée. Ça va te détendre un peu. »

Margot secoue la tête.

« C'est toi ma drogue, dit-elle en souriant, bien qu'elle ne cesse de penser à Thandi.

— Ah, je vois que tu es prête.

— Toujours.

— Dans ce cas, qu'est-ce que tu fais plantée là comme une statue?

— J'aimerais te demander quelque chose d'abord.

— Pourquoi pas après?

— J'ai besoin de le savoir maintenant, avant qu'on…

— Bon sang, Margot, j'ai attendu ça toute la journée.

— Est-ce que tu…

— Quoi? Mais quoi?

— Est-ce que tu m'aimes? »

Alphonso se redresse sur le lit.

« Tu plaisantes? »

Il baisse les yeux vers son entrejambe puis regarde Margot.

« Tu vois ça? Je ne vois pas ce qu'il te faut de plus.

— Mais tu m'as dit…

— Margot, tu es tellement douée au lit que tu ferais dire n'importe quoi à l'homme que tu baises.

— Donc tu ne le pensais pas.

— J'aime ta compagnie. J'aime les sensations que tu me procures au lit… Voilà probablement ce que je voulais dire.

— Mais moi, tu m'aimes? »

Alphonso se gratte la tête. Ses cheveux foncés tombent sur son visage et lui couvrent les yeux.

« Qu'est-ce qui te prend tout à coup, Margot ? » Il lâche un rire nerveux. « Tu commences à t'attacher à moi ou quoi ? Tu sais bien que je suis marié. Et tu es prête à écarter les cuisses dès que tu as besoin d'argent. Mon hôtel fait du chiffre grâce à toi. »

Margot le dévisage d'un air surpris. Avant qu'elle n'ait le temps de protester, Alphonso éclate de rire.

« Inutile de te demander qui a cafté. J'ai mes sources. Est-ce que ça me dérange ? Non. Je crois même que tu vas pouvoir me donner un coup de main. »

Plantée au milieu de la vaste chambre, Margot se sent comme une femme adultère sur le point d'être lapidée. Qui l'a dénoncée ? Paul ? Elle savait bien que ce con n'était qu'un mouchard. Ou est-ce Blacka ? Il faut voir comment ce nabot la regarde. On dirait qu'il veut Alphonso pour lui tout seul. Ou s'agit-il de Kensington ? Non, elle part toujours deux heures avant que Margot ne commence sa tournée. Que faire maintenant ? Partir la queue entre les jambes, ou bien rester et obtenir ce qu'elle est venue chercher ?

« Qu'est-ce que tu veux ?

— Faut-il vraiment que je te l'explique ? »

Alphonso s'allonge sur le lit.

Margot le rejoint lentement.

« Bon, te voilà enfin raisonnable. On va pouvoir tirer profit de tes magouilles, toi et moi. Si tu me cèdes cinquante pour cent de tes bénéfices, je ferai de toi une femme riche.

— Comment ça ?

— C'est simple. Tu sais que certains hôtels vendent de l'herbe à leurs clients ? »

Margot hoche la tête.

« C'est un bon business. Les touristes sont prêts à payer. Mais toi et moi, nous allons vendre du sexe. Beaucoup de sexe. Ça nous rapportera assez pour financer grassement le nouvel hôtel, celui dont je te nommerai directrice. »

Alphonso sourit jusqu'aux oreilles.

« Nos clients seront de gros investisseurs.

— Il va falloir que je me les tape l'un après l'autre, c'est ça ? » demande Margot, elle-même surprise par son ton railleur.

Cependant, Alphonso est tout à fait sérieux.

« Ton travail consistera à recruter et former les filles que tu jugeras compétentes pour ce boulot. Tu seras la patronne. »

Margot a très envie de refuser. À supposer que Verdene accepte finalement de commencer une nouvelle vie avec elle, comment réagira-t-elle si elle découvre ce que fait Margot quand elles sont séparées ? Mais tout cet argent…

« C'est d'accord », répond-elle.

Alphonso pose la main sur sa joue et approche son oreille de ses lèvres.

« Maintenant, fais-moi jouir. »

Ce soir-là, Margot chevauche Alphonso avec une énergie décuplée. Elle s'émerveille de le voir renverser la tête et exposer sans méfiance sa jugulaire palpitante et vulnérable. Il serre les dents, empoigne le drap et déglutit avec difficulté – sa pomme d'Adam s'agite le long de sa gorge comme une balle de ping-pong. C'est dans ces moments-là, lorsqu'elle l'observe de haut en se balançant comme une reine transportée sur un radeau en bambou sur les flots d'une rivière, que Margot prend conscience du pouvoir qu'elle exerce sur lui. Et Alphonso en a certainement conscience aussi.

Maxi arrête dans l'allée sa vieille Toyota blanche qui paraît en bien piteux état à côté des haies impeccablement taillées et du solide portail flanqué de bougainvillées et d'hibiscus rouges. Un peu plus tôt, elle lui a demandé de passer la prendre vers minuit.

« T'étais à une fête, on dirait ? » constate-t-il dès que Margot monte dans sa voiture, les vêtements imprégnés d'une odeur de cigare et de whisky.

Sans prêter attention au regard de Maxi qui se promène le long de l'échancrure de sa robe et s'arrête sur son décolleté, elle baisse sa vitre.

« Allez, roule. »

Le chauffeur file vers River Bank dans la brise dont le souffle apaise Margot. Maxi doit sentir qu'elle a besoin de silence, car il ne dit rien. Margot sait parfaitement ce qu'il pense du fait qu'elle travaille comme une esclave pour des étrangers, de tout ce qu'elle y perd.

« Tu te rappelles la fois où tu m'as demandé quel était mon rêve ? » demande-t-elle.

Maxi hoche la tête sans quitter la route des yeux, comme s'il se retenait de la regarder.

« J'ai bien réfléchi à la question, dit-elle en jouant avec sa ceinture de sécurité.

— Ah bon ? fait-il, un sourcil levé.

— J'aimerais posséder mon propre hôtel. Encore mieux : administrer le tourisme dans cette ville. Et ça pourrait bien arriver plus tôt que je le pensais. »

Ces mots à eux seuls lui engraissent les joues. Margot se surprend à rire avec légèreté. Il faut espérer que Maxi ne devine pas son incertitude dans l'obscurité. Ni la culpabilité qui la ronge.

Son ami laisse échapper un rire qui sonne comme une légère toux.

Deuxième partie

Quand les poules font la noce,
le faucon guette

11

L'appétit de Margot n'est pas rassasié. Qu'y a-t-il de satisfaisant à élever du bétail – un troupeau de quinze jeunes femmes âgées de seize à vingt-cinq ans ? Tout en les regardant paître, Margot ronge son frein. Elle les protège, les nourrit, les habille, leur apprend comment se comporter en compagnie d'hommes aisés. Des hommes qui ont investi beaucoup d'argent dans le secteur hôtelier. Des étrangers qui sont ici en quête de sexe et d'herbe ; et le sexe, comme l'herbe, doit être de « *qualité supérieure* ». C'est la raison pour laquelle Margot vient de passer quatre semaines à faire du repérage. Certaines filles lui ont été recommandées. Quant aux autres, il a fallu les débusquer. Elle a passé le quartier de Hip Strip au peigne fin tous les soirs, se glissant dans les couloirs sombres et défraîchis de chaque bordel. Elle a observé comment se tenaient les filles, comment elles tapinaient. Elle a suivi celles qui lui plaisaient – les jeunes femmes vives, pleines de gouaille, qui n'avaient pas peur de réclamer un ou deux dollars aux hommes de passage, les jolies filles capables d'assouvir les fantasmes de leurs clients ; plus elles avaient la peau foncée, mieux c'était. Elle a épié leurs conversations jusque dans les toilettes des boîtes de nuit, où leurs rires emplissaient la cabine de Margot comme l'odeur du talc pour bébé qu'elles réappliquaient sur leur cou et leur décolleté. À présent, elle sait lesquelles font le trottoir depuis des années ou ont commencé il y a deux jours. Lesquelles ont un homme ou en partagent un. Lesquelles se tapent un type incapable de bander, lesquelles ont galéré pour se débarrasser d'un pot de colle. Lesquelles vendent leur corps par amour pour leurs enfants ou le font par amour du sexe. Dans ces cabines, véritables confessionnaux, les filles s'exprimaient en toute liberté.

Quand Margot aborda celles qu'il lui fallait – celles que les hommes s'arracheraient –, les jeunes femmes lui lancèrent des regards étranges. Elle leur distribua des cartes de visite en annonçant à chacune : « *Je veux que tu travailles pour moi.* » En général, les filles reculaient de quelques pas, les bras croisés sur la poitrine comme si elles avaient soudain conscience de la légèreté de leur tenue. « *Moi, je fais pas ces trucs de sodomite.* » Margot les rassura : seule l'intéressait la contribution qu'elles pouvaient apporter à sa nouvelle entreprise.

La voix tremblante d'incertitude, chaque fille finit par l'appeler, hésitant encore un instant à se fier aux promesses de cette femme étrange qui l'avait coincée dans les toilettes d'une boîte de nuit.

Margot emmena ensuite ses recrues à la villa d'Alphonso dans l'intention de leur faire suivre une sorte de stage d'intégration. À cette heure de la journée, toutes portaient des vêtements ordinaires, ce qui lui a permis de découvrir leurs visages démaquillés et de voir leurs bouilles de gamines s'illuminer tandis qu'elles admiraient les portraits de la dynastie Wellington. Alphonso s'était assuré que Margot disposât de la villa tout le week-end et avait même donné congé à sa femme de ménage. C'était préférable car cette imbécile fourrait son nez partout.

« Ceci est un contrat confidentiel, expliqua-t-elle aux filles en leur distribuant le document.

— Comment ça ?

— Cela signifie que vous ne devez en parler à personne, pas même à vos amies. Après avoir signé ce contrat, j'insiste, vous ne devrez jamais en parler à qui que ce soit. Pas même à vos mamans. Si vous connaissez une fille qui peut faire l'affaire, il faut me la présenter avant de l'inviter.

— Combien vous allez nous payer ?

— J'y viendrai dans un instant.

— Plus que ce qu'on gagne dans la rue, j'espère.

— Laissez-moi finir, s'il vous plaît.

— Moi, je suis prête à sucer pou de la petite monnaie, patronne. J'ai trop faim. J'ai des marmailles à nourrir.

— Chut, maintenant ! Laissez-la finir !

— Les clients me payent, et ensuite je vous paye. Compris ?

— Attendez : comment on sait combien on va gagner, alors ?

— Tout dépend de ce que vous faites au client. Les tarifs sont fixes. Et si le client est satisfait, il peut vous donner directement un pourboire de vingt pour cent.

— Ça répond pas à la question. On veut savoir combien on va gagner.

— Très bien ! Je vais vous le dire : vous allez vous faire plus d'argent que vous n'en gagnerez jamais en travaillant seules, en écartant les jambes pour des types qui peuvent à peine se payer un trajet Montego Bay-Portland, et encore moins un coup à cinquante dollars. Vous vous ferez des gros bonnets. Des financiers. Des hommes qui auront les moyens de vous emmener dîner. Vous aurez droit au vin et aux chandelles dans des restaurants hors de prix. Vous porterez de beaux vêtements, vous serez relookées de la tête aux pieds, et vous aurez même un endroit où dormir. Pas n'importe lequel en plus : le Palm Star Resort sera votre nouvelle maison. Toute faveur sexuelle devra avoir lieu dans les chambres que nous réservons à vos clients. Vous vous ferez des contacts – chose qui ne risquait pas de vous arriver dans les bordels miteux d'où vous venez. Bon, est-ce que ça répond à la question ? »

En silence, chaque fille commença à imaginer cette vie tout en essayant d'oublier ses doutes. Elles échangèrent quelques regards. Bien entendu, elles n'avaient aucune raison valable de faire machine arrière. Margot patienta trente longues secondes. Tandis que le silence régnait toujours dans la pièce, le vent hurleur se mit à secouer les portes-fenêtres de la villa qui s'ouvrirent brusquement sur les montagnes bleues et la mer qui scintillait sous le soleil. Peu à peu, les filles commencèrent à bavarder et à se chamailler, saturant de paroles la douce atmosphère. *Manman cracherait pas sur une cuisinière. Le petit a besoin de chaussures pou aller à son lékol – mon Dyé, je peux plus le laisser marcher pieds nus comme ça.* Y *a plus rien à manger dans les placards. Le propriétaire, y va nous mettre dehors si on paye pas le prochain loyer.* Margot entendait chacune de leurs pensées, elle les voyait gravées sur leurs juvéniles visages foncés. Ces jeunes femmes ne déclineraient pas son offre. Au bout d'un moment, il ne resterait plus un souffle dans leurs poumons épuisés.

« Ça répond à la mienne.

— Pareil.

— J'aime mieux ça. Maintenant, laissez-moi poursuivre. N'acceptez aucun client sans me prévenir. C'est moi qui commande. Si j'estime que vous n'êtes pas faite pour ce boulot, je ne vous prendrai pas. Car vous n'aurez pas seulement affaire à des touristes. Comme je l'ai dit, vos clients compteront aussi des hommes qui pourraient investir dans notre hôtel. Ils auront le droit de demander régulièrement leurs filles préférées. Mais ce sera avant tout à moi de juger. Pour conclure, votre devoir est de servir vos clients. Vous devez donc être prêtes à satisfaire toutes leurs demandes. Toutes. Même s'ils exigent que vous nettoyiez leurs chaussures à coups de langue. Je ne veux pas les entendre se plaindre que certaines filles sont récalcitrantes. Souvenez-vous que je peux vous renvoyer du jour au lendemain. Une bêtise, et c'est terminé. Vous devez être capables de satisfaire les clients et de quitter leur chambre la tête haute. »

Les quinze recrues signèrent donc le contrat, et Margot put présenter toute la troupe à Alphonso et aux potentiels investisseurs de son empire hôtelier. Le soir de cette réception privée, elle fit défiler les filles telles des vierges à travers Babylone, entièrement nues sous leurs voiles et leurs longues capes. « *Messieurs, je vous présente nos reines de la nuit* », déclara-t-elle en se tournant vers Alphonso et ses invités.

Une à une, les filles laissèrent tomber leurs capes et soulevèrent leurs voiles. Les hommes étaient manifestement contents. Le show terminé, Margot, satisfaite, félicita ses élèves en concluant par une des phrases favorites d'Alphonso : « *Rendez-moi fière.* »

Ainsi Margot est-elle devenue patronne. Une patronne sur qui on peut compter. Qui ne rechigne pas à faire le sale boulot. Si les hommes mettent la main au portefeuille, c'est pour goûter à des plaisirs vrais et intenses. Et dans ce domaine, personne n'arrive à la cheville des filles de Margot. Leurs clients quittent l'hôtel à grandes enjambées conquérantes en sifflotant. Quelques jours plus tard, ils reviennent quémander une soirée, une heure de plus avec une de ces filles de l'île qui les font grimper aux rideaux. Leur soudaine impuissance les déstabilise lorsqu'ils apprennent de la bouche de Margot que celle qu'ils ont demandée n'est pas disponible. Personne ne les a jamais rendus aussi dépendants – aucune barmaid, aucune domestique, aucune assistante ou secrétaire, aucune couturière, aucune bouteille de scotch de qualité supérieure ; pas même le silence de leurs femmes. Pas même Dieu.

Et pourtant, malgré cette phénoménale rentrée d'argent, Margot n'est pas satisfaite. Quelque chose cloche dans son nouveau rôle. Bien qu'elle vende son corps depuis le lycée, il lui semble immoral de prostituer des jeunes femmes brisées, surtout des filles aussi jeunes que sa sœur. Il faut qu'elle s'endurcisse encore. Si ce nouveau commerce est rentable, Alphonso ne pourra plus lui refuser le poste de directrice de l'hôtel, vu les sommes qu'elle rapportera et le nombre de secrets qu'elle connaît déjà. Ce n'est pas la première fois que Margot doit vivre avec le remords. Un jour, Delores lui a fait tordre le cou d'un poulet afin de le cuisiner pour le dîner. Margot n'a jamais oublié les cris de l'oiseau, sa tête pendante, ni les gouttes de sang sur la terre. Pourtant, grand-mère Merle, Delores, Thandi et elle se sont régalées ce soir-là.

Margot épie les faits et gestes de mademoiselle Novia Scott-Henry, la nouvelle directrice générale. Il faut la voir fureter dans tous les coins, interrompre les conversations des employés et leur ordonner de se remettre au travail : « *Vous discuterez plus tard. Nous avons un hôtel à faire tourner, des clients à servir. Allez, on se dépêche !* » Et cette façon qu'elle a de déballer la salade de son déjeuner (mais qui diable se contente d'une salade pour le repas ?), de saisir sa fourchette en argent et de mâcher pensivement, les yeux fixés sur le document posé devant elle. De temps en temps, lorsqu'un petit bout de feuille ou une goutte de vinaigrette tombe avant d'atteindre sa bouche, elle le ramasse avec une serviette ou l'essuie. Pour sûr, cette femme mange salement. Elle remet parfois à Margot des documents tachés de café.

Mademoiselle Scott-Henry laisse en permanence la porte de son bureau ouverte. Margot sait ainsi qu'elle se rend souvent aux toilettes – logique, vu les litres d'eau qu'elle avale. Elle a en outre la manie de serrer les lèvres quand elle se concentre et de mâcher le bout d'un stylo. Margot espionne également ses conversations téléphoniques ; elle l'entend bavarder gaiement avec un partenaire commercial, ou un journaliste du *Jamaica Gleaner* ou de *l'Observer* qui souhaite interviewer l'ancienne lauréate jamaïcaine de Miss Univers, « *le nouveau visage de l'industrie touristique* ». Margot lève les yeux au ciel, convaincue qu'Alphonso a embauché cette femme pour que sa célébrité profite à l'hôtel. Comme s'il suffisait de nommer à la direction une reine de beauté très en vue – encore plus célèbre depuis qu'elle a rasé ses magnifiques boucles en vue de faire don de sa chevelure à quelques cancéreux et quitté le monde du mannequinat dans le but de préparer un diplôme de commerce – pour que des hordes de touristes envahissent l'hôtel ! De l'avis de Margot, les étrangers s'en fichent royalement.

Mademoiselle Scott-Henry ne cessera jamais de l'étonner. Elle n'occupe son poste que depuis deux semaines mais connaît déjà le nom de tous les employés. « *Comment ça va, Brenda ? À demain, Faye. Ménagez-vous un peu, Rudy. Faites-moi voir ce tuyau, Floyd. Jolie coiffure, Patsy.* » Elle discute avec le petit personnel comme si ces employés étaient du même rang qu'elle – une autre de ses manies qui inspire une légère méfiance à Margot. Celle-ci a eu des soupçons à la minute où cette femme est arrivée avec ses lunettes en écaille bleu turquoise sur le nez, ses cheveux coupés ras (adieu la jeune beauté aux longues boucles ondulantes, dont le portrait illustrait tous les calendriers des années 1980) et ses tailleurs-pantalons parfaitement ajustés. Sa beauté est indiscutable, et elle est aussi grande qu'adorable. Mais cette gentillesse laisse justement un goût amer dans la bouche de Margot. Tout ce glamour, ces « *Bonne journée* » et « *Bonne soirée* » qu'elle distribue si généreusement et cette transparence affichée dissimulent à coup sûr de mauvaises intentions. Ce visage débonnaire est celui d'une femme qui n'a jamais eu besoin de travailler dur pour obtenir quoi que ce soit ; celui d'une femme qui, quand elle entre dans une pièce, sait que tous les regards masculins sont posés sur elle, mais fait semblant de ne rien remarquer et complimente les autres femmes mal fagotées. C'est le visage d'un être perfide qui accepte la nourriture ou le verre d'eau que vous lui tendez mais les jette dès que vous avez le dos tourné. Margot veut à tout prix savoir ce qu'elle cache et d'où lui vient ce pouvoir qu'elle exerce sur Alphonso.

« Combien de temps tu crois qu'elle durera ? demande-t-elle à Kensington.

— Plus longtemps que Dwight, c'est sûr, répond celle-ci tout en agrafant une liasse de reçus. Pétèt même plus longtemps que la sécheresse ! Quel enfer, cette chalè. »

Margot tourne la tête vers mademoiselle Scott-Henry qui bavarde dehors avec Beryl, la plantureuse vigile qui ne sourit jamais. Toutes deux discutent tête baissée et jettent des coups d'œil furtifs autour d'elles comme si elles craignaient d'être surprises en plein commérage. Margot se demande si elles sont en train de parler des filles qui fréquentent l'hôtel depuis quelque temps. Beryl a empêché l'une d'elles d'entrer la semaine passée sous prétexte que ses papiers d'identité n'étaient pas en règle. Cet incident a rendu Margot furieuse car son client a dû attendre. Beryl s'est plainte des allées et venues de ces jeunes filles à Boris, le chef de la sécurité de l'hôtel, mais celui-ci était déjà au courant des machinations d'Alphonso. Il a aussitôt affecté Beryl à la surveillance du parking. Depuis, elle semble plus malheureuse que jamais. Margot craint qu'elle ne menace son business. Elle observe les regards complices qu'échangent la vigile et la nouvelle directrice. Quelque chose les fait pouffer de rire, puis toutes deux jettent les mains en l'air, incapables de se contenir. Margot est surprise d'apercevoir la dentition de Beryl.

« Il y a quelque chose de louche chez elle, lâche-t-elle.

— Qu'est-ce que tu veux dire ? demande Kensington en posant l'agrafeuse. C'est pou ça que tu n'as rien fait de toute la semaine ? Tu la surveilles en attendant qu'elle fasse une bêtise ? C'est une fanm vraiment sympa. Bien plus que le type qui occupait son poste avant, en tout cas. Alphonso a bien fait de virer Dwight et d'employer cette fanm. En plus, j'ai toujours un de ses vieux calendriers. J'aimerais bien qu'elle me le signe. Elle a rendu la Jamaïque tellement fière l'année où elle a gagné Miss Univers. »

Une boule de feu se forme dans le ventre de Margot, qui se tourne vers Kensington.

« Tu es une bonne chrétienne, pas vrai ? »

Kensington hoche la tête si vigoureusement que Margot craint qu'elle ne se brise la nuque. Sa jeune collègue est si dévote qu'elle arrive régulièrement le ventre gargouillant le matin. Elle annonce ensuite qu'elle jeûne à nouveau pour se laver de ses péchés et ne mangera rien de toute la journée.

« Alors j'aimerais que tu répondes à une question, poursuit Margot en se rapprochant d'elle.

— Je t'écoute.

— Comment se fait-il que tu tolères son comportement ? »

Kensington secoue la tête.

« Je ne te suis pas.

— Quand Alphonso nous a présentées l'une à l'autre, elle m'a tenu la main un moment et l'a caressée. »

Kensington bondit de sa chaise.

« Tu mens !

— Tu ne me crois pas ? Mais regarde-la. Sa façon de s'habiller, de se coiffer – toute femme qui se respecte porterait une perruque à sa place. Et tu crois vraiment que quand on a une si belle chevelure, on la rase sans raison ?

— C'était pou les malades du cancer.

— Ha ! Mon œil. Ça cache sûrement quelque chose. Tu as remarqué que nous ne l'avons jamais vue en robe ?

Regarde comme elle est masculine. Rien à voir avec l'époque où elle était reine de beauté. »

Tandis qu'elle débite ces phrases avec autorité et une conviction dont elle ne se savait pas habitée, Margot sent une excitation intense lui parcourir les veines et prendre le contrôle de sa langue.

« Un tas de gens sont au courant des rumeurs qui circulent sur elle.

— Quelles rumeurs ?

— Elle n'aimerait pas les hommes. »

Kensington ne dit plus rien pendant un moment.

« Mais c'était une reine de beauté ! Ces fanm sont trop jolies pour ça. Et elles respectent la morale.

— C'est juste pour sauver les apparences. Si tu ne me crois pas, renseigne-toi. Mieux encore, observe-la. »

Kensington considère mademoiselle Scott-Henry sous ce jour nouveau – sa façon de parler avec les mains, de toucher le coude de Beryl. Une ombre noire comme la suie emplit le regard de la jeune employée. Des gouttes de sueur perlent au-dessus de sa bouche.

« Comment peux-tu être sûre que c'est une dépravée ?

— Regarde-la. Elle ne s'en cache pas. »

Kensington fait le signe de la croix. Margot sait instantanément ce que va produire la graine qu'elle vient de planter, assurément la seule qui a le potentiel de germer par cette sécheresse.

Si Margot trouve les jours suivants plus supportables au bureau, ce n'est pas parce que l'hôtel s'est équipé d'une nouvelle climatisation censée faire obstacle à l'insoutenable chaleur, mais grâce à Kensington. Les soupçons naissants de sa jeune collègue sur mademoiselle Scott-Henry l'obsèdent au point qu'elle ne parvient plus à se concentrer sur le reste – les réservations de certaines chambres du quinzième étage effectuées sous de faux noms, les nombreux cinq-à-sept des hommes d'affaires du coin, le défilé des filles qui traversent sans s'arrêter le hall au sol de marbre en direction de l'ascenseur.

Lorsque mademoiselle Scott-Henry passe chercher les reçus à la réception, Margot fait semblant d'être occupée à gérer des réservations et transmet sa demande à Kensington.

« Je ne comprends pas très bien ce qui se passe ici. Pourriez-vous m'expliquer ce que sont ces "services spéciaux" qui apparaissent sur certaines notes ? Et pourquoi on a facturé des frais astronomiques pour des chambres qui n'ont servi que deux heures ? »

Kensington semble éprouver un profond désarroi. Elle articule des mots, mais aucun son ne sort de sa bouche.

« Suis-je en train de parler dans le vide ? » s'impatiente la nouvelle directrice.

Margot s'empresse de trouver une excuse.

« Nous... enfin... Kensington et moi n'avons pas fini de vérifier les autres reçus. Il se peut qu'il y ait eu une légère confusion dans les réservations. Mais nous vous préviendrons dès que nous aurons tiré les choses au clair. »

Comment se fait-il qu'Alphonso n'ait pas informé sa directrice générale de ces activités clandestines ? Ne devrait-elle pas être la première à savoir ce qui se passe et d'où viennent ces recettes supplémentaires ? Cela ne fait que confirmer l'incompétence de cette femme. Ou alors est-ce Blacka qui lui fournit ces chiffres en oubliant de supprimer les bénéfices « divers » ? Alphonso devrait renvoyer son casse-pieds de comptable. Lorsqu'elle clique sur un dossier, Margot prend cependant conscience de son erreur. Elle a fourni le mauvais fichier à mademoiselle Scott-Henry. Que se passera-t-il si celle-ci appelle Alphonso ou Blacka afin de se renseigner sur ces frais ? Si elle découvre leurs magouilles et les signale aux autorités ?

« Veuillez me remettre votre rapport en fin de journée », conclut la directrice.

Elle lance un regard à Kensington toujours muette et raide comme un piquet.

« Est-ce que tout va bien ? »

La jeune femme hoche la tête et baisse lentement les yeux vers ses cuisses. Sous la table, Margot la voit serrer discrètement une petite bible entre ses paumes.

« Elle n'est pas dans son assiette aujourd'hui, explique-t-elle.

— Je vois. »

Mademoiselle Scott-Henry se tourne vers Kensington.

« Dans ce cas, vous pouvez rentrer chez vous. Il ne faudrait pas que nos clients attrapent votre virus pendant leurs vacances. Margot, est-ce qu'un monsieur Georgio McCarthy est déjà arrivé ? Nous avons rendez-vous à seize heures. »

Bien qu'elle connaisse déjà la réponse, Margot ouvre son dossier de réservations sur le nouvel ordinateur.

« Oui, j'ai enregistré son arrivée à quatorze heures.

— Parfait. Pourriez-vous également rappeler aux clients d'utiliser leurs serviettes plus d'une fois avant de les mettre au linge sale ? Insistez sur le fait que notre objectif est d'économiser l'eau en temps de sécheresse.

— Je n'y manquerai pas. »

Mademoiselle Scott-Henry s'éloigne. Margot attend qu'elle soit hors de portée de voix pour réprimander Kensington.

« Non, mais qu'est-ce qui t'arrive ? T'as perdu ta langue ?

— Non. » La jeune femme range sa bible. « Mais si elle est vraiment comme tu dis, c'est un péché. Une abomination. Je ne veux pas être mêlée à ça.

— Qu'est-ce que tu comptes faire alors ? Démissionner ? Parce qu'elle va travailler ici un bout de temps. Tu l'as dit toi-même.

— Je devrais pétèt le prévenir, dit Kensington, les yeux écarquillés.

— Qui ça ?

— Alphonso. »

Le regard de la jeune femme paraît aussi dément que celui de la vieille mademoiselle Gracie lorsqu'elle prononce un prêche sur la place, perchée sur sa caisse à savon. Ou lorsqu'elle interpelle les gens pour leur livrer une prophétie. (« *Tu vas concevoir aujourd'hui au nom de Jézikri !* » « *Tu vas gagner à la lotri !* » « *Faut te préparer pou les troisièmes funérailles demain.* »)

Margot se penche en avant sur son fauteuil.

« On ne s'adresse pas aussi facilement au propriétaire de l'hôtel, qu'est-ce que tu crois ? C'est un homme très occupé. »

Kensington la dévisage un moment puis cligne rapidement des yeux, comme si elle essayait de retrouver ses esprits, et agrippe d'une main la bandoulière de son sac à main.

« Il faut qu'il sache ce qui se passe dans son dos. Tu n'as rien remarqué de bizarre ?

— Non. De quoi tu parles ?

— De ces filles.

— Quelles filles ? »

Margot se tourne vers son ordinateur.

« Ces gamines à moitié nues qui vont et viennent dans l'hôtel comme s'il leur appartenait. Et personne ne leur dit rien. Ça n'arrivait jamais avant. C'est cette fanm qui dégage une mauvaise énergie. Il faut en informer Alphonso. »

Au moment où Kensington prononce ces mots arrive un appel de la chambre 1601, la suite avec terrasse. Margot décroche en surveillant sa collègue du coin de l'œil.

« Service client, que puis-je faire pour vous ?

— Bonjour, je voudrais un sundae. »

Clic.

L'odeur de l'argent lui chatouille les narines dès que Margot franchit la porte de la chambre de Giorgio, dont les volets ouverts offrent une vue pittoresque du coucher du soleil qui strie le ciel de rouge et de violet ; suspendue à quelques mètres de l'astre, une demi-lune attend patiemment son tour.

« Une cigarette ? » lui propose Giorgio, toujours laconique.

Margot a rencontré cet homme à la dernière réception donnée à la villa d'Alphonso.

« Quelle idée ! Tu sais très bien pourquoi je suis là. »

Bien qu'il vienne de rencontrer mademoiselle Scott-Henry, Giorgio a déjà enfilé un peignoir blanc du Palm Star Resort afin de se mettre à l'aise. Son petit corps chétif disparaît presque dans les plis du tissu. Giorgio ressemble à un squelette auquel il resterait un peu de chair – ses yeux verts scrutent Margot du fond de deux orifices sombres ; son regard est si puissant qu'il paraît lui brûler les cils. Margot visualise son vieux corps nu qui attend caresses et pétrissage ; son pénis flasque qui pend entre ses jambes. Si elle a préféré s'occuper elle-même de ce client, c'est que Giorgio est le plus gros poisson à ferrer pour le nouvel hôtel. C'est de son argent qu'a besoin Alphonso pour conclure l'affaire. Margot se déshabille.

« Retourne-toi », lui dit-il dès qu'elle est nue.

Il pose son cigare dans un cendrier posé sur le bureau. Margot obéit et se penche en prenant appui sur le fauteuil pivotant. Elle imagine leurs corps dorés par le dernier éclat du soleil – elle, pliée en deux, les jambes écartées, Giorgio, planté derrière elle. Margot ferme les yeux et pense à Verdene. Aux semaines qu'elle a laissées passer sans l'appeler. Elle a demandé à Kensington de filtrer ses appels à l'hôtel.

(« *C'est qui cette fanm pou toi ? — Personne. — Alors pourquoi elle t'appelle toutes les cinq minutes ? Ça me rendrait folle.*

Et j'ai des choses à faire, soit dit en passant. — Contente-toi de lui répondre que je ne suis pas là. »)

Une brise légère enlace Margot et lui rappelle qu'elle se trouve nue dans la chambre d'un inconnu. Elle se mord les lèvres et retient son souffle en attendant le premier coup de reins. Georgio met cependant un temps fou à passer à l'acte. Margot l'entend jurer à voix basse.

« Quelque chose ne va pas ? »

Tournant légèrement la tête, elle aperçoit le vieil homme assis, le dos voûté, sur le lit, l'air d'un petit garçon qui a perdu son meilleur ami.

« Désolé, répond-il sans lever les yeux vers elle.

— Qu'est-ce qui ne va pas ? » demande-t-elle, bien qu'elle sache parfaitement ce qui lui arrive. Elle le regarde avec un mélange d'agacement et de pitié pointer du doigt son pénis mou. Georgio secoue la tête puis se sert un verre d'un alcool cher dont il conserve une bouteille sur sa table de nuit. Margot résiste à l'envie de lui en demander un aussi. Attendant les instructions de son client, elle se relève mais ne se rhabille pas. Cette scène ridicule lui semble durer une éternité. Il s'écoule en tout cas assez de temps pour que le soleil disparaisse entièrement et que la lune grimpe dans le ciel nocturne. Margot finit par se mettre à quatre pattes. La nouvelle lune éclaire la suite. Margot s'agenouille devant Giorgio et retire le cigare de sa bouche. Elle devine son regard affolé dans la semi-obscurité.

« Est-ce que je peux faire quelque chose ? » demande-t-elle en prenant son sexe flasque dans la main.

Elle tire dessus, doucement au début, puis plus vigoureusement. Car Margot sait – et a toujours su – comment faire jaillir le désir. Georgio remue un peu et incline le pubis tandis que son pénis durcit entre ses doigts. *Viendra-t-il un jour*, se demande-t-elle, *où je n'aurai plus besoin de faire ça ?* C'est avec Verdene qu'elle a découvert comment prendre du plaisir sans être entièrement responsable de celui de quelqu'un d'autre. Margot essaie de ne plus y penser et se concentre sur les grognements de Georgio, mais cette petite voix longtemps forcée à se taire, ces sombres secrets qu'elle conserve au creux du ventre, sont tenaces. Tandis qu'elle est agenouillée dans le clair de lune, la main fermée sur le sexe de cet homme, la gigantesque créature qui incarne à ses yeux la somme de ses secrets déroule ses tentacules et tente de sortir par son nombril. Margot ne lâche pas le sexe de Georgio, mais pour la première fois de sa vie, sa situation lui cause une grande tristesse. Ce sentiment emplit la chambre et l'entraîne vers la mer sombre. Margot redoute de se noyer. Elle se rappelle – trop tard – que Verdene a promis de lui apprendre à nager.

12

Assise dans la case de mademoiselle Ruby, Thandi sent ses paumes rugueuses se poser sur sa peau.

« Ça avance bien. »

La femme fredonne en appliquant son mélange sur son corps. Pour une fois, elle semble de bonne humeur.

« Tu vas devenir aussi blanche que Blanche-Neige en un rien de temps, promet-elle.

— Brun clair, vous voulez dire ?

— C'est pareil. »

Mademoiselle Ruby lui touche le visage.

« Fais-moi confiance. Bientôt, toutes les portes s'ouvriront en grand pou toi. »

Thandi se détend sous ses mains. C'est exactement ce qu'il lui faut : plus que la promesse d'un teint clair, elle a besoin de sentir sur elle les mains de quelqu'un. Bien que celles de mademoiselle Ruby soient loin d'être douces, cela convient parfaitement à l'adolescente, qui lève les bras au-dessus de la tête afin qu'elles atteignent ses flancs. Thandi ferme les yeux lorsque mademoiselle Ruby pose les paumes sur ses seins. Leur mouvement circulaire lui rappelle d'autres contacts physiques. À chaque fois qu'elle tire la serviette soigneusement pliée de sous son oreiller et pose la tête dessus la nuit, Charles apparaît dans ses fantasmes. Ses yeux brun clair la défient doucement. De ses doigts fébriles,

Thandi cherche du réconfort sous sa petite culotte en coton. L'humidité de son sexe la surprend et lui fait honte. Depuis qu'elle a été violée, elle ne s'est jamais touchée de cette façon, pas même distraitement pendant qu'elle se lavait. Cette partie de son corps s'est séparée du reste ; c'est devenu un organe autonome, une petite chose broyée puis oubliée. Toutefois, ce n'est plus *lui* qui lui vient à l'esprit. Certaines nuits, avant le retour de Margot et bien après que Delores et grand-mère Merle se sont endormies, Thandi quitte son corps et s'élève vers le plafond. Plus tard, la tête posée sur un oreiller chauffé par un profond sentiment de culpabilité, elle se roule en boule de crainte d'avoir fait venir le diable ; mais elle redoute surtout de voir s'ouvrir les yeux de Delores et d'apercevoir leur blanc étincelant. Elle entend Charles : *Viens*, dit-il. Et Thandi tend la main vers lui ; ses doigts s'allongent, s'allongent jusqu'à ce qu'ils l'atteignent.

Mademoiselle Ruby cesse de la frictionner et fronce les sourcils.

« Ça va, dis ? »

Thandi se frotte les bras et croise les jambes. La honte l'envahit.

« Euh oui, répond-elle d'une petite voix en évitant son regard. Pourquoi ?

— Tu viens de faire un bruit.

— Ce n'était pas moi. »

Mademoiselle Ruby commence à envelopper sa poitrine de film plastique. Mais elle semble toujours préoccupée lorsqu'elle s'arrête à nouveau pour la regarder. Soudain, on entend un grand fracas dehors, puis quelqu'un crie son nom :

« Thandi ! »

Mademoiselle Ruby s'immobilise et lâche le rouleau de film. Thandi file se cacher de l'autre côté de la pièce alors que la femme attrape un couteau – celui qu'elle utilisait jadis pour décapiter les poissons – et ouvre la porte de sa case.

Celle-ci heurte bruyamment le zinc. Mademoiselle Ruby regarde de droite à gauche puis, dans les branches frémissantes du manguier, elle aperçoit Charles.

« Hé, sale gosse ! Tu veux que je te découpe en morceaux ? Si jamais je t'attrape, je te tue ! hurle-t-elle.

— Mais pourquoi tu t'infliges tout ça, Thandi ? » crie Charles.

L'adolescente voit une partie de son corps à travers les feuilles du manguier, juste devant la fenêtre. Elle pousse un petit cri.

« Comment oses-tu ! Tu n'as pas honte de m'espionner comme ça ?

— T'es belle comme tu es ! Te laisse pas embobiner par cette sorcière ! »

Thandi serre ses vêtements contre sa poitrine.

« Va-t'en !

— Je te laisserai pas t'infliger ça.

— Je t'ai dit de partir ! C'est ma peau, j'en fais ce que je veux. »

Tout à coup, Charles perd l'équilibre et tombe de l'arbre. Thandi se précipite à la fenêtre de crainte qu'il ne se soit blessé, mais le garçon bondit sur ses pieds aussi vite qu'un chat et traverse la cour en un éclair. Mademoiselle Ruby le poursuit en brandissant son couteau.

« Sale pervers ! T'es une honte pou tes parents ! Espèce de vaurien ! »

Des poubelles tombent et déversent leurs déchets. Les volailles s'égaillent dans la cour comme si elles avaient perdu la tête. Le chien qui dormait près de la bouche d'incendie détale à fond de train.

« *Bomboclaaaat*[1] ! »

1. Juron très vulgaire, typiquement jamaïcain, exprimant la gêne, la surprise, la colère, une excitation extrême ou toute autre émotion forte.

Lorsqu'elle entend Charles jurer, Thandi frémit de terreur. Mademoiselle Ruby a dû l'attraper. Elle parvient tant bien que mal à remonter la fermeture de sa robe, pose l'argent qu'elle doit à la femme sur le banc puis s'empresse de sortir de la case par la porte de derrière. Trop gênée pour franchir le portail, elle se faufile à travers une petite palissade dissimulant un chemin que les villageois empruntaient autrefois pour gagner le rivage de la mer. Thandi longe péniblement le bord de l'eau en direction du sentier rocheux qui la mènera à la rivière. Ce chemin est plus long que celui qu'elle emprunte habituellement pour rentrer, mais peu importe. Le château apparaît au loin. Bien qu'inachevé, il mesure déjà plusieurs étages de haut ; ses fondations en acier brillent de promesses tandis que son ombre pèse sur la plage. Thandi presse le pas en faisant de son mieux pour rester abritée. Tout le paysage se flétrit à cause de la sécheresse, mais le soleil, lui, s'arrondit et s'empâte de jour en jour.

Le pot de Queen of Pearl fermé est posé devant Thandi. Elle se touche le visage aux endroits où la couleur de sa peau est inégale, en particulier autour des yeux et de la bouche. Et le reste de son corps alors ? Quand aura-t-elle le teint aussi clair que la déesse du tableau, celle qui sort d'un coquillage ? La première fois que Thandi a vu cette peinture, elle était accrochée au mur du bureau de frère Smith, à gauche de *La Cène*. « *Cette femme était si belle qu'elle a inspiré Botticelli pendant très longtemps* », lui expliqua son professeur après avoir remarqué sa fascination pour ce tableau. Thandi était émerveillée par sa longue chevelure rousse et sa peau laiteuse. *Une peau aussi délicate fond probablement lorsqu'on la touche*, songeait-elle. C'était précisément ce teint qu'elle s'était mis en tête d'obtenir, ajoutant cet objectif à une liste de projets déjà longue : décrocher le

CXC, étudier à l'université, devenir médecin, faire un bon mariage. Ces derniers temps, elle révise sérieusement ses cours tous les soirs au lieu d'ouvrir son carnet de croquis et s'endort sur ses livres en chassant Charles, ses crayons et la mer de ses pensées.

La gorge serrée, elle plonge les doigts dans le pot de crème Queen of Pearl et l'étale généreusement sur son visage. Un cri la tire brutalement de ses songes.

« Thandi ! Thandi, c'est moi ! » gémit quelqu'un à l'extérieur de la case.

Elle court à la fenêtre, écarte les rideaux cousus par grand-mère Merle des décennies plus tôt, avant qu'elle ne devienne muette, et triture nerveusement les fleurs brodées. Charles l'appelle depuis le pré d'herbe haute. Il se tient près du poirier mourant auquel monsieur Melon attache sa chèvre, à côté du vieux pneu dans lequel le petit Richie se cache pour se tripoter. Sa chemise kaki ouverte ressemble à une cape ; il a probablement volé des mangues dans un jardin car ses poches sont gonflées. Ses pieds nus sont encroûtés de terre, signe qu'il est allé se baigner dans la rivière. Ses cheveux brun sable sont parsemés de brins d'herbe, comme s'il s'était roulé sur le sol. Mademoiselle Ruby n'a pas dû réussir à l'attraper car Thandi n'aperçoit pas une trace de sang sur lui.

« Je sais que t'es dans cette case. »

L'adolescente tripote le bord de sa robe et enroule un fil décousu autour de son doigt. Comment le regarder en face après ce qu'il a vu chez mademoiselle Ruby ? Thandi croise les bras sur la poitrine comme si elle était encore nue et que le regard de Charles pouvait faire tomber les murs.

« Je sais que tu m'entends. »

Thandi s'affaire. Elle époussette les meubles, balaye le sol puis tapote les oreillers du lit qu'elle partage avec Margot. Bientôt en nage, elle s'évente avec un morceau de carton.

Par chance, mademoiselle Ruby n'a pas eu le temps d'envelopper tout son torse. Ce filet d'air frais lui procure un vrai soulagement.

Thandi laisse échapper un petit rire en se rappelant ce que lui a crié Charles un peu plus tôt : « *T'es belle comme tu es ! Te laisse pas embobiner par cette sorcière !* » Personne ne lui avait jamais fait un tel compliment. « Beau » est un adjectif qu'elle associe à la tombée du jour, au moment où le large soleil rouge orange se couche à l'horizon, aux étoiles rougeoyantes dans le ciel nocturne, aux déesses des tableaux qu'elle étudie à l'école. C'est un mot qui lui évoque un fin voile gonflé retombant délicatement sur le dossier d'un fauteuil, telle une demoiselle évanouie – sereine, gracieuse, élégante. Thandi se tourne à nouveau vers le miroir pour examiner son visage en partie décoloré.

Plus tard dans la semaine, elle passe au magasin de monsieur Levy dans l'intention d'y faire quelques emplettes pour Delores. Thandi attend son tour près du ventilateur qui ne fait que brasser de l'air chaud et répandre une odeur de pipi de chat dans la boutique. Si seulement elle pouvait se débarrasser du film plastique caché sous son uniforme ! Mais non, elle n'abandonnera pas aussi facilement.

« Quoi de neuf, ma jolie ? »

Au son de cette voix, Thandi se raidit. Un courant électrique semble soudain parcourir son corps. Bouche bée, elle se retourne et rencontre le regard jauni de Clover, l'ancien homme à tout faire de Delores. Après qu'il l'a violée, ses visites à la case sont devenues moins fréquentes. Il a fini par quitter le village en catimini et on ne l'a pas revu pendant des années. C'est un homme encore jeune mais visiblement, il boit encore plus qu'avant. Le sourire qu'il lui adresse laisse apparaître les deux seules dents de travers qui lui restent. Sa peau d'un noir cendreux semble s'être desséchée au soleil.

Clover frappe le comptoir de son poing fermé.

« Vous en mettez du temps, misyé Chin ! Y m' faut un paquet de cigarettes. »

Il pousse un dollar à travers l'ouverture de la porte grillagée puis lorgne Thandi. Impossible pour elle de s'éloigner de lui dans ce petit espace clos. Si elle l'ignore, peut-être qu'il comprendra le message et la laissera tranquille. Mais Clover tend la main vers son épaule. D'habitude, à la sensation de ses doigts sur sa peau, elle se réveille en criant. Mais il ne s'agit pas d'un rêve cette fois.

« À quoi tu joues, là ? » s'écrie Clover, comme si tous deux avaient une petite querelle d'amoureux.

Thandi déglutit et espère que les mots qu'elle s'apprête à prononcer seront suffisamment clairs.

« Laisse. Moi. Tranquille. »

Avec un peu de chance, le feu de son regard est assez puissant pour l'incendier, le réduire en cendres.

Mais les yeux jaunis de Clover se mouillent et son sourire s'élargit.

« J'adore les fanm qui se laissent pas faire. »

Il se frotte l'entrejambe et se rapproche de Thandi.

« Excite-moi don… »

Lorsqu'elle recule, Clover part d'un grand éclat de rire.

Distraite par un rêve, Thandi flânait sur un chemin isolé à l'ombre de grands arbres – acajous, chênes et fagariers. Elle rentrait de l'école et s'imaginait dessinant leur superbe voûte, les abondantes racines de l'acajou, les petites grappes vertes dans les limettiers, les eaux vertes tranquilles de la crique. Lorsque, soudain, Clover plaqua une main sur sa bouche et l'entraîna dans les buissons. À neuf ans, Thandi comprit instantanément le sens du mot vulgaire « *bombohole* » car l'homme ne cessait de chuchoter combien il avait envie d'elle tout en écartant ses jambes afin de la pénétrer par-derrière. Quand il eut terminé, il lui ordonna de se taire, sans quoi il lui briserait le cou. Thandi se demanda ce qui serait le pire : mourir ou bien rester couchée là, avec cette douleur entre les jambes. Elle conserva son horrible secret tout le temps que Clover resta dans les parages, aidant Delores à monter une palissade, à raccorder des fils électriques, à enfoncer les clous de la case qui dépassaient ; ou jouant aux dominos avec les voisins dont l'haleine empestait toujours le rhum blanc et dont les mains moites se posaient sans arrêt sur le postérieur de Delores.

Les mains toujours sales, Clover prend le paquet de cigarettes que monsieur Levy lui tend à travers l'ouverture de la porte grillagée. Du coin de l'œil, Thandi le regarde déchirer l'emballage puis coincer une cigarette derrière son oreille. Il glisse le paquet dans sa poche, s'appuie au comptoir, les chevilles croisées, et la dévisage comme s'il attendait un commentaire. Mais Thandi reste muette.

« J'ai croisé Delores, dit-il finalement. Elle m'a demandé de passer chez vous samedi. J'ai hâte de revoir ton joli minois. »

Lorsque Clover lui prend le menton du bout des doigts, Thandi chasse sa main d'une claque et sort furieuse du magasin.

13

Verdene frotte le sang qui souille les murs de sa maison avec un chiffon vert humide. Elle se concentre de toutes ses forces sur les taches afin d'empêcher la rage de l'envahir, de ne pas trouver le temps d'essuyer ses larmes avec le col de sa robe d'intérieur. Comme une damnée, elle frotte en marmonnant :

« Bande d'attardés ! »

Lorsque le chiffon est sec dans sa main, elle le trempe dans un mélange d'eau et de Javel. Comme la pression du robinet est faible, il lui est impossible de remplir son seau.

« Et merde ! »

Les larmes commencent à couler trop vite pour qu'elle ne les arrête. L'idée que les coupables sont peut-être cachés dans les buissons et rient à s'en donner mal au ventre ne fait qu'augmenter sa fureur.

« Vous trouvez ça drôle ? » crie-t-elle en direction des haies et des fleurs.

Sa voix semble provoquer une réaction dans le jardin : tous les sons cessent, à part le bourdonnement des grosses mouches noires autour d'elle. Une famille de vautours est perchée sur un cocotier à proximité.

« Répondez-moi, bande de lâches ! »

Verdene se lève, les genoux raides après être restée accroupie toute la matinée. Elle jette son chiffon dans le seau, serre les poings et tourne sur elle-même en essayant de repérer la cachette de ses persécuteurs.

« Ça vous excite, hein ? » hurle-t-elle.

Verdene commence à avoir le tournis. Presque hors d'haleine, elle s'arrête. Sur le sol du jardin, le chien mort semble respirer : ses côtes bougent sous les rayons dorés du soleil qui traversent les branches de l'*akée.* Verdene s'approche de lui et plaque les mains sur sa bouche, incapable de croire qu'un être humain soit capable d'un acte aussi barbare. Cette personne a soigneusement ouvert le ventre de l'animal à la verticale, ainsi que sa gorge à l'horizontale. Verdene pleure ce pauvre animal massacré à cause d'elle. Combien de fois encore lui fera-t-on vivre ce cauchemar ? Combien ?

Verdene rentre chercher sa pelle, puis ressort de la maison et tente de creuser un nouveau trou dans le sol, mais elle s'arrête et observe le feuillage luxuriant du bananier qui sépare son jardin de celui de mademoiselle Gracie. L'outil à la main, elle se dirige vers l'arbre d'un pas déterminé. Il est temps de mettre un terme à ces agissements une bonne fois pour toutes. Verdene n'est pas entrée dans le jardin de la vieille femme depuis le jour où, enfant, la curiosité l'a poussée à se faufiler jusqu'aux rangs de piments antillais qu'elle avait pris pour des cerises aux formes étranges. Elle avait mordu dans l'un d'eux et s'était étranglée aussitôt. Ses yeux pleuraient tant qu'elle y voyait à peine en courant jusque chez elle, la bouche en feu. Un côté de sa langue resta engourdi pendant toute une semaine. Son derrière connut le même sort après qu'Ella lui flanqua plusieurs coups de badine.

Verdene se remémore l'époque où un épouvantail se dressait dans ce jardin. Au lieu des fleurs habituelles, mademoiselle Gracie faisait pousser des piments depuis des années. Elle les préparait avec une sauce maison et les vendait en bocal au marché. Les poissonniers commencèrent à lui en acheter pour assaisonner leur poisson quand ils s'aperçurent qu'elle plaisait aux clients. Mademoiselle Gracie gagnait très bien sa vie. Ella achetait elle-même sa sauce en grande quantité, car le père de Verdene n'avalait rien sans. Mais le départ des pêcheurs sonna le glas de son juteux commerce. Bien qu'elle ait disparu sans laisser de trace, une jeune fille nommée Rose habitait également dans la maison voisine autrefois. La fille de mademoiselle Gracie avait seulement deux ans de moins que Verdene. C'était une jeune femme simple qui lisait la Bible au lieu de ses livres d'école et suivait partout sa mère, allant prêcher la bonne parole de porte en porte jusqu'à ce qu'elle tombe enceinte et s'enfuie. « *Tu-tu connais Jé-Jésus Christ ?* demanda un jour Rose à Verdene, plantée sur les marches de la varangue en compagnie de sa mère, à l'époque où elles étaient adolescentes. — *Je suis occupée. Revenez plus tard.* — *T'es pas trop jeune pour entendre la bonne parole, mon ange* », dit mademoiselle Gracie en passant devant Rose. Son regard se promena à l'intérieur de la maison. « *Ella vit vraiment comme une reine ici. Ça te dérange si on entre ?* » Cela parut embarrasser Rose qui semblait toujours écrasée par l'ombre invincible de sa mère. « *Mes parents ne sont pas là.* »

Ce fut la seule excuse que trouva Verdene pour leur fermer la porte au nez. Le dernier souvenir qu'elle garde de Rose est le signe de main guindé qu'elle lui adressa depuis le portail, davantage une invitation à faire connaissance qu'un encouragement à lui confier ses péchés.

Tout le long des rangs, de la palissade à la maison, les piments meurent. L'air imprégné de leur odeur pique les yeux de Verdene. Elle traverse le jardin puis ramasse une pierre et frappe aux barreaux de la varangue de mademoiselle Gracie. Aucune réponse. Verdene recommence, déterminée à se faire entendre. Une bordée de mots bien choisis s'apprête à rouler sur sa langue. Elle dira à mademoiselle

Gracie qu'elle n'a qu'à enterrer ce chien elle-même. Qu'elle en a par-dessus la tête de ramasser des animaux morts et de frotter des taches de sang. Croyant entendre des murmures, Verdene s'avance. Quelqu'un travaille dans le jardin, du côté de la case qui donne sur un vaste champ de graminées. Accroupi, le jeune homme arrache tranquillement des mauvaises herbes au pied d'un poteau.

« Excuse-moi », l'appelle Verdene.

Au son de sa voix, le garçon s'arrête et tourne la tête, puis redresse les épaules dès qu'il la voit. Il l'a reconnue. Les muscles de sa mâchoire se crispent et son visage paraît se vider de son sang.

« Qu'est-ce que vous voulez, mam'zelle ? »

Il n'a pas lâché la machette qu'il utilisait pour couper les herbes. Verdene est surprise qu'il l'appelle ainsi.

« Je t'en prie, appelle-moi Verdene. »

Le jeune homme se relève.

« Qu'est-ce que vous faites ici ? »

Assoiffée, Verdene se lèche les lèvres. Inutile de compter sur ce jeune homme pour lui offrir un verre d'eau. Autant en venir directement au fait.

« Je viens voir mademoiselle Gracie. Est-ce qu'elle est là ?

— Qu'est-ce que vous lui voulez ?

— J'aimerais qu'elle ramasse l'animal mort qu'elle a déposé dans mon jardin la nuit dernière et qu'elle nettoie mon allée.

— Mam'zelle Gracie est une vieille fanm. Et d'après ce qu'on m'a dit, vous tuez ces chiens vous-même.

— Écoute-moi bien… Comment t'appelles-tu au fait ?

— Charles.

— Écoute-moi bien, Charles, tu ne me connais pas. Tu ne sais rien de moi. Alors ne t'avise plus jamais de répéter des mensonges à mon sujet. Maintenant, fais tout de suite venir cette vieille sorcière ou je casse ses vitres avec cette pelle. »

Verdene lève son outil d'un air menaçant, bien qu'elle ne se sente plus assez forte pour infliger à sa voisine une telle punition.

« Elle est sortie.

— Quand rentrera-t-elle ? »

Charles essuie la sueur qui coule sur son front d'un revers de sa main libre.

« J'en sais rien. Je donne juste un coup de main dans le jardin.

— Dans ce cas, je l'attendrai. Il faut que je tire cette histoire au clair.

— Mam'zelle Gracie est même pas capable de soulever un sac de courses, alors comment vous voulez qu'elle tue un chien et le traîne jusque dans votre jardin ? Retournez don à vos affè. »

Verdene reconnaît enfin le jeune homme qu'elle a vu accompagner sa voisine à l'église.

« De quelle famille viens-tu ? demande-t-elle en essayant de le deviner. Je sais que mademoiselle Gracie n'a jamais eu de fils. Cette femme ne mérite aucun garde du corps. Pourquoi perds-tu ton temps avec elle ?

— Qu'est-ce que ça peut vous faire ?

— C'est toi, n'est-ce pas ? C'est toi qui l'aides à me jouer ces tours puérils ! »

Le jeune homme esquisse une moue. Cette expression de dégoût laisse paraître son innocence juvénile – on dirait la tête que fait un bambin surpris en train de manger de la terre ou de renifler ses crottes. *Ce n'est qu'un gamin qui se prend pour un homme*, pense-t-elle. Verdene a soudain la désagréable impression de l'avoir accusé à tort. Ses manières douces le trahissent. Il n'est pas du tout menaçant avec sa machette à la main. Brusquement, la pelle pèse lourd au bout de ses doigts. Elle doit avoir l'air d'une folle dans sa robe d'intérieur trempée de sueur, les cheveux en bataille.

Ce garçon a davantage de raisons de la craindre que l'inverse. Verdene l'observe : est-ce la peur qui l'empêche de répondre ? Un léger voile de sueur se forme sur le front du garçon. Verdene prend brusquement conscience qu'ils discutent en plein soleil depuis tout à l'heure.

« Je pense que vous feriez mieux de laisser mam'zelle Gracie tranquille, dit-il enfin. Elle a vraiment pas besoin d'un problème en plus.

— Peux-tu m'aider dans ce cas ? lui demande Verdene d'une voix calme et raisonnable, comme si elle ne l'avait jamais accusé d'avoir déposé le cadavre d'un chien dans son jardin. J'ai besoin d'un coup de main pour nettoyer mon allée et enterrer cette pauvre bête.

— Pourquoi je devrais vous aider ?

— Parce que si tu refuses, je ne partirai pas. Je veux que ces saletés disparaissent de chez moi. Je veux pouvoir vivre en paix. Je veux qu'on me traite comme un être humain. Je veux… »

Les larmes qu'elle versait un peu plus tôt recommencent à couler et à mouiller son col. Charles se détend puis se baisse pour poser sa machette. Verdene est soudain incapable de refouler sa colère une minute de plus. Elle ne s'est jamais laissée aller ainsi devant Margot – du moins plus depuis le premier incident – car elle craint que ses larmes ne la fassent fuir. D'ailleurs, peut-être l'a-t-elle déjà effrayée car la jeune femme ne lui a pas rendu visite depuis des semaines. Elle ne l'a même pas appelée. Charles lève une main et la pose sur l'épaule de Verdene – un geste auquel elle ne s'attendait pas et dont elle n'imaginait pas avoir besoin. Il lui fait cependant du bien.

« C'est d'accord », répond Charles.

Au lieu d'aller se coucher, Verdene attend Margot dans sa cuisine assombrie. Elle ne prend pas la peine d'allumer les lampes. Peut-être parviendra-t-elle ainsi à attraper ses persécuteurs s'ils osent remettre les pieds dans son jardin. De toute façon, elle aime l'obscurité. La nuit est plus fraîche, plus paisible et silencieuse que le jour. Les stridulations des criquets agissent sur elle comme une berceuse nocturne. Les chiffres rouges de la petite horloge numérique posée sur le plan de travail, que Verdene utilise parfois comme minuteur quand elle cuisine, indiquent vingt-trois heures. Ses soirées s'écoulent ainsi depuis quatre semaines. Attendre près du téléphone. Faire les cent pas. Cuisiner pour se changer les idées. Mettre le couvert, disposer sur la table des plats qu'elle mangera sûrement seule.

Verdene rappelle l'hôtel.

« Comment ça, elle est déjà partie ? demande-t-elle à la jeune femme qui lui répond d'un ton pincé. Avez-vous au moins vérifié ? Ce serait la moindre des choses !

— Elle a signé le registre de sortie, madame.

— Mais vous m'avez dit la même chose hier. Comment se fait-il qu'elle ne soit jamais là ? »

Verdene inspire profondément et réfléchit à la formulation de sa prochaine question.

« Est-ce qu'elle… » Elle marque une pause et regarde son poing posé à côté du téléphone. « Est-ce qu'elle est partie avec quelqu'un ? »

À peine a-t-elle articulé ces mots que Verdene pâlit de honte.

« Bon, ça ne fait rien », lâche-t-elle sans laisser le temps à la jeune femme de répondre, puis elle raccroche.

Verdene songe à tout ce qui peut retenir Margot. Il est vrai qu'elle a des obligations professionnelles. Mais pourquoi ne lui téléphone-t-elle pas pour le lui rappeler elle-même ?

Verdene serre dans sa main la tasse en céramique bleue posée devant elle sur la table. Elle a versé une dose de rhum dans son thé avec l'espoir que l'alcool l'aide à s'endormir plus vite. Autrefois, sa mère faisait de même le soir, lorsqu'elle avait été violemment battue et que les médicaments ne suffisaient pas à apaiser ses douleurs – des douleurs qui, supposait Verdene, n'étaient pas seulement physiques.

La voici à son tour incapable de fermer les yeux. Sa souffrance n'est pas la même cependant, bien que le choc reçu soit tout aussi puissant qu'un coup de pied dans le ventre ou qu'un coup de poing dans le menton. Margot l'évite. Par la fenêtre, Verdene aperçoit la silhouette des arbres qui dansent dans la brise ; des ombres aussi vagues qu'un pressentiment. Avant de se faire belle, elle a pris un bain tout à l'heure. Au cas où. Nue devant le miroir, Verdene a examiné son corps et observé les poignées d'amour qui se sont confortablement installées sur ses hanches au fil des mois. Pour la première fois depuis longtemps, la vue de ces bourrelets l'a agacée ; ces rondeurs étaient répugnantes. *Qui suis-je ? Que suis-je devenue ?* Empoignant la graisse qui capitonne ses hanches, elle a senti un profond dégoût monter dans sa gorge puis enrober sa langue.

Ce soir, Verdene a préparé un bon repas et mis la table. La bougie est toujours posée au centre, symbole ridicule de tous ses efforts. Dans le silence de l'attente, Verdene inspire profondément en espérant que cette bouffée d'oxygène et le rhum qui réchauffe son sang la calmeront. Lui videront la tête. Sur l'assiette devant elle, la portion de riz qu'elle s'est servie s'élève comme une montagne couverte de neige ; son pic menace de toucher le plafond. La nourriture a refroidi, mais la vue des grains blancs amidonnés l'apaise. Elle en prend une bouchée avec la cuillère de service. Une, deux, trois cuillerées, puis elle cesse de compter. Verdene avale ensuite toute l'assiette de bananes plantains. Et celle d'accras de morue. Mais à chaque fois qu'elle déglutit, elle ne sent rien. Absolument rien. Lorsque les plats sont vides, elle se lève en renversant sa chaise et court vers la salle de bains. C'est dans cette pièce qu'elle trouve le répit ; le calme s'installe en elle, aussi réconfortant qu'une serviette humide posée sur son front, tandis que se répand une odeur de bile. Verdene reste agenouillée sur le sol, trop faible pour bouger. Trop fatiguée pour s'en vouloir de s'être rendue malade.

Au bout d'un moment, elle presse les paumes sur le béton froid et se relève. Son champ de vision est aussitôt envahi de petits points noirs. Elle parvient à garder l'équilibre en se tenant au lavabo, au chambranle de la porte puis aux murs lorsqu'elle longe le couloir sombre qui mène à la cuisine. Elle s'approche de la table, saisit sa tasse de thé au rhum, la porte à ses lèvres et la vide. Ensuite, elle attrape la bouteille de rhum et boit au goulot. Verdene plisse les yeux et grimace lorsque le liquide lui brûle la gorge. Elle repose bruyamment la bouteille sur la table. Mais comment Margot peut-elle lui faire ça ? Pourquoi ne l'appelle-t-elle pas ? Si elle était croyante, Verdene adresserait ces questions au ciel comme une prière, une litanie d'appels à l'aide.

Elle éclate de rire en imaginant Jésus écouter ses plaintes incessantes au sujet de Margot. *N'ai-je donc pas retenu la leçon ?* Verdene a toujours fait peur aux femmes à cause de son besoin agressif d'être satisfaite, de combler un grand vide intérieur – pour tout dire une cavité sans fond – en les forçant à se livrer à elle corps et âme ; elle les poursuivait de ses désirs ardents et les acculait à l'impasse de sa dépendance, cette accoutumance qui lui donnait l'impression d'être enfin guérie – un bien-être qu'elle était certaine de trouver auprès de Jésus, à en croire tante Gertrude.

À dix-sept ans, Verdene agenouillée baissa la tête après que le prêtre l'eut consacrée par l'onction. Sa tante Gertrude lui avait raconté l'incident survenu avec Akua à l'université. L'homme posa sa sainte main sur la tête de Verdene, la paume semblable à une calotte, et l'absolut de ses péchés. Ce même prêtre la maria quatre ans plus tard. D'une pression ferme de la main sur son épaule droite, il lui fit savoir au cours de la réception qu'il scellait son salut – Dieu était intervenu et l'avait *guérie*. Il avait fait d'elle un être à part entière. Verdene se remémore les crises de rires avec son mari, leurs discussions qui duraient jusque tard dans la nuit, le silence confortable qui s'installait entre eux après le dîner lorsque chacun se plongeait dans sa lecture et voguait vers un autre monde… Néanmoins, une femme a d'autres besoins à satisfaire. Celui de se livrer à quelque chose de plus grand – une cause, une passion. Contrairement à ses anciennes compagnes qui lui permettaient d'échapper aux mensonges qu'elle se racontait et aux personnes dont l'opinion comptait alors, Margot l'ancre. Le problème, c'est cette souffrance que Verdene perçoit chez elle – une détresse incommensurable. À l'époque où Margot était enfant, Verdene percevait déjà sa douleur. Elle la lisait dans son regard. Celle-ci était assez puissante pour lui couper le souffle lorsqu'elle oubliait de détourner les yeux.

Verdene gagne son lit tant bien que mal et tire maladroitement sur les draps. Elle s'étonne presque d'y parvenir car ses membres sont aussi lourds que dans ces rêves où elle est incapable d'accomplir une tâche simple comme nouer ses lacets. Enfin couchée, Verdene ferme les yeux et se blottit sous les draps en refusant de croire à la possibilité que Margot sorte avec quelqu'un d'autre. Les criquets sont aussi bruyants que s'ils se trouvaient dans la maison, coincés sous le plancher ou piégés dans les coins, derrière les meubles. On dirait qu'ils sont partout. La lueur d'un croissant de lune pénètre par la fenêtre. Si le karma existe – si elle doit payer pour avoir quitté son mari un dimanche matin brumeux, un an avant la mort de sa mère, sans rien lui laisser d'autre qu'une lettre dans laquelle elle lui avouait ses aventures avec des femmes et son désir de divorcer –, Verdene sait en son for intérieur qu'elle ne connaîtra jamais le bonheur.

14

Assise dans un box du restaurant Rupert's, Margot attend. Elle jette un coup d'œil à sa montre puis à l'horloge ronde accrochée au mur au-dessus des petites tables carrées. Chaque surface est garnie d'une salière et d'un poivrier posés sur un support, d'un flacon de ketchup et d'un petit bocal de piment. Des mouches volettent d'une table libre à l'autre comme si elles jouaient aux chaises musicales. Aux yeux des touristes qui y entrent par accident, ce restaurant n'égale sûrement en rien les jolis établissements qui parsèment le littoral de Montego Bay, ni ceux qu'ils fréquentent chez eux, mais il convient aux habitudes des autochtones. Ici, le cuisinier n'y va jamais de main morte sur les épices ; les tables jouent à touche-touche car le client qui a faim est prêt à faire une croix sur son intimité ; la lumière du jour peine à pénétrer dans la salle à manger, mais celui qui déjeune n'a vraiment besoin que de deux sens : le goût et l'odorat. Margot fréquente ce restaurant depuis des années – Rupert sert le meilleur ragoût de queue de bœuf de tout Montego Bay. Ce vieillard édenté est comme un grand-père pour elle : il prend toujours de ses nouvelles et verse une dose de sauce plus que généreuse sur son assiette.

Alors que Margot s'apprête à manger une bouchée de riz arrosée de jus de viande, l'adolescente aux jambes interminables apparaît dans l'entrée. D'un geste assuré, elle écarte le rideau de perles et balaye le restaurant sombre du regard, comme si Margot n'était pas seule dans la salle. La jeune fille lisse sa robe et tire sur le bas qui ne lui arrive qu'à mi-cuisse. Margot ne la salue que lorsqu'elle s'arrête devant elle. Ses vêtements dégagent une odeur d'antimites et un parfum sucré.

« Bonjour, Margot.

— Patronne.

— D'accord. Patronne.

— Tu es en retard. Assieds-toi. »

La fille tire une chaise vers elle.

Margot la regarde se mettre à l'aise. Elle replace la fleur rose assortie à sa robe qu'elle porte dans les cheveux. Au travers du fin tissu transparaît une peau lisse, foncée et veloutée qui attire irrésistiblement le regard. Margot lèche ses lèvres humides de sauce.

« Comment va ? demande-t-elle.

— Bien, bien. Je peux pas me plaindre.

— Tant mieux.

— Tu voulais me voir ?

— Tu m'as été chaudement recommandée par Bobbett. D'après elle, c'est toi qui attires les clients les plus fidèles car tu es la seule à accepter de tout essayer. Est-ce que c'est vrai ?

— Oui. »

Le sourire doux de l'adolescente laisse apparaître ses incisives écartées.

« Et comment on t'appelle par ici, déjà ?

— Douce, mais puisqu'on se connaît depuis longtemps, tu peux m'appeler comme tu veux.

— Allons-y pour Douce. Mais pas un mot à quiconque sur notre conversation, compris ? »

La jeune fille hoche la tête.

« Bon, Douce, si tu veux travailler pour moi, il va falloir que tu me montres de quoi tu es capable. Que tu me prouves que tu es la meilleure ici. Je ne peux pas accepter n'importe qui dans mon équipe.

— Comment tu veux que je le prouve ?

— J'ai une mission pour toi. Ta première.

— Alors je suis engagée ?

— Si tu fais ce que je te demande.

— C'est-à-dire ?

— Je veux que tu séduises une femme.

— Quoi ?

— C'est juste pour un soir. Je veux que tu l'ensorcelles. Je te paierai le double de ce que tu gagnes maintenant.

— C'est une blague ? » s'esclaffe Douce.

Margot jette un œil à l'horloge au-dessus de la tête de l'adolescente. Elle doit être de retour au travail dans une demi-heure.

« Tu peux le faire, oui ou non ?

— C'est pas dans mes habitudes.

— Je te paierai deux cents dollars. Américains, pas jamaïcains.

— Je… j'en sais rien.

— C'est juste pour une fois. Tu n'auras plus à y penser après.

— Pourquoi tu veux que je fasse une chose pareille ?

— Si tu souhaites travailler pour moi, il va falloir arrêter de poser des questions.

— Bon, alors disons trois cents dollars.

— N'essaye pas de négocier avec moi. C'est à prendre ou à laisser.

— C'est qui cette fanm ?

— Tu veux dire que tu acceptes ? »

Douce marque une pause puis recule sa chaise.

« Tu crois que j'ai besoin à ce point de ton argent sale ? Qu'est-ce qui te fait penser que je suis capable d'un truc pareil ? Tu me traites comme une espèce de bâtard affamé. Mais pou qui tu me prends ?

— Il n'y a pas beaucoup de filles comme toi par ici. D'après ce que j'ai entendu dire, tu es la plus dévergondée de toutes. Raconte-moi donc ta nuit avec ces deux étudiants qui passaient leurs vacances de printemps sur l'île. Ce couple avec qui tu as…

— Comment tu es au courant de ça ?

— Je fais toujours quelques recherches avant mes entretiens.

— Tu crois vraiment que c'est avec ton baratin ou ton chantage que tu vas me convaincre d'accepter ton offre minable ? Je suis pas une idiote, patronne. Tu devrais le savoir, depuis le temps qu'on se connaît.

— En effet, tu es une fille très futée. Écoute, je ne te demande pas de coucher avec cette femme. Je veux juste que tu la titilles un peu pour voir comment elle réagit.

— Tu veux la piéger ?

— Pas de questions, j'ai dit.

— T'es jalouse de son succès ?

— À l'évidence, tu ne m'as pas comprise.

— Ne le prends pas mal, mais pourquoi une fanm féroce comme toi s'en chargerait pas ?

— Parce que je crois que tu te débrouilleras mieux que moi, vu les cochonneries que tu as déjà faites. Rappelle-toi que c'est un travail. Ce n'est pas le reflet de ta personnalité. La rumeur dit que tu couches en même temps avec des hommes et des femmes.

— Ça m'est arrivé qu'une fois.

— Et après, tu files retrouver ton petit ami.

— J'en ai pas.

— D'accord, tu files retrouver la personne que tu aimes.

— Je vis seule.

— Ce que je veux dire, c'est que tu es douée dans ce domaine parce que tu parviens à dissocier l'amour du sexe. Ce que je t'offre dépasse de loin ce que tu as l'habitude de gagner. Quand tu travailleras pour moi, tu ne seras plus jamais dans le besoin.

— Quand est-ce que je dois faire ce truc ?

— Ce soir.

— Hein ?

— Tu avais des projets ?

— Non. C'est juste que…

— Une nuit. C'est tout ce que je te demande.

— Si ma mère l'apprend, elle me tuera. »

Margot lève les yeux au ciel. Elle jette un nouveau coup d'œil à l'horloge. Plus qu'un quart d'heure.

« J'espère que c'est pas une habitante de River Bank. Imagine qu'elle nous connaisse, moi et ma famille ?

— Impossible.

— Mais toi, tu nous connais.

— Pourquoi te dénoncerais-je à qui que ce soit ? Tu travailles pour moi. Cette histoire restera entre nous, compris ?

— Et si cette fanm en parle autour d'elle ?

— Elle ne le fera pas.

— Imagine qu'elle veuille passer plus d'une nuit avec moi ?

— Tu n'auras qu'à accepter. Je te paierai le double. Non, le triple.

— Quoi ?

— Tu m'as bien entendue.

— Tu m'en demandes trop.

— Dis-moi, combien de fois dans ta vie tes petites sorties nocturnes t'ont-elles rapporté six cents dollars ? Six cents ! Qu'est-ce qu'il y a de mal à se faire une somme pareille aussi facilement ? »

Douce secoue la tête.

« Dyé ne verra pas ça d'un bon œil.

— Oh, c'est la nouvelle tendance ? J'ignorais que les putes se promenaient partout avec un rosaire et une bible. Depuis quand mademoiselle Gracie déteint-elle sur toi ? Tu passes tes nuits à te faire sauter à quatre pattes sans le moindre remords, et tu me parles de Dieu ? Tu es allée jusqu'à accepter un plan à trois.

— J'ai juste couché avec le boug.

— N'importe quoi.

— Je suis pas comme ça.

— Dans ce cas, je ferai ma proposition à une autre. »

Margot se lève de table.

« Merci d'être venue. »

Elle s'éloigne de la table.

« Attends ! »

Margot ralentit. Elle se retourne vers l'adolescente qui mesure sept bons centimètres de plus qu'elle malgré ses talons et dont le regard exprime une farouche détermination. Margot y perçoit également une lueur qu'elle ne parvient pas à identifier.

« J'accepte.

— Parfait. Rendez-vous ce soir au Lux Bar and Grill. »

Margot examine la tenue de la jeune fille.

« Je t'apporterai quelque chose de plus joli à porter. »

Puis elle se tourne vers la sortie, mais Douce la retient par le coude.

« Margot ! Patronne !

— Oui ?

— Je suis pas comme ça. C'est pas pasque j'accepte que j'ai les mêmes penchants qu'elle. »

Son regard brûlant planté dans celui de Margot la supplie de la croire. La peur teinte ses iris d'une touche de bleu.

« Je suis pas du tout comme ça.

— Ça n'aurait rien de honteux. »

À présent, Margot reconnaît parfaitement ce que cache sa terreur.

« Dans ce métier, plus on est polyvalente, mieux c'est. »

Là-dessus, elle s'éloigne.

15

« Quand se terminera donc cette sécheresse ? » demande Thandi à Charles, le visage levé vers les lambeaux de nuages blancs qui strient le ciel.

Le soleil semble écraser la surface de l'eau et griller le sable de la plage. Sa chaleur pèse tant sur les deux adolescents qu'ils sont obligés de ralentir.

« J'en sais rien, répond Charles en essuyant la sueur qui coule sur son visage d'un revers de la main. Vaudrait mieux que ça traîne pas. Sinon la terre donnera rien de bon cette année. L'aut' jour, j'ai vu des fermiers pleurer dans leurs champs en regardant les ignames, les patates douces, les dachines et le maïs. Les maracujas pourrissent déjà sur leurs branches. »

Charles ne lui a pas reparlé de la fois où il l'a surprise nue dans la case de mademoiselle Ruby ; Thandi n'a pas abordé le sujet non plus. Elle sait cependant qu'il n'a rien oublié. Cet échange de banalités au sujet de la sécheresse les libère de la pression de ce souvenir intime. Thandi joue le jeu et fait comme si rien n'était arrivé. La chaleur qui fait bouillonner son sang semble néanmoins partie pour l'incommoder aussi longtemps que la sécheresse. Pieds nus, Charles et elle longent la plage en direction du château. D'où elle se trouve, Thandi devine où se situeront les chambres. Enfin parvenus à l'intérieur, tous deux soupirent de soulagement. Dès qu'il a repris son souffle, Charles prend Thandi par la main et la fait virevolter à travers la salle vide. Le vaste espace est aménagé d'épaisses colonnes.

« Ce sera pétèt une salle de bal », chuchote Charles comme s'ils n'étaient pas seuls dans le bâtiment. Sa voix résonne. « Les boug en smoking danseront avec leurs fanm comme ça… »

Il fait chavirer Thandi, une main posée dans le creux de son dos afin qu'elle ne tombe pas. Celle-ci pousse un cri perçant et glousse dans ses bras. Elle lève une jambe comme le font les dames élégantes dans les films. L'espace d'un instant, chacun dévisage l'autre. Thandi attend de voir si Charles va l'embrasser tandis que lui se demande si c'est le bon moment. Puis ils se séparent comme s'ils étaient tombés d'accord pour attendre au moins jusqu'au coucher du soleil. Le regard de Charles erre sur la piscine vide. On croirait presque que les ouvriers se sont servis d'une cuillère à glace géante pour la creuser. Autour d'eux traînent des outils et matériaux – brouettes, tuyaux, planches. Dehors stationnent plusieurs bulldozers. Thandi hume l'odeur du ciment que dégage l'espace vide. Elle s'imagine à l'intérieur de la gueule d'une baleine, contemplant son palais où se rejoignent os et fanons, et se sent toute petite. Insignifiante. Elle suit Charles jusqu'à une autre salle d'où on voit le soleil achever enfin sa traversée meurtrière du ciel et disparaître lentement. C'est à cet endroit qu'ils s'installent. Charles étale sa serviette afin que Thandi s'asseye puis prend place en face d'elle.

« Quand penses-tu que les travaux seront terminés ? demande-t-elle.

— D'ici Noël pétèt. Avant la haute saison, en tout cas. C'est le moment où y a le plus de touristes.

— Quand est-ce qu'ils ont commencé ? »

Charles hausse les épaules.

« Vers mars, je dirais. »

Là où habite Thandi – dans la partie du village la plus éloignée de la fourche de la rivière –, il n'y a aucun chantier en cours. Rien n'indique que River Bank risque de connaître le même sort que Little Bay. Après tout, le village est collé au pied d'une colline, et la rivière l'inonde quand il pleut. Ce n'est vraiment pas un site touristique, au contraire des bords de la rivière Martha Brae, de Black River ou de Rio Bueno. Et puis la plage n'a rien d'idéal pour les nageurs amateurs, car on se noie facilement dans cette zone si on ne prend pas garde à la colère de Heidi.

« Y sont passés distribuer des papiers », explique Charles.

La jupe de son uniforme coincée entre ses jambes, Thandi est assise en tailleur, les mains sur les genoux. Elle fixe le regard sur les voûtes au-dessus de sa tête.

« Quels papiers ? »

Charles hausse à nouveau les épaules.

« Pou prévenir les habitants que les bulldozers allaient faire du bruit, j'imagine. M'man peut pas se reposer à cause de ce vacarme.

— Nous ne les entendons pas de chez nous », dit Thandi qui se sent gagnée par la panique pour la première fois.

Elle repense aux ouvriers qu'elle croise chaque fois qu'elle se rend du côté de la rivière où habitent Charles et mademoiselle Ruby, non loin de la mer et des bateaux de pêche. Il ne lui est jamais venu à l'esprit que le chantier se trouvait si près.

« Tu crois qu'ils vont nous expulser ? s'entend-elle demander.

— Impossible, répond Charles, et Thandi comprend à son ton qu'il y a déjà réfléchi. Ça n'arrivera pas. On les chassera en premier. Ils ont aucun droit d'expulser les gens de chez eux. J'en ai marre de ce gouvernement qui pense qu'à ouvrir le pays aux étrangers pleins de fric. Et le peuple alors ? Si jamais ces boug essayent de se débarrasser de nous, je leur montrerai à qui ils ont affè. »

Charles observe Thandi.

« T'as pas chaud ? Pourquoi tu portes tout le temps ce long pull ? »

Thandi baisse les yeux vers son sweat-shirt comme si elle le remarquait pour la première fois.

« Enlève-le don. Ça va aller, t'es protégée du soleil ici. »

Avec des gestes très hésitants, Thandi tire son sweat-shirt par-dessus sa tête. Elle sent le regard de Charles suivre ses mouvements lorsqu'elle pose le vêtement sur le sol.

« Tu peux pas enlever ça aussi ? demande-t-il en observant le film plastique qui enveloppe ses bras sous le chemisier blanc de son uniforme.

— Non, il faut que je le garde.

— D'après qui ?

— Mademoiselle Ruby.

— Pourquoi ?

— Ce plastique permet à ma peau de changer plus vite. »

Charles tchipe.

« Tu sais déjà ce que j'en pense. »

Il dévisage Thandi.

« Je t'ai pourtant dit que t'étais belle. »

Thandi attend que quelque chose vienne distraire leur attention, mais seul règne le silence, fin voile transparent, jusqu'à ce que Charles déclare :

« Mon vieux était artiste, je te l'ai jamais dit ? Y peignait tout ce qui lui tombait sous la main. Les gens le payaient pou qu'y décore leurs maisons. Mais quand il était seul, il peignait la rivière. Rien d'autre. Juste cette rivière. »

Il regarde au loin, tout au bout de l'étendue de sable que les empreintes de leurs pieds marquent toujours, et suit ces traces jusqu'au bord du cours d'eau.

« Tu vois sa forme de Y ? Il arrêtait pas de la dessiner avec son crayon. »

Il agite la main en l'air afin d'imiter les mouvements de son père.

« Après, il allait chercher du carton dans la rue et revenait. La rivière, c'était sa muse. M'man disait toujours que c'était même sa fanm. »

Charles rit, et Thandi l'imite.

« Quand il allait pêcher, tanzantan y restait là-bas juste pou peindre sur du carton ou du papier. Ensuite, quand il était à court, y contemplait simplement la mer, comme s'il attendait qu'on vienne le délivrer. »

Charles regarde Thandi.

« Tu te demandes pétèt où sont toutes ses peintures maintenant, mais j'en ai aucune idée. »

Thandi laisse les vagues parler à sa place. Elle connaît cette histoire. Comme tous les habitants de River Bank. Les gens se représentent Asafa sous les traits d'un homme égoïste qui a abandonné sa famille; les mauvaises langues ont gravé le portrait d'un monstre dans l'imagination de ceux qui ne l'ont jamais rencontré.

« Mais ça fait rien, dit Charles. Y m'a beaucoup appris. »

Le lendemain, tous deux passent à nouveau du temps ensemble dans la case de Charles. Thandi ayant besoin de changer d'air, elle a expliqué à Delores qu'elle passerait la journée à réviser ailleurs. Ses livres sont fermés sur le sol. Assis à côté d'elle sur le matelas, Charles feuillette son carnet de croquis. Mal à l'aise, Thandi le regarde examiner les portraits qu'elle a laborieusement dessinés pour son projet. Il rit à chaque fois qu'il reconnaît son modèle : mademoiselle Gracie serrant sa bible contre elle, monsieur Melon menant sa chèvre au pré, le petit Richie se balançant dans son vieux pneu, Macka suivant une partie de dominos assis sur les marches du Dino's Bar, une bouteille à la main, les femmes se rendant à la rivière, un seau sur la tête, mademoiselle

Francis et mademoiselle Louise peignant les cheveux de leurs filles sous la varangue, monsieur Levy fermant la porte de son magasin à clé, Margot penchée sur une table couverte de piles d'enveloppes, les mains jointes et la tête baissée comme si elle priait. Thandi rougit lorsqu'il découvre un dessin de lui assis au bord de la rivière.

« Je suis sincèrement honoré, madame, d'avoir pu admirer votre génie », déclare-t-il avec son meilleur accent anglais quand il a fini de tourner les pages. Il esquisse une révérence qui fait rire Thandi, enfin à l'aise.

« T'es vraiment douée, ajoute-t-il plus sérieusement.

— Tu trouves ?

— Mais oui ! J'aime tes portraits. Tu rends les gens réels.

— C'est parce qu'ils sont réels.

— Ouais, mais tu nous montres des choses qu'on voit pas. Je sais pas si je suis très clair. C'est quoi le mot pou dire qu'on arrive à voir l'intérieur d'une personne et à connaître sa vie ? »

Thandi hausse les épaules.

« Tu vas gagner le prix de ton lycée à coup sûr », affirme Charles en la tirant par le bras.

Ces mots touchent une corde sensible chez Thandi. Charles referme le carnet entre eux.

« Ça ne te dérange pas que je t'aie dessiné à ton insu ?

— Quoi ? » rigole Charles.

Depuis leur nuit au chantier, Thandi s'efforce de réviser avec sérieux, mais Charles obsède ses pensées. Au dîner, elle se languit de lui. Son plat préféré, maquereaux en boîte et bananes bouillies, ne lui dit plus rien. Voyant qu'elle ne touche pas à son assiette, Delores observe sa fille comme si elle était malade. Thandi finit par s'effondrer sur son lit, épuisée par ses fantasmes, mais elle est obligée d'attendre que sa mère soit couchée pour humer l'odeur de Charles sur la serviette qu'elle conserve sous son oreiller.

« T'as vraiment ce truc dans le sang.

— Ce n'est pas un truc.

— Tu sais bien ce que je veux dire. »

Après un court silence, Charles poursuit:

« Quand est-ce que tu vas dire la vérité à ta mère et ta sœur ? »

Thandi hausse les épaules. Cette question l'ébranle plus qu'elle ne l'aurait cru.

« Margot me tuera si je lui dis que j'envisage de m'inscrire dans une école d'art. Elle s'est fâchée en apprenant que je suivais toujours les cours de dessin.

— Laisse-lui du temps.

— Elle m'a bien fait comprendre que je devais laisser tomber. Elle n'a que le mot "sacrifice" à la bouche. »

Thandi lève les yeux au ciel.

« Je crois que ça lui plaît de me dire quoi faire de ma vie. C'est comme si elle essayait de la vivre à ma place. Elle travaille dans un hôtel pourtant. C'est là qu'on trouve les meilleurs boulots de ce pays. Mais moi, je suis censée m'inscrire dans une école de médecine qui fera de moi une éminente docteure sans le sou, tandis qu'elle continuera à gagner une fortune grâce au tourisme.

— C'est pou ça que tu fais ta forte tête ? »

Thandi lève les yeux vers Charles.

« Comment ça ? Je ne suis plus la copine de ta petite sœur, tu sais. Je suis une femme maintenant. »

Charles hausse un sourcil.

Une envie irrésistible s'empare d'elle. Mais qu'est-ce qui peut bien attiser cette flamme dans sa poitrine ? Elle se rapproche de Charles et se penche vers lui. Le garçon reste silencieux, comme s'il comprenait la mission qu'elle s'est fixée et acceptait d'être son complice, de l'aider à se jeter à l'eau. Thandi approche son visage du sien et leurs lèvres se touchent.

Elle déboutonne son chemisier pour lui. Un à un, les boutons glissent de leurs boutonnières et laissent apparaître la peau brun jaunâtre de sa poitrine décolorée. Ses seins ronds, petits et pleins, pointent leurs mamelons dont la couleur rappelle celle des gousses de tamarinier. Charles regarde fixement sa poitrine emballée dans du film plastique, semblable à un cake acheté à l'épicerie. Il la contemple pendant ce qui semble à Thandi une éternité, comme s'il essayait de se convaincre de quelque chose. Il cligne rapidement des yeux. Thandi attend qu'il fasse un geste, n'importe lequel. Qu'il arrache ce film pour qu'elle puisse enfin respirer, qu'il pose les lèvres sur le minuscule trou de ses mamelons dont s'écoulera un jour le lait destiné à son premier enfant. Tout ce qu'elle souhaite, c'est qu'on la libère. Mais le silence de Charles qui s'éternise l'accable de honte. Il la contemple avec la compassion d'un prêtre. Thandi sent qu'elle se tasse sous son regard scrutateur.

« Renfile tes vêtements, murmure-t-il.

— Pourquoi ?

— Rhabille-toi, je te dis. »

Charles se lève du lit comme s'il voulait s'éloigner d'elle le plus vite possible. Il ne la regarde plus. Thandi cligne des yeux pour retenir ses larmes. Assise au bord du matelas, elle écoute les cochons grogner dans la cour, les chiens aboyer et le vieux Basil qui vend des ustensiles de ménage en fibre de coco crier : « *Balais ! Brosses !* » Chaque son extérieur amplifie le malaise qui règne dans la case. Thandi reboutonne son chemisier, le dos tourné à Charles ; en elle couve toujours la flamme de son désir.

16

Margot suit mademoiselle Scott-Henry jusqu'au restaurant de l'hôtel où celle-ci dîne souvent seule. Elle le sait car c'est la quatrième fois qu'elle la file à l'heure du repas. Margot prétexte qu'elle a un travail à terminer afin d'être présente lorsque résonnera le cliquetis de ses clés dans le hall tout entier, signe que la directrice est sur le départ. Ce restaurant est l'un des meilleurs de l'hôtel – les clients qui souhaitent y dîner sont obligés de réserver des jours à l'avance. Dans cet établissement très chic, les tables sont couvertes de nappes blanches, les couverts en argent sont enveloppés dans des serviettes en tissu rouge, et un quatuor à cordes interprète *Redemption Song* en guise de musique d'ambiance. Cependant, mademoiselle Scott-Henry n'a pas besoin de réserver pour dîner en compagnie de ses heureux clients, des couples principalement. Alphonso a juré à Margot qu'il l'y inviterait un soir, mais cette promesse – comme celle de sa promotion – n'a toujours pas été honorée.

Ici, les élégants serveurs portent leur plateau à plat sur la paume, le cou allongé, le menton levé et un sourire plaqué sur le visage. L'un d'eux mène mademoiselle Scott-Henry vers un box du fond. Ce soir, les clients sont habillés avec simplicité mais n'en imposent pas moins le respect – les hommes portent de belles chemises de couleur claire et les femmes, de grandes robes à fleurs. Mademoiselle Scott-Henry quant à elle est habillée d'un tailleur-pantalon rouge rigoureusement ajusté comme si elle devait assister à une réunion d'affaires. Elle est si grande qu'on la remarque aussi aisément qu'un hibiscus dans un parterre de mauvaises herbes. Les serveurs étant aux petits soins avec elle, les clients se retournent pour l'observer, ravis de voir de près les grands yeux noisette qui illuminent les affiches promotionnelles de l'industrie touristique, ainsi que la peau miel ambré dont les photos illustrent toutes les publicités de produits hydratants, y compris la crème Queen of Pearl que tout le monde s'arrache. Certaines recrues de Margot l'utilisent, en dépit de ses avertissements. Quelle idée de s'abîmer définitivement la peau pour ressembler à une reine de beauté née avec le teint clair !

Assise au bar à côté de Douce, Margot observe mademoiselle Scott-Henry.

« Elle est magnifique, tu ne trouves pas ? » demande-t-elle à l'adolescente qui garde les yeux baissés.

La directrice paraît très seule à côté de tous ces dîneurs accompagnés dont les voix joyeuses portent jusqu'à l'entrée du restaurant. Les serveurs quant à eux s'appliquent à verser de l'eau dans les verres, poser des corbeilles de pain et des soucoupes de beurre sur les tables. Chacun s'est vu confier une mission, des tâches spécifiques. Ce numéro soigneusement répété est exécuté par une troupe de garçons de la campagne triés sur le volet et métamorphosés en gentlemen vêtus de smokings et nœuds papillon, qu'on a formés jusqu'à ce qu'ils s'expriment avec un accent neutre aux intonations britanniques. « *Comment allez-vous, madame ? Votre plat vous plaît-il, monsieur ? Puis-je vous apporter autre chose ? Une boisson peut-être ?* » Margot gémit intérieurement en les écoutant. Jamais ils ne parlent de cette façon chez eux, c'est évident.

« Je te sers un verre ? » lui demande Foot, le barman.

On surnomme ainsi ce jeune homme car il n'a qu'une jambe, l'autre étant réduite à l'état de moignon. Personne ne sait exactement ce qui lui est arrivé, mais on raconte qu'il l'a perdue pendant la guerre du Golfe. Cela ne ralentit pas son allure pour autant. Il mélange les alcools derrière le bar, sert ses boissons – du bloody mary au punch – et décapsule des bouteilles de Red Stripe glacée en deux temps trois mouvements.

« Juste de l'eau, merci », répond Margot.

Elle commande toutefois un verre d'alcool fort pour Douce, car elle la trouve tendue depuis son arrivée.

« Pourquoi tu m'as pas dit que c'était elle ? chuchote finalement l'adolescente tout en promenant nerveusement son regard sur le restaurant. Tu me mets dans une situation très délicate. C'est une ancienne reine de beauté. Les gens l'adorent !

— Vide-moi donc ce verre. »

Margot se tourne vers mademoiselle Novia Scott-Henry au moment où celle-ci prend sa serviette sur la table et la pose sur ses genoux. Un serveur lui apporte une bouteille de vin. Il enfonce le tire-bouchon dans le liège et l'extrait du goulot avec un petit bruit sec. Mademoiselle Scott-Henry lève son verre, fait tourner le liquide, l'approche de son nez et en boit une petite gorgée. Puis une deuxième. À la troisième, elle sourit comme si une pluie de pétales roses de cerisier lui tombait sur les épaules. *Voilà donc de quoi elle dîne*, pense Margot, *entrée, plat, dessert et bouteille de vin tous les soirs.* Elle parcourt la carte des vins. Une bouteille coûte autant qu'une semaine de cantine scolaire. Un mois, même. De toute évidence, mademoiselle Scott-Henry gagne beaucoup d'argent et en profite pleinement. Pas d'enfants. Ni de mari d'après ce qu'on dit. Le verre que tient Douce est presque vide.

« Foot, un autre ! » lance Margot au barman.

Aussi habile qu'un magicien, Foot se promène d'un bout à l'autre du bar appuyé sur sa béquille tout en versant différents alcools forts dans un shaker argenté. Il le secoue tel un joueur de maracas, verse le liquide dans un long verre puis le fait glisser vers l'adolescente et lui lance un clin d'œil.

« Ça va te rendre le sourire. »

De son côté, Roy, le serveur de mademoiselle Scott-Henry, prend sa commande. Il note avec soin ses préférences comme on le lui a appris, hoche poliment la tête et lui fait quelques suggestions. Lorsqu'il lève les yeux vers Margot, celle-ci acquiesce d'un signe de tête. Le temps que Roy franchisse les portes de la cuisine, Margot aperçoit ce qui se passe à l'intérieur : une foule d'hommes habillés en blanc vont et viennent, se penchent au-dessus des marmites chauffées par les flammes bleu et jaune de la cuisinière et crient par-dessus les caisses de fruits et légumes : « *Ça refroidit, faut servir cette tambouille, là ! Rattry, c'est toi qu'as commandé ça ? Pourquoi l'assiette est revenue ? Tout doux avec l'huile, tu veux donner une crise cardiaque aux clients ou quoi ?* »

Margot se lève et fait semblant de se rendre aux toilettes dans le but de rejoindre Roy. Celui-ci l'attend dans l'entrée de la cuisine. Le visage de ce jeune homme originaire de May Pen est aussi beau que son passé est ingrat. Il jette des coups d'œil furtifs par-dessus son épaule en murmurant :

« Son assiette va bientôt arriver. Je vais en saupoudrer juste un peu, faut pas exagérer. Je peux pas me permettre de retourner en prison.

— Personne saura que c'est toi. Verse tout. »

Margot prend de l'argent dans son sac à main et le lui tend.

« Voici la moitié de ta paye. T'auras le reste après avoir vidé la bouteille. »

À ce moment-là, le chef agite sa clochette. Serge, son assistant, émerge de la vapeur qui s'échappe de la cuisine et envoie un baiser à Margot qui le lui rend et agite la main.

« Ça fait un moment que j'ai pas eu droit à une petite dégustation », lui dit-elle.

Le visage de Serge s'illumine.

« Suffit de demander, ma belle. »

Les chevilles croisées, Serge s'appuie au mur, un bras au-dessus de la tête de Margot, et la jauge. Celle-ci lui caresse la poitrine avec le doigt.

« Ça me rend triste quand j'ai pas ma dose. C'est comme si t'en avais marre de moi. »

Pendant que Margot baratine son collègue, Roy assaisonne à sa façon l'assiette qu'il doit servir en vidant son flacon de poudre sur la nourriture. Serge, captivé par les doigts qui triturent son col, oublie de l'inciter à se dépêcher. Il se penche vers Margot.

« Je te promets de te faire goûter à la spécialité du chef demain. Disons vers midi ?

— Je me régale d'avance, lance-t-elle en le chassant d'un geste afin qu'il retourne travailler.

— C'est fait », dit Roy dès que Serge a disparu.

Il montre le flacon vide à Margot. Celle-ci sort le reste de son argent et le lui donne. Elle regarde ensuite Roy s'éloigner avec l'entrée de mademoiselle Scott-Henry. Il pose l'assiette devant elle et s'incline légèrement. Alors que la directrice de l'hôtel s'apprête à manger sa première bouchée, une cliente s'arrête à sa table. Dès que mademoiselle Scott-Henry repose sa fourchette, la femme engage la conversation en agitant un calendrier et un stylo devant le visage de l'ancienne Miss. Mademoiselle Scott-Henry signe poliment un de ses portraits, et la cliente repart. Margot attend que la directrice enfourne une bouchée de son entrée, puis elle se penche en avant pour la regarder manger, mâcher et avaler. La tension envahit son corps à mesure que l'espoir grandit. Un groupe de mento prend la place des violonistes et commence à jouer *Simmer Down* des Wailers. *Reste calme,* se dit Margot en pensant à la promotion qu'Alphonso sera bientôt obligé de lui offrir, à la déchéance imminente de cette reine de beauté et aux regards dédaigneux que lui adresseront sous peu ses anciens admirateurs. Margot atteint le bar au moment où Douce lève son verre et avale une nouvelle gorgée de son cocktail. Elle interrompt aussitôt son geste.

« Vas-y doucement. Tu auras du mal à accomplir ta mission si tu es complètement soûle. »

Douce prend une profonde inspiration et agrippe le bord du comptoir.

« Je suis pas sûre de pouvoir le faire. Je suis pas encore prête. »

Malgré la musique, Margot entend parfaitement ses geignements. Le souffle alcoolisé de Douce flotte jusqu'à elle et agresse son odorat. Margot tend la main vers celle de la jeune fille. Mais Douce est plus rapide. Elle attrape son sac à main et se lève du bar.

« Où crois-tu aller comme ça ? » lui lance Margot.

Mais Douce ne s'arrête pas. Lorsqu'elle approche de la porte, Margot se sent prête à défaillir comme si c'était elle qu'on avait droguée. Le bourdonnement des voix s'intensifie. Les couverts tintent bruyamment dans les assiettes et la chanson des Wailers lance un avertissement – « *An' When Him Deh Near/Yuh Mus' Beware*[1] » – qui tranche avec le joyeux brouhaha des conversations teintées d'accents étrangers. Margot se précipite vers la porte sans réfléchir et manque de heurter quelques clients au passage.

« Douce ! »

L'adolescente ne se retourne pas.

---

1. « Et quand il est proche, mieux vaut se méfier. »

« Douce ! »

Paul, l'employé chargé d'accueillir les clients, est à son poste près de la porte. Sans attendre qu'il la laisse sortir, Douce la pousse elle-même. Margot décide alors d'utiliser ses dernières munitions.

« Mademoiselle Violet doit avoir bien besoin d'aide avec tout ce qui se passe dans sa tête ! »

Douce s'arrête, ou plutôt s'immobilise près des rosiers, tel un cheval de course arrivé devant un obstacle insurmontable. La tête baissée, elle tourne toujours le dos à Margot.

« Mais qu'est-ce qui t'arrive ? »

Margot la prend par la main, l'emmène derrière les rosiers et commence à lui masser les épaules.

« Tu ne vas pas tout gâcher maintenant, quand même ! Si tu ne voulais pas le faire, tu aurais dû le dire avant. Pourquoi lutter contre tes penchants ? Je t'ai donné le pouvoir de les satisfaire. Tu peux toujours les ignorer, ils ne disparaîtront pas comme par magie. »

Douce renifle sans rien dire pendant que Margot tente de la rassurer ; ses muscles se détendent peu à peu sous la pression de ses doigts, puis Douce laisse pendre la tête.

« Tu es prête… » murmure Margot lorsque la jeune fille lève le visage. Elle l'embrasse tendrement sur les lèvres. Les yeux de Douce sont toujours fermés. Margot l'embrasse de nouveau en prenant cette fois son visage entre les mains. Douce incline la tête et accueille sa langue dans sa bouche. Au même moment, Margot entend un bruit de pas puis des chuchotements. Les talons hauts d'une femme. Un homme qui lui conseille d'appeler un taxi. Margot s'écarte de Douce et jette un coup d'œil par-dessus les rosiers. Paul est obligé de tenir mademoiselle Scott-Henry par le bras car elle marche de travers en jacassant joyeusement.

« Je peux rentrer seule, Paul. Non, non, pas besoin de taxi. Oups, était-ce un coup de tonnerre ?

— Non, juste le groupe suivant qui se chauffe.

— Oh là là, mais qu'est-ce que j'ai fait de mes clés ? Vous me les avez prises ! »

Margot se tourne vers Douce.

« Suis-moi. »

Elle se dirige vers Paul et mademoiselle Scott-Henry. L'adolescente reste quelques pas derrière elle.

« Margot ? C'est vous, Margot ? demande mademoiselle Scott-Henry en faisant de son mieux pour ne pas tomber. Vous avez entendu le tonnerre ? Il va tomber des cordes !

— Si seulement !

— Que faites-vous ici aussi tard ?

— Je pourrais vous retourner la question », réplique Margot en la dévisageant.

Mademoiselle Scott-Henry écarquille les yeux comme une personne ivre décidée à prouver qu'elle est sobre. Mais sa tentative échoue lamentablement et elle ne cesse de trébucher sur des obstacles invisibles. Paul doit à nouveau la soutenir.

« Je rentre, dit-elle. J'aimerais arriver chez moi avant l'orage.

— Je crois que vous ne devriez pas conduire dans cet état, dit Margot.

— Ça va, ça va. Je me sens très bien. Je dois juste atteindre ma voiiii… »

Lorsque mademoiselle Scott-Henry perd à nouveau l'équilibre, Margot bondit à son secours. Elle fait signe à Paul de retourner à son poste.

« Je m'en occupe. »

Une semaine d'insomnie à étoffer son plan, la tête sur un oreiller trempé de sueur. Une semaine à observer les manies de cette femme en triturant les bords de son fauteuil. Cet acte de bonté fait partie de la mascarade, mais il paraît si naturel ! Bien malin qui devinerait que Margot joue la comédie.

Celle-ci demande à Douce de l'aider à porter mademoiselle Scott-Henry jusqu'à la suite avec terrasse. Ne sachant qu'en faire, Margot coince la pochette de la directrice sous son coude, puis elle pose le bras libre de la jeune femme sur ses épaules et la soutient jusqu'à la chambre, aidée de Douce.

« Où est-ce que vous m'emmenez ? demande mademoiselle Scott-Henry.

— Dans une chambre, répond Margot. Vous n'êtes pas en état de conduire.

— Mais je me sens très bien.

— Vous y passerez la nuit. Je vous promets que Douce va bien s'occuper de vous. »

Arrivée devant la suite, Margot ouvre la porte et appuie sur l'interrupteur. Les rideaux bordeaux sont tirés et dans la penderie à côté de la salle de bains, se trouve un caméscope. Douce et elle déposent délicatement la femme qui somnole déjà sur le lit. Margot s'éloigne afin de lui servir un verre d'eau dans lequel elle verse discrètement une dose de drogue au cas où l'effet de la première s'estomperait.

« C'est juste pour que vous vous sentiez mieux », explique-t-elle en la regardant boire une gorgée.

Elle observe ses lèvres qui se plissent et sa gorge qui remue doucement.

« Merci beaucoup, Margot », dit mademoiselle Scott-Henry avant de se rallonger, les bras écartés.

Margot demande à Douce de se déshabiller et de se coucher à côté d'elle. L'espace d'un instant, la fille hésite. Margot insiste du regard. Douce finit par se glisser timidement hors de sa robe. Margot file se cacher dans la penderie et sort l'appareil photo jetable qu'elle a apporté. Elle regarde Douce se pencher sur la directrice et défaire les boutons de son chemisier. Mademoiselle Scott-Henry remue mollement. Douce semble prête à relever le défi. Telle une lionne, elle passe à l'attaque à quatre pattes, le dos cambré, son magnifique postérieur relevé. Mademoiselle Scott-Henry se rapproche d'elle lorsque l'air frais diffusé par le climatiseur souffle sur sa peau nue. Elle cherche la chaleur du corps de la jeune fille. C'est là la force secrète de la drogue choisie par Margot : mademoiselle Scott-Henry pense à tort avoir la situation bien en main ; son excitation monte, la promesse des caresses de Douce la rassure, sa peur disparaît. Son esprit n'est plus capable de prendre le dessus sur son corps, car celui-ci sait d'instinct ce qu'il doit faire. Chacun de ses muscles semble trembler, frissonner, tressaillir. Les deux femmes qui rampent l'une sur l'autre comme des vers à soie sont magnifiques à voir. Ayant pris suffisamment de photos, Margot pose l'appareil. Verdene lui manque tant qu'elle est obligée de se détourner de la scène, car sa faim – son propre besoin primaire – exige d'être assouvie. Margot rassemble ses affaires, le caméscope, ainsi que les vêtements, les chaussures et le sac à main de Douce, puis elle sort sur la pointe des pieds et laisse la porte ouverte de sorte que tout le monde puisse découvrir ce rêve intime devenu réalité.

17

Delores rentre du marché et commence aussitôt à préparer le dîner. Son corps charpenté penché sur la petite cuisinière, elle s'essuie le visage avec le col de son chemisier et mélange la soupe de pied de vache en y ajoutant distraitement un peu de sel, de poivre et de piment de Jamaïque.

« Je demandais vingt dollars à ce boug, marmonne-t-elle en repensant aux ventes de la journée. Juste vingt dollars. Mais il était tellement chiche qu'il a sorti un billet de dix en exigeant que je baisse le prix. Franchement, qu'est-ce que je peux faire avec dix dollars ? »

Elle rit et se penche à nouveau pour goûter la soupe. Comme à son habitude, elle fronce le nez et tend la main vers le sel.

« Maman, j'ai quelque chose à te montrer », annonce Thandi en se dirigeant à petits pas vers Delores, son carnet de croquis serré dans les mains.

La soupe bout à feu vif et toute la pièce sent les épices.

« Qu'est-ce qui y a ? T'as vu ta sœur depuis ce matin ?

— Non, maman.

— Mais où elle est passée encore, celle-là ? »

Delores se tourne vers Thandi, les yeux étroits comme ceux d'un animal féroce.

« Je te le dis, moi : ta sœur, elle fricote avec le démon. Ça fait plusieurs nuits d'affilée qu'elle rentre qu'au petit matin. Avec quel boug elle couche maintenant, hein ?

— Je ne sais pas. Elle ne me raconte jamais rien. »

Delores renverse la tête en riant, si bien que ses tresses lui chatouillent la nuque. Du regard, elle interroge les ombres de la cuisine nichées dans les coins que la lueur de la flamme de la lampe à pétrole n'atteint pas.

« Voyez un peu tout ce que j'endure ! leur dit-elle. Voilà qu'elle me cache des choses maintenant. »

Elle se tourne vers Thandi.

« Tu diras à ta sœur que si elle a un boug, y faut qu'y nous aide à payer le loyer à misyé Sterling. On aurait dû le faire y a deux jours. Deux jours ! Pendant ce temps-là, Margot polissonne avec Dyé sait qui. »

Thandi garde le silence et serre le carnet contre sa poitrine. Ce geste la calme. Elle observe le dos de sa mère, ses larges épaules, son chemisier en coton trempé de sueur, ses bras forts qui semblent encore capables de la porter, ses larges hanches, ses pieds enflés coincés dans une paire de vieilles mules pour homme. Elle l'écoute parler aux ombres tapies dans chaque recoin de la case. Thandi détourne les yeux de ces interlocuteurs invisibles et les repose sur le dos de sa mère.

« J'ai envie de dessiner », déclare-t-elle.

Delores s'immobilise puis se tourne vers sa fille.

« Ben je t'en prie, assieds-toi. La table est là, tu la vois don pas ? Vas-y, dessine.

— Je veux dire que c'est ce que je souhaite faire dans la vie. Je veux…

— Attends une minute. »

Delores pose les mains sur les hanches. Sa forte poitrine se soulève comme si elle s'emplissait de tout l'air, de tous les mots capables de réduire à néant les rêves de Thandi.

« Mais qu'est-ce que tu racontes ? J'y comprends rien du tout.

— Je suis vraiment douée pour le dessin. »

Les doigts tremblants, Thandi tourne une à une les pages de son carnet afin de montrer ses croquis à sa mère. Delores le lui prend des mains puis examine le dessin d'une femme qui se tient à moitié nue devant une glace. Thandi est certaine qu'elle reconnaît ce miroir. C'est celui qui est posé sur la coiffeuse. Elle retient son souffle pendant que sa mère contemple l'image. Frère Smith affirme qu'elle a du talent. « *Tu as ça dans le sang, Thandi.* » Tout ce qu'elle a à faire, c'est consolider ses acquis. Thandi regarde la page que sa mère a sous les yeux et regrette de ne pas avoir été plus précise sur certains traits. Ce portrait lui semble soudain friser l'amateurisme. Elle se tord les mains puis, ne sachant comme les occuper, les laisse tomber le long des flancs. Delores garde le silence pendant un long moment. Une éternité.

« Qu'est-ce que tu en penses ? demande finalement Thandi. Je voulais te l'offrir pour la fête des Mères, mais j'ai mis plus de temps que prévu à le terminer. »

Delores secoue la tête.

« C'est toi qu'as dessiné ça ? demande-t-elle sans quitter la femme du regard.

— Oui. C'est pour toi. Mon cadeau de fête des Mères, avec un peu de retard. »

Delores rend le carnet à Thandi sans un mot. Puis elle retourne à sa marmite et mélange la soupe.

« Je veux être artiste. Tu pourrais commencer à proposer mes dessins à tes clients ? »

Comme sa mère ne réagit pas, Thandi poursuit son monologue.

« Je suis vraiment douée. Frère Smith dit que j'ai beaucoup de talent. Il m'a sélectionnée pour participer à un concours de dessin au lycée. D'après lui, je pourrais même faire une école d'art. »

Delores touille sa soupe sans s'arrêter, si bien que les paroles de Thandi semblent se noyer dans le mélange bouillonnant.

« Maman, tu m'écoutes ? »

L'adolescente touche le bras de sa mère.

« Maman, tu m'entends ? Je veux étudier dans une école d'art. J'ai seulement besoin de passer cinq épreuves pour ça.

— Je suis occupée, se contente de répondre Delores. Je t'envoie à l'école pou apprendre. Pou que tu fasses un bon métier plus tard. C'est tout. Ne me parle plus jamais de ça, compris ? Tu seras pas une fichue artiste. On est trop pauvres pou ça. Tu seras docteure. Les gens gagnent pas leur vie avec des stupides dessins. T'as déjà vu les rastas s'enrichir avec ce qu'y vendent au marché ? »

Thandi secoue la tête, le regard rivé au sol.

« Mais il existe différentes sortes d'artistes, maman.

— Ha, mon œil ! Toi, tu vas étudier tes livres, compris ? Le CXC commence très bientôt. Y te servira à quoi, ce prix ? Pourquoi tu révises pas ? T'as besoin de bonnes notes à tes neuf épreuves pou devenir docteure comme tu en as toujours rêvé. Pas d'un stupide prix.

— C'est toi qui veux que je devienne médecin. »

Thandi pose son carnet sur la table. Delores la dévisage.

« Qu'est-ce que tu racontes, ma fi ? »

Le regard de sa mère fait trembler l'adolescente. Les battements de son cœur résonnent dans ses oreilles. Son visage s'enflamme.

« Rien.

— Qui c'est qui t'a mis ces idées dans la tête, hein ?

— Je suis capable de penser toute seule, tu sais. »

Thandi sort de la case par la porte de derrière et disparaît dans l'obscurité.

« Où tu vas comme ça ? Le dîner est bientôt prêt ! » crie Delores.

Mais Thandi ne répond pas. Épuisée, elle s'adosse au mur de la case et se laisse glisser sur le sol.

La brusque sortie de Thandi coupe le souffle de Delores. La petite doit sentir qu'elle se fait vieille. Tout mais pas sa Thandi ! C'est une fille obéissante, rien à voir avec sa sœur. Si Thandi n'avait pas été aussi sage pendant toutes ces années, Delores n'aurait pas hésité à lui taper sur la tête avec la cuillère qu'elle utilise pour mélanger la soupe. Dans son regard brillait un instant plus tôt la même lueur que dans les yeux de Margot quand elle était plus jeune ; cette lueur qui obligeait Delores à se détourner sous peine d'être foudroyée sur place.

Delores ne cesse de penser au croquis de cette femme à moitié nue devant un miroir. Leur ressemblance était troublante : on aurait dit une photo d'elle – même visage, mêmes yeux, même bouche, mêmes seins flasques reposant sur le haut renflement de son ventre. Sa fille attendait sa réaction avec un regard d'une telle gravité ! Puis un sourire plein d'espoir s'est dessiné sur ses lèvres – Delores ne l'avait pas vue aussi gaie depuis longtemps. Thandi est toujours si sérieuse ! Sur ce croquis, tout ce qu'elle pensait réussir à enfouir dans les plis des années lui est apparu empilé comme les marches de la varangue qu'elle gravit de plus en plus lentement. Sur le dessin de sa fille, elle a remarqué les rides de son visage, son double menton. Elle a découvert une femme laide – un vilain visage noir aux grands yeux globuleux, affublé d'un nez trop plat. Sur ce croquis, ce n'était pas une humaine qu'elle regardait, mais une créature. Voilà donc comment Thandi se représente sa mère – affreuse et malheureuse. À travers le regard de cette enfant se révèlent tous ses secrets, toutes ses angoisses.

Margot avait à peine quatorze ans à l'époque. Pendant les vacances d'été, elle aidait Delores à porter sa marchandise jusqu'à Falmouth et la disposait sur l'étal. Pendant que sa mère vendait ses articles aux touristes, Margot rendait la monnaie et enveloppait les objets fragiles dans du papier journal. Un jour, un grand homme aux cheveux foncés s'arrêta au stand. Il portait des lunettes de soleil comme la plupart des touristes et avait une présence, une allure que Delores associait aux gens importants – autrement dit aux Blancs, comme ceux qui venaient de dévaliser son stand. À cela près que cet homme n'était pas blanc. Métis peut-être. Un genre de mulâtre. L'ouverture de sa chemise laissait apparaître les poils foncés de sa poitrine. Quand Delores leva les yeux vers lui, elle s'aperçut qu'il regardait Margot. Le visage masqué par ses lunettes noires, il se tourna ensuite vers elle.

« Combien ? demanda-t-il d'une voix grondante comme le tonnerre.

— Ces poupées coûtent vingt dollars, mysié. Oh, et les figurines sont à quinze dollars américains, mais je vous les fais à dix. Et ces T-shirts, y sont uniques, mysié. Uniques en leur genre ! Seulement quinze dollars pièce.

— Non, répondit l'homme. Je parle d'elle. »

De son menton pointu, il désigna l'adolescente maigrichonne qui venait d'avoir ses premières règles et dont la poitrine était encore plate. Delores regarda tour à tour sa fille et ce grand inconnu.

« Elle est pas à vendre, mysié. »

L'homme sortit une liasse de billets et commença à les compter devant elle. Il y avait en tout six billets de cent dollars. Jamais de sa vie Delores n'avait vu autant d'argent. Ces billets tout neufs dégageaient une odeur qu'elle associait à la richesse – à la possibilité de reloger sa famille loin de River Bank, de payer l'école, les livres et les uniformes de sa fille, d'acheter un téléphone fixe pour pouvoir appeler qui elle voulait quand elle voulait, plutôt que d'attendre que celui des voisins soit disponible… Cela faisait beaucoup de possibilités à écarter d'un coup.

« Mais elle… Elle a que quatorze ans, misyé.

— Je loge là-bas. »

Il désigna le grand bateau de croisière qui leur bouchait presque la vue.

« Je la ramènerai avant le dîner. »

L'homme posa les billets devant Delores. Celle-ci se força à détacher le regard de la liasse et leva les yeux vers sa fille terrifiée. Margot secouait lentement la tête en articulant « *Non !* », mais Delores avait fait son choix à l'instant où l'odeur des billets s'était mise à lui chatouiller les narines. Elle supplia sa fille du regard tout en lui présentant muettement ses excuses. *Comprends-moi, je t'en prie. Fais-le et tu me remercieras plus tard.* Elle adressa un signe de tête à l'homme lorsque Margot, vaincue, détourna les yeux. Delores ne demanda pas à l'inconnu où il l'emmenait. Il prit la direction du bateau qui avait jeté l'ancre dans la baie pour la journée. Margot le suivit d'un pas incertain, mais pas une seule fois elle ne se retourna pour voir les larmes qui mouillaient les yeux de sa mère.

Lorsque l'homme la ramena plus tard dans la soirée, Margot refusa de parler à Delores. Ce soir-là, celle-ci quitta le marché avec six cents dollars en poche, plus un pourboire offert par l'inconnu.

« Elle a ça dans le sang, la petite », avait-il ajouté avec un clin d'œil.

Delores s'était empressée de fourrer l'argent dans son soutien-gorge. Arrivée chez elle, elle le glissa à l'intérieur du matelas qui lui servait de cachette. Les billets étaient si bien dissimulés qu'elle ne remarqua même pas leur disparition. Des mois plus tard, lorsque son frère, Winston, qui vivait avec elle à l'époque, déclara qu'il avait obtenu un visa et acheté un aller simple pour l'Amérique, Delores se demanda où il avait trouvé la somme nécessaire. À peine eut-il fait cette annonce qu'elle courut arracher les draps du lit et enfonça la main dans le trou percé dans la couche d'éponge. Ses doigts désespérés en ressortirent bredouilles. Lorsqu'elle prit conscience que son frère l'avait volée, une sensation semblable aux douleurs de l'enfantement envahit son estomac et se propagea dans tout son ventre. Thandi réagit en lui donnant quelques coups de pied et Delores faillit s'évanouir. Ce n'était pas la violente colère qu'elle éprouvait contre son frère qui la mettait dans cet état, mais la perte de l'innocence de sa fille qui, réalisait-elle trop tard, valait plus que la somme volée et tout l'argent qu'elle gagnerait jamais.

Bien qu'elle ne connaisse pas cette histoire, Thandi a su reproduire toute sa souffrance sur le papier. Delores n'est pour elle qu'une femme laide et inaccessible, juste bonne à s'emporter et à maltraiter ses proches. Qui aurait cru que ses deux filles finiraient par la voir ainsi ? Delores s'affale sur sa chaise de cuisine. Comme Margot, Thandi la déteste. C'est aussi le cas de maman Merle, assise dehors dans ce fauteuil à bascule. Cette vieille chouette va encore passer la journée à espérer que son bon à rien de fils adoré rentre à la maison ; pendant que Delores s'échinera comme d'habitude à subvenir aux besoins de sa famille ; à survivre.

18

Ce fut Alphonso qui se chargea d'annoncer la nouvelle à ses employés : mademoiselle Novia Scott-Henry avait pris la décision de démissionner. Mais celle-ci avait déjà perdu toute capacité à les scandaliser. Naturellement, Margot avait prévu de montrer ses photos à cette femme et de lui donner un ultimatum : « *Tu démissionnes ou je remets ces clichés à la presse.* » Mais elle n'en eut nul besoin, car ce qui se produisit à la suite de son coup monté fut encore plus spectaculaire. Tout commença par un cri. Un hurlement qui fit sursauter le quinzième étage tout entier ; les femmes de chambre venaient de découvrir les deux amantes nues dans la suite. Ce raffut alerta leurs collègues occupées aux autres étages qui venaient d'enfiler leurs uniformes, des chaussures confortables, et fredonnaient encore les cantiques de la cérémonie revivaliste à laquelle elles avaient assisté la veille au soir.

Rongée par la culpabilité, Douce réagit très mal au scandale. Craignant qu'elle ne craque et révèle des informations sur leur complot, Margot décida de la libérer et lui paya une indemnité de licenciement.

« Tu me vires ? demanda l'adolescente. Mais j'ai fait ce que tu m'as demandé.

— Justement. Maintenant tu peux y aller.

— Mais je croyais que tu allais m'embaucher !

— C'est impossible. Tu te morfonds depuis des jours comme si ta mère venait de mourir.

— C'est juste que je me sens coupable, contrairement à toi. Qu'est-ce qui va arriver à cette fanm maintenant ?

— Ne t'inquiète pas pour ça. Ce qui est fait est fait.

— J'arriverais jamais à le digérer à sa place. Se faire virer de cette façon ! Pourquoi avoir manigancé un coup pareil si tu…

— Voilà ton argent. Prends-le et disparais. »

Mais Douce laissa l'épaisse enveloppe tomber entre elles. Margot la ramassa et l'épousseta.

« Si je comprends bien, tu préfères faire comme si tu n'avais jamais gagné cette somme. C'est bon, retourne d'où tu viens. Je ferai bon usage de cet argent. Il y a des centaines d'autres filles qui m'attendent dehors. »

Douce regarda Margot ranger l'enveloppe dans son sac puis avala sa salive.

« J'ai pas dit que je voulais plus travailler pou toi.

— Bon, si tu veux continuer, il va falloir arrêter de parler de ce qui s'est passé. »

Margot se rapprocha d'elle et prit son menton entre les doigts.

« Regarde-moi bien. C'est terminé. Elle a démissionné. Ce qui va lui arriver maintenant ne te concerne pas. Elle s'en sortira. Ces gens-là ne souffrent pas. Ils ne connaissent même pas le sens de ce mot. On a du pain sur la planche, toutes les deux. Alors soit tu nages avec moi, soit tu restes sur le bord. »

L'adolescente hocha la tête.

« Je suis très bonne nageuse. »

Le même jour, après l'annonce de la démission de mademoiselle Scott-Henry, Margot assista à sa première réunion du conseil d'administration. En raison de son ancienneté dans l'entreprise, on l'avait chargée d'aider Alphonso à limiter les dégâts. Quand elle ouvrit la porte des toilettes où elle comptait se refaire une beauté avant de faire son entrée, Margot trouva mademoiselle Scott-Henry penchée au-dessus d'un lavabo, les mains posées sur les rebords. Sa poitrine se soulevait et son corps frissonnait. Leurs regards se croisèrent dans le miroir. C'est alors que Margot découvrit ses larmes ; de longues traînées sur son visage. On aurait dit des cicatrices.

19

Charles a accepté de revenir débarrasser le jardin de Verdene des mauvaises herbes et de nettoyer son allée, ainsi que les murs décolorés de sa maison. Il a travaillé toute la matinée sans faire de pause ni prendre le temps de boire ou manger ce que Verdene lui avait apporté. À la fin de la journée, celle-ci parvient enfin à le convaincre d'entrer boire un thé.

« Ne t'en fais pas, il n'est pas empoisonné. »

Sur la table de la salle à manger, Verdene pose le plateau sur lequel sont disposées les tasses et les soucoupes que sa mère réservait autrefois aux invités de marque. Charles la regarde servir le thé à la menthe d'une main légèrement tremblante. Une volute de vapeur s'élève de la tasse. Charles ne commence pas à boire avant que Verdene, assise en face de lui, ne porte la sienne à ses lèvres.

« Dis donc, tu n'es pas bavard, lui fait-elle remarquer.

— Pas quand je travaille. »

Charles pose sa tasse sur sa soucoupe. Verdene remarque qu'il ne regarde pas autour de lui, contrairement aux personnes qui entrent dans une maison pour la première fois.

« Tu es un vrai bourreau de travail, si je comprends bien. »

À peine l'a-t-elle prononcée que Verdene regrette d'avoir employé cette expression. Elle doit lui paraître si prétentieuse, condescendante. Si seulement elle pouvait retirer sa phrase !

« Je fais mon boulot. Mon père disait toujours que le travail d'un boug est le reflet de son caractère.

— Sans indiscrétion, peux-tu me dire qui est ton père ?

— Asafa.

— Le vendeur de homards ? »

Verdene se souvient bien de ce pêcheur. Elle aurait dû deviner que Charles était son fils, tous deux se ressemblent trait pour trait – mêmes yeux sépia, même nez, même légère fossette au menton. Asafa n'était qu'un jeune homme quand Verdene a quitté l'île. Un garçon de son âge qui, comme son père avant lui – un homme qu'on surnommait Barry le Borgne –, avait commencé à pêcher tout petit.

« Le vendeur de homards est donc ton père, murmure Verdene tandis que les traits d'Asafa se superposent à ceux de Charles. Mais tu parles de lui au passé. Où est-il maintenant ? »

Charles porte sa tasse à ses lèvres et son visage disparaît jusqu'aux yeux. Verdene regarde le mouvement de sa gorge tandis qu'il déglutit. Charles s'essuie la bouche d'un revers de main.

« Il a disparu. »

Verdene suit du doigt le contour de sa tasse.

« Je suis désolée. »

Charles hausse les épaules.

« C'est comme ça. »

Verdene pose les paumes autour de sa tasse comme pour les réchauffer.

« Je ne suis toujours pas remise du décès de ma mère, alors j'imagine ce que tu ressens.

— Mais il est pas mort. Juste parti.

— Oh. »

Un liséré de ciel bleu encadre la tête du garçon. D'habitude, quand elle s'assied à table à cette heure de la journée, Verdene ne voit que l'azur. Brusquement, elle se sent prête à tout pour garder Charles auprès d'elle. À part Margot, personne ne lui a ainsi tenu compagnie depuis longtemps.

« Encore un peu de thé ? » demande-t-elle dans l'espoir d'alléger l'atmosphère.

Charles hoche la tête. Verdene remplit sa tasse puis repose la théière au milieu de la table. Le garçon contemple le récipient un moment.

« On dirait ces trucs qu'on trouve à Buckingham Palace. »

Verdene lâche un petit rire.

« Tu y es déjà allé ?

— Non, mais j'imagine que la reine a des théières comme ça dans ses placards.

— C'est ma tante qui l'a envoyée à ma mère après s'être installée à Londres.

— C'est comment là-bas ? »

Verdene ne répond pas immédiatement. Sa vie à Brixton est une période dont elle ne parle jamais.

« Pas mal.

— C'est tout ?

— Je ne suis pas vraiment partie là-bas par choix.

— Et vous avez rencontré la reine ?

— Jamais. En fait, je ne sortais pas beaucoup. Boulot, maison, église, voilà à quoi se résumait ma vie. De temps en temps, j'allais danser. Mais mon travail d'assistante dans la petite maison d'édition de mon oncle était trop astreignant pour que je sorte le soir. »

Charles écarquille les yeux.

« Vous alliez à l'église ?

— Pourquoi ça te surprend ?

— Eh ben… »

Il semble hésiter à terminer sa phrase.

« Je suis exactement comme toi, tu sais, je n'ai rien d'une mécréante.

— Oh non, vous avez rien à voir avec moi », lâche Charles.

Verdene doit avoir l'air blessée car il précise aussitôt :

« Je vais pas à l'église, moi.

— Et à l'école ? demande Verdene, ravie de changer de sujet. Tu m'as l'air d'un garçon intelligent.

— Plus depuis que mon père est parti. Il a fallu que je m'occupe de ma mère.

— C'est très responsable de ta part.

— Si j'avais continué à étudier, je serais devenu architecte. J'aurais dessiné des bâtiments et des grands hôtels comme ceux d'ici sur la côte Nord, vous voyez ? J'aurais fait ce qu'y faut pou pas qu'on expulse les gens de chez eux.

— Il n'est pas trop tard, tu sais. »

Charles secoue la tête.

« Pou moi, si. Les gens comme moi peuvent pas se payer toutes ces études.

— Il existe des bourses. Je pourrais t'aider à remplir une demande.

— Avec tout le respect que je vous dois, mam'zelle, je veux pas de votre charité. Je viens ici pou travailler. Couper l'herbe et nettoyer votre allée. Je me suis toujours débrouillé sans l'aide de personne.

— Très bien. Ce que je veux dire, c'est que tu peux faire des tas de projets. Tu es encore très jeune. Il ne faudrait pas que tu te réveilles un jour en regrettant d'avoir gâché ta vie. Ce n'est pas un sentiment agréable, crois-moi.

— Vous trouvez que vous gâchez la vôtre ? demande Charles, intrigué.

— Il y a beaucoup de choses que je ne referais pas si je pouvais revenir en arrière.

— Par exemple ?

— Je ne me marierais pas aussi jeune.

— Vous êtes mariée ?

— Je l'ai été pendant cinq ans.

— Avec un boug ?

— Non. Une femme. »

Les muscles de Charles se tendent et un frémissement parcourt sa peau. Le garçon la regarde bouche bée. Verdene éclate de rire.

« Mais oui, idiot, avec un homme. »

L'air à la fois soulagé et perdu, Charles lâche quant à lui un rire timide.

« Est-ce que c'est vrai ?

— Quoi donc ?

— Ce que les gens racontent sur vous.

— Ils ne me connaissent pas. »

Verdene se lève et soulève la théière.

« Ce thé est froid, je vais refaire chauffer de l'eau. »

Charles s'adosse à sa chaise et fait tourner sa soucoupe sans rien dire – comme si les questions se bousculaient dans son esprit. Mieux vaut en rester là pour aujourd'hui. Bien que ce garçon lui ait prouvé qu'il était plus tolérant que les autres jeunes de River Bank, Verdene ne sait pas très bien ce qu'il peut encore encaisser.

« Qu'est-ce qui t'a convaincu de m'aider l'autre jour ? »

Charles hausse les épaules.

« Je sais ce que ça fait d'être méprisé. D'être le sujet des commérages de tout le village. D'avoir l'impression que les gens vous regardent de haut pasqu'y se croient meilleurs que vous.

— Ta mère t'a bien élevé. »

Verdene s'apprête à poser la main sur la sienne mais se ravise.

20

La table de la salle à manger d'Alphonso est couverte d'ébauches de plans du nouvel hôtel. Celui-ci sera plus grand, plus imposant que le Palm Star Resort. Les clients y disposeront d'un service de majordome, d'un jacuzzi dans chaque chambre, d'un centre de remise en forme proposant toute une gamme de massages – des pierres chaudes aux palpations érotiques –, d'un bar destiné aux amateurs de sports, d'un restaurant donnant sur la piscine et d'une gigantesque salle de bal. Margot réalise, en examinant les croquis, qu'il ne restera plus rien de River Bank après les travaux. La rivière en Y servira au rafting et autres sports aquatiques, tandis que le rivage de sable blanc sera transformé en plage naturiste. Malgré l'excitation qui règne autour d'elle, Margot reste muette.

« Je ne sais pas encore très bien comment nous allons l'appeler, mais une chose est sûre, il faudra que ça sonne bien, explique Alphonso à un groupe d'investisseurs privés. Le nom de l'enseigne compte autant que les services proposés.

— Tout à fait d'accord, déclare un homme affublé d'une étrange moustache.

— Nous avons jusqu'au mois d'août pour nous décider. Pour le moment, il faut surtout que nous planchions sur sa construction. Ce projet de marché public nous fait perdre de l'argent. La NEPA[1] ne nous a toujours pas donné son feu vert !, tonne Alphonso, qui a le visage rouge après plusieurs verres de scotch.

— Mais avons-nous vraiment besoin de son approbation ?, l'interroge un investisseur, le plus sérieux de tous, qui ne boit que de l'eau malgré tout l'alcool à sa disposition. Nous pouvons toujours choisir la solution de facilité et convaincre nous-mêmes les propriétaires de signer. Si nous obtenons leur bénédiction, nous pourrons commencer.

— Je comprends où tu veux en venir, Virgil. Mais ça nous coûtera de l'argent même si ces propriétaires nous donnent leur permission. Parce qu'il faudra bien les dédommager, non ? Il est difficile d'expulser les gens de leurs terres. Il nous faut un contrat administratif pour nous protéger.

— S'il faut attendre que ces limaces du Parlement acceptent de le signer, nous ne sommes pas sortis de l'auberge ! Pendant ce temps-là, nos matériaux se détériorent à cause du temps. Ça fait beaucoup d'argent jeté par les fenêtres. Il nous en coûterait moins d'offrir à ces propriétaires une petite compensation et d'expulser les récalcitrants de force.

— De force ? s'écrie Margot qui s'exprime pour la première fois depuis le début de la réunion. Mais ces gens ont vécu toute leur vie ici. Vous ne croyez pas qu'ils méritent qu'on les prévienne ? »

Les hommes se taisent et se tournent vers Alphonso car il est le seul à pouvoir expliquer la présence de Margot et la raison pour laquelle son opinion prévaudrait sur leur longue expérience en matière de fusion, de démolition, de déplacement forcé, de monopole et d'extorsion. La pièce est suffisamment grande pour qu'elle se tienne en retrait, mais évidemment, il faut qu'elle se donne en spectacle.

1. Agence nationale de l'environnement et de la planification.

« Ne t'en fais pas pour ça. »

Alphonso passe un bras autour de sa taille.

« On s'occupera bien de toi. »

Il l'embrasse dans le cou.

Margot se raidit.

« Et les autres alors ? Et ma… »

Elle marque une pause, le temps de reprendre son souffle.

« Ma famille vit là-bas. »

Les investisseurs détournent le regard en secouant la tête.

« Ne t'en fais pas », répète Alphonso, avant de se mettre à rire avec les autres hommes.

Il ne lui a toujours pas offert de promotion. Hier, au conseil d'administration, il a seulement demandé au personnel administratif de faire des heures supplémentaires afin de terminer ce que mademoiselle Scott-Henry avait commencé en attendant qu'il emploie quelqu'un d'autre. Margot songe qu'elle ferait mieux de se taire si elle veut qu'il la choisisse pour diriger le nouvel hôtel. Elle a toujours eu l'intention de quitter River Bank de toute façon. Avec sa nouvelle promotion, elle pourra envoyer Thandi étudier à Kingston. Elle pourra s'acheter la maison de ses rêves à Lagoons et convaincre Verdene de venir vivre avec elle. Elles habiteront enfin ensemble sans que personne pose de questions. Elle trouvera même une maison de retraite pour grand-mère Merle. Quant à Delores, elle devra se débrouiller toute seule.

Mais peut-être qu'il est trop tard.

Contrairement à son habitude, Alphonso ne laisse pas sa main traîner dans le creux de son dos. Il l'ignore le reste de la soirée tandis qu'elle sirote le verre de vin qu'elle a dû se servir elle-même.

« Je n'ai pas encore décidé qui je nommerai à la direction du nouvel hôtel », l'entend-elle révéler à un des hommes assis à sa droite.

Margot, qui se trouve à sa gauche, se penche en avant et pose son verre de vin sur la table basse en contenant à grand-peine sa frustration. Lorsque la soirée touche à sa fin, elle attend patiemment que tous les hommes se serrent la main. Chacun se dirige ensuite vers sa voiture de luxe, le visage rougi. De son côté, Alphonso salue le dernier à partir d'une petite tape dans le dos.

« J'aime faire affaire avec toi. »

Les bras croisés, Margot attend sur le canapé qu'il termine sa dernière conversation. Si ce grand projet se concrétise, c'est grâce à elle. C'est elle qui a convaincu Georgio, le plus gros investisseur, de signer un chèque. Et maintenant, Alphonso s'apprête à raser River Bank pour réaliser son rêve.

Celui-ci se tourne vers elle et l'appelle d'un signe de la main.

« Viens dire au revoir à Martin ! »

Margot se lève puis se dirige vers la porte d'entrée où l'attendent les deux hommes.

« Cette jeune femme n'est autre que mon bras droit, explique-t-il pompeusement à l'investisseur. C'est elle que je nommerai responsable des loisirs du nouvel hôtel. »

L'homme regarde Margot.

« Est-ce que je pourrais avoir un petit aperçu ?

— De quoi ? demande Margot, feignant l'ignorance.

— Des spécialités maison.

— Martin aimerait découvrir les services que nous proposerons », précise Alphonso avec un sourire.

Il se tourne vers l'investisseur.

« Impossible d'imaginer ce qu'est un bon coup tant qu'on n'a pas baisé une de ces filles, tu peux me croire. Au nouvel hôtel, ce seront toutes des employées comme les autres : femmes de chambre, barmaids, vendeuses, sauveteuses, masseuses. »

Consciente de l'enjeu de cette rencontre, Margot s'exécute.

« Je vous en offrirai un aperçu demain.

— Pourquoi pas ce soir ? »

Alphonso hoche la tête, mais Margot refuse de jouer le jeu.

« Vous voulez bien nous excuser ? J'ai besoin de m'entretenir un moment avec monsieur.

— Je vous en prie ! Je suis prêt à vous attendre toute la nuit s'il le faut. »

« Tu as eu ce que tu souhaitais, alors quand comptes-tu m'offrir ce que je veux ? demande Margot une fois qu'Alphonso et elle sont à bonne distance de l'homme.

— À quoi fais-tu allusion au juste ?

— Au nouvel hôtel. Tu m'as promis. »

Alphonso pose tendrement les mains de chaque côté de son visage.

« Pourquoi ne pas te concentrer sur ce que tu fais le mieux ? Tu es tellement douée avec ces filles. »

Margot recule la tête.

« Tu crois vraiment que j'ai envie de passer le reste de ma vie à jouer les maquerelles ? »

Alphonso lâche un petit rire.

« Oh, Margot, tu ne cesseras jamais de me surprendre. Je t'offre l'occasion de briller et tu trouves le moyen de te plaindre.

— Je veux une promotion.

— Tu n'as pas ce qu'il faut, c'est tout.

— Et que faut-il au juste ? »

Margot laisse un léger frisson parcourir son corps.

« Tu m'as fait une promesse.

— Mais ça ne marche pas de cette façon. Tu sais bien qu'on critique sans arrêt ma manière de gérer l'hôtel. J'ai besoin de redorer mon blason. Tu te doutes bien que tout le monde se renseignera sur ta formation et ton expérience.

Je ne peux pas prendre ce risque. C'est pour cette raison que j'ai engagé Novia. Pas seulement parce qu'elle était brillante, mais aussi parce qu'elle nous amenait du monde. Cette femme est la première véritable ambassadrice de la Jamaïque.

— Une ambassadrice qui couche avec des mineures. »

Alphonso marque une pause et ferme les yeux un bref instant.

« Je connais Novia. Ma femme et elle sont les meilleures amies du monde. »

Margot grogne et lève les yeux au ciel.

« Tout s'explique.

— C'est une bonne personne. Ses écarts de conduite sont tout à fait pardonnables.

— J'ai l'impression d'entendre un foutu politicien, ou pire : un prêtre.

— Les affaires sont les affaires.

— Je t'ai présenté des plans. Je t'ai donné des idées. Et maintenant tu prétends que je n'ai pas les compétences qu'il faut pour gérer un hôtel ?

— Tu ne comprends pas, Margot.

— Au contraire, tout est limpide. À mon tour maintenant de t'éclairer. Si tu embauches quelqu'un d'autre à ce poste, j'irai parler de ton réseau de prostitution aux autorités. Et puis j'ai quelques photos à offrir à la presse de ton ambassadrice adorée au lit avec une jeune prostituée », déclare Margot, ravie de lui asséner le coup de grâce.

Alphonso cligne des yeux. Il ouvre et referme la bouche plusieurs fois avant de parvenir à parler.

« Tu n'oseras jamais me faire une chose pareille.

— C'est ce qu'on verra.

— Tu n'es qu'une sale garce.

— C'est toi qui m'as faite ainsi.

— De grâce, Margot.

— Qu'est-ce qui t'arrive ? Tu as peur que tout le pays te voie sombrer dans la déchéance ? T'accuse d'avoir provoqué la ruine de la dynastie Wellington ? Ha ! Tu as toujours été le plus incompétent de la famille, Alphonso. Un idiot dont la réussite dépend uniquement du génie des autres.

— Je ne t'ai jamais fait confiance.

— C'est réciproque. Soit tu tiens ta promesse, soit ton nom est couvert de boue dans la presse.

— Si tu crois que je peux résoudre le problème d'un claquement de doigts, tu es une vraie dingue.

— Une dingue que tu continues à sauter. Il est temps de passer à la caisse. Tu sais très bien que je ne fais rien gratuitement.

— Tu sembles oublier que j'ai payé la scolarité de ta sœur.

— Ça ne suffit pas. »

Alphonso s'avance vers Margot, les poings serrés.

« Tu n'es qu'une putain avide de pouvoir qui baiserait n'importe qui pour arriver à ses fins. J'ai été surpris qu'on découvre une autre que toi dans le lit de Novia ce matin-là. Entre nous, tu serais incapable de la satisfaire aussi bien que ma femme. »

Margot lui flanque une gifle si puissante qu'elle résonne dans la pièce, aussi inattendue qu'un coup de feu. Immobile, Alphonso esquisse un rictus.

« Je pense que tu ferais mieux d'y aller, dit-il finalement en se tenant la joue gauche.

— Tu as vingt-quatre heures pour réfléchir à mon offre.

— Je ne changerai pas d'avis.

— Dans ce cas, j'enverrai les photos à la presse dès ce soir. C'est aussi simple que ça.

— D'accord, d'accord, l'interrompt Alphonso, les mains levées. J'annoncerai ta nomination au poste de directrice générale du nouvel hôtel lundi matin, à huit heures précises. Maintenant va-t'en, tu sais où se trouve la sortie. »

À bout de forces, Margot rassemble ses affaires puis s'enfonce dans la fraîche obscurité de la nuit. Martin a disparu. Cette victoire lui laisse un goût amer, comme la fois où elle a remis à son oncle Winston les six cents dollars que Delores avait reçus de cet inconnu à Falmouth Market. Margot lui a offert cet argent en espérant qu'il la laisserait tranquille. Mais son triomphe a été de courte durée car Delores n'en est devenue que plus méchante et avide. Elle s'est mise à vendre son corps de plus en plus souvent pour compenser sa perte. Margot a compris trop tard qu'en remettant cet argent à son oncle Winston, c'était sa propre vie qu'elle sacrifiait.

Troisième partie

Une place au soleil

21

Dehors, l'air humide pèse aussi lourd que les fruits sur leurs branches. On est en juin, fin de la saison des mangues. La brise, lorsqu'elle se lève, transporte l'odeur de pourriture de leur chair meurtrie. Les élèves étant en classe, la cour du lycée est déserte. Le soleil caresse la pelouse parfaitement entretenue qu'encadrent les bâtiments au charme désuet construits par les fondateurs britanniques de l'école. Les allées bordées de haies bien taillées d'hibiscus rouge et rose vif mènent toutes au bureau administratif, un édifice de style victorien. Thandi se plaît à imaginer des jeunes filles à la peau claire coiffées de larges chapeaux y sirotant leur thé de l'après-midi, à l'époque où les élèves noires n'étaient pas encore acceptées dans ce lycée. Ces temps-ci, elle a du mal à se concentrer sur son travail et traîne entre les cours.

« Pourquoi n'es-tu pas en classe, jeune fille ? »

Thandi se retourne au son de la voix de sœur Benjamin, l'infirmière de l'école, une nonne squelettique dont le nez pointu ressemble à un bec.

« Hum… Euh… On m'a envoyée… Je ne me sens pas bien, bredouille-t-elle, surprise d'être capable d'inventer un tel mensonge tout en regardant la nonne dans les yeux.

— Viens avec moi », dit celle-ci d'un ton ferme.

Sœur Benjamin l'emmène vers la zone ombragée près du bâtiment d'éducation physique – une construction plus récente abritant un gymnase et une piscine – où se trouve son bureau. Arrivée dans la pièce, Thandi s'assied telle une dame, le dos droit et les chevilles croisées, sur la froide chaise en métal placée face au bureau. Des moulages en plastique d'organes humains sont exposés sur les étagères – des yeux dont la cornée est sillonnée de vaisseaux bleus sinueux, des intestins qui descendent en zigzags jusqu'à la partie inférieure d'un mannequin, un utérus dont la forme rappelle celle d'une tête cornue de bélier. L'air frais du bureau climatisé surprend Thandi aussi brutalement que la bouffée froide qui s'échappe du réfrigérateur de monsieur Levy contenant les boissons sans alcool. Ces nonnes blanches ne survivraient jamais sans climatisation dans ce pays. Elles fondraient sûrement comme la cire des bougies.

Sœur Benjamin se place face à Thandi et pose sa main fraîche et rosâtre sur son cou. Comme si le résultat de cette auscultation ne la satisfaisait pas, elle sort un thermomètre et lui demande d'ouvrir la bouche. Après ce second examen, elle hoche la tête d'un air entendu.

« Depuis quand es-tu malade ? »

Thandi s'éclaircit la voix.

« Le mois dernier, ma sœur. »

Il est vrai qu'elle ne se sent pas dans son état normal depuis quelque temps. Bien qu'elle continue à obtenir de bonnes notes, son envie d'étudier s'est émoussée. C'est peut-être parce que les examens commencent dans quelques jours et qu'elle a hâte de s'en débarrasser.

« Le mois dernier ? s'étonne sœur Benjamin. T'arrive-t-il d'être prise de maux de tête, de nausées, de vomissements ? »

Thandi hoche la tête. Par chance, la nonne croit à son mensonge. Elle prend une profonde inspiration, réconfortée par le souvenir des bouffées de chaleur étourdissantes qui l'incommodent souvent à cause du film plastique et du sweat-shirt qu'elle porte depuis février.

« Est-ce que tu te sens très fatiguée en ce moment ? »

Thandi songe à l'épuisement qui l'envahit depuis peu et acquiesce de nouveau.

« Est-ce que tu as toujours tes règles ? »

L'adolescente se racle la gorge et baisse les yeux.

« Ce n'est pas grave, mon ange, dit sœur Benjamin en se penchant pour lui caresser le bras. Tu peux tout me dire. »

Thandi se tend puis inspire à fond pour se calmer.

« Comment est-ce arrivé, trésor ?

— Je ne suis pas enceinte. Je n'ai jamais…

— Tu n'as jamais eu de relations sexuelles ? C'est ça ce que tu veux me dire ?

— Non… Enfin, si… Mais non… Je… Je n'ai rien fait. »

Si elle raconte à sœur Benjamin ce qui s'est passé il y a toutes ces années, sa douleur ne lui appartiendra plus. Thandi secoue la tête, les yeux toujours baissés.

« Je ne suis pas enceinte.

— Dans ce cas, que caches-tu sous ce sweat-shirt ? Il fait presque quarante degrés dehors. »

Thandi se sent rougir. Sœur Benjamin ne comprendra jamais. Comment lui expliquer qu'elle veut avoir la peau claire – comme la Vierge Marie, ou les nonnes et les filles du lycée qui ne se rendent vraiment pas compte de leur chance ? Thandi se demande ce qui paraîtra le plus grave à cette religieuse – le fait qu'elle tente de corriger une erreur divine (n'est-ce pas un horrible blasphème que de suggérer que Dieu s'est trompé quelque part ?), ou bien qu'elle ait forniqué et soit à présent enceinte ? Les yeux de Thandi se posent sur une affiche collée au mur. TU ES FAITE À L'IMAGE DE DIEU, est-il inscrit en caractères gras au-dessus du portrait d'une frêle jeune fille qui ressemble à la Vierge Marie et incline pieusement sa tête couverte. Sa peau d'un blanc laiteux est éclairée par une lumière céleste. Thandi détourne le regard.

« Prions », dit sœur Benjamin en tendant les mains vers les siennes.

La nonne ferme les yeux, puis ses doigts se referment sur ceux de Thandi.

« Répète après moi. “Oh, mon Dieu, je suis sincèrement désolée de t’avoir offensé. Grâce à ta juste punition, tous mes péchés me font à présent horreur”… »

Lorsque Thandi rouvre les yeux, la nonne lui sourit.

« Merci, sœur Benjamin », bredouille-t-elle, incapable de la regarder en face.

L’adolescente sent le regard de la nonne la suivre tandis qu’elle se lève de la chaise et se dirige vers la porte.

« Concentre-toi sur tes études. Une fille comme toi ne peut pas se permettre de les rater. Il serait dommage que ton avenir se trouve gâché par un écart de conduite. Le tien ou celui de quelqu’un d’autre. »

Tel un voile, une ombre tombe sur son visage. Mais elle disparaît en un clin d’œil, aussitôt remplacée par une froide expression de désapprobation.

Le dos battu par son sac à dos, Thandi file tout droit chez Charles. Il faut qu’elle s’excuse au sujet de leur dernière rencontre, qu’elle lui explique qu’elle n’était pas dans son état normal ; elle ne sait pas ce qui lui a pris, mais son comportement les a mis tous les deux dans l’embarras. Thandi pousse le portail et se précipite vers sa case, suivie de Caïn et Abel. Les deux chiens la reconnaissent à présent. Ils bondissent pour la saluer et agitent la queue en haletant. Thandi frappe à la porte. Comme personne ne répond, elle jette un coup d’œil par la fenêtre. Charles n’est pas là. Elle balaye la cour du regard en se demandant où il est passé car il ne se trouvait pas non plus au bord de la rivière, ni dans le bateau de son père. Thandi observe la case principale dont la porte oscille sur ses gonds dans la brise légère. Il ne lui est jamais venu à l'esprit de regarder à l'intérieur. Ni d'y entrer. Tous les habitants de River Bank savent que mademoiselle Violet ne reçoit personne. Thandi se dirige tout de même vers la case et pousse la porte.

Il règne à l'intérieur une forte odeur d'aloe vera et de feuilles de tamarinier bouillies que Thandi, avec un frisson, associe aussitôt à la maladie. Des relents d'urine et d'excréments encore plus puissants l'obligent à déglutir plusieurs fois afin de ne pas rendre le déjeuner qu'elle a avalé un peu plus tôt au lycée. L'obscurité est si épaisse que Thandi ne voit pas beaucoup plus loin que l'entrée. Elle envisage de faire demi-tour, mais ses pieds restent collés au sol comme s'il était fait de ciment frais. Quelqu'un tousse. Elle entend ensuite le doux roucoulement d'un oisillon ou d'un être qui semble encore plus fragile. Lorsque Thandi avance, ses pieds font grincer le plancher. Elle enfile les deux bretelles de son sac à dos pour avoir les mains libres et chercher son chemin à tâtons. Un rai de lumière pénètre dans la case par la petite déchirure du rideau qui couvre l'unique fenêtre. Rideau qui n'est en fait qu'un vieux drap, note Thandi. Cette faible lueur lui permet d'apercevoir une petite table entourée de quelques chaises, des cartons, une pile de vieux journaux et un baril. Maintenant qu'elle se trouve à l'intérieur de cette case, l'extérieur lui semble étranger. N'importe qui perdrait ici toute notion du temps et d'espace. D'après le calendrier moisi accroché au mur, la date du jour est le 7 août 1988, bien qu'on soit en réalité le 1er juin 1994.

Pour les habitants de cette case, l'ouragan Gilbert n'a jamais dévasté l'île ni expulsé les villageois de leurs maisons inondées. Edward Seaga, dont on a punaisé un portait jauni à côté du calendrier, est toujours Premier ministre de la Jamaïque. Et Asafa le pêcheur continue à rapporter chaque soir des homards pour le dîner.

Lorsque Thandi s'approche de la chambre (l'espace cloisonné d'où provient un roucoulement de plus en plus sonore, désormais semblable aux plaintes d'un animal blessé), une frêle voix féminine murmure :

« Asafa ? C'est toi ? »

Ce n'est cependant pas cette question qui la prend de court, mais le son de la voix, rocailleuse et fatiguée. On dirait celle d'une femme qui pleure depuis des heures, des jours, des semaines, des mois, des années. Près d'une décennie.

« Asafa ? »

Thandi s'immobilise. Bien qu'elle respire à peine depuis son entrée dans la case, elle se risque à inspirer le peu d'oxygène qui subsiste dans l'air.

« Non, m'man, c'est juste moi. T'as encore des hallucinations. »

C'est la voix de Charles. Thandi avance sur la pointe des pieds jusqu'à la cloison faite du tissu d'ameublement rouge velouté qui couvrait jadis les chaises du magasin de meubles de monsieur Farrow. Thandi voit Charles essorer un gant de toilette au-dessus d'une cuvette dont l'eau clapote. Assise sur un lit étroit, sa mère entièrement nue ressemble à une poupée géante. Ses cheveux foncés, gris poudreux sur les tempes, sont ébouriffés. Sous ses yeux enfoncés et écarquillés, des cernes forment quelques plis sombres. Thandi a beaucoup de mal à reconnaître mademoiselle Violet à cause de toute cette peau ridée. Son visage semble s'être peu à peu froissé durant ces années de déception, d'inquiétude, de tristesse et de nostalgie. Cette femme est la mère de Jullette. Une mère que Thandi considérait jadis comme la plus belle, la plus aimante et la plus attentionnée, à cause du caractère de la sienne. Mademoiselle Violet offrait des cacahuètes à Jullette même quand elle n'en demandait pas. En outre, elle lui permanentait les cheveux, ce que Thandi lui enviait car Jullette paraissait ainsi plus âgée. Et lorsque celle-ci commença à perdre ses cheveux à force de les friser, mademoiselle Violet lui fit poser des extensions. Toutes deux se parlaient comme des amies, riaient en chœur et se souriaient sans arrêt. Sous leur toit, il n'y avait jamais ni coups ni humiliations. Seule fille de la famille, Jullette agissait à sa guise sans craindre les châtiments d'une mère dominatrice. Mademoiselle Violet vendait des cacahuètes, des boulettes de tamarin et des crevettes pimentées devant le portail de leur école primaire. Sans se soucier de ses gencives édentées, elle adressait toujours un grand sourire à Thandi. « *Bonjour, jolie coolie.* » Aujourd'hui, cette femme au regard hanté par la nostalgie fait deux fois plus vieille que son âge.

« Tu te souviens d'Irby et Georgie ? » demande-t-elle à son fils en prononçant « *Jaaaji* ».

Sa langue rose retombe mollement dans sa bouche béante et édentée, semblable à celle d'une baleine.

« Oui, m'man », répond Charles qui poursuit la toilette de sa mère.

Mademoiselle Violet ne réagit pas. Elle semble indifférente au fait que son fils presque adulte passe ce gant humide sur ses seins brun sable qui pendent comme des sacs pleins et lourds.

« Et Premrose ? Elle est devenue quoi, Premrose ? » demande mademoiselle Violet.

L'eau dégouline sur son ventre bedonnant et s'accumule dans le creux de son nombril. Les yeux brillants, elle semble chercher cette femme dans ses souvenirs.

« Je donnerais n'importe quoi pour goûter à son infusion de roselle, dit-elle avant de claquer la langue. Comme au bon vieux temps. »

Charles continue à la laver avec une expression neutre, bien qu'il soit arrivé à son entrejambe dont les poils grisonnent comme ses cheveux.

« Elle est morte maintenant », répond-il en détournant les yeux de sa tâche par politesse et par respect.

Thandi ne voit pas quelle tête il fait, mais ses mouvements sont mécaniques. Pendant ce temps-là, sa mère tente de se recoiffer, comme si elle cherchait à discipliner la mèche rebelle d'une élégante coiffure. Elle laisse juste échapper un grognement ; à l'évidence, la nouvelle du décès de Premrose n'a pour elle aucun sens.

« Hmm, répète-t-elle tandis que Charles finit de la laver.

— Tu devrais sortir de cette case tanzantan, dit-il à mi-voix. Et chercher un travail au lieu de rester couchée comme ça. T'es pas encore une vieillarde, t'as toujours de la force. »

Mademoiselle Violet le regarde.

« J'aime autant mieux que tu me tues. Sors-moi de cette misère. Premrose, elle est dans un monde meilleur maintenant. J'aurais dû partir à sa place. »

Charles se redresse et regarde sa mère.

« Je peux pas continuer à faire ça, m'man. »

Mademoiselle Violet pince les lèvres entre ses gencives, le prend par la main et le force à s'asseoir.

« Vas-y. Je te serai à jamais reconnaissante si tu mets fin à ce calvaire pou moi. Plante-moi un couteau dans la gorge, ou un pic dans le cœur. Ce que tu voudras. Mais tue-moi, mon fils. Allez, s'il te plaît, je t'en supplie ! »

Brusquement, elle prend un ton froid.

« T'es qu'un lâche ! Un boug encore plus minable que ton père ! »

Ensuite, le roucoulement recommence.

Thandi recule. Ses pas font de nouveau grincer le plancher, et cette fois, Charles s'approche du rideau. Leurs regards se rencontrent – le sien, interrogateur et honteux ; celui de Thandi, désolé. Il la dévisage en silence, son gant humide gouttant sur le sol, tandis que sa mère roucoule au fond de la pièce. Thandi se retient à grand-peine de le prendre dans ses bras et de le supplier de lui pardonner. La colère enflamme peu à peu le regard de Charles et voile ses yeux, telle la terre éclipsant la lune. Thandi pivote sur les talons, retraverse la case aux relents nauséabonds et court jusqu'à ce qu'elle soit certaine de ne plus les sentir. Mais cette odeur, comme le regard de Charles, la suit jusque chez elle.

22

Le jour de la fête est arrivé. Thandi repasse sa modeste robe plissée verte. Longue jusqu'aux genoux, garnie d'un grand col blanc, de boutons blancs et d'un nœud dans le dos, c'est la couverture parfaite : jamais sa mère et sa sœur ne se douteront qu'elle a prévu d'enfiler une tenue beaucoup plus provocante dès son arrivée au restaurant. C'est grand-mère Merle qui a fabriqué cette robe pour Delores, à l'époque où elle était aussi mince que Thandi. Puis celle-ci l'a conservée pour que ses filles la portent à leur tour. Dans le miroir posé sur la coiffeuse, Thandi examine sa peau blanchie ; une certaine pâleur s'est répandue sur son visage, pareille à un nuage de lait condensé dans un bol de cacao. À vrai dire, elle ne pense plus beaucoup à cette fête, à l'école de médecine ni à son traitement blanchissant depuis qu'elle voit Charles. Mais l'état de mademoiselle Violet lui a rappelé l'abjection de sa condition de femme noire et pauvre, une image qui s'est gravée dans son esprit. Cette condition, Thandi la partage malgré elle avec cette vieillarde malade, avec sa sœur fébrile et sa mère colérique. En entrant dans la case de mademoiselle Violet, Thandi a découvert avec horreur ce qu'elle-même risquait de devenir. Arrivée à bout de souffle chez elle, elle s'est plantée devant le miroir puis s'est frotté la peau avec la crème Queen of Pearl et la préparation à l'eau oxygénée de mademoiselle Ruby jusqu'à ce qu'elle ressente une légère brûlure. Mais Thandi a beau se frictionner depuis ce jour-là, le souvenir de la mère de Charles reste imprimé dans sa mémoire, indélébile.

À son retour des toilettes, Delores trouve Thandi occupée à s'examiner dans la glace.

« Où vas-tu don ? demande-t-elle en posant le rouleau de papier toilette sur une petite table.

— Comme les examens commencent cette semaine, des cours de soutien ont été organisés à la dernière minute au lycée. Je t'en ai parlé, mais tu as dû oublier. »

Thandi retourne repasser sa robe.

Delores hoche la tête puis commence à remplir un panier de souvenirs qu'elle vendra plus tard au marché. Elle est de bonne humeur aujourd'hui. Bien qu'on soit samedi, un grand bateau jettera l'ancre tout à l'heure à Falmouth. Thandi regarde les poupées de chiffon, les dessous de verre, les porte-clés et les bijoux artisanaux que sa mère pose délicatement dans son panier. Et dire que les touristes ne connaîtront jamais l'histoire des pauvres fabricants de ces masques en bois qu'ils vont acheter et accrocher à leurs murs ; de ces poupées de chiffon qui serviront à décorer les meubles superflus de leurs maisons ; de ces figurines qu'ils exposeront sur leurs cheminées, admireront et oublieront dans la foulée. Une odeur de brûlé la tire brutalement de ses réflexions. Une trace brune apparaît autour du fer à repasser sur le tissu de la robe. Thandi se dépêche de le soulever, mais des fibres de polyester restent collées à la surface métallique. Elle pousse un petit cri et regarde avec désespoir la vapeur qui s'échappe du fer. Delores accourt en entendant le sifflement de l'appareil.

« Mais qu'est-ce que t'as fait à cette robe ? » hurle-t-elle après avoir découvert les dégâts.

Une vilaine brûlure défigure ce vêtement qui a survécu à des années de lavage et de séchage au soleil. Les points cousus avec le soin et la précision dont se montraient jadis capables les doigts de grand-mère Merle sont déchirés.

« Désolée, maman. J'avais la tête ailleurs. »

Thandi et sa mère ne se sont pas beaucoup parlé depuis le soir où elle lui a montré son dessin et annoncé qu'elle voulait devenir artiste. Thandi lève les yeux vers Delores qui la dévisage. Elle repose la robe.

« Qu'est-ce qu'il y a ?

— Ne fais pas l'innocente. »

Delores s'approche d'elle.

« Avec quoi tu te barbouilles la figure ?

— Rien, maman. Je me lave avec du savon. C'est tout.

— Tu me prends pou une idiote ?

— Non, maman.

— Réponds-moi franchement, Thandi… Comment ça se fait que t'as la tête d'un macchabée ? »

L'adolescente se touche le visage en faisant semblant de ne pas comprendre. Mademoiselle Ruby avait raison. Sa peau a fini par devenir aussi claire qu'elle le souhaitait. Juste à temps pour la fête de Dana.

« Ma peau est comme ça naturellement. Elle n'a pas vu le soleil depuis longtemps puisque je passe mon temps à réviser.

— Arrête de jouer la comédie, Thandi. »

Delores pose les mains sur les hanches, la poitrine bombée.

« C'est la vérité.

— Tu es allée voir cette mam'zelle Ruby ?

— Non, maman.

— Arrête de mentir ! »

Thandi contemple ses mains pâles et voit ses veines à travers sa peau, bleu-vert et dilatées. Son cœur se gonfle de joie. Elle est si impatiente de montrer son nouveau teint à tout le monde ! La voilà enfin comme les autres, ces filles qui ne sont jamais obligées de faire tapisserie, d'attendre le jour du jugement dernier pour ne plus souffrir. Les portes du paradis s'ouvrent aujourd'hui à elle grâce à sa peau blanchie. Thandi a eu ce qu'elle voulait; plus besoin d'attendre une place au ciel en espérant l'apaisement.

« Mais enfin, pourquoi ? »

Les mains de Delores retombent le long de ses flancs.

« Doux Jésus, mais qu'est-ce que j'ai fait pou mériter ça ? »

Elle se tourne brusquement vers les ombres que les premières lueurs de l'aube n'ont pas encore dissipées. Telle une nuée de petits oiseaux noirs se posant sur les branches des papayers à l'embouchure de la rivière, elles semblent planer un instant puis s'installer autour de Delores.

« Voyez ce que je dois supporter ! s'écrie-t-elle. Cette petite se blanchit la peau, elle se transforme en fanm blanche sous mon propre toit !

— Maman, laisse-moi t'expliquer.

— Quoi don ? »

Delores se jette sur Thandi et renverse la planche à repasser au passage. Elle la traîne par le col de sa chemise de nuit puis, de sa main libre, déchire le fin tissu du vêtement afin de dénuder sa poitrine et de voir en entier son corps blanchi – de fait, sa peau est partout aussi claire que les planches de cèdre utilisées par Clover pour boucher les trous des murs de la case. Sa couleur acajou a disparu. Delores fait un bond en arrière, les mains plaquées sur la bouche, comme si elle avait vu un fantôme. Ses yeux se mouillent.

« Mais qu'est-ce que t'as fait, Thandi ? Et comment t'as payé pou ça ?

— Maman, je vais t'expliquer.

— Comment ? »

Delores tremble aussi fort qu'une branche d'arbre secouée par un ouragan.

« Qui c'est qui t'a rempli la tête de bêtises pareilles ? Les fi de ton lékol ? C'est ça ? »

Comme sa fille ne répond pas, Delores lève une main, mais Thandi se dérobe.

« Et dire que je me brise le dos pou t'envoyer au lycée ! C'est comme ça que tu me remercies ? »

Elle tente à nouveau de la gifler, mais Thandi lui échappe une fois de plus.

« Comment t'as payé cette mégère ? Cette foutue voleuse qui vend rien que des menteries !

— Ça ne coûte pas très cher, maman.

— Je vais vérifier moi-même. En attendant, t'iras nulle part avec cette tête de zombie. Cette Ruby, je vais la tuer !

— Mais maman, j'ai des cours de soutien.

— T'iras nulle part aujourd'hui. Tu vas rester au soleil jusqu'à ce que ta couleur revienne.

— Mais maman ! Je ne veux plus être noire. À quoi ça me servira, hein ?

— Prends pitié de moi, Seigneur ! »

Delores s'accroupit, la tête entre les mains.

« Je veux devenir quelqu'un, maman. Je veux réussir. Et c'est ce que tu souhaites aussi – que je devienne médecin, que je quitte River Bank.

— N'importe quoi ! »

Delores se relève d'un bond.

« Je suis noire, moi, et je le reste ! Tu crois vraiment pouvoir devenir blanche avec une mère noire ?

— Il ne s'agit pas de ton avenir, maman, mais du mien.

— C'est pou ça que t'as honte de moi ? Pasque je suis noire ? C'est pou ça que t'amènes jamais tes camarades à la maison ? Pasque tu veux pas qu'elles découvrent ta mère noire et ta vie au milieu des Noirs ? D'abord tu changes d'accent… Tu sais même plus parler patois. Et ensuite, tu te blanchis la peau. Mais qu'est-ce que vous avez fait de ma

Thandi ? Rendez-la-moi, je vous en prie, pasque j'aime pas du tout celle-ci. »

Au moment où Delores prononce ces mots, Margot entre dans la case, les bras chargés des courses qu'elle rapporte de la boutique de monsieur Levy. Un petit sac de voyage est suspendu à son épaule. Thandi ressent un grand soulagement en voyant sa sœur. Elle se jette à son cou dans l'espoir d'échapper à Delores et manque de la faire tomber.

« Mais qu'est-ce qui se passe ici ? Pourquoi t'es toute nue ? »

Margot lâche ses sacs qui atterrissent sur le sol avec un bruit sourd et prend Thandi dans ses bras.

« T'es aveugle ou quoi ? s'écrie Delores, dont les tremblements s'accentuent. Ta sœur se transforme en fanm blanche sous notre toit ! C'est toi qui lui as donné cette idée ? »

Margot baisse les yeux vers sa sœur.

« De quoi est-ce qu'elle parle, Thandi ? »

Elle la dévisage longuement.

« Thandi ?

— Je ne suis pas en train de devenir blanche. »

L'adolescente renifle puis s'essuie les yeux.

« Je voulais juste donner plus d'éclat à ma couleur. Beaucoup de filles le font. Je suis la plus foncée de l'école. Soit les gens se moquent de moi, soit ils m'ignorent.

— Te soucie pas d'eux ! lui crie Delores. Tu deviendras bien meilleure qu'eux grâce à ce que t'as là-dedans. »

Elle se tapote le crâne.

« Mais maman, tu dis toujours…

— Tu dois te concentrer sur le CXC. On a tout misé sur toi pou que tu réussisses malgré ta peau noire. »

Margot, qui n'a toujours pas pris la parole, regarde Delores, les yeux plissés, puis laisse tomber les mains le long des flancs.

« Laisse-moi lui parler une minute, maman. »

Delores recule, les poings serrés. Elle n'a encore jamais cédé le pouvoir à quiconque, mais Margot semble prête à la faire taire. Tout à coup, on dirait la cheffe de famille. *Quelque chose a changé en elle*, songe Thandi. Ces derniers temps, elle est de plus en plus occupée et de mieux en mieux habillée.

Margot lui a révélé qu'elle se préparait à l'emmener vivre ailleurs. « *Mais où est-ce qu'on trouvera l'argent ?* » lui a demandé Thandi il y a quelques jours. Margot lui a alors adressé le plus grand sourire qu'elle ait jamais vu sur son visage. « *Je viens de gagner le gros lot et de m'acheter un terrain. Tu as en face de toi la nouvelle directrice générale du Palm Star Resort !* » Thandi a serré sa sœur dans ses bras puis l'a regardée. « *Maman est au courant ?* » Margot a secoué la tête. « *Ne lui dis rien. Pour le moment, toute cette histoire doit rester entre nous.* »

C'est précisément cette femme indomptable qui irradie maintenant la pièce, parfaite incarnation du soleil. Delores se retire dans la cuisine en marmonnant, tandis que Margot fait asseoir sa sœur sur le canapé. Très doucement, elle prend son visage dans ses mains et le caresse. Son regard se mouille à son tour. Thandi se demande s'il s'agit de larmes de tristesse ou de joie. Margot pose tendrement la paume sous son menton et serre ses lèvres rubis comme si elle s'apprêtait à lui envoyer un baiser.

« Ces crèmes ne sont pas nécessaires quand on a un visage et une volonté pareils. »

Margot passe les mains dans les cheveux de Thandi, défait sa tresse et laisse tomber ses cheveux sur ses épaules.

« Lorsque tu seras convaincue que tu es belle, les gens le seront aussi.

— C'est ce qu'on t'a dit à l'hôtel quand tu as été embauchée comme réceptionniste puis que tu as eu cette promotion ?

— Quelle promotion ? » s'écrie Delores, de retour dans la pièce.

Muette de stupéfaction, Margot dévisage Thandi. Sans se tourner vers leur mère, elle répond :

« J'ai été récemment nommée directrice générale de l'hôtel.

— Quand ça ? Pourquoi tu m'en as pas parlé ? Combien y te payent maintenant ?

— Il n'y a donc que ça qui t'intéresse ? »

Margot se tourne vers sa mère.

« Combien je vaux ? »

Dans l'ombre, Delores bouillonne de rage.

« Qu'est-ce que t'as raconté à Thandi, maman ?

— Qu'est-ce que tu veux dire ? Tu m'accuses de la forcer à se blanchir ?

— Un boug comme lui », murmure Margot.

Au début, Thandi n'entend pas ce que dit sa sœur, mais celle-ci se met à répéter ces mots comme une litanie. Son murmure devient un rire qui monte de son ventre, si puissant qu'elle en renverse la tête.

« Me caser avec "*un boug comme lui*", c'était ça l'objectif que je devais viser, tu te rappelles, Delores ? »

Brusquement devenue une ombre, une chauve-souris cachée dans un recoin sombre de la case, Thandi assiste à cette scène, l'oreille tendue.

« Tu te rappelles ? » répète doucement Margot.

L'instant d'après, Maxi le chauffeur de taxi s'approche du portail et crie :

« Qu'est-ce qui te prend tout ce temps, manman Delores ? Le bateau va bientôt accoster ! »

Aussitôt, l'attitude de Margot change. Elle cesse de toiser sa mère, rajuste son chemisier puis se penche pour ramasser les sacs de courses sur le sol. Une grimace de dégoût déforme toujours les traits de Delores.

« Ta sœur est différente, dit-elle à Margot en soulevant son propre fardeau – le panier de souvenirs. J'arrête pas de le dire. Laisse-moi tranquille et va don diriger ton grand hôtel. Décidément, les voies du Seigneur sont impénétrables. Je suppose qu'il a décidé de te bénir du jour au lendemain, hein ? lui demande-t-elle d'une voix tranchante. Mais dans quelle position t'as prié, Margot ? À quatre pattes ou bien sur le dos ? »

Margot se raidit. Elle agrippe Thandi par les épaules.

« Tu es au courant ? Elle t'a déjà raconté ce qu'elle m'a fait ?

— Ferme-la, dit Delores. Ne mêle pas ta sœur à ce bazar.

— Tu peux continuer à te blanchir la peau toute ta vie, ça ne changera rien, dit Margot à Thandi dont les bras se couvrent de chair de poule. Crois-moi, ça ne changera pas ta place dans la société, ni le regard que les autres posent sur toi.

— Lâche-moi ! » crie Thandi.

Mais sa sœur s'accroche toujours à elle, comme si elle craignait de tomber dans une sorte d'abîme. Thandi recule en titubant lorsque Margot la libère.

L'adolescente s'en veut de blesser son aînée ainsi. Elle n'aurait pas dû crier. Mais elle pensait qu'elle la comprendrait et prendrait sa défense. Margot ne voit-elle pas qu'elle aspire à une vie meilleure que celle qu'elles mènent à River Bank ? Qu'elle souhaite plus que ce que Margot pourra jamais lui offrir ? Celle-ci attend que Delores parte pour se lever et sortir par la porte de derrière. Thandi la regarde passer devant les toilettes et le pneu dans lequel se cache le petit Richie. Tel un arbre courbé sous le vent, Margot marche tête baissée d'un pas rageur, écarte brutalement les feuilles de bananier et piétine l'herbe haute. Thandi se glisse dans la robe fuchsia – moulante au niveau des hanches et fendue sur les côtés – qu'elle a achetée la semaine passée pour la soirée. Autant l'enfiler puisqu'il n'y a plus personne pour la voir dedans.

Seule sur la jetée ce soir-là, Thandi regarde ses camarades de classe s'amuser sur la piste de danse. Elle s'efforce de ne pas penser à Charles, mais personne ne l'invite à danser. Personne ne l'entraîne vers le buffet d'amuse-gueule et de sodas. Le sentiment qu'elle vit en décalage avec les jeunes de son âge l'envahit peu à peu, aussi glaçant que l'air nocturne. Couchée dans l'ombre, les jambes tournées en dedans, elle triture un bout de serviette plié dans ses mains moites. Les filles passent devant elle comme si elles ne la connaissaient pas. Lorsqu'un air de dancehall s'élève vers le ciel, Thandi ajuste sa robe en espérant qu'on l'invitera à danser. Tous les beaux garçons noirs se sont trouvé une jolie partenaire noire. Sur la piste de danse et autour, ils s'agitent avec enthousiasme, se collent au derrière des filles et se déhanchent avec elles sur le rythme de la musique. Cela n'a pas l'air de déranger les camarades de classe de Thandi. Elles ont si chaud que leur front est humide, leur maquillage coule et leur décolleté moite brille comme s'il était couvert de paillettes. Les plus gênées s'éventent, se tamponnent le visage avec un mouchoir et font semblant d'ignorer les regards des garçons qui font la queue en attendant leur tour. Leur sourire et leur peau scintillent sous les lumières disco.

Tous ces lycéens s'amusent tant qu'ils en oublient d'essayer de s'impressionner les uns les autres. Lorsque commence un morceau de Dennis Brown, chaque danseur part en quête d'une partenaire. Thandi aperçoit cependant un garçon qui reste dans son coin. Leurs regards se rencontrent. Même de loin, elle aperçoit ses fossettes. D'un pas décidé, elle se faufile entre les corps des danseurs qui occupent la piste. Le garçon se redresse. Thandi glisse ses cheveux derrière ses oreilles afin qu'il puisse voir son visage pâle, lumineux. Elle a tant rêvé d'aborder un garçon à la peau claire comme si c'était son droit le plus strict ! Celui-ci soutient son regard. Avec un léger mouvement des yeux, il l'observe de la tête aux pieds tandis qu'elle se rapproche de lui. Au moment où la voix de Dennis Brown atteint une note aiguë qui monte en flèche vers le ciel indigo constellé d'étoiles, les fossettes du garçon disparaissent. Il fronce le nez et s'éloigne. Thandi, qui se réjouissait d'être enfin acceptée par ses pairs, n'a pas atteint l'autre côté de la piste de danse qu'elle se sent à nouveau rejetée. Les agréables frissons que lui procurait la possibilité d'une idylle avec ce métis à la peau crème sont rapidement éclipsés par un ignoble fluide qui se met à circuler dans ses veines. Ses espoirs se fanent avant même d'éclore. Mademoiselle Ruby avait tort. Malgré sa peau blanchie, les jeunes de son âge ne la trouvent toujours pas belle.

Thandi se dirige vers les toilettes, le cœur brisé. En chemin, elle aperçoit un visage familier et plisse les yeux en se demandant si sa vue lui joue des tours. Jullette est assise au bar en compagnie d'un homme – un étranger qui semble deux fois plus âgé qu'elle. C'est un Blanc basané aux cheveux argentés vêtu d'un polo blanc et d'un short beige. Une de ses mains est posée sur la cuisse brune et nue de Jullette, l'autre, autour d'un verre. Tous deux forment un couple tout à fait invraisemblable. L'homme se penche puis murmure quelque chose à l'oreille de Jullette qui éclate de rire et pose la main sur la bouche. Son visage est dissimulé sous un masque aux tons violet, vert et rouge. Elle lui donne une petite tape espiègle en voyant qu'il lui a volé son verre et le vide d'une traite.

« Jullette ? » lance Thandi depuis le bout du bar.

Lorsqu'elle entend son nom, l'adolescente se retourne, et la joie disparaît de son visage. Ses yeux, d'un brun noisette surprenant à cause de ses lentilles, s'écarquillent. Elle détourne aussitôt le regard.

« Jullette ! » l'appelle de nouveau Thandi, étrangement heureuse de rencontrer son ancienne amie pour la première fois depuis leur brouille.

Les clients du bar lui lancent des regards, l'air de la prendre pour une folle. Jullette enfouit le visage dans le cou de l'homme et murmure quelque chose. Puis tous deux se lèvent et quittent le bar.

23

Le garde-manger est vide. Les placards ouverts exposent leur squelette : sur leurs étagères, rien d'autre qu'une boîte de soupe de nouilles au poulet. Pas même un biscuit à tremper dans une tasse de thé, dont il ne reste de toute façon plus un sachet. Le réfrigérateur souffle son haleine froide au visage de Verdene. Pas d'œufs non plus pour le petit déjeuner. Elle n'a d'autre choix que de se rendre au marché. Verdene compte ce qui lui reste de l'assurance-vie que lui a laissée sa mère. Cette somme suffira à la nourrir encore un moment. Très lentement, elle enfile une robe. Elle remonte sa fermeture sur le côté et regarde le tissu tomber sur ses genoux. Grâce à ce vêtement long, peut-être regagnera-t-elle la respectabilité dont jouissent les autres femmes. Avant de partir, elle ramasse son panier, celui qu'utilisait autrefois sa mère.

Dehors, le soleil est aussi vif qu'un jaune d'œuf. Cet œil qui semble fixer Verdene la cloue sur place. L'espace d'un instant, elle hésite à se laisser mourir de faim, à renoncer à la vie entre les murs protecteurs de sa maison. Son corps pourrira, puis quand on le découvrira, il sera méconnaissable. Verdene imagine les membres de la communauté prenant la main de leurs enfants pour danser autour de sa propriété et chanter : « *Tralalère ! Adieu vilaine sorcière !* »

Verdene prend la direction de la rue principale où elle espère passer inaperçue sous son chapeau de soleil blanc. Un homme et une femme traversent la chaussée dès qu'ils la voient arriver. Un groupe de garçons assis sur la branche d'un manguier jettent des noyaux sur son passage. Deux petites filles qui sautent à la corde dans une cour s'arrêtent puis serrent le bas de leur robe autour d'elles. Leurs mères qui discutent à proximité poussent un petit cri. Au lieu de s'exclamer : « *Vous voyez la peau claire de cette dame ? Vous voyez comme elle est belle ? Arrêtez don de jouer au soleil, sinon vous resterez noires et laides* », elles surveillent Verdene du coin de l'œil tout en attrapant leurs filles. « *Venez par là ! Laissez passer la sorcière !* » Lorsqu'elle arrive au bar, près du magasin de monsieur Levy, les hommes qui jouent aux dominos dehors la regardent attentivement. Au moment où elle les dépasse, Verdene entend l'un d'eux, Clover, dire à ses amis : « *Tout ce qui lui faut, c'est un bon coup de queue là où je pense.* »

Mais elle ne flanche pas. Elle garde la tête haute, à peu près certaine qu'ils ne la toucheront pas, car elle bénéficie encore de l'aura des personnes revenues de l'étranger. S'ils voulaient lui faire du mal, ils seraient déjà passés à l'acte. C'est cet accent britannique saccadé, sa précision tranchante comme la lame d'un rasoir, qui les en dissuadent.

« Un problème, messieurs ? » demande-t-elle en s'efforçant de garder une voix ferme.

Les hommes se tassent sous son regard. Ses bonnes manières semblent les embarrasser. Clover sort une flasque, boit une gorgée de rhum puis s'essuie la bouche d'un revers de main. Sans un mot, il s'empoigne l'entrejambe et la regarde. Verdene le dévisage jusqu'à ce qu'il baisse la main et cesse de la lorgner.

Au marché, Verdene ne voit ni ne sent presque rien. Elle choisit des fruits et légumes au hasard et les pose dans son panier. Comme il n'a pas plu depuis des mois, ils ont tous l'air mauvais. L'idéal serait de pouvoir les tâter et les sentir comme le faisait sa mère. Celle-ci pouvait les choisir les yeux fermés. Elle obtenait toujours le meilleur prix pour tout ce qu'elle achetait. Mais Verdene n'a pas cette chance. Il suffit aux vendeuses du marché de la regarder pour deviner que c'est une étrangère, une enfant prodigue qui n'a toujours pas réassimilé sa culture. Elles la jugent sans doute sur son accent et son maniérisme ; sur sa manie d'attendre son tour pour parler ; sa façon de marcher avec prudence, incapable de se laisser guider par ses hanches comme la plupart des Jamaïcaines, et de regarder sans arrêt par-dessus l'épaule, tels les touristes qui osent s'aventurer dans les allées du marché. Reconnaissant mademoiselle Ella dans ses traits, les vendeuses de River Bank repensent à cette vieille femme morte seule dans sa jolie maison rose sur la colline. Elles se souviennent de cette fille qui l'a couverte de honte. Elles se rappellent le péché qu'elle a commis. « *Ce serait pas la fi de mam'zelle Ella, ça ?* » chuchotent-elles entre elles. Et leurs paroles se répandent à travers le marché comme la puanteur du poisson cru, des fruits gâtés et de l'eau des caniveaux qui imprègne l'air humide. Certaines la chassent comme les mouches qui se posent sur leurs produits tandis que d'autres s'immobilisent, les mains sur les hanches, l'air d'attendre un conflit. Verdene a l'impression d'être un de ces soldats qui arpentent les allées armés de longs fusils ; les gens se taisent sur son passage et lui lancent des regards craintifs. Les dents serrées, les vendeuses lui proposent leurs produits au prix fort et lui font comprendre d'un regard qu'il est inutile de marchander. Qu'elles préféreraient se passer de son argent – et tant pis si elles n'ont que du porridge de semoule de maïs à proposer à leurs enfants pour le dîner. Lorsqu'elle décide d'acheter ces produits malgré leur prix, les femmes acceptent son argent à contrecœur. Verdene remarque qu'elles prennent ses billets du bout des doigts.

Une fois que son panier est plein, Verdene marche jusqu'au bout de la rangée. Elle ne s'était encore jamais aventurée aussi loin sous les arcades mais aujourd'hui, quelque chose l'y pousse. Accroupie, Delores est occupée à écosser des petits pois. Ses doigts habiles ouvrent rapidement les cosses et font tomber les billes vertes dans un panier. Bien qu'elle travaille vite, Verdene devine qu'elle a l'esprit ailleurs car elle ne remarque pas sa présence.

« Bonjour, Delores. »

Verdene pénètre sur le stand puis s'arrête devant la femme voûtée qui lui paraît plus petite qu'autrefois. Delores la dévisage comme si elle tentait de se rappeler qui elle est. Ses grands yeux s'écarquillent, puis elle hausse les sourcils comme si elle avait vu une revenante.

« Toi ! » murmure-t-elle.

Verdene recule d'un pas, espérant la tranquilliser, mais Delores, prise d'une quinte de toux, tente déjà de se relever. Verdene aimerait s'avancer et lui tapoter le dos, mais elle craint que quelqu'un n'arrive à ce moment-là et pense qu'elle tente de l'agresser. La toux de Delores se calme. Elle respire lentement, le poing devant la bouche au cas où elle aurait une nouvelle crise.

« Qu'est-ce que tu me veux ? demande-t-elle, la voix rauque.

— Comme j'étais dans le coin, j'ai eu envie de passer te dire bonjour. »

Delores grimace.

« Qu'est-ce qui te fait croire qu'on est proches à ce point ?

— Ma présence ne te dérangeait pas autrefois.

— Eh ben, c'était avant que je sache que t'es le diable incarné. »

Verdene hésite à prendre le risque de lui demander des nouvelles de Margot.

« Comment vas-tu ? demande-t-elle.

— Qu'est-ce que ça peut te faire ?

— Et Margot ? Ça fait des années que je ne l'ai pas vue », ment Verdene du ton le plus désinvolte possible, bien que son cœur batte la chamade.

Delores pose ses poings serrés sur les hanches.

« Tu veux des nouvelles de ma fi ? »

Sa méfiance frappe Verdene en plein cœur.

« Comment oses-tu venir traîner ici et prononcer son nom ? »

Les yeux de Delores lancent des éclairs.

Verdene voudrait s'expliquer, mais elle se ravise.

« On ne peut pas dire que tu la traites comme ta fille. Tu ne t'es jamais préoccupée d'elle. Tu ne l'as jamais aimée. Pas comme…

— T'as rien à faire ici, et tu oses venir me critiquer ? la coupe Delores. Elle est pas comme toi, Margot. Elle a un boug dans sa vie. Un riche qui possède un hôtel. Alors au lieu de demander de ses nouvelles, tu devrais faire demi-tour et aller voir ailleurs si j'y suis.

— Je n'ai pas dit…

— Je sais exactement ce que t'as pas dit », marmonne Delores entre les dents.

Verdene s'apprête à répliquer mais change d'avis. Elle ne parviendra pas à duper cette femme. Delores sait ce que Verdene éprouve pour sa fille. Elle l'a toujours su. Verdene le devine à sa façon de la regarder, les narines dilatées, le regard haineux. Un rictus déforme peu à peu son affreux visage noir.

« Margot s'est dégoté un riche, déclare-t-elle. Un boug qui peut subvenir à ses besoins. Alors fiche-moi le camp avec ton accent étranger et ton héritage. On en veut pas, de ta méchanceté ! Elle est pas comme toi, Margot ! »

Verdene quitte le stand à reculons.

« Elle est pas comme toi ! Elle est pas comme toi ! Elle est pas comme toi ! »

Plus Verdene court, plus les cris de Delores sont assourdissants. Les autres vendeuses tendent le cou pour vérifier ce qui provoque tout ce remue-ménage. Elles voient Delores crier, Verdene s'éloigner à toutes jambes, heurtant des caisses et des clients au passage. « *Elle est pas comme toi ! Elle est pas comme toi ! Elle est pas comme toi ! Elle est pas comme toi ! Elle est pas comme toi ! Elle est pas comme toi ! Elle est pas comme toi ! Elle est pas comme toi ! Elle est pas comme toi ! Elle est pas comme toi ! Elle est pas comme toi !* »

Verdene percute un jeune rasta qui tient un carton d'oiseaux sculptés. Elle l'a vu vendre ses objets au coin de l'allée. La boîte tombe, les oiseaux s'écrasent sur le sol. Le rasta se prend la tête entre les mains, les yeux hagards.

« T'as cassé tous mes zwazo ! »

Lorsqu'il empoigne Verdene par le bras, son panier tombe et ses fruits éclatent sur les pavés. Au moment où un fruit à pain trop mûr atterrit sur le sol, on croirait entendre un poing s'enfoncer dans la partie molle, charnue, d'un corps.

« Tu vas me les payer, ces zwazo ! crie le rasta en foudroyant Verdene du regard.

— Lâche-moi tout de suite », marmonne celle-ci entre les dents.

Sa poitrine se soulève douloureusement, tandis que son cœur tambourine contre ses côtes.

« Je t'ai dit de me lâcher ! »

Mais le rasta refuse.

« Donne-moi les sous pou ces zwazo.

— La lâche pas, John-John, lance une des vendeuses. Elle embêtait déjà Delores tout à l'heure. Elle était venue déclarer son amour pou Margot.

— Qu'est-ce que t'as fait à manman Delores ? demande le rasta à Verdene. Qu'est-ce que t'as fait à ma Margot ? »

Sa Margot ? Verdene fixe ses yeux jaunes.

« Mais qui es-tu ? Lâche-moi, sinon…

— Sinon quoi ? »

L'homme recule le poing. Derrière lui, les vendeuses scandent :

« Frappe-la ! Frappe-la ! Frappe-la ! Démolis don la figure de cette pécheresse !

— Seuls les lâches frappent les femmes, murmure Verdene, si bas qu'il est le seul à l'entendre. Jamais *ma* Margot ne voudra de toi. »

Le poing du rasta vise son visage. Verdene, qui a eu l'habitude d'intervenir dans les disputes de ses parents et a un jour reçu le poing dur de son père dans le côté gauche de la mâchoire en voulant l'empêcher de briser le corps menu de sa mère, a depuis longtemps parfait quelques gestes d'autodéfense qui lui permettent de bloquer la main de l'homme et de lui tordre le bras derrière le dos. Paralysé, le rasta serre les dents.

« Quand une femme te demande de la lâcher, tu la lâches, compris ? »

La voix qui prononce ces mots est méconnaissable. C'est probablement celle d'une personne dans la foule qui assiste à la scène. Verdene ne reconnaît pas son propre timbre.

« Tu m'as entendue ? » répète cette nouvelle version d'elle-même.

Le rasta cède enfin, les yeux écarquillés de peur. Sans un mot, il la regarde ramasser son panier vide. La foule qui s'est rassemblée reste muette, elle aussi. Verdene retient ses larmes. Il n'est pas question de montrer à ces gens combien elle se sent humiliée. Un par un, elle repose les fruits et légumes dans son panier en comprenant qu'elle ne reviendra jamais faire ses achats ici. Alors qu'elle pense avoir terminé, quelqu'un lui tend une pomme. Verdene regarde ses doigts aux ongles noircis pareils à des griffes puis lève les yeux vers son visage.

« Je crois que ça t'appartient », dit la femme.

Son visage est couvert de rides. À croire qu'on lui a enlevé puis froissé la peau comme une feuille de papier avant de la remettre en place.

Verdene, qui hésite encore à reprendre sa pomme, rencontre le regard bleu cataracte de la vieillarde. Mademoiselle Gracie lui sourit de toutes ses dents pourries.

« C'est à cause de toi qu'Ève a croqué dans la pomme, crache-t-elle avec un mépris cinglant. Alors reprends-la don maintenant ! Reprends-la et retourne en enfer, serpent ! »

Elle jette le fruit à la tête de Verdene qui laisse tomber son panier et s'enfuit, tandis que la foule victorieuse se réveille.

« Vas-y, manman Gracie, montre-lui qui c'est qui commande ! Botte-lui le derrière ! Fracasse-lui le crâne ! »

Le rasta qui a soudain retrouvé sa voix lui crie :

« Si jamais je te recroise, tu me le paieras ! »

Verdene quitte le marché à fond de train lorsqu'elle comprend que Delores se trouve au milieu de la foule, les yeux rouges comme ceux du diable. À croire que c'est elle qui a tout orchestré.

« Va-t'en, sale dépravée ! Et reviens plus jamais ! » crie-t-elle.

Les paroles de Delores frappent Verdene comme une pierre dans le dos. Sans ralentir un seul instant, elle court jusque chez elle.

24

Delores regarde Verdene s'enfuir. L'atmosphère malsaine dans laquelle cette perverse a plongé le marché lui donne des frissons. On peut dire qu'elle a bien choisi son jour pour venir la harceler.

« Mais qu'est-ce que tu veux de moi, Seigneur ? » demande Delores, le visage levé vers le ciel bleu acier.

Ce doit être un signe. Un présage. La fille de mademoiselle Ella mijote un sale coup depuis longtemps. Elle a empoisonné l'esprit de Margot il y a toutes ces années, l'a rendue folle pendant des mois. Margot n'a plus jamais été la même après être devenue son amie.

Quand la petite avait dix ans, Delores la trouva un jour rayonnante en rentrant du travail. À la vue des petites dents blanches que découvraient ses lèvres brunes, elle sentit quelque chose se serrer dans sa poitrine. Ce sourire lui paraissait étrange. Curieusement, la joie et l'innocence de sa fille l'exaspéraient. Si Margot savait quel sort la vie réservait aux filles comme elle, elle ne sourirait pas jusqu'aux oreilles. Plus la fillette était heureuse, plus les muscles de Delores se contractaient dans le creux de sa poitrine.

« Qu'est-ce qui te rend don si joyeuse ? lui demanda-t-elle en la voyant glisser une fleur d'hibiscus rouge derrière son oreille dans le jardin.

— Elle a dit que j'étais jolie.

— Qui ça ?

— Verdene.

— Quelle Verdene ?

— La fi de mam'zelle Ella », répondit Margot, le doigt pointé en direction de la maison rose vif.

À sa naissance, Margot pleurait sans arrêt, comme si elle partageait la douleur que Delores avait ressentie pendant l'accouchement. Ce bébé était un fardeau, la preuve vivante de ce qu'un homme avait volé à Delores, de ce qu'il avait broyé, détruit en elle. Le père de Margot avait lui aussi complimenté Delores sur sa beauté. Alors qu'elle avait à peine treize ans, il s'amusait à pincer ses bourrelets et tentait de l'asseoir sur ses genoux. Comme elle refusait, il avait fini par l'y obliger. Puis il s'était mis à la titiller jusqu'à ce que Delores n'y tienne plus. Il l'avait tant et si bien lutinée que Margot était née en vagissant neuf mois plus tard. Delores ne supportait plus ses cris. Même le son de sa douce respiration, tandis qu'elle jouait, tétait ou ronflait, lui écorchait les oreilles. Delores s'était retenue de nombreuses fois de presser un oreiller sur sa tête pour la faire taire.

Quand elle vit Margot sourire ce jour-là, elle éprouva l'envie d'étouffer ce qu'elle voyait dans les yeux de sa fille : une étincelle qui brillait comme ce soleil infernal que Delores rêvait d'arracher au ciel. Elle serra les poings.

« Enlève tes vêtements sales », ordonna-t-elle à Margot.

Delores vit son visage s'assombrir, mais cela ne suffit pas à apaiser sa douleur.

« Je t'ai dit de te déshabiller, petite ! »

La fillette obéit. Elle retira ses vêtements avec des gestes lents. Nue au milieu de la cour, elle regarda Delores remplir une cuvette d'eau.

« Grimpe dedans. »

L'obéissance de Margot ne fit que l'irriter davantage. Il lui semblait que sa fille se moquait silencieusement d'elle.

Cette enfant faisait semblant d'être sage ; au fond d'elle, elle ruminait certainement sa vengeance. Quand, bébé, elle se réveillait au moment où Delores levait un oreiller au-dessus de sa tête, les mains tremblantes, Margot se contentait de battre des cils en la dévisageant avec émerveillement, comme si sa mère était Dieu en personne. Elle lui faisait toujours confiance. Mais c'était forcément une ruse. Un plan pour tuer Delores à grand renfort de regards tendres.

La punition qui suivit fit hurler la fillette. Delores tenait à lui donner une bonne leçon. Pour ce faire, elle tint Margot sous l'eau et la pinça sur tout le corps. Ses doigts arrachèrent des cris assourdissants à la petite. Delores profita de la situation pour lui donner un bon avertissement.

« N'accepte jamais les compliments de qui que ce soit, tu m'entends ? Surtout pas d'une aut' fanm ! C'est une pratique contre nature !

— Oui, mamaaan ! »

Les plaintes de Margot ne faisaient que stimuler Delores. Sa fille devait à tout prix comprendre que les gens disaient ces choses pour profiter d'elle. Comme son père avait profité de sa mère.

Plus tard cette année-là, quand la nouvelle lui parvint que Verdene avait été surprise au lit avec une étudiante de son université, Delores se demanda si elle avait bel et bien profité de Margot. « *Que je te revoie plus jamais filer là-bas !* » cria-t-elle à sa fille. Puis elle l'obligea à s'asseoir dans la cuvette afin de la débarrasser du mal qui s'était emparé d'elle. Mademoiselle Gracie lui suggéra d'utiliser de l'herbe aux poules pour guérir Margot, mais la tisane n'eut aucun effet. La petite continua à courir se cacher chez mademoiselle Ella dans l'espoir d'échapper à sa mère. Elle s'accrochait à cette femme et sa dépravée de fille comme s'il s'agissait de sa famille. Delores lavait Margot tous les jours. « *Tu seras jamais comme elle, tu m'entends ?* » Mais rien n'y fit. Lorsque

Verdene fut envoyée en Europe, Margot passa la majeure partie de son temps roulée en boule à pleurer son départ. Elle ne prononça plus un mot pendant des jours. Ses professeurs commencèrent à penser que quelque chose ne tournait pas rond dans sa tête. Margot ne sortait plus de chez elle que pour aller courir sur la piste du stade. Courir comme si on la pourchassait. Elle rejoignit l'équipe d'athlétisme locale et remporta bientôt toutes les courses. Elle finit même par participer aux compétitions organisées au National Stadium. Delores faisait tout pour la rendre normale. Et puis un jour, l'inconnu vint la trouver sur son stand. Quand il lui offrit de l'argent, elle ne songea pas seulement à son salut, mais à celui de sa fille aussi.

« Ça va, manman Delores ? »

John-John interrompt ses pensées. L'inquiétude qu'elle lit sur son visage diminue la force du venin qui coule dans ses veines, dissipe la colère toxique qui paralyse presque son corps. Delores hoche la tête sans parvenir à retrouver sa voix. L'échange qu'elle a eu avec Verdene l'a rendue malade. La nausée lui tord l'estomac. Delores cherche son tabouret, tandis que la grosse masse solide de son cœur bat la chamade dans sa poitrine.

« Je vais te chercher de l'eau, manman Delores. T'as pas l'air dans ton assiette. »

John-John quitte le stand à grandes enjambées. Delores palpe son sein droit et y localise sa grosseur. Elle est plus importante qu'avant et s'étend jusque sous son bras. Delores n'est toujours pas allée la faire examiner chez le médecin. Que dira-t-il ? Qu'elle a besoin d'une opération ? Il lui suffira de boire davantage d'infusion d'herbe aux poules aux feuilles de corossolier.

John-John revient, une tasse en plastique remplie d'eau tiède à la main.

« C'est Donovan qui m'a donné ça pou toi. »

Il remet à Delores le gobelet offert par le vieux cordonnier dont la boutique se trouve en face des arcades.

« Y dit que si tu veux de la glace, mam'zelle Bernice en a. Mais elle est trop loin, hein. »

Delores boit l'eau d'une traite puis rote bruyamment et rend la tasse à John-John.

« Dyé te bénisse, dit-elle. Maintenant, soulève-moi ce panier. »

John-John s'empresse de ramasser la corbeille posée sur le sol et la pose sur la table où est disposée la marchandise. C'est le jour où Delores propose ses fruits et légumes mais aujourd'hui, rien ne se vend. Elle n'a eu qu'un seul client ce matin. Aucun bateau n'accostera à Falmouth avant la semaine prochaine. Delores est condamnée à passer ses journées ici à attendre.

« Bon, je rentre chez moi. Ça sert à rien de perdre son temps ici, dit-elle en se relevant.

— T'es sûre que ça va, manman Delores ? demande John-John qui la dévisage. Tu transpires beaucoup. Cette fanm… Pourquoi elle te contrarie comme ça ? Mavis t'a vue la chasser de ton stand.

— Commence pas à me parler de Mavis. Elle sait quoi de cette affè ? Ça vous regarde ni toi, ni elle. »

Delores s'évente avec un vieux calendrier du magasin de meubles Courts tout en remballant sa marchandise. John-John la regarde faire. Il est encore tôt. À peine quatorze heures. D'habitude, c'est le moment où elle vend le plus. La plupart du temps, quand elle voit les autres vendeuses partir aussi tôt, elle les réprimande en claquant la langue. « *Bande de paresseuses ! Vous croyez que c'est déjà l'heure d'aller se coucher ? Y a du travail, dites !* »

Mais aujourd'hui, Delores est fatiguée.

Assise sous la varangue, Merle contemple le ciel d'un air paisible. Delores entre dans la case et pose ses affaires. Cet endroit semble tout à coup trop petit pour y vivre. Elle balaye la pièce miteuse du regard et songe qu'elle aurait dû mieux cacher son argent. Avec cette somme, elle aurait pu s'acheter un billet pour l'Amérique. Mais il a fallu que Winston lui prenne tout. Elle retourne sous la varangue, se plante devant sa mère et lui bloque la vue.

« Y reviendra pas ! » lui hurle-t-elle.

La vieille femme ne cille pas.

« Je te dis que ton vieux nègre de fils reviendra pas ! »

Comme sa mère reste impassible, Delores l'attrape par le bras et la secoue.

« Tu m'entends ? »

La vieille pousse un cri. Delores serre sa chair jusqu'à ce que ses ongles s'enfoncent dans sa peau. Son bras est aussi mou que la viande tendre d'une cuisse de poulet. Delores sent les os délicats de sa mère en dessous. Comme ils semblent fragiles dans sa main puissante ! Le cri de Merle se transforme en gémissement.

Delores la soulève de son fauteuil, l'emmène dans la case puis la laisse tomber sur le canapé.

« Ça suffit de regarder le ciel. Il est parti ! Y reviendra pas ! »

Merle geint plus fort en se frottant les bras. Tandis qu'elle se balance d'avant en arrière, ses gémissements se font aussi rauques que ceux d'un porc qu'on torture. Delores se penche afin de pouvoir regarder dans les yeux cette femme qui lui répétait jadis qu'elle n'était rien, cette femme qui a refusé de l'envoyer à l'école sous prétexte qu'elle n'était pas un garçon, contrairement à son frère, l'homme de la maison. Cette femme qui était au courant des attouchements qu'elle subissait et lui en faisait porter la responsabilité.

« Quoi ? Tu crois qu'y va venir te sauver maintenant ? Tu vois, c'est pas lui qui s'occupe de toi, mais moi. Moi ! Y t'a oubliée ! Il a pris tous mes sous. C'est pas toi qui disais que tout lui appartenait ? C'est pas toi qui disais que c'était lui qui réussirait ? Hé ben, c'est raté. Il est parti et t'a abandonnée comme un tas de bouse sur le pas de ma porte ! »

Delores tourne brusquement le dos à sa mère. Elle ne supporte plus de voir la souffrance qu'exprime son regard. Une souffrance qui n'est pas causée par ses insultes, mais par l'absence de son fils adoré.

25

Lorsqu'elle sort de sa dernière épreuve du CXC et aperçoit Charles qui l'attend près du portail du lycée dans son pantalon coupé, sa chemise ouverte et ses vieilles chaussures poussiéreuses, Thandi hésite un instant à l'ignorer. Elle l'évite depuis le jour où elle l'a surpris pendant la toilette de sa mère. Après son échec pitoyable à la fête, Thandi s'est concentrée sur ses révisions. Delores a toujours dit que dans la vie, elle ne pourrait compter que sur son instruction – ce serait la seule chose qui la distinguerait des habitants de River Bank. Lorsqu'il la voit, Charles agite la main et un sourire illumine lentement son visage, comme s'il tentait de le réprimer. Mais Thandi est incapable de lui répondre. Les regards de ses camarades de classe clouent sa main à son flanc, tandis que ses doigts s'agitent dans le vide. Charles attend qu'elle traverse la rue pour le rejoindre. Thandi le salue et parvient à lui adresser un sourire qui, elle l'espère, passera pour une simple marque de politesse – le genre de sourire qu'on adresse aux mendiants et aux admirateurs indésirables. Elle marche quelques pas devant lui sans parvenir à ignorer son ombre, son odeur de papaye mûre ni la distance qui les sépare.

« Comment tu te sens maintenant que t'as fini tous tes examens ?

— Bien.

— C'est tout ? Ça fait un gros poids en moins, non ? »

Comme Thandi ne répond pas, il lui demande :

« Tu veux que je porte ton sac ? »

Elle secoue la tête et caresse la bretelle sur son épaule.

« Non, c'est bon.

— Et ça ? » demande Charles en désignant le parapluie noir que Thandi tient au-dessus de la tête pour éviter de bronzer.

Avec toute la crème éclaircissante que mademoiselle Ruby continue à appliquer sur son corps malgré les menaces de Delores, quelques minutes de soleil risqueraient de brûler sa peau délicate.

« Je peux le tenir moi-même.

— Tu veux une mangue ? »

Charles sort un fruit de sa poche et le lui tend. Thandi regarde par-dessus son épaule. Elle se trouve toujours sur la place ; il ne faudrait pas qu'on la voie accepter la mangue que lui tend ce gamin des rues. Elle accélère le pas, mais Charles l'imite.

« Pourquoi tu marches plus vite ? T'es attendue quelque part ? demande-t-il en faisant de son mieux pour ne pas se laisser distancer.

— Oui, je dois rejoindre quelqu'un à Ironshore.

— Ah.

— Il faut que je me dépêche de trouver un taxi.

— Qui c'est que tu vas voir là-bas ?

— Ce ne sont pas tes affaires. »

Thandi s'attend à ce qu'il la laisse tranquille, qu'il batte en retraite et lui dise qu'il la verra plus tard. Mais Charles reste à côté d'elle, à la vue de tous, sur la place Sam-Sharpe bondée, alors qu'elle porte l'uniforme très reconnaissable du lycée Saint-Emmanuel. Elle lui en veut terriblement de la couvrir ainsi de honte et s'agace de sa naïveté – enfin, n'est-ce pas plutôt de l'arrogance ? Ne voit-il pas qu'elle a autre chose à faire que de traîner avec lui pour le moment ?

Cela étant, Thandi n'a aucune envie de partir en quête d'un travail pour l'été dans les hôtels de la côte, y compris dans celui de Margot. Mais maintenant que le CXC est terminé, à quoi va-t-elle occuper tout son temps ?

« T'as honte de moi ? À cause de ce que t'as vu à la case ? lui demande soudain Charles.

— Comment ça ? s'écrie Thandi, feignant d'être à la fois scandalisée et blessée. Je suis pressée, c'est tout. »

Charles la dévisage. Thandi, qui a l'habitude de se faire passer pour une autre, s'évertue à le faire changer d'avis.

« Si j'avais honte de toi, pourquoi je te parlerais ? »

Charles hausse les épaules.

« À toi de me le dire.

— Je n'ai pas honte de toi, déclare Thandi en s'efforçant de s'en convaincre elle-même.

— Allez, dis-moi juste la vérité. Je peux comprendre que ça te mette mal à l'aise d'avoir vu ma mère comme ça.

— Je… Eh bien, tu sais, ça m'a rappelé… »

Elle marque une pause, le temps de trouver les mots justes.

« Je ne veux pas finir comme elle.

— C'est pas contagieux.

— Ce n'est pas ce que je voulais dire.

— Alors explique-toi.

— Je veux que mon bonheur ne dépende que de moi. J'en ai toujours voulu à ma mère de m'interdire de fréquenter certaines personnes. Mais après avoir découvert à quoi ressemble le désespoir, j'ai compris ce qu'elle faisait. Elle essayait de me sauver. »

Charles est si silencieux que Thandi croit entendre les battements de son propre cœur.

« D'accord. Je vois.

— Je suis désolée, Charles.

— Pas la peine de t'excuser. Je peux pas t'en vouloir. Je suis rien qu'un gosse des rues sans espoir. C'est drôle, mais je savais que tu finirais par retrouver tes esprits un jour. J'ai bêtement cru que t'étais différente des aut' fi, que t'étais au-dessus de ces trucs et que t'écoutais ton cœur. »

Il secoue la tête et regarde ses vieilles chaussures d'où pointent ses gros orteils. Thandi commence à regretter ses paroles. Charles ne la regarde plus. Les épaules voûtées, il fixe du regard un caillou dans lequel il finit par shooter.

« En tout cas, j'espère que ça vaut le coup de fréquenter ces gens », dit-il.

Le dégoût qui se lit sur son visage avant qu'il ne lui tourne le dos et s'éloigne déteint sur Thandi. Quelle idée de faire autant d'efforts pour s'intégrer ! Qu'est-ce que tout ça lui a rapporté ? Thandi s'aime quand elle est avec Charles. En sa compagnie, elle ne passe pas son temps à essayer d'être une autre. Elle se remémore le jour où il a risqué sa vie pour la sauver de la noyade ; et puis les fois où il lui a dit qu'elle était belle.

Le garçon marche à quelques mètres devant elle en direction de la colline, la tête toujours baissée.

« Charles ! » s'entend-elle crier.

Les élèves de Saint-Emmanuel apprennent dès leur plus jeune âge qu'elles ne doivent pas hausser le ton en public. On doit pouvoir les considérer comme les messagères silencieuses de Dieu. Mais Thandi fait brutalement taire la voix de sa conscience et court en criant :

« Charles ! »

Son gros sac à dos lui heurte le dos à chaque foulée. Thandi baisse son parapluie ; le soleil tape sur son visage, mais elle s'en moque. Elle sent sur elle le regard des badauds dont certains s'arrêtent pour la laisser passer.

« Charles ! » crie-t-elle, affolée.

Le garçon continue à traverser la foule. Seul l'arrière de sa tête est visible. Thandi accélère le pas, intimement convaincue que si elle ne le rattrape pas, elle pourrait bien ne jamais s'en remettre.

« Charles ! » appelle-t-elle d'une voix aiguë, nue, brisée.

Charles s'arrête, se retourne, et Thandi lui rentre dedans. Le visage pressé contre sa poitrine, elle le laisse passer les bras autour d'elle et hume son odeur de papaye mûre. Les passants doivent se demander ce qui lui prend de faire tout ce raffut en public, mais Thandi s'en moque. Elle est trop fatiguée pour s'en préoccuper.

« Je croyais que t'étais pressée », murmure Charles dans ses cheveux.

Il l'emmène dans sa case en zinc sans s'arrêter à la cabane principale, où sa mère contemple probablement le plafond, accablée par ce sentiment que Thandi connaît intimement – la nostalgie. Charles la déshabille avec des gestes tendres. L'affolement et le désespoir qui l'ont envahie plus tôt la convainquent d'accepter ce garçon comme il est – inculte, illettré, débraillé, dur.

« Tu veux bien que je la mette en toi, juste un petit peu ? » lui chuchote-t-il à l'oreille.

Thandi s'allonge sur le drap frais et froissé puis s'abandonne entièrement à Charles – le type même de garçon dont on l'a protégée toute sa vie. Elle s'ouvre à lui, mais Clover lui apparaît aussitôt à l'esprit. C'est son souffle qu'elle entend ; ses baisers bestiaux qu'elle sent dans son cou ; le contact de ses doigts qui l'oblige à contracter les muscles comme on serre le poing. Et puis tous ces tortillements et ces grognements pour la pénétrer sont aussi ceux de Clover. Thandi se débat avec ce souvenir ; elle agite les membres, enfonce les ongles dans sa chair, mord un lobe d'oreille. Elle entend un cri perçant. Clover bloque ses mouvements. Thandi lui crache au visage et hurle jusqu'à l'épuisement.

Quand elle rouvre les yeux, quelques instants plus tard, Charles est assis à l'autre bout du lit, son corps nu perché sur le bord comme une gargouille, le pénis pendant entre les jambes. Alors qu'il la dévisage, Thandi voit passer nombre de pensées indéchiffrables dans son regard, des questions surtout. De petits morceaux de peau sont coincés sous ses ongles, et le bout de ses doigts est humide de sang. Mais qu'a-t-elle fait? Sans un mot, Charles se prépare un joint et l'allume. Il ne prend pas la peine de lui dire de se rhabiller, bien qu'elle soit toujours allongée nue sur le lit, tremblante et couverte de sueur. Thandi aperçoit une coupure au-dessus d'un de ses sourcils. Puis une autre sur sa joue droite. Il a quelques griffures sur les bras, ainsi que sur le dos probablement. Lorsque Thandi tend la main pour le toucher, Charles tressaille.

Avec la flamme de son briquet, il allume la mèche de la lampe à pétrole posée près du lit. Une douce lueur illumine la case. Thandi pose la tête sur son bras replié et examine Charles dans cette lumière.

« Je suis désolée », dit-elle enfin, alors qu'une larme solitaire coule sur l'arête de son nez.

Charles hausse les épaules.

« Je comprends, c'est ta première fois. J'aurais dû y aller plus doucement. »

La bouffée de fumée qu'il souffle dissimule son visage. Thandi tend de nouveau la main vers lui. Elle ne veut pas rentrer chez elle. Elle ne veut plus voir Delores. Ni Margot. Cette fois, Charles ne recule pas. Thandi se lève du lit et se plante devant lui. Charles baisse sa cigarette et lève le visage vers elle. Thandi se penche pour l'embrasser sur la bouche, puis sur la gorge. De sa main libre, Charles tient l'arrière de sa tête afin de maintenir son visage près du sien. Leurs nez se touchent; Thandi ferme les yeux.

« Tu peux rester ici aussi longtemps que tu veux », chuchote-t-il.

Thandi s'installe sur ses genoux puis enfouit le visage dans son cou.

26

Lorsque Margot arrive à la case, Delores est assise à la table, la tête entre les mains. Grand-mère Merle se balance d'avant en arrière sur une chaise à côté du lit. Voyant entrer sa fille, Delores se redresse.

« Elle est pas avec toi ?

— Qui ça ?

— Ta sœur ! Elle est pas avec toi ? »

Margot secoue la tête.

« Non. »

Delores passe les mains sur le foulard violet qu'elle utilise pour couvrir ses tresses clairsemées.

« Pitié, Seigneur. Mais où elle est passée ? Il est déjà vingt-trois heures. Où elle peut bien traîner aussi tard ?

— T'as demandé aux voisins ? »

À cause du vin qu'elle a bu à l'hôtel, Margot se sent un peu éméchée. Après avoir trouvé refuge dans une chambre, elle s'est mise à vider verre sur verre. Verdene lui manquait terriblement, mais à chaque fois qu'elle soulevait le combiné du téléphone pour composer son numéro, elle perdait courage et raccrochait.

« Peut-être qu'elle révise chez quelqu'un… »

Margot se laisse tomber sur le lit et envoie valser ses chaussures. Elle se penche en avant, pose les coudes sur les genoux puis se masse les tempes, les yeux fermés.

Lorsque sa mère hausse le ton, le son de sa voix lui vrille les oreilles.

« Quels voisins ? Thandi parle à personne dans cette foutue communauté. Elle va à l'école et rentre ici sans traîner.

— T'en es sûre ?

— Elle est pas comme toi, ta sœur. C'est une fi sage.

— C'est une adolescente, maman, plus une gamine. »

Delores commence à se balancer sur sa chaise comme grand-mère Merle.

« Oh, Seigneur, mais qu'est-ce que j'vais faire ? »

Elle renifle et s'essuie le visage avec un pan de son chemisier.

« Tu vois un peu tous les problèmes que je dois régler, manman ? » lance-t-elle à la vieillarde, toujours silencieuse.

Margot remarque les bleus sur ses bras.

« Tu l'as interrogée ? demande-t-elle en dévisageant sa grand-mère, les yeux plissés. Elle a peut-être vu quelque chose. Rien ne lui échappe.

— Tu vois don pas qu'elle a plus toute sa tête ?

— Puisqu'elle est là, autant lui demander. Allez, vas-y, demande-lui ce qu'elle voit. Demande-lui combien de drames se sont déroulés sous ses yeux sans qu'elle intervienne. »

Assise au bord du lit, Margot se redresse. Combien de fois a-t-elle surpris les regards entendus de sa grand-mère ? Enfant, Margot aimait la regarder fabriquer des vêtements, la mine concentrée. À l'époque où ses traits étaient encore bien marqués, elle avait de hautes pommettes obliques, le nez épaté et des lèvres épaisses entre lesquelles elle coinçait fils et épingles à nourrice. Lorsqu'elle tenait compagnie à sa grand-mère penchée sur sa Singer, Margot avait l'impression qu'elles formaient une union intime, scellée par le bourdonnement de cette machine qui produisait des merveilles à partir de simples bouts de tissu.

« Toi aussi, t'es toké ma parole! crie Delores. T'es don pas au courant que ta grand-mère a pas ouvert la bouche depuis tes quatorze ans? Et ça, c'est à cause de toi. À mon avis, c'est toi qu'as donné les sous à Winston pou qu'y s'enfuie. Par ta faute, il a emporté son cœur, et depuis, elle est toute vide. Faut toujours que tu compliques la vie des gens, toi.

— Je ne vois pas de quoi tu parles, maman. »

Margot prend la chemise de nuit de Thandi sur le lit et la serre contre elle.

« Tu me prends pou une idiote? »

Delores pose les mains sur les hanches et redresse les épaules dans l'espoir de paraître plus imposante.

« C'est à cause de toi que Winston s'est enfui. J'arrête pas d'y penser. Je me rappelle bien que t'as vu où je cachais les sous. T'étais la seule à savoir que j'avais tout cet argent. T'es rien qu'une sale menteuse. Le diable en personne! »

Margot rencontre le regard noir de Delores.

« Qu'est-ce que je devrais dire de toi alors!

— Et maintenant ta sœur a disparu par ta faute!

— Je suis donc responsable de tous nos problèmes?

— Oui. T'es le déshonneur de cette famille. »

Margot recule un peu, de peur que sa mère ne se jette sur elle, la terrasse et la pince sur tout le corps comme autrefois.

« La seule et unique responsable des bêtises de Thandi, c'est toi. Tu lui as bourré le crâne. Exactement comme cette fanm l'a fait avec toi..., dit Delores d'une voix que Margot trouverait tendre si ces mots étaient prononcés par une autre personne. C'est pou ça que j'ai dû te soigner. »

Les jambes flageolantes, Margot recule le plus loin possible de sa mère et se cogne dans la coiffeuse. Le miroir tombe, se brise et ses éclats s'éparpillent sur le sol. Margot s'agrippe au bord de la coiffeuse, incapable de repousser les souvenirs qui l'assaillent. La noirceur s'infiltre dans son cœur, recouvre tout sentiment, broie tout désir de pardonner à sa mère et durcit la chair faible de ce muscle qui bat dans sa poitrine.

« Personne ne m'a jamais fait autant de mal que toi », lui dit-elle.

Convaincue du bien-fondé de ses mesures, Delores pince les lèvres et dévisage Margot sans ciller.

« C'était le seul moyen. Le seul moyen de te sauver de tes penchants. »

La rage de Margot finit par éclater. Elle bondit vers sa mère tel un chat sauvage, l'attrape par le cou et l'oblige à reculer jusqu'au mur du fond dont la peinture s'écaille. À côté d'elles, grand-mère Merle continue à se balancer sur sa chaise. Delores attrape les poignets de Margot et tente de la repousser, mais les doigts qui lui serrent le cou sont aussi tenaces que les fers d'un esclave. Margot ne faiblit pas.

« Mais vas-y, tue-moi ! Sauve-moi don de cette foutue vie. T'es rien qu'une ignoble putain ! Une sale putain de gouine. Puisque t'as l'intention d'ajouter le meurtre à la liste de tes péchés, tue-moi don, foutue idiote ! »

Margot desserre les mains mais ne les enlève pas du cou de sa mère.

« Ta place est en enfer », grogne Delores.

Margot refuse toujours de la lâcher ; mais malgré le regard malveillant de ses yeux globuleux, elle ne parvient pas à commettre l'acte dont elle se pensait capable un instant plus tôt. Tout ce que souhaite Margot, c'est enfouir le visage dans la poitrine de cette femme qui ne l'a jamais aimée, serrée dans ses bras, doucement bercée, ni caressée. Mais Delores se contente de lui cracher à la figure. Un filet de salive coule lentement sur la joue droite de Margot, pareil à une larme épaisse.

27

Verdene apparaît sous sa varangue, flottant comme un fantôme dans sa chemise de nuit. Au lieu d'aller ouvrir la grille et de laisser entrer Margot, elle s'arrête en haut des marches. Toutes deux se regardent pendant une éternité. Les stridulations des criquets augmentent autour d'elles. Verdene entrouvre la bouche comme si elle s'apprêtait à parler. Un nuage qui cache en partie la lune, grosse et ronde, masque la moitié de son visage. Ses yeux se posent sur le sac de voyage. Margot incline la tête sur le côté, les yeux humides, le regard empli de tout ce qu'elle aimerait exprimer. Ces mots pèsent aussi lourd que des pierres sur son esprit. Si seulement Verdene la laissait entrer.

« S'il te plaît ? » l'implore-t-elle.

Verdene lève les yeux vers le toit de la varangue et mordille sa lèvre tremblante. Lorsqu'elle baisse la tête, Margot aperçoit ses larmes.

« Mais pour qui te prends-tu ? » demande Verdene.

Son ton est aussi cuisant que la griffure d'un ongle, qu'une petite coupure ; il transperce la nuit noire entre elles.

« Tu veux bien me laisser entrer, s'il te plaît ?

— Comment as-tu pu me faire ça, Margot ? Comment as-tu osé m'abandonner alors que j'avais tant besoin de toi ? Et maintenant tu viens me supplier de te laisser entrer chez moi ?

— S'il te plaît ? »

Margot regarde Verdene s'avancer puis ouvrir la grille. Chaque cliquetis du verrou libère quelque chose en elle.

L'intérieur de la maison est impeccable. Au lieu de la regarder, Verdene prend un coussin sur le canapé, le tapote et le repose. Margot contemple son dos, ses os saillants. Elle a terriblement maigri – ses vertèbres, rondes et protubérantes, sont visibles tout le long de sa nuque et de son dos à travers sa fine chemise de nuit. Margot se retient de passer les bras autour d'elle. Lorsque Verdene se retourne et pose sur elle ses yeux cernés, Margot ne peut s'empêcher de porter une main à sa bouche.

« Tu n'as qu'à dormir sur le canapé, dit Verdene. Je vais me coucher. »

Elle s'éloigne et laisse Margot seule dans le salon. Depuis les cadres qui ont réapparu, mademoiselle Ella la dévisage comme pour la réprimander : « *Pourquoi as-tu blessé ma fille ainsi ?* » Margot se dirige vers la chambre de Verdene puis, par l'entrebâillement de la porte, elle la regarde retirer sa chemise de nuit devant le miroir en pied. Son corps est plus mince que dans ses souvenirs, sa fragilité, plus prononcée. On aurait presque peur de le briser en mille morceaux en le touchant. Cela ressemble à un lent suicide. Lorsque Margot pousse la porte, Verdene laisse tomber les mains le long des flancs puis aperçoit son froncement de sourcils dans le miroir. Elle ne fait pas un geste pour se couvrir. Margot la rejoint et, très doucement, pose les mains sur ses épaules osseuses. Ses paumes glissent le long de ses bras. Verdene commence à pleurer sans bruit. Margot l'oblige à se retourner et la serre contre elle.

« Je suis désolée », chuchote-t-elle.

Puis elle pose les lèvres sur celles de Verdene, mais celle-ci la repousse.

« Ne me touche pas », siffle-t-elle.

Margot ne l'écoute pas. Lorsque Verdene lui martèle le dos avec les poings, puis lui donne de grandes claques, elle encaisse ses coups. Il n'y a ni cris, ni hurlements. On entend juste ses paumes s'abattre sur son dos. L'une se débat tandis que l'autre s'accroche à elle. Sous cette pluie de coups, Margot ferme les yeux et éprouve soudain une sensation incroyablement intense. Si elle se sent aussi vivante, c'est parce qu'elle se bat pour ce qui lui est interdit. Cette impression profonde l'émeut et lui procure un immense soulagement. L'ampoule au-dessus d'elles clignote, comme si la rage de Verdene perturbait même le courant électrique. Peu à peu, ses coups faiblissent puis cessent pour de bon.

28

Alors qu'il la raccompagne chez elle, Thandi raconte à Charles ce que Clover lui a fait quand elle avait neuf ans. Comme il ne dit rien, elle se demande s'il l'écoute ou bien broie du noir. Charles lui tient toujours la main, mais elle sent son esprit s'éloigner dans l'obscurité. Des lucioles qui volettent autour d'eux parsèment le chemin de lueurs orangées. Thandi trouve étrange de s'entendre raconter cette histoire à quelqu'un. Delores lui rappellerait qu'on lave son linge sale en famille. « *Ces gens sont des êtres humains comme toi et moi*, répète-t-elle au sujet des prêtres des confessionnaux du lycée. *Ils écoutent tes secrets et te jugent tout pareil.* » Mais Charles est différent. Thandi se sent à l'aise avec lui. Chaque mot qui quitte sa bouche la surprend, l'encourage à en dire plus et la soulage d'un poids. Charles cesse de marcher, se tourne vers elle puis pose les mains sous son menton. À travers l'obscurité, Thandi entrevoit une lueur triste dans ses yeux.

« Va falloir qu'y paye pou ce qu'il a fait, grommelle-t-il d'un ton féroce.

— Ça va, Charles. C'était il y a longtemps.

— Si ça allait vraiment, tu te serais pas débattue comme ça tout à l'heure. »

Il secoue la tête afin de chasser les lucioles qui flottent entre eux. Thandi voit une idée poindre dans son esprit et embraser son regard. S'il ne serrait pas les poings, des larmes lui mouilleraient probablement les joues. Thandi a déjà vu cette flamme dans ses yeux à l'époque où il venait à la case chercher les restes que lui réservait Delores. Charles projette sur elle cette honte qui a façonné sa propre enfance – la conviction de n'être qu'un produit avarié, rassis, bon à jeter. Thandi cherche désespérément une trace de cette blessure sur son visage et le trouve fermé, impénétrable.

« Y faut lui donner une bonne leçon, insiste-t-il. Ce qu'il a commis, c'est un crime.

— Qu'est-ce que tu vas lui faire ?

— T'inquiète pas pou ça.

— Ne prends pas trop de risques. Tu sais que c'est un ivrogne. Il est capable de tout. »

Charles s'écarte d'elle. La mine renfrognée, il marmonne du coin de la bouche puis accélère le pas, les épaules hautes comme des collines. Thandi court pour le rattraper et tire sur sa chemise.

« Qu'est-ce que tu vas faire ? »

Charles ne répond pas. Apercevant le portail de sa case, il se tourne vers elle. Monsieur Melon vient de détacher sa chèvre et marche dans leur direction. Arrivé près d'eux, il soulève son chapeau.

« Bonjou ! »

Thandi et Charles lui répondent par un marmonnement.

« T'inquiète pas de ce que je vais faire, dit celui-ci lorsque l'homme est passé. Je penserai à tout. »

Il embrasse Thandi puis l'abandonne devant le portail, bouleversée.

Le lendemain après-midi, la foule massée devant le Dino's Bar regarde Charles et Clover se rouler dans la poussière tels deux lézards. Macka, le barman, essaie de les séparer, mais il recule en trébuchant lorsque Charles le repousse et tombe sur un groupe de jeunes écoliers accroupis à proximité. Les enfants détalent comme des souris puis reviennent, tandis que Macka se relève et s'époussette.

« Une bagarre ! Une bagarre ! Une bagarre ! » hurlent les petits garçons.

Davantage de personnes sont attirées par le bruit – des mères qui reviennent de la rivière, un seau sur la tête. Elles s'arrêtent, posent leur charge et rassemblent leurs enfants autour d'elles. Cette violente bagarre ne les surprend pas ; la sécheresse ne fait qu'exacerber la méchanceté que la chaleur et le soleil réveillent habituellement dans le cœur des gens. Elles posent ensuite les yeux sur la jeune fille qui hurle comme une désespérée, les mains plaquées sur les joues.

« Arrêtez ! Arrêtez ! »

Ses cris soulèvent quelques murmures. Jamais on n'avait entendu sa voix émettre plus qu'un chuchotement jusqu'à maintenant. Cette petite est toujours si convenable.

« Elle en fait un boucan ! » bougonnent-elles en secouant la tête.

Mais Thandi les ignore. Ses cris sont incontrôlables. Comme les autres spectateurs, elle se tient un peu à l'écart de la bagarre devant le bar. Elle avait espéré que Charles oublierait cette histoire de vengeance. Il ne semble pas craindre ce qui lui arrivera s'il se comporte comme une bête sauvage, comme un homme qui n'a rien à perdre, et tue Clover. Thandi sent sa bouche se remplir de salive à mesure que monte sa nausée.

Bien qu'affaibli et couvert de sang, Clover continue à se battre contre Charles. Plus jeune et énergique que lui, le garçon le cloue au sol avec son corps et le frappe comme un fou avec les poings. Lorsque Clover parvient à sortir un couteau, Charles se démène pour le lui arracher de la main.

« Au secours ! Que quelqu'un intervienne ! » hurle Thandi, terrifiée.

Mais Charles parvient à s'en emparer. Une fraction de seconde plus tard, une déchirure apparaît sur la chemise de Clover, puis une trace écarlate s'imprime sur le tissu. Charles bondit sur ses pieds tandis que Clover se relève péniblement. Pendant quelques instants, tous deux dansent l'un autour de l'autre, Charles, la chemise ouverte et le couteau à la main, Clover, les poings serrés, l'air méchant et revigoré.

« Vas-y don, sale mauviette, espèce de bon à rien… Tu bouffes dans la gamelle des autres toute ta vie, pis tu bouffes de la chatte et tu te prends pour un bonhomme ! »

Charles laisse tomber le couteau et s'élance en avant. Les deux hommes sont de nouveau à terre.

« Oh, pitié Seigneur ! » s'écrie mademoiselle Gracie qui sort en titubant du bar avec l'aplomb d'un bambin traversant la circulation.

Usant de toutes ses forces pour les séparer, elle tire Charles par le bout de sa chemise tandis qu'il boxe Clover comme un sac de riz. Quelques hommes – ceux que Thandi voit parfois rôder autour des coqs qui picorent dans la cour, les yeux hagards, l'esprit avide, embrumé, parfois abattu – se joignent à mademoiselle Gracie pour l'aider à éloigner Charles. Le garçon tente de leur résister, mais il est seul contre eux. Le groupe d'hommes parvient finalement à lui bloquer les mains dans le dos. Assis dans les vapes au milieu de la chaussée, Clover s'empoigne la poitrine comme s'il essayait de coincer un lézard qui tente de se glisser sous son aisselle. Quelques femmes se penchent vers lui pour lui offrir à boire sans prêter attention à Charles qui parvient à se dégager des bras des hommes puis s'accroupit, le temps de reprendre son souffle.

Toutes se mettent soudain à pousser des cris. Clover qui saigne du nez et de la lèvre semble sur le point de tourner de l'œil.

« À l'aide ! » s'écrie mademoiselle Louise en dénouant son foulard pour lui tamponner le front.

Quelqu'un ordonne à Macka d'appeler une ambulance. N'ayant pas le téléphone, le barman court chez son voisin monsieur Levy. L'épicier, habitué depuis longtemps aux manigances des ivrognes d'à côté, baisse le coin de son journal et secoue la tête. Macka cogne à la porte grillagée.

« Y a un boug qui saigne dans la rue, misyé Chin ! Comment vous pouvez rester là comme ça ? Par pitié, appelez une ambulance ! »

Finalement, monsieur Levy soulève le combiné et compose le 119. L'ambulance et la police n'arriveront pas avant un bout de temps. Dehors, les badauds pointent Charles du doigt.

« C'est ce sale bêcheur qu'a commencé ! »

Thandi parvient à rattraper Charles avant qu'il ne disparaisse.

« Mais qu'est-ce qui t'a pris ? »

Exigeant une réponse, elle tire sur son bras puis le frappe des deux mains. Charles se contente de la regarder, la mine boudeuse.

« Il a eu que ce qu'y méritait », répond-il avant de s'enfuir.

Les ambulanciers étendent Clover sur une civière, tandis que deux policiers interrogent les témoins afin de découvrir l'identité de l'homme qui a déclenché la bagarre. Ils déclarent ensuite qu'ils vont devoir procéder à l'arrestation de Charles. Le couteau – qui appartient à Clover – en guise de preuve, ils affirment que seul un dangereux criminel a pu tenter de tuer un homme en pleine rue sans la moindre raison. Cependant, personne ne sait où est parti Charles. La nouvelle arrive plus tard ce soir-là que Clover est mort d'une crise cardiaque sur le chemin de l'hôpital. Mais aucun habitant de River Bank n'est dupe : c'est évidemment Charles qui l'a tué.

29

Lorsqu'elle aperçoit le garçon tremblant depuis les marches de sa varangue, Verdene baisse sa lampe torche et court lui ouvrir la grille. Couvert de sang, il se cramponne les bras comme s'il essayait de s'empêcher de trembler. Sans lui poser de question, Verdene le prend par la main et l'emmène à l'intérieur. JPS ayant encore coupé l'électricité, elle allume une lampe à pétrole. Charles est assis sans bouger, les mains posées sur la table à laquelle tous deux ont bu un thé la première fois qu'elle l'a fait entrer dans la maison. Verdene considère le sang qui tache sa chemise.

« Est-ce que tu es blessé ? »

Charles ne relève pas la tête.

« Je connaissais pas d'autre endroit où y viendraient pas me chercher, dit-il au bout d'un moment.

— Que s'est-il passé ? Pourquoi es-tu obligé de te cacher ? »

Verdene commence à se demander si elle n'a pas commis une erreur en l'invitant à entrer chez elle avant de l'interroger. L'inquiétude s'empare d'elle. De crainte que le garçon ne pense que sa présence la rend nerveuse, elle élabore un rapide scénario dans sa tête et décide d'assumer le rôle qu'aurait joué sa mère.

« Bon, laisse-moi au moins te nettoyer. »

Verdene se lève, sa lampe torche à la main, puis va chercher une bassine et un gant de toilette dans la salle de bains. Elle sort également du tiroir un T-shirt de l'université de Cambridge qui appartenait jadis à son mari. Quand elle retourne dans la salle à manger, Charles n'a toujours pas bougé. Il ne semble même pas respirer. Dans ce silence assourdissant, Verdene applique le gant mouillé au-dessus de ses sourcils et essuie lentement son front, la zone au-dessus de sa bouche puis ses mains. Charles grimace au moment où le gant humide se pose sur la plaie de son bras. Verdene va chercher sa trousse de premiers secours puis bande son biceps.

« Calme-toi, respire », entend-elle la voix de sa mère chuchoter au garçon.

C'était visiblement les mots que Charles avait besoin d'entendre, car à peine Verdene les a-t-elle prononcés que ses nerfs craquent. Il enfouit le visage dans ses mains, puis de bruyants sanglots secouent son corps.

« Qu'est-ce qui s'est passé, Charles ? demande Verdene en s'efforçant de garder une voix calme.

— J'ai tué quelqu'un. Y paraît que la police me recherche maintenant. C'est manman Gracie qui m'a prévenu. »

Verdene le regarde attentivement. À la lumière de la lampe à pétrole, son corps paraît minuscule et épuisé. Bien que ses aveux ébranlent un instant les murs de la pièce, ce garçon ne ressemble pas du tout à un assassin. Le monde qui les entoure semble retenir son souffle. Verdene finit par attraper une chaise.

« Tu as quoi ?

— J'ai tué un boug. Il avait violé ma petite amie. »

Cette phrase flotte dans le silence tel un cheveu tombant vers le plancher. Depuis le jour où elle a trouvé le corps raide de son père terrassé par une crise cardiaque sur le sol de la cuisine, jamais Verdene ne s'est sentie aussi tiraillée.

Elle regarde Charles à travers la brume de ce souvenir et repense à la culpabilité qui l'a ensuite rongée pendant des jours. Rien ne semblait pouvoir soulager la souffrance insoutenable qu'elle ressentait après la mort de cet homme qui ne méritait pourtant plus de vivre à ses yeux. Verdene se lève puis s'agenouille devant Charles. Se retenant de le serrer dans ses bras, elle lui demande :

« Tu es sûr et certain qu'il est mort ? »

Charles acquiesce d'un signe de tête.

« Peut-être que tu ne l'as pas tué. Et s'il était simplement blessé ?

— Je sais de source sûre qu'il est mort. C'est moi qui l'ai tué. »

Sa mâchoire se crispe.

« Quand je l'ai vu sourire comme un diable, je me suis rappelé qu'il avait violé ma copine et j'ai eu plus qu'une idée : lui faire la peau. Mais je savais pas quand ni comment ma colère prendrait le dessus. Tout à l'heure, j'ai croisé mam'zelle Gracie qui m'a dit qu'on l'avait déclaré mort à l'hôpital.

— Oh, Charles…

— J'ai jamais voulu le tuer.

— Je sais bien. »

Charles la regarde, le visage exsangue. Verdene songe que si l'homme est bel et bien mort, ce garçon n'est plus tout à fait vivant non plus. Ses jours ne sont pas menacés par le traitement que la police réserve aux criminels, mais par la culpabilité qui commence déjà à le ronger. Cherchant désespérément un moyen de le tranquilliser, elle opte pour un argument logique.

« Si tu parviens à prouver qu'il a violé ta petite amie, tu pourras expliquer que tu cherchais à la défendre. »

Charles secoue la tête et se cache le visage dans les mains.

« Y a aucune preuve. C'est arrivé y a des années. »

Verdene lui frotte le dos et sent ses muscles se tendre à nouveau.

« Je peux pas rester ici, dit-il soudain. Je peux pas rester à River Bank. Faut que je file. »

Verdene s'en voudrait de l'admettre à voix haute, mais il a raison. Elle lui proposerait bien de le cacher, mais elle devra ensuite s'en expliquer à Margot quand elle découvrira chez elle ce garçon soupçonné de meurtre. En outre, personne ne doit voir sa compagne ici. Il faut que Charles parte.

« Commence au moins par te changer, et il faut que tu manges quelque chose avant de filer.

— Je pourrai rien avaler. »

Il enlève sa chemise ensanglantée et enfile le T-shirt que lui donne Verdene.

« Merci », dit-il en lissant le tissu sur sa poitrine.

Il trace ensuite les lettres du nom de l'université du bout des doigts puis plie sa chemise souillée. Verdene lui propose de l'enterrer dehors, à côté des cadavres des chiens. Elle cherche en vain comment le convaincre que la justice ne le condamnera pas obligatoirement.

« Tu dois beaucoup l'aimer, cette fille », dit-elle tandis qu'il se dirige vers la porte.

Charles s'arrête, la main sur la poignée. Dehors règne une épaisse obscurité car le ciel est couvert; ni la lune ni les étoiles ne sont visibles ce soir. On pourrait croire qu'il va enfin pleuvoir, mais Verdene n'en mettrait pas sa main à couper.

« Oui, beaucoup, répond Charles.

— J'aurais fait la même chose à ta place. »

Le garçon lâche la poignée, s'appuie contre le chambranle de la porte et la regarde dans les yeux.

« Vous savez, j'avais peur des sorcières avant. »

Là-dessus, il s'enfonce dans l'obscurité. Verdene balaye la pièce du regard. Elle ne s'est jamais sentie aussi seule depuis qu'elle est revenue ici dans l'espoir de se rapprocher de sa mère. Ce soir, la vue du plancher, des murs, des rideaux et des barreaux aux fenêtres qui l'empêchent de contempler la vaste étendue du ciel, la révulse.

30

Alphonso fait venir Margot à la villa qui est peu à peu devenue leur lieu de rencontre. Douce l'accompagne, car elle fait partie des filles sélectionnées pour agrémenter la réception de ce soir. Mais à leur arrivée, les promoteurs paraissent tous sur les nerfs. Alphonso fait les cent pas en soufflant la fumée de sa cigarette par les narines.

« Qu'est-ce qui te tracasse comme ça ? lui demande Margot.

— La putain de police.

— Qu'est-ce qu'elle vient faire là-dedans ?

— Il y a eu un meurtre dans la zone du futur hôtel. La police a décidé de suspendre tout le putain de projet jusqu'à ce qu'elle ait retrouvé l'assassin. Les flics craignent que les allées et venues sur le chantier permettent au type de passer inaperçu.

— Tu plaisantes ?

— Nous sommes en train de perdre de l'argent, Margot. Plus l'enquête durera, plus nous souffrirons. Les touristes n'auront aucune envie de passer leurs vacances sur une scène de crime. Les investisseurs se chient dessus maintenant ! J'ai reçu un appel de Virgil. Il menace de se retirer du projet.

— Calme-toi, je peux arranger ça.

— Comment ? s'écrie Alphonso.

— Laisse-moi réfléchir. »

Une idée, ou plutôt une pensée exprimée trop tôt, trop énergiquement, s'échappe de la bouche de Margot, sous forme d'ondes acoustiques qui clouent sur place les promoteurs présents dans la pièce. Puis peu à peu, chacun s'approche de la table à laquelle elle est assise. Alphonso l'écoute aussi d'un air bientôt amusé, les bras croisés sur la poitrine.

« Et où veux-tu que nous trouvions l'argent de la récompense ?

— Tu sais aussi bien que moi que nous croulons sous le cash, Alphonso, réplique Margot. Douce nous rapporte sept mille dollars par semaine à elle seule. Les autres filles sont tout aussi rentables. Nous avons les moyens de payer.

— Dix mille dollars et le problème est résolu ? s'enquiert un des promoteurs.

— Exactement, répond Margot. Je suggère que nous prévenions le commissaire qu'il peut rappeler ses troupes. Quand ils entendront parler de cette récompense, les habitants de River Bank vont fouiller chaque recoin du village pour retrouver le criminel. Pendant ce temps-là, Douce ira faire un petit tour au commissariat.

— Douce ? s'étonne Alphonso. Pourquoi elle ?

— Parce que si tu veux vraiment prendre le contrôle d'un quart de l'île, il va falloir te montrer malin. Et dorloter la police. Elle peut être ta plus grande alliée, mais aussi ta pire ennemie. Et comme les femmes, elle adore qu'on lui offre des cadeaux. »

Les hommes de la pièce éclatent de rire, aussitôt imités par Alphonso.

« Margot, tu es géniale », dit-il.

Les habitants de River Bank se rassemblent à nouveau au Dino's Bar. Un mandat d'arrêt a été lancé contre Charles et le commissariat offre une récompense de dix mille dollars américains à quiconque le lui amènera.

La nouvelle se répand comme une traînée de poudre. Chacun se demande comment la capture d'un gamin maigrichon ayant tué un ivrogne à la sortie d'un bar peut bien valoir une somme aussi énorme. D'après Macka, toute cette histoire est liée au projet de construction. « *Ces promoteurs veulent pas qu'un tueur rôde par ici. Y veulent garantir la sécurité de leurs futurs clients pleins aux as.* »

Certains hommes ont déjà fait un saut à la case de mademoiselle Violet et mis l'endroit sens dessus dessous dans l'intention de retrouver Charles. L'idée de pénétrer illégalement chez une femme sans défense n'a rien de scandaleux à leurs yeux. Ils cherchaient juste à se remplir les poches – des poches qui n'ont jamais rien connu d'autre que des bouloches et de la petite monnaie. Ils se voyaient déjà voyager en avion et poser le pied sur le sol plein de promesses de l'Amérique. Aussi, quand mademoiselle Violet leur répondit qu'elle ne savait pas où était son fils, ils la saisirent à la gorge et la tirèrent par les cheveux. L'un d'eux sortit un couteau, un autre, une corde. Seule mademoiselle Ruby entendit ses cris depuis sa case. Elle courut chez sa voisine et la trouva ligotée à son lit, le visage tailladé.

Roulée en boule sous la couverture de son lit, Thandi est paralysée par le regret. Elle serre contre elle la serviette qu'elle n'a jamais rendue à Charles et la renifle pour se remplir de son souvenir.

« Mais qu'est-ce que c'est que ça ? demande Delores qui se dresse au-dessus d'elle. T'étais au lit quand je suis partie et je t'y trouve encore à mon retour. Qu'est-ce qui t'arrive ? »

Thandi essuie rapidement ses larmes sous la couverture.

« Je suis juste fatiguée, répond-elle.

— Fatiguée ? Comment on peut être fatiguée aussi longtemps ? T'as don plus rien à faire maintenant que tes examens sont terminés ? Debout ! »

Delores tire sur la couverture, mais Thandi ne bouge pas.

« Si t'es toujours couchée quand j'aurai compté jusqu'à trois, tu vas voir ce que tu vas voir. Ma patience a ses limites. T'as la répétition de la remise des diplômes demain, pas vrai ? »

Delores commence à s'affairer dans la cuisine en vue de préparer le dîner. Thandi s'assied dans son lit.

« Je vais te dire ce qu'y deviennent, moi, les jeunes sans ambition, déclare sa mère en ouvrant la peau d'une banane verte d'un coup de couteau, avant de laisser tomber le fruit dans sa marmite. Tu te souviens de Charles, le garçon de Violet ? Cette petite brute qui venait ici chercher à manger ? C'est un criminel recherché par la police maintenant. Dix mille dollars américains à celui qui lui mettra la main dessus. »

Elle se retourne pour vérifier si Thandi l'écoute.

« T'entends ça ? Dix mille dollars ! Tu sais tout ce qu'on peut faire avec une somme pareille ? »

Elle marque une pause en attendant que Thandi réagisse. Comme elle garde le silence, Delores répond elle-même à sa question.

« On peut acheter des tas de trucs ! »

Elle recommence à éplucher des bananes.

« Mais je plains drôlement Violet. Cette pauvre fanm a tout perdu, y compris la boule. Je vais te dire une bonne chose cependant. Si elle avoue à la police où est son fils, elle aura des sous et une vie bien meilleure. C'est vrai ! Ce sera une fanm riche si elle l'envoie en prison. Et ce sera que justice après toute la douleur que lui a causée ce garçon. Mais les voyous qui traînent par ici, y sont tellement voraces qu'y la voleront. Elle ferait mieux de quitter le village et de le dire à personne. T'as vu ce qu'y lui ont fait ? Comme si elle allait leur avouer où y se cache ! »

Delores regarde Thandi puis se tourne vers sa marmite bouillonnante et plisse les yeux.

« Je suis au courant pou vous deux. John-John vous a vus sur la place Sam-Sharpe vous câliner comme des amoureux. Tu crois que je suis aveugle ? Si tu sais où il est, tu ferais mieux de le dire. Fais ça pou nous. Tu crois pas que j'ai envie de faire une pause depuis le temps ? Je me brise le dos tous les jours à porter ces fichus paniers. »

Toujours plantée devant la cuisinière, Delores chante sa rengaine aux ombres nichées dans les coins.

« Puisque tu t'es choisi un gamin des rues, autant en tirer quelque chose. Dis-moi don ce qu'un petit teigneux qui crève la faim peut faire pou toi !

— Ce n'est pas qu'un gamin des rues », réplique Thandi qui a enfin retrouvé la parole.

Delores se retourne aussitôt.

« Oh, tu sais don où il est. »

Thandi n'aime pas ce qu'elle lit dans le regard de sa mère. Ses yeux ont la même expression quand elle l'interroge sur ses notes et ses cours ; entouré de livres dans la lumière crue de la lampe à pétrole, le reflet de son corps voûté au-dessus de la table s'agrandit dans les pupilles de Delores. Thandi visualise la gigantesque créature née des nobles rêves et ambitions de sa mère. À mesure que cette image emplit ses yeux, ses pupilles rondes se dilatent. Mademoiselle Gracie a exactement le même regard quand lui apparaît une de ses visions.

« Je n'ai pas dit ça, rétorque Thandi.

— C'est ta voix qui me donne des soupçons. On dirait que tu sais où il est. Tu peux très bien l'avoir vu hier sans rien dire à personne. Je me suis sacrifiée pou t'envoyer dans un bon lékol, pas pou que tu finisses avec un boug comme lui. On finit toujours par ressembler aux personnes qu'on fréquente. »

Delores marque une pause en secouant la tête et agite l'index comme pour souligner ce fait. Puis une phrase s'échappe de sa bouche – pas celle qu'elle semblait tenter de formuler, mais une suite de mots générés par son esprit aussi obscur que les ombres à qui elle demande conseil. Thandi les voit presque se former et jaillir des sombres méninges de sa mère, telles des particules de suie.

« Fais ça pou nous, Thandi. »

D'un geste, Delores désigne grand-mère Merle qui se repose sur son lit. Cette femme qui n'est plus qu'un spectre depuis longtemps. Seul le léger mouvement de sa poitrine indique qu'elle est bien vivante.

« Je suis capable de penser toute seule, déclare Thandi.

— Tu sais où il est ?

— Non, maman.

— Tu sais ce qu'on peut se payer avec dix mille dollars américains ?

— Oui, mais je me sens coupable.

— De quoi ? »

Delores pose les mains sur les hanches.

« Mais qu'est-ce que tu racontes ?

— Il a fait ça à cause de moi.

— Quoi ?

— Charles s'est battu avec Clover à cause de moi. Parce que je lui ai raconté que Clover m'avait violée il y a des années.

— Clover ?

— Oui.

— Mon Clover ? »

La possessivité de sa mère fait grimacer Thandi.

« Le Clover qui me donnait un coup de main à la maison ? Le Clover qui réparait le toit pou qu'on soit au sec quand y pleuvait ? Le Clover qui nous a protégées après le départ de cet abruti de Winston ?

— Oui.

— C'était quand ?

— Il y a six ans. Je rentrais de l'école et… »

Sans un mot, Delores cherche une chaise à tâtons autour de la table et s'assied. Les ombres reculent jusqu'à leurs recoins puis attendent, bien tapies. Delores pose les mains sur la tête et se balance doucement, comme grand-mère Merle dans son fauteuil. Un son monte de son ventre. Il grimpe le long de sa trachée puis se loge au fond de sa gorge.

« Chaque jour tu deviens un peu plus comme ta sœur, grommelle-t-elle d'une voix rocailleuse. Exactement comme elle. Une sale petite manipulatrice ! »

Delores se lève.

« Charles ne faisait que me défendre, maman.

— Pou quoi faire si c'est arrivé y a des années ?

— Parce que j'en souffre toujours. »

Delores s'approche de Thandi, les bras ouverts comme pour l'étreindre. L'adolescente pose volontiers la tête sur la généreuse poitrine de sa mère, prête à relâcher les épaules, se laisser masser le dos et l'écouter répéter que tout va s'arranger. Que Clover n'a eu que ce qu'il méritait. L'étreinte de sa mère est douce – Thandi avait oublié combien ses câlins étaient agréables. L'amour de Delores est aussi féroce et autoritaire que son caractère. Celui qui en a été l'objet n'en trouve pas de comparable. Thandi se détend entre ses bras et se laisse bercer comme un bébé. Mais son bonheur est de courte durée. Lentement, Delores la repousse et la tient à bout de bras.

« Je veux que tu retrouves tes esprits et que tu dénonces ce garçon. Rien n'arrive par hasard. Si tu l'as rencontré, c'était pou nous sauver. Fais ça pou nous, Thandi.

— Il m'a défendue.

— Le démon est un bandit. Il te met à terre, mais ça veut pas dire que tu peux pas te relever et retourner son arme contre lui. Ce qu'a fait Clover, c'est du passé. Y faut tourner la page. Laisse ça derrière toi et prends la bonne décision.

— C'était une brute, maman.

— Chut ! Ça porte malheur d'insulter les morts. »

Delores attire Thandi vers elle et la berce contre sa poitrine. Sa peau sent les bananes vertes qu'elle vient de couper en rondelles.

« Toi et le P'tit Charles, vous auriez jamais dû vous fréquenter de toute façon, dit Delores en passant les doigts dans ses cheveux. Comme je disais, puisque tu t'es choisi un gamin des rues, autant en tirer quelque chose. Oublie ce qu'a fait Clover. C'est pas en ruminant que tu te sentiras mieux. C'est arrivé à plein d'aut' et ça les a pas tuées. Ce qui te libérera, c'est les sous. Dis pas que je te l'ai jamais appris. Je t'ai envoyée dans ce lékol pou que t'étudies, oui, mais aussi pou que t'apprennes à avoir de la jugeote. C'est pas pasque Charles dit qu'y t'aime que tu vaux quelque chose. C'est pas pasqu'y dit qu'il a envie de toi qu'il le pense. Tu crois pas qu'y disparaîtra quand il aura eu ce qu'y voulait ? C'est de l'amour, ça ? T'y connais rien de rien. L'amour, c'est idiot. Tu crois que c'est lui qui fait couler l'eau du robinet ? Tu crois que c'est lui qui paye le loyer ? Tu crois que c'est grâce à lui que les enfants pauvres vont au lékol ? Tu crois que c'est lui qui remplit nos placards ? Tu crois que c'est lui qui donne des visas pou nous sortir de ce trou à rats ? Il peut faire quoi l'amour pou toi, hein ? Comment tu peux aimer un inconnu si tu sais même pas ce que c'est ? Ce garçon va juste profiter de toi et t'abandonner. Y faut que tu sois dédommagée en dollars, pas en *cents*. Et pis qui peut bien vouloir d'une fille naïve comme toi, hein ?

» Imagine qu'y veuille vraiment de toi. Tu peux vraiment aimer quelqu'un qui connaît rien en la matière ? Un gamin pas mûr ? Ça marchera pas et y le sait aussi bien que toi. Pourquoi tu veux tout lui donner gratis ? Les garçons, ils aiment les fi stupides comme ça. Suffit qu'y jettent un œil à ta figure noire pou deviner que t'es assez désespérée pou écarter les cuisses au moindre compliment. Y savent qui t'es avant même que tu leur dises ton nom. Y savent qu'y peuvent faire avaler n'importe quoi à une fi noire comme toi, parce que nous, on a l'habitude de se contenter des restes. Cite-moi un seul boug qui aime une fi noire pou aut' chose que ce qu'elle a entre les jambes. T'es une jolie fi noire, mais c'est mon devoir de mère de t'enseigner ces choses-là. De t'éclairer sur la question. Tu sais combien tu peux gagner, ma fi ? Dix mille dollars américains ! De quoi t'offrir le paradis, payer tes études et tout le reste. Sers-toi de ta tête, petite. Tu peux pas accorder plus d'importance à ce garçon et à ses stupides sentiments qu'à l'argent. Si ça représente si peu de choses pou toi, tu perdras tout. Souviens-toi de ça, personne aime les fi noires. Elles se détestent elles-mêmes. Maintenant lève-toi et va chercher les sous qui te reviennent. »

31

Thandi marche jusqu'à la plage sur laquelle s'alignent les bateaux. Celui d'Asafa peint en rouge, jaune et vert est le plus coloré. Livré à l'usure du temps, il rouille sur les flancs. Le premier A de son nom s'est effacé. Thandi se dirige vers le bateau, grimpe dedans puis s'assied sur le banc en bois du fond. Près de son pied gît un seau blanc dans lequel Asafa conservait probablement les homards qu'il pêchait. Depuis son banc, Thandi contemple l'océan qui scintille dans le soleil couchant. C'est ce que voit aussi Charles quand il vient seul ici. Les vagues paisibles montent et descendent comme le souffle qui traverse un corps vivant. Un par un, les insectes nocturnes cachés dans les arbres de la crique entonnent leur chant. Lorsque apparaît la nouvelle lune, les vagues se font plus bruyantes. Elles s'écrasent sur le rivage, poussées par une force invisible. Thandi s'allonge sur le dos au fond de la coque et les écoute. Elles parlent à son cœur, à la colère qui bout en elle. Peu à peu, sa vue du ciel étoilé se brouille. Des gouttes tremblent aux coins de ses yeux puis roulent sur ses tempes.

« De quelle couleur est le ciel maintenant ? »

Thandi sursaute au son de sa voix. Son imagination lui joue-t-elle des tours ? Lorsqu'elle cligne des yeux, il est toujours là. Thandi bondit du bateau, se jette dans ses bras et inspire son parfum familier de papaye auquel se mêlent des odeurs de ganja et de sueur. Alors que le visage de Charles est enfoui dans son cou, Thandi sent quelque chose de chaud et humide sur sa peau. Elle s'écarte de lui et essuie son visage avec les doigts.

« Si tu crois qu'il est bleu, c'est que t'as pas bien regardé », dit-il.

Mais Thandi n'a aucune envie de détacher les yeux de son visage. Elle s'accroche à son cou et l'embrasse. Tous deux grimpent dans le bateau puis s'allongent entre les bancs.

« T'es venue ici pou me retrouver ? demande Charles.

— Tu me manquais. Les gens te cherchent partout.

— Je pars à Kingston dans deux ou trois jours. Je suis juste venu dire adieu à tout ça. »

Il inspire profondément comme pour absorber tout l'air de la plage.

« Chez qui habites-tu en attendant ?

— Jullette.

— Fais attention à toi.

— J'avais pas l'intention de le tuer.

— Tu n'es pas forcément responsable de sa mort. C'est peut-être autre chose qui l'a tué. Ne sois pas aussi dur avec toi-même. »

Charles prend son menton dans le creux de la main.

« C'est ma faute. Je l'assume.

— Je veux venir avec toi.

— C'est impossible.

— Comment allons-nous rester en contact ?

— Je trouverai un moyen. »

Thandi se détend entre ses bras. Elle répond à sa passion avec la même ferveur, laisse sa chaleur l'envahir et se répandre dans ses membres, dans son âme. La nuit forme une cape protectrice autour d'eux. Au fond de la coque, Thandi et Charles s'agitent aussi maladroitement que des phoques pris au piège dans un filet qui tentent de se libérer. Angoisse, terreur, abandon.

Charles l'aide à sortir du bateau puis l'embrasse avant de s'éloigner. Mais Thandi refuse de lui lâcher la main.

« Je veux venir avec toi, répète-t-elle.

— Tu me rejoindras plus tard. Je te ferai savoir quand. C'est trop dangereux pou le moment.

— Et mademoiselle Violet ?

— Jullette s'occupera d'elle. Elles vont habiter ensemble à Saint-Elizabeth. »

Thandi se demande si Charles sait comment sa sœur gagne sa vie. Et que ce métier est plus rentable à Montego Bay.

Elle s'agrippe à ses bras.

« Fais attention à toi. »

Charles l'embrasse une dernière fois et l'abandonne au fracas des vagues.

32

Margot s'installe dans le fauteuil de son nouveau bureau, se débarrasse de ses chaussures et inspire profondément. À travers les persiennes entrouvertes, elle peut surveiller l'intérieur du hall de l'hôtel à sa gauche sans que personne la voie. Juste derrière elle s'alignent les suites donnant sur la plage. Leurs occupants prennent le soleil, allongés sur le dos ou le ventre, tandis que les femmes de chambre vont et viennent, munies d'un balai à franges ou les bras chargés d'une pile de draps. Aux murs du bureau sont accrochées les distinctions décernées à l'hôtel au fil des années, la plupart datant de l'époque de Reginald Senior. C'est à présent Margot qui dirige les opérations, jusqu'à ce qu'Alphonso parvienne à trouver la personne adéquate pour remplacer mademoiselle Scott-Henry. Il ne tient qu'à elle de prouver qu'elle peut conserver ce poste, ce qui lui permettra d'apprendre pendant quelque temps comment gérer le nouvel hôtel. Margot caresse la large table en acajou sur laquelle des piles de documents bien classés attendent sa signature. Ses stylos et crayons sont rangés dans un pot cylindrique en acier. Les dossiers importants sont enfermés sous clé dans le tiroir du bas. Margot pose la joue sur la surface de la table.

Elle inspire et expire sans bruit, de peur de troubler le silence qui règne dans la vaste pièce. Son rouge à lèvres laisse une trace qu'elle essuie rapidement. Profitant de ce que personne ne la voit, Margot tourne plusieurs fois sur elle-même dans son fauteuil réglable. Voilà donc à quoi se résume le bonheur : un bureau climatisé, une porte verrouillable, un fauteuil dont le dossier épouse la forme de son dos comme s'il avait été conçu pour elle, un bureau en acajou sur lequel une petite plaque indique son nom, une belle vue de la plage, ainsi que la possibilité d'enlever ses chaussures et de remuer les orteils. Il est difficile de croire que mademoiselle Scott-Henry préférait laisser la porte grande ouverte. Margot reçoit seulement les visiteurs qui se présentent d'abord à Kensington.

Aussi tombe-t-elle presque de son fauteuil lorsque Douce fait irruption dans la pièce sans être annoncée. Margot se dépêche de renfiler ses chaussures et se redresse.

« Qui t'a laissée entrer ?

— Peu importe puisque je suis là. Ta secrétaire est occupée à lire sa bible. »

Margot se retient de demander à Douce de revenir sur ses pas et de se faire annoncer comme il se doit. L'adolescente a les yeux rouges. Cela fait une semaine que Margot ne l'a vue ni n'a eu de ses nouvelles. Plusieurs clients ont refusé de recevoir une autre fille dans leur chambre en apprenant que Douce n'était pas disponible. Elle est à présent une de leurs favorites. Margot devrait réprouver sévèrement cette visite surprise, mais elle n'a jamais été aussi heureuse de la voir. Douce semble ne pas s'être lavée depuis des jours. Ses cheveux sont emmêlés, et sans maquillage, les imperfections de sa peau sont visibles. Son chemisier et sa jupe sont aussi mal assortis que si elle s'était habillée dans le noir.

Margot s'adosse à son fauteuil et joint les mains devant elle.

« À ta tête, on croirait que tu as passé la nuit avec Satan en personne. Je t'en prie, assieds-toi.

— Ça ira, j'en ai pas pou longtemps.

— Nous perdons de l'argent à cause de toi. Tu n'as pas ton mot à dire. Assieds-toi.

— Je suis désolée, répond Douce sans obéir.

— *Désolée* ? »

Margot lève les yeux vers elle.

« Tu sais combien d'argent nous aurions gagné cette semaine si tu étais venue ? N'oublie pas que nous avons plus de responsabilités maintenant.

— Je sais.

— Alors quelle est ton excuse ?

— Mon excuse ?

— Pourquoi n'es-tu pas venue travailler ?

— Travailler ?

— Douce, mais qu'est-ce qui t'arrive ?

— Je peux plus faire ça.

— Quoi ? »

Margot se lève de son fauteuil.

« Je peux plus travailler pou toi, patronne. »

Depuis qu'elle s'est lancée dans ce nouveau business, jamais Margot ne s'est sentie aussi dépendante d'une de ses recrues. Comme ces hommes que Douce rend totalement accros, elle est tentée de lui proposer une montagne d'argent pour la retenir. Elle serait même prête à se jeter à ses pieds. Que va-t-elle devenir sans Douce ?

« Mais qu'est-ce que ça veut dire ? Pourquoi tu me fais ça ?

— Faut que je parte, patronne, répond Douce, la tête baissée, son vieux sac à main en cuir serré contre elle. Je reviendrai pas. »

Elle se dirige vers la porte.

« Douce ! »

L'adolescente s'immobilise. Margot fait rapidement le tour du bureau et prend son menton tremblant dans le creux de la main.

« Tu sais que je tiens à toi. Je ferais n'importe quoi pour toi. »

Elle attire le visage de Douce vers le sien. Celle-ci ferme les yeux et entrouvre les lèvres. Son souffle impatient est doux et chaud sur la peau de Margot. Tandis que Douce expire lentement par la bouche, Margot effleure ses lèvres du bout des siennes.

« Reste avec moi, chuchote-t-elle. Tu es la meilleure de tout le groupe. »

Elle lui caresse le bras, mais Douce s'écarte.

« Tu t'en fais seulement pou l'autre hôtel. Tu tiens pas à moi. Autrement, tu dirais à Alphonso d'annuler cette récompense. De toute façon, je vais…

— Tu sais bien pourquoi j'ai agi ainsi, la coupe Margot. Ne fais pas semblant de l'ignorer.

— Contrairement à toi, j'ai pas un compte en banque à la place du cœur.

— Douce ! »

Margot tend à nouveau la main vers son bras.

« Me touche pas ! Soit tu dis à Alphonso de faire machine arrière, soit je fais en sorte qu'il apprenne ce que t'as fait pou obtenir ce bureau. »

Margot croise les bras sur la poitrine.

« Tu crois que, sous prétexte que tu baises bien, tu as ton mot à dire ? Que ton opinion a de l'importance ? T'es rien qu'une catin noire comme le goudron qui sait tout juste lire. Une gamine qui peut seulement compter sur ses longues jambes et son gros derrière pour s'en sortir. Tu crois que tes révélations intéressent quelqu'un ? Tu ne pourras jamais t'adresser aux Alphonso de ce monde sans qu'ils te rient au nez. Pour eux, tu n'es qu'une domestique. Et ça ne changera jamais.

— Comme tu voudras », crache Douce.

Puis elle sort du bureau et claque la porte derrière elle. Margot fait volte-face et jette son pot à crayons sur le sol. Les stylos et crayons s'éparpillent sur le carrelage immaculé, tandis que le pot disparaît en roulant sous son grand bureau en acajou.

33

Un matin, les bulldozers sont là, dispersés sur la plage, comme des mammouths au repos, leurs lames courbes semblables à des défenses. On dirait qu'ils se sont échoués ou sont tombés du ciel. Les machines commencent bientôt à abattre un à un les arbres de la crique et du bord de la rivière. Elles détruisent aussi une partie de la colline en coupant ceux qui retiennent la roche calcaire car celle-ci s'effrite aussitôt. Leurs grosses chenilles écrasent des arbres âgés de deux mille ans – des arbres qui ont permis aux ancêtres des habitants de l'île de se cacher en attendant de retrouver la liberté. Les ouvriers, recrutés à l'étranger, regroupent les bateaux de pêche puis les chargent sur des camions. Ces hommes pétrissent la terre comme jamais Thandi ne l'aurait cru possible. En même temps qu'ils déracinent les arbres, la pierre vole en éclats. Lorsque les troncs s'effondrent, la terre tremble, puis un profond silence s'installe. Thandi a toujours su que le ciel leur tomberait sur la tête un jour. Les nuages s'amoncellent, tandis que le soleil figé regarde le monde s'écrouler. Les habitants du village commencent à rassembler leurs affaires dans leurs cases, contraints de se lancer dans l'inconnu. Il ne restera bientôt que les urubus à tête rouge, montant la garde comme des sorcières bossues dont les aisselles dégagent une odeur de mort. Les ouvriers ferment l'accès au village autour des cases de mademoiselle

Ruby et de Charles, vouées à la destruction. Thandi pressent que son quartier, de l'autre côté de la rivière, est le prochain sur la liste.

On raconte que mademoiselle Ruby, interrompue en pleine application d'une couche de crème sur son visage, sortit un matin de sa case en maudissant les ouvriers. « *Y faudra me passer sur le corps ! Prenez don tout ce que vous voulez, mais pas ma maison ! Elle est à moi !* » En apercevant son visage blanc, les ouvriers ont dû penser que c'était une femme *obeah* qui leur jetait des sorts avec ses mains déchaînées et son drôle d'accent. Tout à coup, la terre se mit à trembler. Les secousses étaient plus fortes et plus longues que lorsqu'un arbre s'effondrait. Les hommes agrippèrent leurs casques et cherchèrent un endroit où s'abriter. Certains plongèrent derrière les buissons, d'autres coururent se glisser sous des plaques de zinc. Quand les secousses cessèrent, ils sortirent prudemment de leurs cachettes et contemplèrent les dégâts autour d'eux. Ils regardèrent ensuite la femme noire au visage blanc qui paraissait aussi stupéfaite qu'eux. Plus tard, on rapporta que ces secousses étaient celles d'un séisme. Les ouvriers décidèrent d'interrompre temporairement les travaux. Ils abandonnèrent leurs engins sur place, ces pelleteuses qui montraient les dents d'un air menaçant, et laissèrent les habitants de River Bank à leurs inquiétudes sur l'avenir.

Un ruban jaune délimite à présent tout le village. L'avertissement est aussi clair que le soleil. D'ici quelques semaines, River Bank n'existera plus. Un soir, la population se rassemble au Dino's Bar afin de discuter du projet de construction. Chacun y va de son commentaire. Les hommes tapent du poing sur leurs tables ou le bar, tandis que les femmes tremblent ou se prennent la tête entre les mains. Macka leur offre de l'alcool fort comme il en proposait aux fermiers à l'époque où leurs cultures commençaient à mourir. Au lieu de le savourer, les clients l'avalent à grandes gorgées, la tête renversée, avant d'essuyer leurs fronts moites et soucieux. Les enfants jouent à cache-cache sous les chaises et les tables en évitant les adultes que la panique met dans tous leurs états. Même si les villageois bloquaient River Bank Road en guise de protestation, les promoteurs mèneraient leur projet à bien.

« Faut voir ce qui s'est passé à Little Bay : ils ont déjà bâti des hôtels à la place des cases des habitants et y s'arrêteront certainement pas là », déclare quelqu'un.

Verdene Moore apparaît soudain dans l'entrée au milieu de leurs bavardages. Un silence tombe sur le bar. Même les enfants cessent de jouer pour la regarder. Elle entre sans hésiter dans la salle, comme si elle y avait toujours eu sa place. Comme si elle ne remarquait pas les mouvements de recul des femmes qui redoutent de la toucher, les signes que les mères adressent à leurs fillettes pour qu'elles la laissent passer, ni les mains des hommes qui se resserrent autour de leurs bouteilles, prêts à l'étrangler. Thandi, qui est assise à côté de Delores, l'observe avec curiosité. Lorsque Verdene lui lance un sourire, elle se retient au dernier instant de le lui rendre. La femme s'assied à côté d'elle.

« Bonjour, Thandi », dit-elle avec une légère familiarité.

Fébrile, Delores saisit sa mule comme pour la frapper.

« Hors de ma vue, Satan ! hurle-t-elle.

— Je ne me laisserai pas chasser une deuxième fois, réplique calmement Verdene sans reculer. Ma mère m'a appris le courage. Cette communauté est la mienne. Je suis née et j'ai grandi ici, exactement comme toi. »

Elle balaye la salle du regard.

« Comme vous tous. »

Un à un, les clients abattus ou somnolents redressent la tête pour la regarder. La colère les ranime brusquement. La présence de Verdene semble leur redonner vigueur.

« T'es folle ou quoi ? lui lance Macka. Qu'est-ce qui te fait croire que tu peux entrer ici et prendre la parole comme si t'étais des nôtres ?

— Les problèmes du village me concernent aussi.

— Tu ferais mieux de partir. »

Macka s'approche d'elle d'un air menaçant.

« Je ne suis pas responsable de ce qui se passe, proteste Verdene. Gardez donc votre énergie pour vous en prendre aux vrais coupables.

— T'es encore plus démoniaque que ces gens, dit Delores. T'es pire que le démon qui nous chasse de notre pays. »

Tout le monde se tait en attendant de voir quelle tournure va prendre le conflit. Verdene se lève et se dirige vers le bar, le corps raide de détermination. Comprenant qu'elle ne se laissera pas décourager par leurs brimades, les clients, qui ont bien assez de leurs problèmes, recommencent à téter leurs bouteilles, à réhydrater leurs bouches et gorges sèches, dans l'espoir de repartir un peu moins impuissants et exténués qu'à leur arrivée.

Le regard perdu dans l'obscurité, Thandi laisse Margot lui brosser les cheveux. Comme au bon vieux temps, elle est assise entre les jambes de sa sœur et savoure le réconfort que lui procurent ses caresses tendres, le doux frottement des poils sur son front quand elle penche la tête en arrière, le bruissement des cheveux tirés depuis leurs racines, leur chatouillis apaisant sur sa nuque. Elle ramène les cuisses contre la poitrine et passe les bras autour de ses genoux. Il fait sombre dans la case, malgré la lampe à pétrole que sa sœur a allumée, et le feu de bois qui crépite dans l'air frais. Margot fredonne une chanson que Thandi ne reconnaît pas. Plus tôt, elle a entendu sa mère et sa sœur se disputer à son sujet, leurs chuchotements furieux lui parvenant du fond de la case. Leur querelle était sûrement liée à son mutisme des derniers jours. Delores est ensuite partie chercher des feuilles d'eucalyptus chez les voisins pour les ajouter au bain de Thandi. Toutes deux tiennent à ce qu'elle retrouve son état normal car la remise des diplômes approche, mais sa douleur est plus profonde que jamais. Elle la ressent jusque dans ses os. Cette douleur de l'âme secoue si fort son corps frêle que, le soir venu, Thandi s'effondre sur son lit et sombre dans les affres d'un sommeil agité. Éveillée, elle tente péniblement de se rappeler ces rêves que des vagues houleuses ont emportés. L'eau se referme rapidement sur l'endroit où Charles a disparu, mais Thandi sent encore un moment la pression de son corps sur le sien.

Margot sépare doucement ses cheveux par des raies puis applique de la pommade Blue Magic sur son cuir chevelu. Thandi inspire son odeur familière qui se mêle à celle de sa sœur. Les yeux fermés, elle ne sent plus que les doigts de Margot qui se promènent sur son crâne.

« Tu m'avais dit que tu n'avais pas de petit ami, lui reproche doucement celle-ci.

— Qu'est-ce que ça peut te faire ?

— Nous avions passé un accord. »

Margot continue à lui masser le cuir chevelu.

« Regarde comme il te fait souffrir maintenant, alors que ça devrait être le moment le plus heureux de ta vie. »

Sa voix est aussi douce que le duvet qui couvre les épaules de Thandi.

« Je ne t'avais encore jamais vue dans cet état. Il faut que tu te secoues, Thandi. Il ne reviendra pas. C'est ce genre de chose qui rend les femmes folles. Tu vois tous ces gens dérangés dans les rues, les cheveux en bataille et les parties intimes à l'air ? S'ils sont devenus ainsi, c'est parce qu'ils attendaient trop de la vie. Tout a une fin, Thandi. »

Elle prend le peigne et recommence à lui démêler les cheveux d'un geste alangui.

« Delores me donnait des bains autrefois. »

La voix de Margot se brise.

« J'étais malade, moi aussi. Je souffrais de la même chose que toi. À cause d'une fille qui m'avait dit que j'étais jolie. »

Elle laisse échapper un petit rire.

« J'avais mal partout. J'étais incapable d'expliquer ce qui m'arrivait. Rien de ce que faisait Delores ne m'aidait à redevenir moi-même. Je ne comprenais pas ce qui me rendait comme ça… »

Elle marque une pause lorsque Thandi se retourne pour la dévisager, le regard enflammé.

« J'étais jeune. Et naïve. Mais je savais qu'il se passait quelque chose en moi. Je le sentais là. »

Margot pose la main sur son ventre.

« C'était comme une boule de feu. Delores pensait que ses bains me guériraient. Elle croyait à toutes sortes de choses. Elle m'a même emmenée chez une femme *obeah* qui m'a frictionnée avec une huile et une mixture concoctée selon un rituel de magie noire. Lorsqu'elles ont voulu me faire boire une soupe à base de sang de chèvre, je me suis enfuie. Rien ne pouvait m'empêcher de penser à elle.

— Qu'est-ce que tu veux dire, Margot ?

— Je ne me suis jamais considérée comme une fille du diable. »

Thandi s'agenouille entre les jambes de sa sœur puis se lève dans l'obscurité.

Margot la regarde sans bouger, sa robe rouge tombant entre ses cuisses.

« Enfin, je n'étais qu'une enfant. Qu'est-ce que je connaissais à tout ça ? Je pensais peut-être qu'il m'arrivait quelque chose de spécial ; je recevais enfin l'amour et l'affection dont m'avait toujours privée ma propre mère. »

Margot hausse les épaules.

« Delores a tout essayé pour me ramener à la raison.

— Qu'est-ce qu'elle a fait ? » demande Thandi, que cette question taraude.

La lumière des flammes et de la lampe à pétrole éclaire faiblement le visage de Margot.

Celle-ci évite ostensiblement son regard.

« Elle s'est débrouillée pour que je… »

Les mots semblent lui obstruer la gorge.

« J'ai commencé à rencontrer de nouvelles personnes – des hommes – qui m'ont offert bien plus que de l'affection. Delores faisait les présentations, puis il devenait vite évident que je leur plaisais.

— Mais tu étais…

— Jeune. C'était un remède, comme disait Delores. La première fois, l'homme lui a donné six cents dollars pour qu'elle m'offre à lui. Ça n'a fait qu'aggraver ma souffrance. Mais cette maladie était différente de la première ; celle-ci était due à la perte d'une personne qui m'était chère et qui tenait à moi. Cette fois, je souffrais de m'être perdue moi-même. Mais ça a fini par marcher. J'ai cessé de souffrir. Je ne ressentais plus rien. Tout est devenu facile. »

Thandi regarde sa sœur sans comprendre. Ses yeux cerclés de noir, ses lèvres rouge sang, sa robe écarlate, son petit sac de voyage posé près d'elle.

« Je ne comprends pas, dit-elle en secouant la tête. Tout ça n'a aucun sens.

— La seule personne que j'ai jamais aimée, c'est toi, Thandi. Comme tu n'attendais rien de moi, je t'ai tout donné. Et j'ai travaillé dur pour que Delores n'éprouve jamais le besoin de se servir de toi comme elle s'est servie de moi.

— Clover m'a fait du mal et tu n'étais pas là pour me protéger. Charles est seulement coupable d'avoir voulu me défendre. Il ne mérite pas d'être puni. »

Margot laisse tomber le peigne qu'elle tenait encore à la main.

« Quand est-ce arrivé ?

— Quand j'allais encore à l'école primaire. »

Margot marmonne quelques mots puis garde le silence un moment. Thandi la regarde serrer les poings si fort que les os de ses articulations sont visibles à travers sa peau. Margot reste assise un moment sans bouger. Dans la lueur des flammes crépitantes, ses yeux sont aussi immobiles que des billes de verre.

Margot attend le retour de Delores dans l'obscurité silencieuse de la varangue. Thandi et grand-mère Merle dorment à l'intérieur ; on n'entend plus que les stridulations des criquets cachés dans les buissons et Heidi La Grosse qui se déchaîne sous la pleine lune. Semblables à des lucioles, des lampes de poche clignotent dans la nuit. Les habitants du village sont toujours à la recherche de Charles. Lorsque le portail s'ouvre puis se referme et que la silhouette de Delores apparaît, Margot se lève. Libéré de son poids, le fauteuil en bois grince.

« C'est qui ? » demande Delores.

Margot imagine sa mère braquant ses yeux plissés sur la varangue. Elle marche vers Delores avec la lenteur d'une jeune mariée qui s'approche de son futur époux. Le voile de nuit qui couvrait son visage se lève à demi.

« Pourquoi t'étais assise dans le noir comme ça ? demande Delores quand elle reconnaît enfin sa fille. C'est moi que t'attendais ? »

Elle la dévisage d'un air perplexe mais n'obtient pas de réponse.

« Tu sais ce qu'il a fait ? » demande Margot.

Une veine palpite violemment à la base de son cou.

« Qui ça ?

— Clover », crache-t-elle, tandis que l'amertume monte dans sa gorge et enrobe sa langue.

Lorsqu'elle entend le nom du défunt, Delores cesse de froncer les sourcils et s'immobilise dans le clair de lune. Voyant Margot s'approcher, elle recule avec épouvante, comme si sa fille représentait tout ce qu'elle avait jamais craint. Comme si elle incarnait la mort venue la chercher à son tour.

« Pourquoi tu me poses des questions sur ce macchabée ? chuchote Delores.

— Réponds-moi !

— T'es jamais là.

— Pourquoi tu ne m'as rien dit ?

— Qu'est-ce que j'étais censée faire ? Frapper à la porte de ce palace où tu travailles pou t'annoncer la nouvelle ? Thandi m'en a seulement parlé la semaine dernière.

— Tu aurais pu me le dire ! »

Un cri étranglé s'échappe de la gorge de Margot. Les stridulations des criquets et les mugissements de Heidi s'amplifient.

« Qu'est-ce que t'aurais fait ensuite, hein ? » demande Delores.

La main de Margot se resserre sur la sangle du sac de voyage suspendu à son épaule. Pour une fois, sa mère a raison. Qu'aurait-elle pu faire ? Toute sa vie, Margot s'est crue capable de protéger sa sœur ; mais Clover lui a finalement prouvé l'inutilité de ses efforts.

« Nous l'avons laissé entrer chez nous », murmure-t-elle, davantage pour elle-même que pour sa mère.

Les mains levées de Delores retombent, et avec elles, les remparts qu'elle dresse habituellement autour de son corps en présence de Margot.

« Les gens sont souvent décevants dans la vie. C'est comme ça et pis c'est tout. »

Elle adresse un regard navré à Margot, mais celle-ci n'est pas dupe ; derrière cette demande muette de pardon se dissimule une sombre satisfaction.

« C'est notre vie en fin de compte. Regarde autour de toi, ma fi. Regarde où tu vis. Ce bout de terre a plus de valeur que nous. Et l'air qu'on respire ? C'est encore une dette à payer. »

Dans l'atmosphère étouffante, des faisceaux jaune sale percent l'obscurité, aussi clairs que les rayons de lune qui suivent les hommes armés de machettes à travers le village. Les plaintes déferlantes de Heidi emplissent le silence de la varangue, tandis que ses remous draguent les impuretés du passé. Plantée face à sa mère dans le clair de lune, Margot se refuse à fredonner le même air chagrin. Elle commence à descendre les marches de la varangue lorsque sa mère l'arrête.

« C'est une fi intelligente, ta sœur. Je lui ai dit de faire le bon choix et de dénoncer ce gamin pou récupérer l'argent. Dix mille dollars, c'est pas rien. »

Après avoir lancé un dernier regard amer à Delores, Margot s'en va.

34

Margot emprunte un raccourci pour se rendre chez Verdene. Bien qu'elle risque à tout moment de tomber sur les villageois qui sont à la recherche de Charles, elle éprouve le besoin irrépressible de se changer les idées. De prendre du recul sur ce qui vient de se passer. Afin de gagner l'arrière de la maison rose, Margot coupe à travers le jardin de mademoiselle Gracie, au risque de piétiner au passage ses piments de cayenne desséchés. Elle ouvre le portail en s'efforçant de ne pas faire grincer le loquet. La maison est aussi silencieuse que d'habitude, mais à en juger par la lueur orange qui s'échappe de la chambre, Verdene n'est pas encore couchée. Margot retire ses chaussures, laisse tomber son sac sur le sol et pousse la porte. Ses lunettes de lecture sur le nez, Verdene est assise sur son lit au milieu de documents épars. Margot, qui la trouve plus sexy que jamais, se penche et l'embrasse longuement.

« Me voilà », chuchote-t-elle, avant de reculer pour ouvrir la fermeture de sa robe et se déshabiller.

Verdene retire ses lunettes et les pose délicatement sur la table de nuit. Alors qu'elle cherche une liquette dans la commode, Margot s'immobilise un instant puis renverse la tête et hume l'odeur de l'encens au patchouli censé éloigner les moustiques. Elle ne s'attendait pas du tout à ce que Thandi avait à lui dire, mais tout cela appartient au passé. Bientôt, elle pourra trinquer à l'avenir de sa petite sœur et l'emmener vivre loin de ce maudit village. Et de Delores. Verdene et elle n'ont pas fait l'amour depuis une semaine car elle passe la plupart de ses soirées à s'occuper de ses recrues. De son côté, Verdene, qui s'apprête à vendre sa maison, est accaparée par ses démarches. Margot ne comprend pas ce qui lui prend autant de temps; à vrai dire, cette situation la rend un peu nerveuse. Peut-être n'aurait-elle pas dû la dissuader de consulter un avocat. Tout ce qui lui reste à faire, c'est signer le contrat qui a été rédigé par une filiale de Wellington Estate car Alphonso ne voulait pas que son nom y apparaisse. Verdene est la dernière propriétaire de River Bank à ne pas l'avoir validé.

« Viens là. »

Verdene se lève du lit et attire Margot contre elle. Elle se baisse un peu puis glisse la tête sous son menton et les bras autour de sa taille.

Margot prend son visage dans les mains.

« Nous sommes sur le point de commencer une nouvelle vie ensemble, il faut fêter ça. »

Verdene hoche la tête et l'embrasse sur le menton, puis sur les lèvres.

« Quand tu vas voir les plans du solarium ! » dit Margot en songeant à l'ébauche de la villa de ses rêves que l'architecte lui a montrée aujourd'hui au bureau.

Son augmentation lui a enfin permis de verser un acompte pour sa nouvelle maison.

« Il y aura des baies vitrées partout.

— J'ai hâte de découvrir ça. Mais ne brûlons pas les étapes. Il me reste quelques pages du contrat à lire. »

Verdene s'écarte légèrement et se comporte ensuite avec une méticulosité qu'elle a probablement adoptée à l'époque où elle était éditrice. Margot n'avait encore jamais vu se manifester son côté professionnel. Elle n'avait pas pensé que son expérience pourrait freiner l'avancée du nouveau projet.

« Il faut que je déchiffre soigneusement chaque terme avant d'apposer ma signature sur ce contrat. Je ne fais pas confiance à ces… »

Margot ne veut plus entendre la moindre excuse. Pas ce soir. Elle pose l'index sur les lèvres de Verdene puis glisse la main droite dans son pantalon de pyjama. Malgré sa résistance, Verdene n'en peut visiblement plus d'attendre ; toutes deux s'effondrent sur la pile de papiers dont certains s'envolent, libres comme l'air.

35

L'air matinal transporte le chant d'un coq et de quelques oiseaux, ainsi que le son lointain des vagues de l'océan. Il charrie en outre les résidus d'une nuit d'insomnie. Margot est partie, son sac de voyage à l'épaule, après avoir maladroitement embrassé Verdene sur le front. À la table du petit déjeuner, Thandi mélange son porridge à la semoule de maïs sans y goûter. Delores la regarde faire en attendant que Maxi l'emmène au marché. Margot n'est toujours pas rentrée.

« J'aimerais bien savoir où est passée ta sœur », dit-elle.

Incapable de prononcer un mot, Thandi ne répond pas. Elle ne parvient pas non plus à regarder sa mère.

« Tu vois un peu comment elle est, cette Margot. Elle sait que t'es malade, mais elle essaie même pas de se libérer pou passer du temps avec toi. Elle sait bien que je dois aller travailler. Contrairement à elle, je peux pas prendre de congé. »

Delores triture les deux sacs de feuilles d'eucalyptus qu'elle a rapportés la veille au soir. Elle se lève pour les poser sur le plan de travail puis revient plaquer une main sur le front de Thandi pour vérifier si elle est fiévreuse. L'adolescente tressaille.

« Mais qu'est-ce qui t'arrive ? demande Delores.

— Tu as vendu Margot », lâche Thandi, incapable de garder son calme plus longtemps, ni de regarder sa mère.

« C'est ça qu'elle t'a raconté ?
— Comment tu as pu lui faire une chose pareille ? »
Thandi se tourne enfin vers Delores.
« Surveille un peu tes paroles. Je suis ta mère.
— Elle était si jeune.
— Mais malade. »
Delores se rassied sur une chaise.
« Ta sœur était souffrante. Possédée. Elle t'a parlé de ça ? Je parie bien que non. Interroge-la sur Verdene Moore. C'était elle la cause de sa maladie. Cette Verdene avait fait quelque chose à mon enfant. Elle l'avait livrée au démon. Pose-lui don des questions là-dessus. »

Cette histoire est donc vraie. Du début à la fin. Et Verdene Moore en est le personnage central. Écœurée, Thandi repousse son bol. Et dire que ce sont les mains de Delores qui l'ont nourrie, qu'elle a léché les lignes de vie de ses paumes sales ! Thandi respire calmement, dans l'espoir de faire passer sa nausée.

« Ta sœur avait besoin d'être rééduquée. Soignée. Alors c'est ce que j'ai fait.

— Mais pourquoi ? s'entend piailler Thandi, comme un poussin sortant de l'œuf.

— J'avais seize ans quand j'ai eu Margot. J'étais encore qu'une gamine qui connaissait même pas sa gauche et sa droite. Le père de Margot, c'était un boug que toutes les marmailles de la communauté appelaient tonton. Mais y s'intéressait surtout à moi. Pétêt pasque j'étais grosse. J'étais grande pour une adolescente et ça lui plaisait. Quand je suis tombée enceinte, ma mère m'a demandé qui était le père. J'ai répondu que c'était tonton. Elle était tellement en colère qu'elle m'a rouée de coups. J'avais mal partout après ça. Quand Margot est arrivée, je souffrais rien que de la voir. Plus tard, j'ai connu ton père. Un coolie séduisant avec les cheveux longs jusqu'aux épaules. Il rendait visite à un cousin qui habitait à River Bank à l'époque. Un homme bien gentil. On a été ensemble quelques mois, lui et moi. Rapidement, je suis tombée enceinte. Quand il l'a appris, y s'est fâché. Moi, j'aimais pas comment y regardait Margot. Elle avait quinze ans à l'époque. C'était elle qu'y voulait. J'ai rien pu y faire. Y m'aidait un peu financièrement. Mais c'était pas beaucoup. Ça a duré tant qu'y pouvait avoir Margot. Un jour, à mon retour du marché, j'ai vu que ton père était parti. Il avait rassemblé toutes ses affè et filé. Quand j'ai demandé à Margot où il était, elle m'a expliqué qu'elle s'était refusée à lui et que ça lui avait pas plu. Élever deux marmailles toute seule, c'était pas facile. T'entends ce que je dis ? Pas facile du tout. »

Soudain gelée, Thandi se frotte les bras. Elle pense à l'homme au visage oblong – ce père séduisant qu'elle s'est imaginé. Il n'a jamais voulu d'elle. C'était sa sœur qu'il désirait.

« C'était lui qui remplissait les placards, poursuit Delores. Margot me devait déjà beaucoup après tout ce que j'avais enduré à cause d'elle. Le moins qu'elle pouvait faire, c'était… »

On frappe à la porte. Delores va ouvrir. Un homme vêtu d'une chemise blanche et d'un pantalon noir la salue lorsqu'elle sort sous la varangue où est assise grand-mère Merle. Thandi aperçoit sa silhouette à travers le rideau. Elle voit aussi celles des hommes qui l'accompagnent. Des tubes étroits pendent à leurs épaules. Pendant que l'homme parle, les autres examinent le jardin et le champ où monsieur Melon attache sa chèvre. Thandi devine à son accent qu'il est américain.

« Bonjour, madame. Nous distribuons cette lettre à tous les habitants du village qui sont locataires de leur maison. Nous avons reçu le feu vert de leurs propriétaires. »

Il remet un document à Delores puis pivote sur les talons. Les autres le suivent jusqu'à la case voisine.

Delores tend la lettre à Thandi pour qu'elle la lui lise. L'adolescente regarde un instant la feuille de papier avant de la prendre.

CHERS LOCATAIRES,

PAR LA PRÉSENTE, NOUS TENONS À VOUS INFORMER OFFICIELLEMENT DE LA CONSTRUCTION IMMINENTE D'UN NOUVEL HÔTEL SUR LE TERRAIN QUE VOUS OCCUPEZ ET COMPTONS SUR VOTRE ENTIÈRE COOPÉRATION. NOUS VOUS DEMANDONS DE BIEN VOULOIR QUITTER VOTRE LOGEMENT D'ICI LE 1er AOÛT. VOTRE PROPRIÉTAIRE, MONSIEUR DONOVAN STERLING, NOUS A VENDU LE PERMIS DE CONSTRUIRE SUR SES TERRES. VOTRE REFUS DE QUITTER LES LIEUX À LA DATE REQUISE ENTRAÎNERA UNE EXPULSION DE FORCE. NOUS VOUS REMERCIONS DE VOTRE COMPRÉHENSION.

« Oh, pitié Seigneur, misyé Sterling nous met dehors. Mais où est-ce qu'on va aller ? »

Delores arrache la lettre des mains de Thandi et la parcourt elle-même. Quand elle a terminé, elle cherche une chaise à tâtons puis fixe le plafond du regard. Delores baisse ensuite la tête et dévisage Thandi.

« Je suis punie pou ce que j'ai fait, c'est ça ? Je suis pas une mauvaise mère », se lamente-t-elle comme si elle pensait à voix haute.

36

Chaque jour, Thandi sent son avenir lui échapper davantage. Ses rêves de peau claire et d'entrée dans une école prestigieuse s'éloignent peu à peu car les résultats de ses examens s'annoncent décevants. Sa famille se désintègre rapidement, et Charles lui manque. C'est la seule personne qui ne la laissera jamais tomber. Thandi fourre quelques affaires dans son cartable – des vêtements, son carnet de croquis, la serviette de Charles. Le chant du coq n'a pas encore retenti. Delores et grand-mère Merle dorment toujours. Quant à Margot, elle n'est pas rentrée. Thandi se glisse sans bruit dehors puis s'engage d'un bon pas sur le chemin qui s'éloigne de la colline. Elle croise quelques femmes se dirigeant tranquillement vers la rivière qui se trouve à des kilomètres de leurs cases et qu'elles s'apprêtent à trouver murée par des sacs de ciment et des outils. L'air de porter tout le poids du monde sur leurs épaules, elles retourneront ensuite à leurs villages, le cou droit pour équilibrer leurs seaux vides.

L'aube commence à dorer le sommet de la colline. Le ciel dégagé d'un bleu violet est saupoudré d'un reste d'étoiles suspendues autour de la demi-lune. Thandi accélère le pas. Elle doit encore traverser la rivière en Y pour atteindre la case de la mère de Charles. Avec un peu de chance, elle parviendra à faire dire à mademoiselle Violet où habite Jullette. Malgré le ruban jaune qui lui barre le passage, Thandi pousse le portail. Marie et Joseph ont disparu de l'enclos. Quelqu'un a dû les emporter pour les vendre. Ou les égorger. Les quatre chiens errent dans la cour ; leurs os, plus visibles aujourd'hui, saillent tels des bâtons cassés. Tous suivent Thandi en reniflant sa jupe, mais elle les chasse de la main.

« Allez, ouste ! »

Elle passe devant la cabane en zinc de Charles puis s'arrête à la porte de la case principale et frappe. Pas de réponse. Pas un bruit. Une puanteur familière lui emplit les narines au moment où elle pousse la porte. Comme il n'y a cette fois pas le moindre roucoulement pour la guider, Thandi avance à tâtons dans la case sombre puis s'immobilise un instant devant le rideau qui dissimule la chambre. Elle le pousse sur le côté en s'attendant à trouver la mère de Charles roulée en boule sur son lit. Mais il n'y a aucune trace de mademoiselle Violet. Il ne reste que ses draps souillés et froissés. Elle est déjà partie.

Thandi recule et manque de trébucher contre un repose-pieds. Elle décide de se rendre chez la voisine, mademoiselle Ruby.

Alors qu'elle s'apprête à frapper, Thandi découvre un avis d'expulsion collé sur la porte. À en juger par la couleur délavée de l'encre, il est là depuis des semaines. Thandi frappe, le cœur battant. Mademoiselle Violet étant partie, il va lui être beaucoup plus difficile de retrouver Charles. Mais sa voisine sait peut-être quelque chose. Lorsque mademoiselle Ruby ouvre la porte, Thandi sursaute en découvrant l'état de son visage. Il paraît contusionné car ses joues sont marbrées de taches violettes. Disparu, ce teint rose saumon dont elle se vantait encore quelques semaines plus tôt. Elle semble avoir vieilli ; sa peau fine comme du papier est aussi fripée et tachetée qu'une vieille orange. Comme Thandi continue à la dévisager, mademoiselle Ruby triture le col de sa robe d'intérieur et le remonte jusqu'à sa bouche.

« Qu'est-ce que tu fais là de si bon matin ? »

Thandi s'efforce de ne pas se laisser troubler par son apparence.

« Savez-vous où mademoiselle Violet est partie ? »

Une vilaine grimace déforme aussitôt les traits de la femme.

« Pourquoi tu me demandes ça ? Tu crois que je passe mon temps à surveiller les gens ? Si je suis encore de ce monde, c'est pasque je me mêle pas des affè des autres.

— Savez-vous au moins où habite Jullette ? Il faut que je la retrouve. Il faut que je voie Charles.

— T'es don au courant de rien ? À force d'avoir le nez dans tes livres, tu vis plus sur la même planète que nous autres. Tout le monde veut savoir où il est, Charles. Il est recherché par la police. Celui qui lui mettra la main dessus deviendra riche. Assez riche pou s'acheter une maison et ne plus être traité comme de la crotte. Si je savais où était cette petite brute, je serais déjà propriétaire de ma villa. Alors pourquoi me poser une question aussi stupide ? Fiche-moi le camp maintenant et ne reviens que si tu peux te payer mes services. »

Mademoiselle Ruby dévisage à son tour Thandi.

« D'après ce que je vois, t'as encore besoin de ma préparation.

— Non, merci.

— T'es sûre ? Je te l'ai pourtant bien dit : Dyé, il aime pas les vilains. Regarde un peu ce qui nous arrive. »

Thandi pivote sur les talons et traverse la cour de mademoiselle Ruby sans se retourner.

Elle file vers la place en espérant l'atteindre avant que le soleil ne soit complètement levé. Lorsqu'elle passe devant la maison de mademoiselle Gracie, elle s'arrête près du manguier dans lequel elle a un jour vu Charles et sa bande voler et dévorer des fruits. Thandi tend la main vers la branche la plus basse puis cueille une mangue. Mais en la retournant dans ses mains, elle s'aperçoit que sa chair est pourrie et dévorée par des vers. Elle la jette et reprend sa marche. Arrivée devant la maison rose, elle ralentit. Ses persiennes sont encore fermées, mais Thandi aperçoit sa sœur qui sort de la maison. Margot s'immobilise en la voyant. Thandi se fige à son tour. Elle retient si brusquement son souffle que ses poumons lui brûlent.

« Thandi, je vais t'expliquer ! »

Margot ouvre le loquet du portail.

« Tu n'aurais pas dû me mentir, dit l'adolescente dès que sa sœur s'approche d'elle.

— Je pensais que tu ne me comprendrais pas.

— Tu aurais pu me dire que c'était elle. »

Thandi a l'impression étrange qu'on les observe derrière une fenêtre de la maison rose.

Margot pose la main sur son bras.

« Je suis désolée… »

Thandi recule puis s'enfuit sans prêter attention aux cris de sa sœur qui la supplie de revenir. Elle coupe à travers le terrain herbeux en essuyant ses larmes. Ses pieds qui martèlent le sol soulèvent un nuage de poussière. Il faut qu'elle retrouve Charles. Son cartable claque contre son dos comme la fois où elle le poursuivait dans les rues. Lorsqu'elle atteint la place Sam-Sharpe, Thandi tourne en rond en se demandant où commencer ses recherches. Où Jullette peut-elle bien cacher Charles ? À qui demander ? Dans l'espoir de la voir apparaître, elle s'assied sur un muret et observe les passants qui envahissent peu à peu la place. Thandi l'attend ainsi toute la journée. Lorsque le soleil finit par se coucher, le ciel se colore de nuances stupéfiantes de violet et de fuchsia.

Thandi repère deux femmes en minirobes moulantes dans la rue. L'une d'elles a les membres si squelettiques que le reste de son corps – un haut postérieur rond sur lequel on pourrait presque s'accouder et des seins volumineux serrés dans sa robe, tels deux fruits à pain exposés sur l'étal de l'épicier de la place – semble appartenir à une autre. Son amie est ronde de la tête aux pieds – la petite robe élastique qui moule ses formes voluptueuses paraît prête à craquer quand elle inspire puis tousse violemment à cause de la fumée de sa cigarette. Derrière l'écran de ses bouffées, toutes deux suivent attentivement les passants du regard. La femme maigre sort un miroir de poche de son sac à main, vérifie si ses dents sont tachées de rouge à lèvres puis fait bouffer sa courte perruque noire. En réalité, elle semble observer l'homme qui vient de passer devant elles – histoire, sans doute, de vérifier s'il se retourne pour les regarder. Son amie secoue la tête en le voyant marcher tout droit sans un regard pour elles. La plus maigre range le miroir dans son sac d'un air agacé. C'est le moment que choisit Thandi pour s'approcher d'elles.

« On peut t'aider ? » demande aussitôt la femme aux formes généreuses.

De près, elle fait beaucoup plus âgée. La peau cendreuse de son visage est aussi flasque que si elle avait perdu toute son élasticité.

« Oui, je crois », répond Thandi d'une voix mal assurée.

Les deux femmes échangent un regard puis se tournent vers elle.

« Combien tu proposes ? » demande la femme maigre, beaucoup plus maquillée que sa collègue.

Elle porte des faux cils et un faux grain de beauté au-dessus de la lèvre.

« Je… euh… »

Les femmes éclatent de rire.

« Arrête, Doreen, on dirait une saleté de hyène quand tu rigoles ! Pas étonnant qu'aucun boug veuille de toi !

— Tu peux parler. On croirait entendre une ânesse quand tu te marres. »

La plus ronde frappe le bras de son amie qui la repousse comme on bouscule une personne avec qui on a l'habitude de plaisanter. Elle se tourne vers Thandi.

« Qu'est-ce qu'on peut faire pou t'aider, petite ?

— J'ai besoin de retrouver quelqu'un. Une fille nommée Jullette.

— Pourquoi tu cherches pas dans l'annuaire ? C'est quoi son nom de famille ?

— Rose. »

La femme ronde se frappe aussitôt le front et manque de faire tomber sa perruque rousse.

« Oh, Douce ! »

Elle donne une tape à l'épaule de son amie.

« Elle veut parler de Douce, Doreen ! »

Le regard de l'autre s'éclaire.

« Oh, Douce ! Oui, oui, je vois qui c'est ! »

Elle se tourne vers Thandi puis dit à sa collègue :

« Annette, tu crois qu'on doit...

— La patronne le sait forcément, la coupe Annette, avant d'allumer une nouvelle cigarette.

— Qui ça ? demande Thandi.

— La patronne. Elle vient par ici recruter des fi. Les plus jeunes.

— C'est son travail ?

— Eh ouais, répond Doreen. Le boulot de cette fanm, c'est de manager des fi. C'est pou ça qu'on l'appelle la patronne. Elle supervise tout, de la paye des gamines à leur carnet de clients. Annette et moi, on est nos propres patronnes. On couche avec qui on veut quand on veut. Et les sous qu'on gagne, y sont pou nous.

— Comment puis-je la trouver ?

— Tu vas devoir te montrer prudente, crois-moi, sinon elle pourrait bien te convaincre de travailler pou elle. Cette fanm est une vraie sorcière, d'après ce que j'ai entendu dire. Et féroce en plus.

— Vous pouvez donc m'aider ? »

Les femmes échangent un regard, puis Annette fait signe à Thandi de la suivre. Elle coince son paquet de cigarettes dans son soutien-gorge et remonte ses seins. Lorsqu'elle part devant, Thandi remarque qu'elle boitille.

37

Verdene se sent comme en pleins préparatifs d'un mariage – ou plutôt comme si elle se trouvait déjà à la réception, éméchée, ivre de joie et d'espoir. Cependant, quelque chose la tracasse. Elle ne parvient pas à cerner le problème mais il est bien là, aussi agaçant qu'une mauvaise odeur imprégnant les murs, prêt à l'étouffer dans son sommeil. Pendant ses nuits d'insomnie, Verdene se pelotonne contre Margot, rassurée par sa présence. Il est agréable de penser à ses beaux rêves et d'ignorer cette vague inquiétude qui la travaille. Avec un peu de chance, ils deviendront bientôt les siens et la délivreront de ses doutes.

Verdene a commencé à se méfier après que Margot s'est efforcée de la dissuader de consulter un avocat. Au début, elle ne s'en est pas vraiment inquiétée car celle-ci parlait sans arrêt de sa promotion et du nouvel hôtel. À l'en croire, elle pouvait signer le document les yeux fermés puisque leur avenir était entre ses mains. Mais Verdene ne peut s'empêcher de se sentir coupable à l'idée de vendre sa maison moins cher que ce que ses parents l'ont payée en 1968. Pourquoi sa propriété aurait-elle brusquement perdu autant de valeur ? Elle n'en a pas parlé à Margot, mais à mesure qu'elle relit les pages du contrat, elle y relève de plus en plus de vices de forme – le fait par exemple que l'entreprise se présente comme une filiale sans préciser le nom de sa société mère.

Après le départ de Margot, Verdene appelle l'avocat qui s'est occupé du testament de sa mère.

« Sont-ils déjà passés ? lui demande maître Reynolds.

— Ils ne devraient pas tarder. »

Elle jette un coup d'œil par-dessus son épaule afin de vérifier si les promoteurs sont à la grille, puis glisse les doigts dans ses cheveux et tire légèrement dessus dans l'espoir de calmer son début de migraine.

« Ces salauds essaient de m'escroquer. Ils devraient m'offrir le quadruple de la somme inscrite ici.

— Ne fais rien tant que je n'ai pas lu le contrat », dit maître Reynolds de sa voix rauque de fumeur.

Cet homme d'environ soixante-dix ans pratique le droit depuis des années. Après avoir décroché une bourse de la fondation Rhodes, il a fait ses études en Grande-Bretagne où il est devenu ami avec sa tante Gertrude et son mari. La dernière fois que Verdene l'a vu, c'était à l'enterrement de sa mère. Il est toujours grand pour son âge – environ un mètre quatre-vingts – et coiffé d'une tignasse de cheveux blancs qui tranche avec la couleur sombre de sa peau. C'est un fier nèg' marron d'Accompong, village de la paroisse de Saint-Elizabeth.

« Peux-tu me faxer le contrat ? Je pars ce soir en voyage pour quelques jours, mais j'y jetterai un œil à mon retour. »

Verdene ferme les paupières. Que va-t-elle dire à Margot ? Qu'elle doit attendre que son avocat ait relu le document ? Margot trouve déjà qu'elle a trop traîné.

« Ne te laisse pas intimider, Verdene, dit maître Reynolds comme s'il lisait dans ses pensées. Pourquoi ne m'as-tu pas contacté plus tôt ?

— Je… Je pensais pouvoir régler ça toute seule. »

Verdene se sent aussi honteuse que le jour où elle a volé des piments antillais dans le jardin de la voisine. Elle se rappelle la promesse qu'elle a faite à Margot et l'immense bonheur qu'elle a aussitôt ressenti à l'idée de passer le reste de sa vie avec elle.

« Tu connais le nom de la société ? demande l'avocat. Je pourrais me renseigner sur elle auprès de mes contacts à la NEPA.

— Il n'est pas indiqué. Je ne vois que celui de la filiale. »

Maître Reynolds laisse échapper un long sifflement, mais celui-ci n'a rien à voir avec le gazouillis mélodieux des fermiers s'en allant aux champs, qui contraste nettement avec leur air abattu et le brun terne du paysage desséché. Il ressemble plutôt à la sirène longue et stridente des camions de pompiers londoniens filant à travers les rues humides et glissantes dont la chaussée luisante reflète les gyrophares rouges.

« Soit tu attends mon retour à Montego Bay, soit tu prends le risque de perdre ton héritage », conclut-il.

Après avoir raccroché, Verdene remplit une casserole d'eau pour faire bouillir quelques feuilles de margose qui calmeront son mal de tête. À peine l'a-t-elle posée sur le feu de la cuisinière qu'elle entend frapper au portail. Les deux hommes en chemise blanche, pantalon foncé, et coiffés de casques bleus, sont visiblement venus chercher le contrat signé. Verdene sort les saluer depuis la varangue.

« Je ne signerai pas », leur annonce-t-elle de loin.

Il n'est pas question pour elle de se laisser escroquer. Comment ces hommes osent-ils déraciner toutes ces familles et les forcer à brader leur propriété !

« Nous avons besoin de votre signature, madame, lui répond le plus petit. Nous vous avons laissé suffisamment de temps. Le chantier prend du retard. Vous êtes la seule propriétaire à ne pas avoir signé.

— Qu'est-ce que vous voulez que ça me fasse ? » lance-t-elle à cet homme qui n'a pas plus d'une vingtaine d'années.

Peut-être un jeune diplômé convaincu qu'il est capable de changer le monde.

« Arrêtez donc de résister.

— Pourquoi ? Vous me croyez aussi stupide que les autres ?

— Au contraire, madame, vous paraissez la personne la plus raisonnable des environs », fait le plus grand derrière la grille.

Verdene sait d'expérience qu'il se montre plus indulgent avec elle en raison de sa peau brun clair et de son accent britannique.

« Au regard de la loi, nous ne pouvons rien faire sans votre signature.

— La loi ? »

Verdene éclate de rire.

« Avez-vous au moins lu ce contrat ? »

Elle lève le document et l'agite devant elle.

« Ce que vous faites est illégal ! Vous ne devriez pas participer aux magouilles de vos patrons. Cette maison appartenait à ma mère. Je ne signerai pas ce contrat avant d'avoir consulté un avocat. »

Les deux hommes échangent un regard.

« Puis-je savoir qui est responsable de cette opération ? J'aimerais bien lui dire deux mots.

— Pardon, madame ?

— Comment s'appelle votre société ? Et arrêtez donc de m'appeler comme ça !

— Il s'agit de Sutton & Cie, répond le plus grand.

— Je veux le nom de la société mère. Il est écrit ici que vous êtes une filiale, mais je ne vois aucune information sur le groupe auquel vous appartenez.

— Wellington Estate, mada – mademoiselle.

— Wellington ? Comme les distilleries de rhum et les plantations de café ?

— La société possède également des biens immobiliers sur la côte. Son dirigeant s'appelle Alphonso Wellington. »

Alphonso ? L'homme pour qui travaille Margot ? Celui qui l'a nommée directrice générale de son nouvel hôtel ? Un établissement situé loin de tout, un projet vraiment original, d'après elle. Verdene pose une main sur sa bouche tandis que tout prend forme enfin dans son esprit. Toutes ces nuits que Margot a passées avec elle en sachant ce qui allait arriver ! Verdene cherche la poignée de la porte à tâtons.

« J'ai… j'ai quelque chose sur le feu, veuillez m'excuser. Dites à votre patron que mon avocat le contactera.

— Mais mademoiselle, nous ne pouvons pas… »

Verdene cesse de les écouter et referme la porte derrière elle. Hébétée, elle retourne à pas lents et prudents dans la cuisine puis s'assied à la table et pose sa tête endolorie dans ses mains. Margot sait combien elle tient à cette maison. Pas une seule fois elle n'a sous-entendu qu'elle connaissait les détails de ce projet. Le soir où Verdene est rentrée en tremblant de soulagement de la réunion au Dino's Bar, elle lui a préparé un bain puis l'a rejointe dans la baignoire et lui a tendrement susurré à l'oreille qu'il était temps pour elles de quitter River Bank.

« Thandi, toi et moi, nous vivrons ensemble dans la maison que j'ai achetée. Pour nous.

— Je ne les laisserai pas détruire la maison de ma mère.

— Tu es propriétaire. Si tu la vends, tu en auras pour ton argent.

— J'ai besoin de l'aide d'un avocat pour prendre ma décision.

— À quoi bon te donner cette peine et dilapider l'argent de l'assurance-vie de ta mère, alors que tu peux très bien vérifier toi-même les termes de ce contrat ? Tout ce que je te demande, c'est de me croire quand je te dis que je m'occuperai bien de toi. Réfléchis à mon offre. Ma nouvelle maison se trouve dans une résidence sécurisée où personne ne nous embêtera. Tu ne vivras plus le calvaire que tu as enduré ici. Tu as peut-être hérité cette maison de ta mère, mais cette villa nous appartiendra à nous.

— J'ai besoin de réfléchir.

— Laisse tomber, Verdene, a finalement lâché Margot en l'attirant vers elle. Et fais-moi confiance. »

Secouée par un rire nerveux, Verdene s'agrippe aux bords de la table. Ses yeux se remplissent de larmes. Cette jeune femme l'a menée en bateau. Lui a promis monts et merveilles dans le seul but de la rendre vulnérable. Cette jeune femme qui lui donnait envie de chanter à tue-tête dans sa cuisine, le cœur à la fois lourd et léger. Cette jeune femme aussi rassurante qu'un jour de pluie en pleine sécheresse. Cette jeune femme qui l'a traînée – une fois à quatre pattes – jusqu'à la cuisine afin qu'elle lui prépare amoureusement des petits plats. Cette jeune femme qui, quand elles font l'amour, crie comme si Verdene lui faisait le plus beau cadeau au monde. Oui, Verdene lui a tout donné – s'est donnée tout entière – sans rien demander en échange. Elle pensait que sa vie avec Margot lui ferait oublier les années perdues. Elle commençait à se réjouir d'habiter avec elle. Verdene s'essuie le visage. Elle se sent vieille. Vieille et épuisée. L'odeur de brûlé qui se répand dans la cuisine lui rappelle la casserole d'eau qu'elle a laissée sur le feu. C'était la préférée de sa mère. Un ustensile qu'elle a utilisé et conservé en bon état pendant des années. Verdene court éteindre la cuisinière puis contemple longuement le fond noirci de la casserole désormais vide.

38

Lorsqu'elle lève les yeux et voit Thandi, Jullette fronce les sourcils puis tord la bouche sur le côté. Elle est penchée sur un seau qu'elle remplit d'eau à une bouche d'incendie. Ce soir, son visage ne porte pas une trace de maquillage. La voilà redevenue une adolescente de l'âge de Thandi. Au milieu de sa tête, une raie sépare ses deux tresses. Sa robe ample qui se gonfle au vent dévoile deux longues jambes maigres ainsi qu'un sous-vêtement en coton blanc. Jullette la retient d'une main tandis que l'autre reste posée sur la bouche d'incendie. Elle a probablement fabriqué cette robe elle-même. Thandi le devine à la légère irrégularité des coutures quasiment parfaites. D'aussi loin qu'elle s'en souvienne, Jullette a toujours confectionné ses vêtements. Plus jeune, elle dessinait des robes, des chemisiers et des jupes qu'elle fabriquait ensuite avec les étoffes que lui donnait mademoiselle Priscilla, la marchande de tissu (et compagne de monsieur Melon). Mademoiselle Priscilla étant une amie de sa mère, elle offrait à la fillette tous les bouts de tissu qu'elle souhaitait depuis que mademoiselle Violet était malade.

« Qu'est-ce que tu veux ? » demande Jullette.

Thandi lève les mains avec humilité. Il faut qu'elle obtienne le pardon de son amie pour pouvoir lui demander des nouvelles de son frère. Mais à en juger par son expression, c'est l'échec assuré. Thandi décide d'aller droit au but.

« Je suis venue voir Charles. Il m'a dit qu'il habitait chez toi.

— Chucky ? »

Jullette frappe dans les mains et éclate de rire.

« J'en crois pas mes oreilles ! Mais qu'est-ce que mam'zelle Thandi peut bien vouloir à mon frère ? Mon sagouin, mon teigneux de frangin ? »

Jullette pose les mains sur ses hanches étroites qui ressortent dès qu'elle se campe sur les parenthèses de ses jambes arquées.

« C'est pas ton genre de boug, si mes souvenirs sont bons. Si t'es venue ici pour le conduire au commissariat, passe ton chemin. Il est déjà parti.

— Où ça ? Il faut que je le retrouve.

— Pourquoi ? C'est juste par égoïsme, je parie.

— On est ensemble, il ne te l'a pas dit ?

— Il a jamais prononcé ton nom. Et je suis sûre que t'as jamais parlé de lui non plus à tes prestigieuses amies. »

Parmi les nombreux secrets qu'elles partageaient plus jeunes, figurait le physique idéal de leur futur mari. Thandi, pas plus que Jullette, ne voulait d'un garçon aussi foncé qu'elle. Ne sachant pas où regarder, l'adolescente baisse les yeux, incapable d'affronter le regard moqueur de son amie.

« Laisse-nous tranquilles, dit Jullette très calmement. T'as passé des années à nous ignorer, et voilà que tu débarques ici en t'attendant à ce que je te fasse confiance. Je sais ce que tu veux en réalité. La récompense. Eh ben, c'est pas de chance, Charles est plus là. Ça fait longtemps qu'il est parti. »

Les pieds cloués au sol, les orteils enfoncés dans les semelles de ses chaussures, Thandi ne bouge pas. Son cœur bat contre ses côtes. Charles ne s'est pas envolé. C'est impossible !

« Bon, tu peux me laisser maintenant ? »

Lorsque Jullette repose les mains sur les hanches, Thandi remarque ses ongles vernis rouges.

« Mam'zelle parfaite. Tu t'attends toujours à ce qu'on te donne tout ce que tu veux. Toi, la galère, tu connais pas.

— Je ne suis pas parfaite. Et comment tu peux dire que je ne connais pas la galère ? Nous avons grandi ensemble à River Bank.

— On a toujours été différentes, toi et moi. Le jour et la nuit. C'est vrai, on était amies, mais ça n'a jamais plu à ta mère. Elle voulait à tout prix que t'aies un autre genre de copines, de celles qu'ont pas besoin de mendier leur nourriture. »

Jullette tapote le poignet de Thandi pour attirer son attention sur son teint plus clair.

« C'est la première différence entre toi et moi. On t'a élevée en opportuniste, et moi, j'étais censée jouer les carpettes. J'étais celle qui venait toujours à ton secours quand des marmailles t'embêtaient à la récré. T'avais tout le temps besoin de ma présence, mais jamais tu m'as rendu la pareille. Ensuite, t'as arrêté de me parler dès que t'as été admise dans ce lékol. Tu portes ton uniforme blanc avec tant de fierté que ça t'aveugle. Tu passes devant moi comme si j'existais pas.

— Je suis désolée, Jullette.

— Non, mais tu t'entends ? Cet accent que tu prends ! Tu sais même plus parler patois. On dirait une étrangère. Dès que t'es devenue élève à Saint-Emmanuel, ton esprit a changé.

— Je n'arrive pas à croire que tu m'en veuilles encore après toutes ces années d'avoir été admise dans ce lycée.

— C'est pas le problème, Thandi.

— Alors dis-moi ce qui ne va pas ! Pour moi, ce n'est rien d'autre que de la jalousie.

— Je suis pas jalouse. Je peux pas l'être puisqu'il est clair que t'as rien appris dans ton lékol. T'en sors plus perdue que jamais. Non, mais regarde ta peau ! »

Thandi se touche le visage. Elle n'applique plus de crème depuis un moment, mais son effet est encore visible par endroits.

« Pourquoi es-tu aussi contrariée, Jullette ? On commet tous des erreurs. Toute cette histoire est arrivée il y a longtemps. Tourne la page. Tu te comportes comme si nous nous étions brouillées hier.

— T'es qu'une tricheuse. Un caméléon qui change de couleur partout où y va. Tu te connais pas. T'as aucune racine, aucune connaissance de base. T'es même pas capable de penser toute seule. T'es qu'une marionnette, Thandi. Delores se sert de toi. Margot aussi. Si y a quelque chose entre Charles et toi, je ferai tout pour que ça s'arrête là. Il est trop bien pour toi. »

Jullette prend l'air plus menaçant encore.

« Alors continue ton chemin. On veut pas de toi ici. »

Thandi bout de rage. Une douleur cuisante lui chauffe le visage. Elle revoit Jullette en talons hauts et jupe trop courte se pavaner au bras d'un homme.

« Au Sea Breeze, tu as fait comme si tu ne me connaissais pas quand tu étais avec cet étranger, ton client.

— Et alors, Thandi ? Tu crois que j'ai que ça à faire de me justifier ? Il a fallu que j'apprenne à gagner ma vie pou survivre. Ça fait longtemps qu'on doit se débrouiller, mes frères et moi. Mais qu'est-ce que tu connais à tout ça ? À notre place, t'aurais jamais survécu. Alors t'avise pas de me juger.

— On m'a peut-être trop couvée, siffle Thandi, mais moi au moins, je ne fais pas le trottoir. »

Consciente d'être allée trop loin, elle plaque une main sur sa bouche.

« Pasque tu crois que tu vaux mieux que moi ? » demande Jullette, le ton toujours modéré, mais la voix plus basse.

Une lueur sordide et malveillante éclaire son regard.

« Je vais te donner un conseil : regarde-toi don dans un foutu miroir. Pasque les chiens font pas des chats.

— Qu'est-ce que tu veux dire au juste ?

— Explique-moi don où tu trouves les sous pou t'acheter tous tes manuels scolaires et payer ton lékol. Tu vis tellement dans ta bulle que tu crois tout ce qu'on te raconte. Tu penses que c'est avec les miettes qu'elles gagnent que Delores et Margot payent ce lycée ? Tu crois vraiment qu'on peut s'offrir ce genre de lékol avec de la petite monnaie, Thandi ?

— J'ai une bourse.

— Ha ! Tu sais don pas qu'une bourse dure qu'un an ? Le ministère de l'Éducation est pas si généreux, ma chère. C'est l'empire qui paye ta précieuse bourse.

— Mais de quoi parles-tu ?

— Elle t'a jamais raconté comment elle joint les deux bouts, ta sœur ? »

Margot est bien la dernière personne dont a envie de parler Thandi.

« Elle travaille au Palm Star Resort depuis onze ans, répond-elle avant de déglutir.

— Interroge-la, insiste Jullette en plissant les yeux. Demande-lui don d'où viennent les sous pou payer ton lékol, ses jolis vêtements, l'acompte qu'elle vient de verser pou sa villa à Lagoons.

— Elle vient d'être nommée directrice générale de l'hôtel », grommelle Thandi.

La pauvre Jullette divague complètement.

« La prochaine fois que tu la vois, demande-lui qui l'a aidée à obtenir cette promotion, lâche son amie, le regard toujours méchant. Encore mieux, demande-lui avec combien de boug pleins aux as elle a couché. Interroge-la sur l'empire. Sur les fi qu'elle fait travailler. Ta sœur, Margot, elle est bien pire que je le serai jamais. C'est la plus grande maquerelle de toute la côte Nord. Ta sœur est en train de vendre River

Bank. C'est elle qui va diriger l'hôtel qu'y vont construire à la place de notre village. »

Jullette ricane en voyant Thandi se voûter comme si elle venait de recevoir un coup.

« Demande don à ta sœur, elle te racontera. Tu sais ce qu'elle dit aux fi qui travaillent pou elle ? Les fi comme moi ? Tu sais ce qu'elle a raconté à celles qui veulent bien l'écouter ? Que si elle fait tout ça, c'est pou sa sœur qui veut devenir docteure. La précieuse, la parfaite Thandi qui se trompe jamais. La délicate, la snob Thandi qui, à mon avis, lui tournera le dos dès qu'elle sera devenue une personne importante car elle voudra plus fréquenter les gens de sa propre couleur.

— Arrête ! »

Thandi plaque les mains sur ses oreilles puis s'accroupit, le dos courbé. Jullette ne doit surtout pas voir la honte enflammer son visage.

« Qu'est-ce que ça va t'apporter de me raconter ces histoires ? demande-t-elle en redressant la tête afin de la regarder dans les yeux. Tu te sens vraiment mieux maintenant que tu as vidé ton sac ? »

Jullette semble prise de court par sa réaction. Thandi aperçoit un instant l'ancien visage de son amie – celle qui prenait sa défense à la récréation quand elles étaient à l'école primaire. Jullette, qui semble s'efforcer de rester froide, est à bout de souffle après cet échange. Sa poitrine se soulève et retombe sous sa robe ample. Puis, tout doucement, ses épaules s'affaissent comme si elles fondaient au soleil.

« Thandi, certaines personnes fuient, d'autres s'inventent des histoires pou nier la réalité ou l'oublier, dit-elle d'une voix douce. Mais y en a aussi qui essayent de résister à la tempête, quelle que soit sa force. J'espérais que tu sortirais de ta bulle un jour. Je voulais pas te bouleverser comme ça.

— Tu pensais chacune de tes paroles.

— Oublie ce que j'ai dit. Fais simplement le bon choix, Thandi, et laisse-nous tranquilles. Tes actes ont déjà coûté très cher à mon frère.

— Mais je l'aime. »

Jullette garde le silence. Cette déclaration plane un moment entre elles, comme l'odeur d'un fruit à pain rôtissant dans la cour d'une case. La brise emporte sa fumée noire qui épaissit l'air. Jullette incline la tête sur le côté.

« Dans ce cas, j'aimerais que tu fasses quelque chose pou moi.

— Tout ce que tu voudras.

— Je veux que tu le laisses tranquille. C'est mieux comme ça. Sinon tu vas le mener en bateau et le détruire. »

Jullette lui tourne le dos puis se dirige vers la maison la plus proche. Thandi la suit, mais elle lui claque la porte grillagée au nez.

« Est-ce qu'il est là ? Charles ! Charles !

— Il est parti. Laisse-nous tranquilles. »

Thandi commence à cogner contre la porte.

« Je ne partirai pas tant que tu ne m'auras pas dit où il est. S'il te plaît ! »

Elle se moque des regards que lui lancent les voisins. Tout ce qu'elle veut, c'est que Charles lui rappelle qu'elle peut aimer et être aimée, malgré l'endroit et le milieu dont elle vient. Ils n'ont qu'à s'enfuir ensemble et commencer une nouvelle vie. Le mal familier qui la ronge se dissipe, puis une violente envie de se jeter contre la porte jusqu'à ce qu'elle se brise l'envahit. Thandi tente de reprendre son souffle entre ses sanglots. Elle cogne encore et encore sur le bois, aussi impuissante que dans ces rêves où elle crie sans émettre un son, où elle tente de bouger alors qu'elle est clouée au sol. Comment se fait-il qu'une jeune fille comme elle, à l'avenir prometteur, aussi gracieuse qu'une ballerine, une élève boursière censée transformer la vie de sa famille, se retrouve à marteler la porte de la maison aux fenêtres condamnées d'une prostituée dans l'espoir qu'on la laisse parler à un gamin des rues ?

Thandi pense à Margot, aux secrets et à l'héritage qu'elle lui laisse, un héritage aussi pesant que le seau de sang de chèvre que mademoiselle Gracie et Delores portaient une nuit ensemble sous le clair de la pleine lune en direction de la maison de Verdene Moore. Effrayée et bouleversée, Thandi les a aperçues alors qu'elles trempaient deux pinceaux dans le sang de l'animal et écrivaient sur la maison rose : QUE LE SANG DU CHRIST SOIT SUR TOI ! Elles affirmaient avoir vu Verdene tuer des chiens. Delores y est ensuite retournée de nombreuses fois avec mademoiselle Gracie, et son obsession a fini par révulser Thandi qui avait un jour vu Verdene Moore nettoyer à quatre pattes le sol de son allée. Le dos voûté, elle trempait une boule de fibres de coco dans un seau d'eau puis frottait. De temps en temps, elle s'arrêtait et levait les yeux vers le ciel. Ses mouvements étaient méthodiques, humbles, gracieux. Pendant ce temps, Thandi songeait aux rumeurs, anciennes et rebattues, mais indélébiles. L'application de Verdene, empreinte de chagrin et de regret, trahissait sa lassitude.

Thandi cesse de frapper la porte. Elle s'accroupit sur le sol, pose la tête sur ses genoux et passe les bras autour. Elle sent presque la présence de Charles, ici, auprès d'elle, ainsi que son odeur de papaye mûre. Alors qu'elle se recroqueville, fatiguée et découragée, Thandi n'entend pas la porte s'ouvrir ni des pas s'approcher. Elle sursaute violemment lorsque Charles, rapide comme l'éclair, la force à se lever et l'attire à l'intérieur de la maison, puis contre sa poitrine.

Dans le salon de Jullette, Charles et Thandi s'étreignent. Quand elle lève le visage vers le sien, il essuie du pouce les larmes qui coulent sur ses joues. Ils restent ainsi enlacés un moment sans se préoccuper de la présence de Jullette. Le visage de Charles s'est amaigri et son regard semble incapable de se fixer, comme celui d'un animal sans cesse traqué. Thandi passe la main sur les poils de sa barbe. Lorsqu'il s'écarte, Charles évite de la regarder dans les yeux, l'air hagard. Elle tend la main vers lui, mais il recule d'un pas.

« Vaut mieux en rester là », dit-il.

Presque étranglée par les questions et les supplications qui montent dans sa gorge, Thandi ne parvient pas à protester.

« Faut pas se faire d'illusions. Y vont m'attraper et me jeter en prison. À quoi je te servirais enfermé ?

— Tu n'es pas obligé d'y aller. Nous n'avons qu'à fuir, nous cacher quelque part où ils ne te trouveront pas.

— Où ça, Thandi ? T'as plus les idées claires. T'es trop émotive.

— Tu n'as qu'à te cacher dans une autre paroisse, te laisser pousser la barbe.

— Tu comprends pas. Je représente le jackpot pour les gens qui me cherchent. Tu crois que c'est une situation agréable ? D'être tout le temps obligé de regarder par-dessus son épaule… De se méfier des membres de sa propre famille ? »

Charles lance un regard à Jullette qui les écoute sans un mot en se caressant le menton, fermement campée sur ses jambes à la façon d'un garde du corps. Lorsqu'il s'assied sur le canapé en velours rouge, Thandi se jette à ses genoux.

« Je vais parler à Margot. Jullette m'a tout raconté. Charles, tu m'écoutes ? »

Elle a beau tirer sur sa chemise, le garçon reste voûté, la tête dans les mains. Thandi se relève puis baisse les yeux vers lui. Charles lui apparaît diminué, désespéré. Elle se tourne vers Jullette.

« Tu ne vas quand même pas le laisser renoncer à sa liberté ?

— Y se pourrait que j'aie une solution. Pou le moment, y faut que je m'habille. Je suis attendue quelque part. Tu peux pas rester ici, maman loge aussi chez moi, dit-elle sans regarder Thandi.

— Oh, je t'en prie. Je n'ai nulle part où aller.

— Je crois pas qu'on puisse te faire confiance. »

Charles relève la tête.

« Du calme, Jullette. C'est ma petite amie. »

Thandi le dévisage puis prend sa main dans la sienne et se tourne vers sa sœur. Celle-ci la regarde avec la même méchanceté que lorsqu'elles étaient dehors.

« Bon, d'accord. J'en ai pas pour longtemps », dit-elle.

À son retour, deux heures plus tard, Jullette porte deux sacs en plastique remplis de vêtements. Elle lance une robe à Thandi et lui demande de l'enfiler.

« Si t'aimes Chucky autant que tu le dis, ça devrait être facile. »

39

Le taxi s'arrête devant le grand portail noir et doré de la villa, dont les haies bien taillées et les palmiers ondoyants l'accueillent à la façon de danseuses hawaïennes. Tel un château, la vaste demeure domine Montego Bay, et probablement toute l'île. Thandi se tourne vers Jullette.

« Qu'est-ce que c'est que cet endroit ?

— Le QG. »

Jullette paye le chauffeur de taxi.

Dès qu'elles posent un pied sur le sol, des lampes s'allument dans le jardin. Jullette frappe à la porte en chêne, d'abord doucement, puis plus fort. Une femme au cou et à la poitrine couverts de talc vient enfin leur ouvrir et les dévisage.

« Puis-je vous aider ?

— On est venues voir Alphonso », répond Jullette.

La femme porte une longue jupe en jean et un haut rouge. Un sobre sac en cuir noir pend à son épaule. Dans une main, elle tient un cintre auquel est suspendu un uniforme de domestique protégé par une housse. Dans l'autre, elle porte avec précaution un sac en plastique noir dont s'échappe l'odeur d'une sorte de ragoût – de la queue de bœuf ou de la soupe de haricots rouges aux pieds de porc. Elle doit avoir fini sa journée. À en juger par son air suffisant, cette femme estime que toutes deux sont des invitées plutôt insolites.

Lorsqu'elle pose les yeux sur Thandi, l'adolescente, incapable de marcher avec des talons hauts, tente de se redresser car elle est affalée comme une poupée de chiffon sur Jullette, le bras droit passé autour de son cou.

« Je te connais, non ? » lui demande la domestique.

Sa question surprend Thandi qui est convaincue de ne jamais l'avoir croisée. Mais cette femme est sans doute plus jeune qu'il n'y paraît. Elle a peut-être même l'âge de Delores. Elle semble fatiguée, mais pas sur le plan physique ; cette fatigue, Thandi ne la connaît que trop bien. Les lèvres foncées de la femme ne répondent pas à son sourire hésitant. Thandi ne saurait dire si elle porte du rouge à lèvres noir ou s'il s'agit de la vraie couleur de sa bouche. Deux grandes créoles adoucissent son visage dur et taillé au couteau.

« Je ne crois pas que nous nous soyons déjà rencontrées, répond-elle.

— Hmm. »

La domestique l'observe à nouveau.

« Je peux me vanter d'avoir la mémoire des visages. Je retiens les détails que les autres oublient. Les vêtements que porte une personne, ses chaussures, la couleur de ses chaussettes, un bout de combinaison qui dépasse d'une robe, la boisson qu'un invité a choisie la première fois que je l'ai servi. Mais je me souviens surtout des visages. Mon esprit les photographie comme un appareil et les enregistre. »

Thandi n'a toujours aucun souvenir de cette femme. Elle se tourne vers Jullette qui répond à sa place :

« C'est sa sœur que vous avez rencontrée. »

Bien qu'elle connaisse la raison de leur présence ici, Thandi éprouve la soudaine envie de repartir en songeant à Margot. Jullette n'a pas cessé de répéter que la soirée allait être pleine de surprises. Que sa sœur ignorait tout de leur plan. Thandi se sent comme une pelote de ficelle sur laquelle tire une main jusqu'à ce qu'il n'en reste plus rien. La nausée l'envahit à mesure que cette bobine imaginaire se dévide.

« Si je comprends bien, vous êtes rien que des fi égarées comme les autres, dit la femme. Des gamines qui feraient n'importe quoi pou gagner des sous. Vos mères savent que vous êtes dehors en train de faire ces choses ?

— Si la mienne était au courant, elle réclamerait sa part, répond Thandi.

— C'est triste et irrespectueux de parler d'elle ainsi.

— On voit que vous ne l'avez jamais rencontrée. »

Un voile de tristesse semble se déposer sur le visage de la femme. Elle triture un moment les anses du sac en plastique noir.

« Rentrez don chez vous, dit-elle comme si elle avait enfin trouvé les mots justes. Si vous avez encore un peu de bon sens, partez. »

D'un geste rapide, Jullette retient la porte avant qu'elle ne se referme.

« On veut d'abord voir Alphonso. Y nous attend. »

À ce moment-là, une Mercedes gris métallisé étincelante pénètre dans la propriété et s'avance sur l'allée cailloutée. La femme referme la porte derrière elle puis se dirige vers la voiture après avoir posé ses affaires sur l'allée pavée. Thandi la regarde se pencher vers la vitre du conducteur et y frapper énergiquement. L'homme baisse sa vitre tandis qu'elle gesticule et pointe les filles du doigt.

« Ces deux-là prétendent qu'elles veulent vous voir, misyé ! »

Ses gestes sont si théâtraux que Thandi pourrait l'observer toute la nuit. La lumière du plafonnier de la voiture fait office de projecteur. Dans d'autres circonstances, Thandi essaierait de rendre l'agitation des bras de cette femme sur son carnet de croquis, le vif mécontentement et l'incrédulité qui ébranlent son corps comme un vent puissant secoue un arbre.

« Non, mais regarde-la, grogne Jullette stupéfaite, le regard fixé sur elle. À croire que cet endroit lui appartient. Elle est don pas au courant qu'elle sera rien qu'une domestique toute sa vie ? Elle passe ses journées à cuisiner, à faire le ménage et à protéger ces gens en croyant que tout ce qui est à eux est à elle aussi. Mais elle peut juste se vanter de récolter les miettes de leurs repas. Elle oublie qu'en vérité, elle passera sa vie à quatre pattes à récurer le sol. »

Deux hommes blancs sortent de la voiture. Bien qu'il fasse nuit, l'un d'eux porte des lunettes de soleil. L'autre, aux cheveux argentés, est vêtu d'un uniforme militaire vert à épaulettes.

« Tu es sûre que Margot ne sera pas mêlée à ça ? marmonne Thandi tout en les observant.

— Absolument, répond Jullette avec un petit sourire satisfait. C'est ta soirée.

— Inutile de t'inquiéter, Peaches, je m'en occupe, dit l'homme aux lunettes de soleil à la domestique. Tu peux rentrer chez toi maintenant. »

La femme lance un dernier regard à Thandi et Jullette puis ramasse ses affaires et clopine vers le portail à la façon d'un oiseau, le cou droit, comme pour montrer son agacement. Thandi jurerait que l'employée la dominait de sa taille sur le seuil de la porte ; mais le petit corps oblique qui disparaît au loin paraît beaucoup moins intimidant à présent. Lorsque la femme franchit le portail, Thandi pousse un soupir. Les deux hommes remontent l'allée en direction de la porte d'entrée. Celui aux lunettes noires fait tinter ses clés dans sa poche. Derrière lui, le général avance d'un pas raide et mesuré.

« Tu es en avance, dit le premier à Jullette d'un ton aussi désinvolte que sa démarche. Mais je vois que tu es venue accompagnée.

— Exact. »

Jullette lui sourit de toutes ses dents. Brusquement, ce n'est plus l'amie de Thandi, mais une jeune femme qui est là pour faire des affaires et jouer de sa timidité à la perfection.

« Elle est nouvelle. Je l'ai amenée pou la mettre bien. »

L'incapacité de Jullette à s'exprimer dans un anglais correct en présence de ces hommes hérisse Thandi. Son intonation jure avec la beauté et le raffinement du cadre. L'effet est aussi désagréable que l'entrechoquement de deux casseroles. Les deux hommes échangent probablement un sourire narquois au moment où ils se retournent. Mais Jullette semble peu préoccupée par sa façon de parler. Elle paraît aussi confiante que si elle connaissait tous leurs secrets. Ces hommes ne rient pas d'elle, mais avec elle. Thandi ne comprend pas ce qui les amuse.

« Comment s'appelle ton amie ? » demande celui à lunettes.

Thandi sent qu'il la regarde même s'il ne s'adresse pas directement à elle.

« Thandi », répond Jullette.

L'homme tend la main afin de serrer celle de Thandi, un geste qui la surprend car il ne lui est encore jamais arrivé de saluer quelqu'un ainsi.

« Alphonso, dit-il.

— Enchantée, monsieur.

— Monsieur ? s'esclaffe-t-il. Appelle-moi Alphonso. »

Embarrassée, Thandi s'excuse. Bien qu'elle ne voie pas ses yeux derrière ses lunettes noires, elle sent qu'il la dévisage. L'amusement dessine une virgule de chaque côté de sa bouche. Thandi essaie de dégager la main de la sienne, mais il la retient.

« Ton visage est d'une beauté éblouissante. Tu es mannequin ? demande-t-il.

— Non, je… »

Alphonso pose un doigt sur ses lèvres. Ce geste aussi tendre qu'un léger baiser prend Thandi de court. De la part d'une autre personne, une telle familiarité l'agacerait. Mais elle reste immobile au lieu de lui frapper la main.

« Tu devrais apprendre à accepter les compliments », dit-il en retirant le doigt de sa bouche.

Thandi sent des gouttes de sueur couler le long de ses flancs. Ce serait terrible si elles mouillaient sa robe moulante.

« Euh, où sont les toilettes ? demande-t-elle.

— Viens. Je vais me faire un plaisir de te montrer le chemin. »

De l'épaule, Alphonso pousse doucement la porte d'entrée qui s'ouvre sur un espace de vie bien éclairé. Thandi remarque aussitôt les tableaux.

« Je t'en prie. »

Tel un obséquieux majordome, Alphonso s'incline légèrement, une main derrière le dos, l'autre lui faisant signe d'entrer. La pièce tout entière est ornée de tableaux et de sculptures. Thandi résiste à l'envie de tourner sur elle-même comme le ventilateur en bambou au-dessus de leurs têtes. Alphonso a probablement remarqué son expression car il ralentit le pas.

« Tu aimes ?

— C'est un vrai musée.

— Je suis collectionneur.

— Vous vivez ici ?

— Parfois.

— J'aime beaucoup votre maison.

— Tant mieux. Mon but est que les personnes qui franchissent la porte de cette villa se sentent comme chez elles. Tu pourras rester ici aussi longtemps que tu le voudras. »

Alphonso prononce ces mots si bas qu'on dirait une confession intime. Il s'arrête devant la salle de bains des invités et lui ouvre la porte. L'espace d'un instant, Thandi se demande s'il compte y entrer avec elle.

« Quel âge as-tu, dis-moi ? demande-t-il.

— Quinze ans. J'en aurai seize à la fin du mois.

— Hmm. Quinze ans. »

Alphonso fait glisser ses lunettes sur l'arête de son nez et la jauge de ses yeux clairs.

« Tu as une jolie silhouette pour une fille de ton âge. Avec un corps comme ça, tu pourrais mettre n'importe quel homme à tes pieds. »

Le cou et le dos douloureusement raides, Thandi s'empresse de passer devant lui puis verrouille la porte. À nouveau nauséeuse, elle se penche au-dessus des toilettes au lieu de s'asseoir. Elle entend Alphonso et le général discuter avec Jullette dans le salon.

Avant que toutes deux ne quittent la maison, Charles l'avait regardée d'un air boudeur depuis le canapé. De son côté, Jullette ne cessait de s'extasier devant la nouvelle apparence de son amie, vêtue d'une tenue moulante et le visage fardé. Charles, lui, la dévisageait comme s'il la voyait pour la première fois, ce qui mit Thandi mal à l'aise. Au fond d'elle, l'adolescente prenait toutefois peu à peu conscience de ses atouts – de ce pouvoir que, croyait-elle, seule sa sœur possédait. Charles recula quand elle s'approcha de lui et son visage s'assombrit.

« Tu peux pas y aller dans cette tenue », cracha-t-il avec une rage dans le regard que Thandi assimila à du mépris mêlé de peur.

Charles se tourna ensuite vers sa sœur.

« C'est pas une bonne idée.

— Tu étais d'accord », chuchota Jullette de peur de réveiller leur mère, que Charles avait couchée une heure plus tôt.

Mais celui-ci n'en démordit pas.

« Enlève ça », ordonna-t-il à Thandi sans prêter attention aux protestations de sa sœur.

Thandi se figea, tiraillée entre l'envie de contenter Charles et le besoin de le libérer.

« Tu m'entends ? » insista-t-il.

Thandi ne l'avait jamais vu aussi maussade.

« Je te demande de te changer. Sinon ce sera pas la peine de revenir ici. »

Cet ultimatum faillit lui couper le souffle. Le regard furieux de Charles la défiait de désobéir, la culpabilisait, affaiblissait sa volonté.

« Je le fais pour toi, s'entendit-elle répondre en lui caressant le bras. Tu me remercieras plus tard. »

Mais il repoussa sa main, la mine renfrognée, comme s'il sentait déjà l'odeur d'un autre homme sur ses doigts.

« Charles, tu sais bien que je fais ça pour toi. »

Le garçon lui tourna cependant le dos, la laissant plantée tel un arbre desséché au milieu du salon. Jullette la tira légèrement par le bras et l'entraîna dans la nuit froide.

Lorsque Thandi revient dans la pièce, Jullette est déjà assise à côté du général, comme si elle le connaissait intimement. Tous deux soufflent la fumée de leurs cigarettes dans l'air brassé par le ventilateur au-dessus de leurs têtes. Une lampe sculptée diffuse dans la pièce une lumière chaude qui dore les tableaux accrochés aux murs corail. Le général tapote la place libre à côté de lui sur le canapé vert, invitant Thandi à les rejoindre. Sur la table basse en verre est posé un exemplaire du *Gleaner*. Sur sa couverture, on voit Alphonso serrer la main d'un membre du gouvernement. L'HÔTELIER QUI TRANSFORME LA JAMAÏQUE, clame le gros titre. Thandi s'installe sur le canapé afin de pouvoir lire l'article, mais se méprenant sur ses intentions, le général pose une main sur sa cuisse. Thandi ne bouge pas. Jullette lui adresse un sourire puis, à son grand soulagement, attire l'homme vers elle. De son côté, Alphonso est au téléphone. Thandi le regarde arpenter le sol carrelé, dans lequel elle aperçoit son reflet imposant.

Sa conversation terminée, il se dirige vers le bar, se sert un verre puis s'immobilise lorsqu'il voit Thandi le fixer.

« Un shot de brandy pour la demoiselle en rose ? » demande-t-il avant de lui adresser un clin d'œil.

Jullette lui a expliqué un peu plus tôt que si un homme lui offrait une boisson, elle devait l'accepter puis jouer avec sa paille, histoire de lui démontrer la souplesse de sa langue.

« Et si on ne me donne pas de paille ?

— T'as qu'à te servir des glaçons pour mouiller tes lèvres. »

Thandi regarde Alphonso remplir de brandy deux petits verres qui sembleraient plus à leur place dans une maison de poupée. Pas de glaçons ni de paille. Il lui tend un verre puis lève le sien.

« À une soirée mémorable ! »

Thandi trinque sans enthousiasme avec lui et le regarde vider son verre d'une traite. Après avoir bu une gorgée d'alcool, elle plisse les yeux à cause de la brûlure qui lui envahit la gorge. Alphonso sort un cigare de sa poche de poitrine gauche puis l'allume.

« J'aimerais bien qu'on joue à un petit jeu, toi et moi. J'ai évidemment remarqué ta fascination pour mes œuvres d'art. Si tu me montres ta préférée, je te montrerai la mienne. »

Il tourne la tête, souffle sa fumée puis dévisage Thandi.

« D'accord. »

L'adolescente balaye les murs du regard en se demandant par où commencer. Elle pointe du doigt une peinture abstraite aux formes géométriques et aux couleurs vives. Derrière le voile de fumée, un sourire satisfait se dessine sur les lèvres d'Alphonso. L'extrémité de son cigare rougeoie comme l'intérieur d'un four.

« Tu as bon goût. »

Il la prend par la main.

« Viens par ici une minute. Tu n'as encore rien vu. »

Thandi lance un regard à Jullette dont la langue tourne déjà dans la bouche du général. La main libre de l'homme est cramponnée à son postérieur.

« T'es pas obligée de faire tout ce qu'y te demande, l'a-t-elle rassurée alors qu'elles attendaient un taxi sur la place. Mais plus tu donnes, plus tu reçois. Faut pas l'oublier. »

Thandi suit Alphonso qui attrape la bouteille de brandy et l'emmène à travers le jardin comme s'ils partaient pique-niquer. Les lumières étincelantes qui bordent l'allée pavée font apparaître une gloriette, une piscine, ainsi qu'un jacuzzi. Ce jardin est assez grand pour accueillir un mariage de cent personnes. À l'autre extrémité se dresse un petit cottage, sans doute le logement du personnel. Tout autour, des palmiers sont garnis de guirlandes lumineuses qui grimpent le long de leur tronc comme du lierre. La mer sombre mugit à proximité. Thandi entend ses vagues déferler sur le sable d'un blanc immaculé.

Alphonso ouvre la porte du cottage puis l'entraîne vers le canapé et part en quête de verres dans la kitchenette. Une douce brise pénètre dans la pièce par la fenêtre ouverte. Thandi essaie de se distraire en examinant les toiles appuyées contre les murs verts.

« J'entrepose ici les œuvres que je ne sais pas où accrocher, lui explique Alphonso, qui lui tend un deuxième verre d'alcool brun. Tu peux t'estimer chanceuse, car je laisse peu de gens entrer dans cette pièce. »

Il commence à soulever les housses en plastique des grands cadres les unes après les autres. Chaque fois qu'il dévoile un tableau, Thandi est prise de court, incapable de croire qu'un seul homme puisse posséder autant de chefs-d'œuvre. Elle sent Alphonso la dévisager tandis qu'elle s'émerveille devant la beauté de sa collection.

« Vas-y, dit-il doucement. Tu peux toucher. »

Thandi effleure un à un les cadres. Un tableau l'attire particulièrement. Elle aime la façon dont l'artiste a capturé l'essence de son modèle, une femme nue aux cheveux coiffés en nœuds bantous – ces tortillons que les mères nouent sur la tête de leurs filles après avoir lavé leurs cheveux dans la rivière, pris le temps de les séparer par des raies et d'en huiler chaque mèche. Bien qu'elle pose timidement sur un canapé rouge semblable à celui qui se trouve sous la fenêtre, cette femme est adulte. Elle sourit avec les yeux, un bras posé sur le dossier, tandis que l'autre main repose confortablement sur son petit ventre rebondi. Sa chair tendre et brune semble palpable et ses seins sont parfaitement ronds. L'une de ses jambes, étendue sur le canapé, et son autre pied posé à plat sur le sol, laissent apparaître un triangle sombre entre ses cuisses. Mais c'est le vernis à ongles écaillé de son gros orteil qui donne à cette scène un aspect intime – et à cette femme, une certaine vulnérabilité. Thandi a soudain l'impression de la connaître et de violer sa vie privée.

« Elle est magnifique, dit-elle.

— Toi aussi. Et je sais que tu as bien plus que ce que je vois à me montrer. »

Alphonso pose son verre sur le plan de travail. Thandi pressent qu'il connaît la raison de sa venue. Il se place face à elle, lui prend fermement la main puis pose un genou à terre comme pour la demander en mariage. Il manque de perdre l'équilibre mais se redresse rapidement et lui effleure le visage. Thandi tressaille, ce qu'il ne semble pas remarquer. Suivant les conseils de Jullette, elle tente de rester calme. La main d'Alphonso se promène sur sa joue gauche.

« Pourquoi es-tu là, Thandi ? Tu sais à l'évidence que je peux t'être utile. Très utile. »

Sa paume est rugueuse sur sa peau. Thandi ouvre et referme la bouche. Soudain, plus rien ne lui appartient.

Ni sa bourse. Ni son corps. Et encore moins Charles. Tout ce qu'elle incarne, c'est une dette qui exige d'être remboursée.

Thandi ferme les yeux pendant qu'Alphonso la déshabille. Quand elle les rouvre, elle tente de se concentrer sur les précieux tableaux emballés. Alphonso incline la tête pour observer son expression, et le visage de Charles lui vient à l'esprit. Distraite par l'idée qu'elle pourra bientôt se promener avec lui le long de la rivière, Thandi ne sent pas la fermeture de sa robe s'ouvrir, ni la fraîcheur de l'air humide souffler sur son dos par la fenêtre ouverte, se déposer sur ses épaules et effleurer ses mamelons.

« Magnifique », murmure Alphonso.

Ses mains sont froides sur ses cuisses. Thandi reste concentrée sur les tableaux. Alphonso en possède une quantité impressionnante. Il la débarrasse lentement de ses sous-vêtements puis l'attire vers le sol. Le visage de Charles commence à prendre l'aspect d'une aquarelle. Peu à peu, il s'estompe ; ses yeux sont du même bleu vitreux que ceux d'un poisson mort. Thandi pousse un petit cri et s'aperçoit qu'elle pleure. Lorsqu'elle cligne des yeux, la vue de la peau blanche d'Alphonso qui grimpe sur elle la surprend.

« N'aie pas peur, ça ne fera pas mal. »

Il défait sa ceinture.

À ce moment-là, on frappe à la porte. Alphonso se redresse.

« Ne bouge pas de là », lui ordonne-t-il à voix basse.

Il se dirige vers l'entrée en rajustant son pantalon. Effrayée, Thandi cherche une cachette autour d'elle. Sans lui laisser le temps d'en trouver une, Alphonso ouvre la porte et une voix féminine pénètre dans la pièce, comme portée par la brise.

« C'est Douce qui m'envoie. Elle m'a dit que tu avais une surprise pour moi. J'ai essayé plusieurs fois de te joindre.

Je pensais que tu voulais que je t'apporte ton paquet. Quand je pense que j'ai dû t'attendre avec ce con de général! Qu'est-ce que tu peux bien avoir de plus important à faire que… »

Margot s'interrompt en voyant Thandi essayer de remonter sa robe. Elle les dévisage tous deux tour à tour, puis pose le regard sur sa sœur.

« Mais qu'est-ce qui se passe ici ? »

Margot se tourne vers Alphonso, alors que Thandi peine à remonter la fermeture dans son dos.

« Que fait ma sœur chez toi ? s'écrie-t-elle d'une voix stridente. Espèce de salaud ! Comment oses-tu ? »

Elle frappe le bras d'Alphonso qui l'attrape, la retourne et la serre contre lui.

« Calme-toi. Tu sais exactement pourquoi elle est là. Comme tu as une dette envers moi, je pensais que tu avais demandé à Douce de me l'amener.

— Nous en avons déjà parlé ! Je t'ai aidé en allant voir la police !

— Dans ce cas, elle est venue de son plein gré.

— Tu crois vraiment pouvoir me faire avaler ça ?

— Pourquoi ne l'interroges-tu pas toi-même ? »

Les yeux plissés, Margot regarde Thandi.

« Qu'est-ce que tu fais ici ? On te cherchait partout, Delores et moi, et je te retrouve à moitié nue devant mon patron ! Mais qu'est-ce qui ne va pas chez toi ? »

La rage effroyable de sa sœur paralyse Thandi. Elle se demande également si l'alcool n'a pas embrumé son esprit car elle a oublié la raison de sa venue.

« Réponds-moi, Thandi.

— Tu nous déranges, Margot », intervient Alphonso.

Il l'attrape par la main, mais elle le repousse.

« Va te faire foutre ! Ça ne faisait pas partie du plan ! s'écrie-t-elle en faisant volte-face. Nous avions un marché :

je t'aidais, puis tu m'aidais à ton tour. Mais pourquoi elle ? Pourquoi ma sœur ? »

Alphonso se contente de sourire. Puis il laisse échapper un gloussement qui devient rapidement un rire tonitruant.

« Ah, vous autres ! s'esclaffe-t-il en secouant la tête. Vous ne cesserez jamais de m'étonner avec vos drames. Margot, tu as un commerce, des responsabilités. Tu travailles pour moi. Alors tu es bien la dernière personne à pouvoir me dire qui je peux me taper ou pas. Si je t'ai donné ce nouveau business à gérer, c'est parce que tu es la seule personne à n'avoir aucune conscience morale. Je te trouve bien culottée d'essayer de me faire chanter tout à coup. »

Son regard jovial se glace brusquement.

« De mon point de vue, ta sœur est une cible légitime. »

L'espace d'un instant, Thandi croit voir Margot perdre pied, mais quand celle-ci se tourne vers elle, son regard est ferme.

« Tout ce que je fais, je le fais pour toi. C'est pour toi que je travaille dur, petite ingrate…

— Afin que je te le rende un jour au centuple, c'est ça ? la coupe Thandi. N'est-ce pas ce que tu dis toujours ? Je sais maintenant que tu comptes sur moi pour rembourser ta dette envers lui ! Et ma bourse ? C'était son argent ! s'écrie-t-elle, le doigt pointé vers Alphonso. Tu t'es servie de moi pour justifier tes actes répugnants. Un investissement, voilà tout ce que j'ai toujours représenté pour Delores et toi. Et comme tu n'as aucune conscience, tu m'as mêlée à ton sale business. »

Margot lève la main pour la gifler mais se fige lorsque sa sœur s'écrie :

« Allez, vas-y ! »

Thandi sait qu'elle a raison. Elle voit ses paroles s'enrouler lentement autour du cou de son aînée. Elle se rapproche de Margot. Thandi a toujours cru que sa sœur la dépassait de quelques centimètres mais en réalité, toutes deux font la même taille. C'était donc un leurre, ça aussi.

Margot frissonne. Elle n'aime rien au monde plus que Thandi. Elle veut que sa sœur réussisse, mais attend tellement plus de la vie pour elle aussi ! Margot se sent vidée. « *Aucune compassion. Aucune conscience. Tu es une femme sans cœur.* » Voilà ce que lui a dit Verdene quand elle a admis savoir que sa précieuse maison rose ne valait plus rien, que le village de River Bank allait être rasé. L'amour qu'éprouvait Verdene pour elle s'est réduit en cendres sous ses yeux. Margot regarde Thandi. Sa sœur est à présent tout ce qui lui reste.

« Tu as une dette envers moi. En raison de tout ce que j'ai fait, tout ce que j'ai sacrifié pour toi. Tu dois me dédommager. »

Margot l'a habillée, couvée, nourrie ; elle lui a tout donné. Elle l'a protégée physiquement de la colère de Delores. Elle lui a donné les moyens de s'enfuir. De faire mieux que leur mère et elle, pour ne rien avoir à sacrifier. Toutefois, ce n'est pas de la gratitude que Margot lit dans le regard de sa sœur, mais une rancœur grandissante.

« Tu ne sais rien de ce qui s'est passé. Mon enfance a été sacrifiée au profit de ton avenir. C'est moi qui ai dû payer pour satisfaire tes besoins. Quand il n'y avait plus de lait pour bébé, je devais coucher avec ton père pour en obtenir. Quand tu pleurais, je devais te nourrir. Quand tu voulais un jouet particulier, je devais me mettre à quatre pattes, mais pas pour jouer. Je devais aussi satisfaire ton père. »

Sans un mot, Thandi dévisage sa sœur, les yeux ronds, incapable de protester ni de comprendre ce qu'elle raconte.

« Quand tu as été admise dans ce lycée, j'ai dû faire des heures supplémentaires pour que tu puisses y étudier. Mais comme ça ne suffisait pas, j'ai demandé à Alphonso de me signer un chèque. Tu trouves qu'on se sert de toi ? Prends ma place une seule journée et tu sauras ce que ça veut vraiment dire. J'ai continué à habiter dans cette case, alors que j'aurais pu poursuivre ma vie ailleurs: mais j'avais peur que Delores te fasse subir les mêmes choses qu'à moi. Alors de quel droit me juges-tu? Maintenant, réponds-moi une bonne fois pour toutes: si tu ne souhaites pas exaucer nos prières en devenant médecin, qu'est-ce que tu veux au juste? »

Thandi lance un regard à Alphonso comme si elle lui demandait la permission de lui répondre.

« Je veux que Charles soit libre. Je veux que la plainte qui le vise soit retirée et je veux l'argent de la récompense. Je veux que nous vivions ensemble.

— Ah bon? glousse Margot. C'est tout? »

Tandis qu'elle observe les épaules voûtées de sa sœur, son jeune visage si joli, blanchi par les produits, défiguré par la confusion et la défaite, sa gorge se serre de pitié. Combien de filles a-t-elle vues dans cet état? À combien de filles a-t-elle conseillé de travailler dur pour atteindre leurs objectifs? Certaines avaient l'âge de sa sœur, mais d'autres étaient encore plus jeunes. « *Rends-moi fière* », disait-elle à chacune avant de l'envoyer travailler. Toutes rapportent de l'argent à cette île qui les ignore, qui les rejette vers le large comme du bois mort jusqu'à ce qu'elles disparaissent, rongées par les éléments. Ou plutôt, qui les laisse couler au fond de la mer. Margot les repêche une à une et leur offre une nouvelle vie. Le moyen de reconquérir la liberté dont on les a privées. Terrifiées à l'idée de se lancer, ces filles s'accrochent à Margot dans l'espoir qu'elle les guide. Et très méthodiquement, elle les repousse de sorte que chacune apprenne à nager. Jamais elle n'aurait imaginé devoir se séparer un jour de Thandi de cette façon. Margot pensait qu'elle resterait toute sa vie le bateau à bord duquel sa sœur fendrait les flots. La bouée qui l'empêcherait de couler. Mais il semble à présent que Thandi n'apprendra comme elle à nager que si on l'entraîne vers les profondeurs de l'océan – qu'elle ne sera capable de s'en sortir que par instinct de survie. Dès lors, même les vagues de Heidi ne parviendront pas à la décourager. Margot se penche et embrasse tendrement sa sœur sur le front pour la dernière fois de sa vie. Puis, très doucement, elle la pousse vers Alphonso.

« Rends-moi fière. »

40

Dans sa villa de bord de mer, Margot se réveille empêtrée dans des draps humides et froissés. Bien qu'un ventilateur brasse l'air au-dessus de l'immense lit à baldaquin en bois foncé, son épais matelas est à nouveau trempé de sueur. Margot ne se souvient pas de son rêve, pas même de cette fin dont l'étrange atmosphère l'étouffe encore. C'est la quatrième nuit d'affilée que cela lui arrive cette semaine. Elle balaye du regard la grande chambre ; la lumière du jour qui pénètre par les fentes des volets lui effleure le cou. Quelques instants plus tôt, Margot griffait des mains imaginaires. Sa peau est à vif, contusionnée.

« Desrine ? » appelle-t-elle, avant de se rappeler que sa domestique n'entre par la porte de derrière que vers huit heures, au moment où elle-même part travailler dans le Range Rover noir garé dans l'allée.

Si Desrine était déjà là, Margot aurait entendu le claquement de ses mules sur les carreaux de marbre. Seul est perceptible le clapotis des gouttes de pluie sur le rebord de la fenêtre et le toit de la varangue qui communique avec sa chambre. Comme si le ciel avait décidé de remédier à la sécheresse de l'an passé, il pleut depuis des jours.

Margot repousse le couvre-lit, soulève un pan de la moustiquaire et sort de la chambre à pas aussi légers que si elle craignait de fissurer le marbre sous ses pieds. Son long peignoir balayant le sol derrière elle, elle ouvre et referme une à une les portes-fenêtres cintrées de chaque pièce, en quête de… quoi ? Margot l'ignore. Chacune des trois chambres d'amis aux murs de la couleur du ciel – pas le gris des derniers jours, mais un franc bleu azur – sont désertes, presque austères. Margot s'enveloppe dans son peignoir et passe dans le solarium – seule pièce de sa maison où elle se sent elle-même, sans bien comprendre pourquoi. Il lui a fallu des mois pour en parfaire chaque détail : les poutres apparentes du plafond voûté, le mobilier en rotin foncé et ses coussins blancs, les murs qu'elle a peints elle-même en rose hibiscus, en orange mandarine puis en rouge corail, avant de se décider pour un blanc immaculé.

Si Delores pouvait me voir, songe-t-elle en se frottant le cou à l'endroit où ses plaies se sont transformées en zébrures. La dernière fois que Margot a eu de ses nouvelles, sa mère avait quitté Montego Bay pour s'installer une paroisse plus loin à Trelawny avec grand-mère Merle, afin d'habiter plus près du port. Il paraît que Delores a perdu tant de poids que sa peau pend à ses membres décharnés. C'est Maxi qui lui a transmis ces nouvelles. Margot était en ville pour déposer de l'argent à la banque – une course qu'elle ne peut pas confier à Desrine – quand elle est tombée sur lui. Maxi a contemplé ses vêtements neufs, ses chaussures en cuir italien, son sac à main Chanel, les clés du Range Rover qui pendaient à ses doigts manucurés, puis il a lentement hoché la tête, bien que personne ne lui ait rien demandé. « *Prends bien soin de toi, Margot* », a-t-il dit d'un ton horriblement solennel – aucune plaisanterie, aucun sous-entendu sexuel, aucune réflexion philosophique rasta. Cette phrase sonnait comme un adieu. Quand elle lui a tourné le dos pour entrer dans la banque, Margot a failli en perdre l'équilibre.

Assise dans un des canapés en osier du solarium, elle contemple la vue panoramique que lui offrent les baies vitrées sur la mer. Depuis l'étage, celle-ci est à couper le souffle. Le paysage est encore plus beau dans la lumière féerique du soleil qui ruisselle d'habitude à travers les vitres. Mais récemment, le ciel s'est vidé de tout, même des étoiles. Aussi sombre et profond que l'océan, il tonne au-dessus de la ville comme si Dieu, jouant une ruse à l'humanité, avait échangé sa place contre celle de la mer. Ce matin, les nuages menacent d'engloutir Margot.

Elle visualise Verdene, leurs corps pressés l'un contre l'autre, tandis que la pluie tambourine sur leur coquille de verre. Margot s'imagine admirant avec elle la riche verdure du jardin paysager composé de rosiers, d'hibiscus, de bougainvillées et de haies soigneusement taillées. Un jardin que Verdene aurait sûrement pris plaisir à entretenir. L'idée était que, depuis le solarium, elles puissent s'émerveiller ensemble de la beauté de l'aube et du coucher de soleil. Margot a dû engager du personnel pour peupler sa propriété; des gens dont la présence l'aide à garder la tête hors de l'eau – Cudjoe, un vieux fermier devenu jardinier après que la sécheresse avait frappé ses champs, et Desrine. Tous deux arrivent à l'heure chaque matin – Cudjoe, pour entretenir la propriété, Desrine, pour s'occuper de la maison. Mais où qu'ils se trouvent, la villa est toujours trop silencieuse : Margot ne perçoit que le murmure de l'océan, le souffle de la brise qui gonfle les rideaux par intermittence. À River Bank, elle avait l'habitude d'entendre le chant des coqs. Mais quand elle se réveille ici, à Lagoons, le jour semble retenir sa respiration. Desrine et Cudjoe communiquent par chuchotements après l'avoir saluée. Cette froide solennité l'exaspère au point qu'il lui arrive de leur parler sèchement : « *Desrine, je t'ai dit mille fois de ne plus utiliser ce foutu produit détergent ! Il me brûle les sinus. Tu veux me tuer, c'est ça ? Est-ce que tu crois que je te paye pour que tu restes assis sous cet arbre, Cudjoe ? Je t'ai à l'œil, tu sais ! Il y a des tas de gens à Montego Bay qui rêveraient de prendre ta place.* »

Margot espère ainsi les obliger à lui parler, voire à protester. Mais cela n'arrive jamais. Tous deux se contentent de hocher la tête et de se confondre en excuses. « *On est désolés, mam'zelle Margot. Pardon. Ça n'arrivera plus.* »

De temps en temps, des inconnues font un saut à la villa – des personnes rencontrées au nouvel hôtel qu'elle dirige. La plupart du temps, ce sont une ou deux de ses employées – les mieux disposées à faire des heures supplémentaires pour obtenir une prime. Lasse de se languir de Verdene, Margot enchaîne les orgasmes et tente de tromper sa solitude avec d'autres corps, avant de les jeter dehors sous le regard stupéfait des étoiles. Peu importe que Desrine les aperçoive par les fenêtres de son cottage au fond de la propriété. Cette fille a été formée à l'art de la cécité. Et de la surdité. Quand elle l'a engagée, Margot espérait retrouver l'intimité qu'elle partageait jadis avec sa sœur. La jeune Desrine a la peau noire et veloutée. Son regard volette tel un oiseau craintif.

Les cicatrices de son cou la brûlent comme si son cauchemar avait ravivé ses blessures. Depuis l'ouverture de l'hôtel en octobre dernier, plusieurs touristes ont été emportés par les vagues de Heidi. Une femme a disparu après être partie nager dans la partie profonde de la mer, et un petit garçon a failli se noyer quand une vague a aspiré sa jambe et l'a entraîné loin du rivage. La construction de digues et les poursuites judiciaires coûtant une fortune à l'hôtel, Alphonso a été obligé de réduire d'autres dépenses, dont les salaires.

Lorsque la pluie se calme enfin, Margot se lève et se rend à l'autre bout de la villa. En chemin, elle passe devant la cuisine aux plans de travail en pierre, puis devant le salon qui donne sur la terrasse de la piscine. Les gouttes d'eau font briller l'herbe, et les feuilles vert vif du manguier, des palmiers et des bananiers frémissent sous leur poids. Au bord de la piscine se dresse une petite fontaine ornée d'une statue de femme nue versant de l'eau dans une vasque en forme de coquillage : pour sa conception, Margot s'est inspirée d'un des dessins de Thandi qu'elle a conservés, bien que sa sœur, comme Verdene, ait disparu de sa vie sans laisser de trace. Aux dernières nouvelles, Thandi s'est installée à Kingston. *Peut-être qu'elle réussira sa vie*, songe Margot en examinant la statue sculptée à la perfection par un jeune rasta qu'elle a rencontré dans la rue. « *Est-ce que je devrai payer toute cette eau ?* » a-t-elle un jour demandé au paysagiste qu'elle avait embauché pour installer la fontaine dans son jardin. L'homme borgne l'a dévisagée de son œil intact comme si elle parlait une langue étrangère. « *Elle vient de la mer, mam'zelle. À moins que l'océan disparaisse, l'eau s'arrêtera pas de couler. Et elle sera gratuite.* »

Alors que Margot contemple son jardin depuis la terrasse de la piscine, le soleil qui ne s'est pas montré depuis des jours apparaît derrière les nuages gris cotonneux, éclatant et inflexible. Devant elle, la piscine rectangulaire scintille. Tout brille dans cette nouvelle lumière, exactement comme Margot l'avait imaginé. Tout, sauf sa silhouette floue et solitaire qui se reflète dans l'eau, sombre malgré le soleil.

Remerciements

Je remercie du fond du cœur celles et ceux qui ont rendu possible l'écriture de ce livre grâce à leurs conseils, leurs paroles de sagesse, leurs encouragements, leur soutien, leur expérience et leur savoir. Sans vous, *Rends-moi fière* ne serait pas le roman qu'il est devenu.

Je remercie également mon extraordinaire agente et lectrice, Julie Barer, d'avoir cru en ce livre ; ma merveilleuse éditrice, Katie Henderson Adams, de l'avoir aimé et de s'être mise en quatre pour qu'il existe ; Cordelia, Peter, Philip, Bill et toute l'équipe de W.W. Norton/Liveright ; Michael Taeckens d'avoir aimé ce roman et décidé de travailler à sa promotion ; ma mentor, Marita Golden, qui m'a offert ses encouragements et un soutien sans faille et sans égal dès le début de cette aventure ; David Haynes pour sa créativité et son flair ; Janae Galyn Hoffler, lectrice géniale et dévouée ; Erica Vital-Lazare et l'équipe de *Red Rock Review* d'avoir publié ma toute première nouvelle ; Laura Pegram, Juliet P. Howard et Ron Kavanaugh de nous avoir soutenus, moi et d'autres écrivains en quête d'une communauté et de débouchés.

Je suis extrêmement reconnaissante à la MacDowell Colony et à la Hedgebrook Residency de m'avoir offert l'espace et le temps dont j'avais besoin pour écrire ; au Barbara Deming Fund de m'avoir versé cette donation qui m'a permis de créer ; et à la Sewanee Writers' Conference, à la Kimbilio Retreat, à Lambda Literary et à la fondation Hurston/Wright de m'avoir accueillie et soutenue.

Je tiens à remercier le personnel de Silver Sands Villas à Duncans, paroisse de Trelawny, et plus particulièrement Tanesha, Kimesha, miss Claudette et Tracy-Ann, de m'avoir apporté leur soutien chaleureux, ainsi que de nouvelles idées, pendant que j'écrivais cette histoire, et de m'avoir permis de retrouver une famille. Dans l'ordre alphabétique, j'adresse mes remerciements éternels aux personnes suivantes : Alistair Scott, Brian Morton, Cheryl Head, Dahlia Campbell, Daniel Townsend, David Hollander, Dennis E. Norris II, Diana P. Miller, Diana Veiga, Dionne Jackson-Miller, Dolen Perkins-Valdez, Donovan Rodriques, Joan Silber, Jessica Deliazard, June Frances Coleman, Karenn Cohen Jordan, Kate Schmier, Kathleen Hill, Keisha Phipps, Krystal Brown, Laura Diamond, Lorraine Correlley, Mary Morris, Melesia Senior, Michael A. Fanteboa, Michelle Y. Talbert, Nancy Diamond, Natalie Wittlin, Nelly Reifler, Patrick Wilson, Rafael Flores, Romaine McNeil, Sadeqa Johnson, Sanderia Faye, Sharon Gordon, Shayaa Muhammad, Sheri-Ann Cowie, Soraya Jean-Louis McElroy, Stephen O'Connor, Timothy Veit Jones, Tracy Chiles McGhee et ZZ Packer.

J'aurai à jamais une dette envers le professeur Duane Esposito qui a compris avant moi quel était mon destin ; Tina Whyte, la première véritable écrivaine que j'ai connue et qui m'a poussée à écrire ma propre histoire ; Verdene Lee, Ken Glover et les filles de Wari House qui ont tant enrichi mon expérience à l'université de Cornell ; l'université du Michigan à Ann Arbor, où j'ai écrit d'innombrables premiers jets avant de les enterrer ; le Sarah Lawrence College MFA Program qui m'a offert l'asile ; R. Erica Doyle, Oya Bisi Id, Julia Fierro et le Sackett Street Writers' Workshop qui m'ont donné le courage de m'aventurer à nouveau sur le terrain de l'écriture ; et mes élèves du Stuyvesant Writing Workshop qui ont été d'excellents professeurs. Merci également aux immenses Toni Morrison, Paule Marshall, Edwige Danticat, Zora Neale Hurston et Marlon James de m'avoir permis d'écrire.

Je remercie mes parents – Sharon Tucker-Gordon et Danville Dennis – de m'avoir inculqué le goût du travail ; et le reste de ma famille : Lewis « Louie » Benn, Juliet Jeter, Eugenia « Cooky » Benn, Joe Murray, David Watkins, Carol Horton et Charles « Turkey » Benn, pour leur compréhension et leur soutien.

Et bien sûr, je tiens à exprimer ma sincère gratitude à ma terre natale adorée, ma muse, la Jamaïque, patrie de ma grand-mère Rowena « Merna » Hunter, ainsi que de mon arrière-grand-mère Addy – la femme qui m'a donné le courage et la liberté d'écrire ce que je voulais, et de vivre à ma façon.

Enfin, tous mes remerciements à mon incroyable épouse, lectrice, réviseuse, auditrice, Emma Benn. Sans toi et l'amour que tu me témoignes sans réserve, rien de tout cela n'aurait été possible. Merci mille fois pour ta patience et ton indulgence.

Pour limiter l'empreinte environnementale de leurs livres,
les éditions de l'Aube font le choix de papiers
issus de forêts durablement gérées et de sources contrôlées.

Achevé d'imprimer en juin 2021
sur les presses de l'imprimerie New Print
pour le compte des éditions de l'Aube
331, rue Amédée-Giniès, F-84240 La Tour d'Aigues

Numéro d'édition : 4345
Dépôt légal : août 2021

Imprimé dans l'Union européenne